新技术时代

U0133232

维修钳工操作技术

胡家富　主编

上海科学技术文献出版社

图书在版编目(CIP)数据

维修钳工操作技术 / 胡家富主编. —上海:上海科学技术文献出版社,2009.2
ISBN 978-7-5439-3696-6

Ⅰ.维… Ⅱ.胡… Ⅲ.机械设备-钳工-维修-基本知识 Ⅳ.TG9

中国版本图书馆CIP数据核字(2008)第164524号

责任编辑:祝静怡 夏 璐
封面设计:汪伟俊

维修钳工操作技术

胡家富 主编

*

上海科学技术文献出版社出版发行
(上海市长乐路746号 邮政编码 200040)
全国新华书店经销
上海市崇明县裕安印刷厂印刷

*

开本 850×1168 1/32 印张 13.625 字数 366 000
2009 年 2 月第 1 版 2009 年 2 月第 1 次印刷
印数:1-5 000
ISBN 978-7-5439-3696-6
定价: 23.00 元
http://www.sstlp.com

内容提要

　　本书是按初级维修钳工岗位必需的基础知识和操作技能要求编写的,主要内容包括机械加工常识,维修钳工工作范围和安全作业规范,划线作业,螺纹加工,孔的钻、扩、铰、镗、锪加工,刨削与插削,钳工基本技能操作(刮削、研磨、锉削、锯削等),装配和拆卸的基本知识和方法,固定联接的装配和维修,常用传动机构的装配和维修,轴承和轴组的装配与维修,装配质量的检验和机器的试运行。每章后附有多种类型的复习思考题,书末附有参考答案,便于读者自测自查,便于培训机构教学、考核使用。

　　本书可供各类培训机构使用,也可供维修钳工初学者自学使用。

　　维修钳工是机械设备修理的基础工种，维修钳工作业涉及的工作内容比较广，与其他工种相比，需要更多的基础知识和操作技能。在维修钳工工作岗位上，经常需要使用各种工具进行手工作业，在使用机械设备的企业，维修钳工是十分重要的工作岗位。由于各种机械设备在使用过程中会因磨损或使用不当产生各种形式的故障，直接影响设备的正常使用，进而影响生产的正常进行。由维修钳工及时分析故障原因和排除设备的故障，定期进行设备的维护和修理，是生产正常进行的基本保障。

　　在大量的维修钳工作业中，都需要运用维修钳工基本操作技能，才能达到维护设备正常运行的目的。本书在维修钳工的操作技能方面深入浅出，循序渐进，图文结合，通过通俗易懂的叙述方法，使读者由初学者逐步提高为适应维修钳工岗位各项作业的熟练技术工人，并能对设备维修作业中常见的设备故障进行独立分析，具备排除常见设备故障和修复损坏零部件的基本能力。本书每章后的复习思考题采用多种题型，一方面可供自学者自学检测，另一方面能较快地适应职业技能鉴定机构的考核鉴定。

本书由胡家富主编,曾国樑、李国樑、黄镔等同志参加编写,限于编者的水平,书中难免有疏漏之处,恳请广大读者批评指正。

编　者
2008 年 9 月

MU LU

目录

第1章 维修钳工工种简介和机械加工常识

1. 维修钳工的主要工作内容和基本技能要求。

2. 金属切削加工的基本方法。

3. 热加工的基本方法。

一、维修钳工工作基本内容、基本技能和维修形式

1. 基本工作内容

1）维修钳工的任务

维修钳工的主要任务是对工作范围内各种机械设备实施拆卸、修理（修复）、安装及调整试车。 因此，要求修理钳工具有普通钳工的基本操作技能，诸如划线、錾削、锉削、锯割、弯曲、矫正、铆接、钻孔、扩孔、锪孔。铰孔、攻丝、套丝、刮削和研磨等，而且还应在可能的情况下了解工作场所各种机械的结构特点；了解各种连接件的结构特点和配合关系；对设备的零件、一般部件和通用机械设备的故障原因和修理工艺，具有一定的分析、解决问题的能力。

2）维修工作对象

修理钳工作为一个工种而言，其工作对象主要是动力机械和工作机械两大类。 动力机械如柴油机、汽油机、蒸汽机、水轮机和燃汽轮机等；工作机械如空气压缩机、真空机组、制氧机、压力机以及大量的金属切削机床。作为维修钳工的一个个体而言，其工作对象主要是工作部门的一些机械设备。

2. 维修钳工应具备的操作技能

1）钳工基本技能

维修钳工与普通钳工不同的是，维修钳工通常是运用基本技能对单个零部件进行加工或修复，因此需要综合运用各种基本技能来完成各种零部件的修复加工，并能按零部件的图样进行加工精度检验。

2）零部件失效判断技能

主要是指对失效零件和失效形式的确认，将故障分析落实到失效的零部件，以便进行修复。

（1）机械部件的失效

机械构件丧失正常工作能力称为失效。机械零部件具有一定的精度和性能，由于磨损或事故性损坏，可能丧失应有的精度和性能，以致于丧失正常的工作能力而失效。例如变速箱应能按规定的速度等级进行速度变换，经检查是其中的齿轮损坏失效，不能进行正常变速，因此变速箱的失效是由齿轮的失效造成的。对于齿轮的失效，应根据损坏的情况进行分析，确定失效的形式。

（2）失效形式

机械零件的主要失效形式为：整体断裂（如螺栓断裂、齿轮轮齿根部断裂等）；过大的残余变形（如高速旋转的轴挠曲变形）；表面破坏（有腐蚀、磨损和接触疲劳等引起的表面裂纹、微粒剥落和锈蚀等形式）；过热、胶合、磨损、打滑等（由破坏正常工作条件：如滑动轴承的润滑、带传动的摩擦力等造成）。

3）零件精度修复技能

确认零部件失效，维修钳工应能通过零件修复的一般工艺，进行加工安排和修复操作。通常按不同的零件特点、损坏程度，合理选择和采用机械修复法、电镀法、喷涂法、焊接法和粘接法等进行。

4）钻削、刨削和插削加工技能

维修钳工应能选用钻床、刨床和插床进行零件的修复加工，熟悉机床的操作方法，掌握钻、扩、锪、铰、攻螺纹等孔加工技能；刨削平面、斜面、T形、V形和燕尾槽等技能；插削内键槽、内花键等技能。

5）典型零部件拆卸与装配技能

主要是指固定连接的螺纹、键、销等固定联接、过盈联接、轴承、轴、轴组的装拆技能；带传动机构、链传动机构和齿轮传动机构等的装拆、调整技能。

6）调试与装配精度检测技能

主要是指机械进行装配、调整过程中的精度检验技能和试车的精度检验技能。如滚动轴承的游隙调整的检验、机床修理装配过程中，以及总装后的几何精度和工作精度检验等技能。

7）机械故障分析与排除技能

设备的定期修理和现场维修都需要进行故障原因的分析，维修钳工应能通过听、嗅、看、摸等技能进行设备故障的初步判断，同时能使用测量仪器和量具，检测和判断故障的部位和失效零件，并熟悉常见故障的排除方法，具备排除故障的实际操作能力。如铣床主轴松动，能进行主轴轴承间隙的调整、检测操作。

3. 维修形式

机械设备维修工作的形式和内容是按机械设备的磨损或损坏的不同程度确定的。*机械设备使用期间须进行日常维护（清洁、润滑等），定期维修。*

1）定期维修

包括大修、中修、小修、二级维护。有些企业对精密、大型、稀有设备还展开项修，同时又在修理的间隔期中进行定期性的精度检查和调整。实施设备的修理，一般都是在实行一级维护（日常维护）工作的基础上进行的。

（1）大修

将设备全部解体，修理基准件，更换和修理磨损件，刮研或磨削全部导轨面，全面消除缺陷，恢复设备原有精度、性能和效率，接近或达到出厂标准。在大修过程中，对一些陈旧设备和专用设备部分零部件可作适当的改装，以消除设计上的缺陷和满足某些工艺的需要。大修后一般需要进行空载、负荷试车，几何精度和工作精度检验。

（2）中修

将设备局部解体、修复或更换磨损机件,拆卸修理经常出现故障的部件,校验各零部件间的位置精度,调整配合间隙以恢复并保持设备的精度、性能、效率。

（3）小修

清洗设备,部分拆检零部件,更换和修复少量磨损件,调整、紧定机构,保证设备能满足生产工艺要求。

（4）项修

项修即按设备部件项目所进行的修理,是指对设备经常出现故障的部件及精度下降的部件所进行的修理。实施项目修理应考虑到与所修理部件关联的零部件所产生的影响。如车床导轨拉毛后,修理导轨使用刨削、刮削等修复方法后,会影响机床主轴与尾座轴线的同轴度。项修是一种针对不便进行大修的精、大、稀设备所采用的修理方法。

（5）二级维护

以维修工人为主,操作工人为辅,对设备进行部件解体检查和修理,修复或更换严重磨损机件,清洗检查,恢复局部精度达到工艺要求。

（6）定期性的精度检查与精度调整

是指精密机床和担负关键加工工序的重点设备,特别是高精度设备,在修理间隔期中应进行定期性的精度检查。检查以各类设备出厂精度标准为依据,若发现超差或异常现象则应进行调整和修理。

2）突发故障维修

突发故障修理是排除临时故障、恢复设备技术性能的作业,是由机械设备发生事故或临时损坏而引起的临时性修理,其内容包括:

（1）故障修理

设备临时损坏而组织的修理。

（2）事故修理

设备发生了事故而进行的修理。

修理钳工的基本工作,就是运用所掌握的钳加工的基础操作技能,合理运用拆卸、修复、安装和调试方法,恢复所修设备的机械精度和工作性能。*在设备的修理过程中，对各种损坏零件或部件应采用不同的修复方法，常用的修理、修复方法，主要是指机械修复法、电镀法、喷涂法、焊接法和粘接法等。*

二、金属切削加工常识

1. 金属切削加工的基本方法

在机械加工中，工件的表面形状（如平面、内外圆柱面、圆锥面）主要是依靠金属切削刀具和被加工工件之间作相对的成形运动来获得的。

了解机械零件的一般加工方法是维修钳工必须掌握的基础知识，在维修过程中，需要修复零件磨损的表面和部位的精度，或按损坏零件制作新零件等。*如机床导轨面的修复需要平面加工；机床主轴的修复需要圆柱面和圆锥面的加工；机床主轴变速箱的轴承孔和主轴的锥孔修复，需要内孔加工，这些零件的修复应按照基本表面的金属切削加工工艺进行。*

2. 机床设备的切削运动

在维修和调整机床设备中，应辨清机床的主运动和进给运动，常见机床设备的切削运动如下：

（1）车床

车削加工中，主运动是工件随主轴的回转运动；进给运动是车刀相对于工件的移动。切削用量三要素是指切削速度 v_c、进给量 f 和背吃刀量 a_p，如图 1-1 所示。

（2）铣床

铣削加工中，铣刀旋转为主运动，工件相对刀具的移动为进给运动，铣削加工的背吃刀量是随铣刀的形式变化的。

（3）龙门刨床

刨削时，龙门刨床工作台带动工件的运动是主运动，刨刀随刀架的移动是进给运动。

（4）磨床

砂轮的旋转为主运动，工件的旋转或移动为进给运动，此外还有纵向移动进给和横向移动进给运动等。

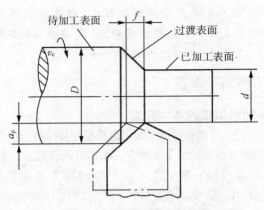

图 1-1 切削用量三要素

（5）滚齿机

滚刀的旋转为主运动,工件的旋转和刀具相对工件的移动为进给运动。

3. 常见切削加工内容

1）车削加工基本内容

维修钳工在修复轴类和套类零件时需要使用车床进行加工,在机床设备的维修中,经常会接触到车床的修理和调整。

卧式车床是最常用的车床之一,其适用面很广,可加工各种轴类、套类和盘类零件上的回转表面,如车削内外圆柱面、圆锥面、环槽及成形回转表面;车削各种螺纹;还能作钻孔、扩孔、铰孔、滚花等的加工,如图 1-2 所示。

2）铣削加工基本内容

维修钳工在加工和修复零件时经常会遇到需要采用铣削加工的齿轮、箱体和凸轮等零件。在机床的维修中也会经常接触到铣床的修理和调整。

通常使用的万能卧式铣床可以应用圆柱铣刀、盘形铣刀等加工沟槽、平面、成形面、螺旋槽等。立式铣床可以应用面铣刀、立铣刀、成形铣刀等,铣削各种沟槽和表面;另外,利用机床附件,如回转工作台、分度头,还可以加工圆弧、曲线外形、齿轮、螺旋槽、离合器等较复

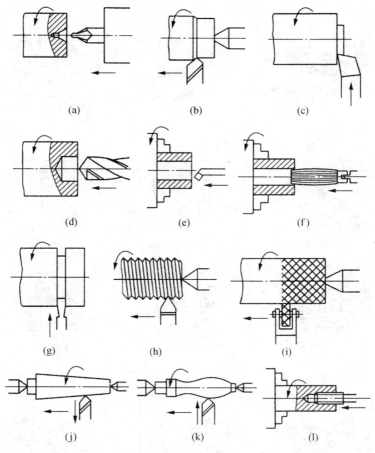

图 1-2　卧式车床主要加工内容

（a）钻中心孔；（b）车外圆；（c）车端面；（d）钻孔；（e）车孔；（f）铰孔；（g）切槽；
（h）车螺纹；（i）滚花；（j）车锥面；（k）车成形面；（l）攻螺纹

杂的零件；当生产批量较大时，在立铣上采用硬质合金刀具进行高速铣削，可以大大提高生产效率。由于可以选用不同类型和形状的铣刀，配以铣床附件分度头、回转工作台等的应用，铣削加工范围就很广，图 1-3 所示就是铣削加工的基本内容。铣削加工的精度一般可达 IT9～IT7，表面粗糙度 R_a 值一般在 6.3～1.6 μm。

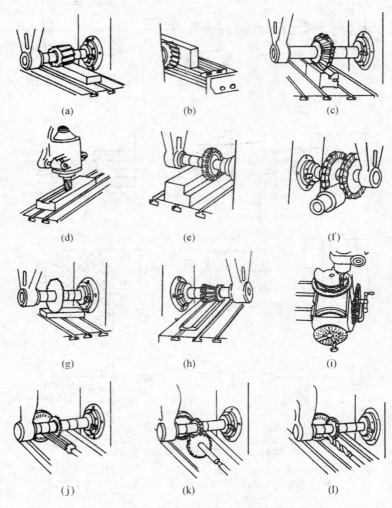

(a)　　　　　　　(b)　　　　　　　(c)

(d)　　　　　　　(e)　　　　　　　(f)

(g)　　　　　　　(h)　　　　　　　(i)

(j)　　　　　　　(k)　　　　　　　(l)

图 1 - 3　铣削加工主要内容

(a) 圆柱铣刀周铣平面;(b) 面铣刀端铣平面;(c) 角度铣刀铣 V 形槽;
(d) 立铣刀铣直角沟槽;(e) 三面刃铣刀铣台阶;(f) 三面刃铣刀组合铣两侧面;
(g) 锯片铣刀切断;(h) 成型铣刀铣成型面;(i) 立铣刀铣圆盘凸轮;
(j) 花键铣刀铣花键轴;(k) 齿轮圆盘铣刀铣圆柱齿轮;(l) 专用铣刀铣螺旋槽

3）磨削加工基本内容

磨削是修复机修零件精加工的主要方法，磨床是典型的金属切削机床，在机床维修中，维修钳工也会经常接触到磨床的修理和调整。在维修过程中常采用磨削加工来修复零件，也常用来修磨调整垫片，以便安装和调整机床主轴、导轨等的配合间隙。

常用的磨削加工方法所能达到的精度为 IT7～IT5，表面粗糙度值 R_a 为 0.8～0.2 μm。磨削可以加工各种形状的表面，如外圆、内孔、花键轴、螺纹、齿轮的齿形、机床导轨面、特殊的成形表面及外圆锥面等，如图 1-4 所示。

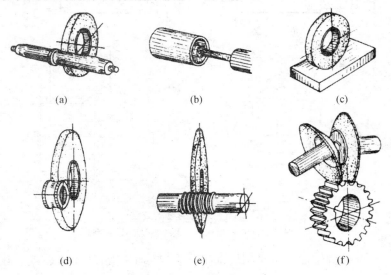

(a)　　　　　　　(b)　　　　　　　(c)

(d)　　　　　　　(e)　　　　　　　(f)

图 1-4　磨削加工的主要内容
（a）外圆磨削；（b）内圆磨削；（c）平面磨削；
（d）成形面磨削；（e）螺纹磨削；（f）齿轮磨削

（1）磨平面

磨削平面一般在平面磨床上进行。对钢和铸铁等导磁性工件可直接安装在有电磁吸盘的机床工作台上。对非导磁性工件，要用精密平口钳或导磁直角铁等夹具装夹。根据磨削时砂轮工作表面的不同,磨削平面的工艺方法有两种,即周磨法和端磨法。

(2) 磨外圆及外圆锥面

磨外圆时工件常用前、后顶尖装夹,用夹头带动旋转,还可用心轴装夹,用三爪自定心或四爪单动卡盘装夹,用卡盘和顶尖装夹。磨削方法有:纵磨法、横磨法、综合磨法、深磨法,如图 1-5 所示。

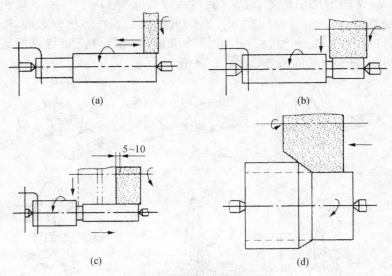

图 1-5 外圆的磨削方法

(a) 纵磨法;(b) 横磨法;(c) 综合磨法;(d) 深磨法

磨外圆锥面时可采用转动工作台,转动头架,转动砂轮架和用角度修整器修整砂轮等方法,如图 1-6 所示。

(3) 磨内圆柱孔

内圆柱孔的磨削,可以在内圆磨床上进行,也可以在万能外圆磨床上用内圆磨头进行磨削。磨内孔时,工件一般都用卡盘夹持工件外圆,其运动与磨外圆时基本相同,但砂轮的旋转方向与前者相反。磨削的方法有两种:纵向磨和切入磨,如图 1-7 所示。

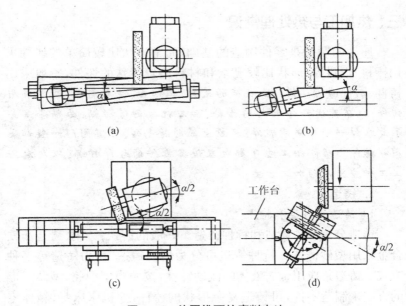

图 1-6　外圆锥面的磨削方法

（a）转动工作台磨外圆锥面；（b）转动头架磨外圆锥面；
（c）转动砂轮架磨外圆锥面；（d）用角度修整器修整砂轮磨外圆锥面

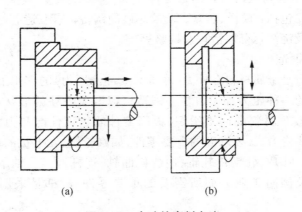

图 1-7　内孔的磨削方法

（a）纵向磨；（b）切入磨

三、热加工与热处理常识

坯件的制造是零件制造的基础,通常形状比较简单的坯件采用棒料、板料等,形状比较复杂和材料比较特殊的坯件,一般采用铸件、锻件或焊接件。*如机床的床身、工作台、主轴箱等,通常采用铸件;机床变速和传动用的齿轮、动力机械的传动轴、曲轴等主要承载零件一般都采用锻件;压力容器的储气罐、管道阀门一般都采用焊接件。维修钳工应了解机器设备零件的坯件种类,以决定钳工工种应选用的加工方法。*

1. 铸造

1) 铸造的种类和特点

铸造分为型砂铸造和特种铸造。一般的铸铁、铸钢、铸造非铁合金采用型砂铸造。特种铸造可分为熔模铸造、压力铸造等多种方式。铸造是应用金属液体的流动特性,按照模型型腔、型芯成形的方法来制造零件,可铸造复杂形状的铸件,如机床床身、箱体零件等。铸造生产应用的型腔形状、尺寸可以制成很接近于零件的形状、尺寸,有些精密特种铸造可以直接成为零件。

2) 砂型铸造的生产工艺过程

主要包括:模样、芯盒、型砂、芯砂的制备,造型、造芯,合箱,熔化金属及浇注,落砂、清理及检验等。

2. 锻造

锻造是金属材料在外力(静压力或冲击压力)的作用下发生永久变形的一种压力加工方法。锻造可以改变毛坯的形状和尺寸,也可以改善材料的内部组织,提高零件的物理性能和力学性能。对于一些受力大、要求高的重要零件,如汽轮机、发电机的主轴、转子、叶轮、叶片、轧钢机轧辊、内燃机曲轴、连杆、齿轮、轴承、刀具、模具以及国防工业方面所需要的重要零件等,都是采用锻造生产的。

1) 锻造的种类

锻造按毛坯锻打时的温度分为热锻、冷锻和温锻;按作用力分,可分为手工锻造和机器锻造。机器锻造(机锻)是依靠锻造工具在各种锻造设备上将坯料制成锻件。机锻按所用的设备和工具不同,又可分为自由锻造、模型锻造、胎模锻造和特种锻造四种。自由锻造主要工序可分为基本工序和辅助工序。

2)基本工序

(1)基本工序

主要有镦粗、拔长、冲孔、弯曲,其次有扭转、错移、切割等,如图1-8所示。如锻件形状较为复杂,锻造过程就需由几个工序组合而成。

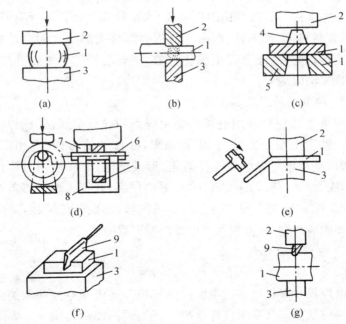

图1-8　自由锻的主要工序

(a)镦粗;(b)拔长;(c)冲孔;(d)扩孔;(e)弯曲;(f)切割;(g)切肩
1—坯料;2—上砧铁;3—下砧铁;4—冲头;5—漏盘;
6—芯棒;7—挡铁;8—马架;9—三角刀

(2)辅助工序

主要有切肩、压痕、精整(其中包括摔圆、平整、矫直等)。

3. 焊接

焊接是通过加热,或加热又加压,借助原子间的结合与扩散作用,使分离的被焊材料牢固地连接起来的一种永久性的连接方法,既可连接金属材料,又可连接非金属材料,广泛用于现代工业生产中。*维修钳工常采用焊接技术修复铸件的裂缝来修复机床的床身、机器的壳体等。*

1)焊接的种类

焊接方法的种类很多,根据焊接过程的特点及被焊件所处的状态不同,可分为熔焊、压焊、钎焊三大类。焊接方法中应用较普遍的是电弧焊。焊接结构的强度高、水密性和气密性好,结构重量轻,节省材料,生产率高,但由于施焊时焊件受热不均匀会产生应力与变形,焊缝区还会发生脆化现象,甚至会产生裂纹,有时需用热处理来消除应力。

2)焊条电弧焊及其工作原理

焊条电弧焊是利用电弧热熔化焊条和被焊金属,形成焊接接头的一种手工操作方法,其设备简单,操作灵活方便,应用广泛。焊接时,电弧热使焊芯和焊件熔化,形成熔池,药皮也同时熔化分解,形成大量气幕,隔绝空气中氧、氮的侵害,并产生熔渣覆盖在熔池上面,保护熔化金属。随着电焊条前移,形成新的熔池,原熔池冷却凝固成焊缝,上面覆盖着由熔渣凝固成的渣壳。

3)电焊修复零件要点

(1)电焊机及其使用

电焊机是焊接电弧的电源。电焊机分交流和直流两大类。使用焊机应根据焊接要求合理选择并仔细阅读使用说明书。焊接属于特殊工种,必须具备操作资格才能进行操作。使用直流弧焊机时,需选择电弧极性。由于阳极区的温度比阴极区高,故在焊接厚板时,为加快熔化速度及保证焊透,焊件接正极,称正接法;在焊接薄板或低熔点的有色金属时,为避免烧穿,焊件接负极,称为反接法。

（2）选择焊条的规格和牌号

焊条应根据不同的焊接件材料和焊接要求进行选择，焊条的种类有：低碳钢焊条、低合金钢焊条、不锈钢焊条、堆焊焊条、铸铁焊条及焊丝、铜和铜合金焊条、铝和铝合金焊条等，根据药皮的组成成分分酸性焊条和碱性焊条。还以焊芯的长度和直径划分其规格。

（3）确定焊接接头形式

焊接接头形式有对接接头、搭接接头、角接接头、T字接头四种，如图1-9所示。

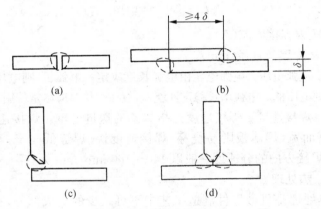

图 1-9　焊接接头的形式

(a) 对接接头；(b) 搭接接头；(c) 角接接头；(d) T字接头

（4）选择焊接参数

① 焊条直径。焊条的直径是指焊芯的直径，一般焊接厚板应选用粗焊条，薄板则用细焊条。具体可参考表1-1选择。

表 1-1　焊条直径的选择　　　　　　　　　(mm)

焊件厚度	3	4～5	6～8	>8
焊条直径	$\phi2.5,\phi3.2$	$\phi3.2,\phi4.0$	$\phi4.0,\phi5.0$	$\phi5.0$

② 焊接电流。焊接电流是焊接的主要参数，直接影响到接头质量。焊接电流过大，易产生咬边、烧穿、焊瘤等缺陷；焊接电流过

小,易产生未焊透、夹渣等缺陷。一般焊条直径越粗,熔化焊条所需的电弧热量就越多,相应的焊接电流就越大。用低碳钢焊条平焊时,可参考表1-2调节电流。

表1-2 焊接电流的选择

焊条直径(mm)	φ2.5	φ3.2	φ4.0	φ5.0
焊接电流(A)	60～80	100～130	160～210	200～270

焊接电流亦可用经验公式估算:

$$I = (30 \sim 40)d$$

式中:I 为焊接电流(A);

　　　d 为焊条直径(mm)。

③ 电弧电压。电弧电压由电弧长度决定。电弧长,则电压高;电弧短,则电压低。电弧增长稳定性就差,故在焊接时应尽量使用短弧。

④ 焊接速度。焊接速度是指焊条的送进速度。焊接速度慢,焊缝高而宽,焊薄板则易烧穿;焊接速度快,焊缝低而窄,不易焊透,沿焊接方向的分速度一般以 140～160 mm/min 为宜。

4. 热处理

热处理是机械零件制造工艺中不可缺少的组成部分,在维修零件的制造或修复过程中,应参见各种零件的典型加工工艺,合理安排热处理工序,以保证零件的力学性能。钢铁的常用热处理方法与目的见表1-3。

表1-3 钢铁的主要热处理方法与目的

热处理		目　　的
名　称	代　号	
退　火	Th	降低钢件的硬度;消除钢中内应力;使钢的成分均匀化;细化钢的组织,并为下一步工序做准备
正　火	Z	调整钢件的硬度、细化晶粒及消除网状碳化物,并为淬火作好组织准备。也能改善切削性能(对于低碳钢) 与退火的区别是冷却速度大。正火后的组织是细珠光体和少量铁素体或单一细珠光体,硬度也较高

(续　表)

热处理		目　　的
名　称	代　号	
淬　火		使工件具备一定的显微组织,以保证某一截面部位在回火后满足要求的力学性能。能提高硬度及强度;增高耐磨性
脉冲淬火	C	是借助于脉冲的高聚能量在极短时间内(如 1/1 000 s)把工件加热,又极快地冷却,能获得极细的晶粒和高硬度(如 950～1 250 HV),无变形,无氧化膜,耐磨,耐蚀;淬后不需回火
等温淬火		是将工件加热到淬火温度后,放入致使某一组织转变的温盐溶液中保持一段时间,得到贝氏体等组织,使之具有较高的强度和韧性;淬火应力小,能防止变形和开裂;适用于薄形和较大尺寸零件
回　火	Hh	获得稳定的金相组织;降低或消除淬火应力;降低强(硬)度,提高塑性、韧性,有利于切削加工
调　质	T	获得细致、均匀的组织,从而有良好的综合力学性能,以利切削加工,并能有较小的表面粗糙度
固溶处理		能细化晶粒、消除加工硬化,便于切削加工;与淬火的区别是加热温度更高,且冷却过程中无相变
时　效	RS	消除铸件的内应力,稳定其形状尺寸。对于特殊钢及特殊性能合金或有色合金可用以提高强度等,含碳量越高,效果越显著 在室温下完成的是自然时效;用加热来加速完成的是人工时效
冷处理		提高一般淬火钢的耐磨性及疲劳寿命,稳定精密零件的尺寸、形状,能缩短工艺周期,降低工艺成本(减少残余奥氏体组织)
表面处理	G(高频)	保持工件的心部韧性和使表面具有较好的耐磨性;可提高冲击韧性和疲劳强度等使用性能
	H(火焰)	只改变工件表层组织,不改变表面化学成分
化学处理	S(渗碳)	S、D、Td 等是以表面强化为主,提高表面硬度、耐磨性和疲劳强度,心部能保持原有的强度和韧性 氮化同时也可以提高表面的热硬性和耐蚀性能 渗金属如铬、铝、硅等主要是改善表面的物理、化学性质,如抗氧化、耐酸蚀等;渗铬、硅还能增加耐磨性;能改变表面的成分和组织,其渗层性质与化学成分相同的钢类似
	D(渗氮)	
	Td(氰化)	
	(渗金属)	

(续　表)

热处理		目　的
名　称	代　号	
形变热处理		低温形变热处理能显著提高钢的疲劳极限，降低断裂倾向性，如再加适当的温度回火，能在塑（韧性）几乎不下降的条件下，大幅度地提高钢的抗拉强度和屈服强度 高温形变热处理加适当温度的回火，能在提高钢的抗拉强度和屈服极限的情况下，改善钢的塑性和韧性，提高钢件在复杂的强载荷下工作的可靠性；能显著地改善钢的塑性，降低脆性转变温度及缺口敏感性

值得注意的是，热处理后的零件一般都是向实体方向进行收缩和膨胀的，因此一般的精加工都应放在热处理后进行，并应注意留有足够的精加工余量。

3）热处理示例

维修钳工在作业中，需要对维修工具或部分简单的零件自行进行热处理，錾子、刮刀是钳工的常用工具，常需要进行热处理。 錾子的热处理包括淬火和回火两个过程，以使錾子切削部分具有适当的硬度而又不致太脆。

（1）錾子的淬火

如图 1 - 10 所示，热处理时，先把錾子切削部分的 20 mm 左右长度加热至 750～780℃（呈暗樱红色），然后迅速将 5～6 mm 浸入

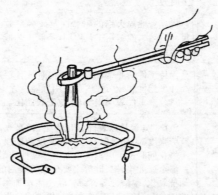

图 1 - 10　錾子的淬火

冷水中冷却,并将錾子沿水平面微微移动,这样既可以加速冷却,同时由于水平面的波动,使錾子淬硬部分和未淬硬部分不至于有明显的界线,避免錾削时容易沿此线断裂。

(2) 錾子的回火

待錾子冷却到露出水面的部分呈黑色时,利用錾子上部热量进行余热回火,此时要注意观察錾子颜色的变化。一般刚出水时錾子刃口是白色,随着温度逐渐上升后由白色变为黄色,再由黄色变为蓝色。当呈现黄色时将錾子全部浸入冷水中冷却,此回火温度称为黄火。当呈现蓝色时将其全部浸入冷水中冷却,此时的回火温度称为蓝火。黄火的錾子硬度较高,韧性较差。蓝火的錾子硬度较低,韧性较好。所以一般采用两者之间的硬度,即采用黄蓝火回火。这样錾子既能达到较高的硬度,又能保持一定的韧性。但应注意錾子出水后,由白色变为黄色,由黄色变为蓝色的时间很短,只有数秒钟,所以要取得"黄蓝火"就必须把握好时机。

·[··· 复 习 思 考 题 ···]··

一、判断题

1. 维修钳工的主要工作内容是设备的故障分析。　　　(　　)

2. 车削加工中,主运动是工件随主轴的回转运动;进给运动是车刀相对于工件的移动。　　　(　　)

3. 机床变速齿轮一般都是渐开线齿轮。　　　(　　)

4. 机床铸件的裂缝等缺陷可以通过电焊修补。　　　(　　)

二、选择题

1. 切削用量三要素包括(　　)。

　　A. 切削速度　　　　　　　　B. 进给量

　　C. 背吃刀量　　　　　　　　D. 铣削余量

2. 车削的主运动是(　　)。

　　A. 工件旋转　　　　　　　　B. 溜板箱移动

C. 滑板移动　　　　　　　　D. 丝杠转动

3. 使錾子提高硬度的热处理方法是(　　)。

　　A. 退火　　　　　　　　　　B. 回火

　　C. 时效　　　　　　　　　　D. 淬火

4. 机床主轴锥孔的修复磨削应选用(　　)进行加工。

　　A. 外圆磨床　　　　　　　　B. 内圆磨床

　　C. 平面磨床　　　　　　　　D. 工具磨床

5. 机床的运动精度、位置精度和形状精度检测称为机床的
　(　　)检验。

　　A. 几何精度　　　　　　　　B. 工作精度

　　C. 表面精度　　　　　　　　D. 工作性能

三、简答题

1. 简述设备维修的形式和内容。

2. 铣削能完成哪些加工内容？

3. 磨削时有哪些运动？磨削有哪些方法(以磨外圆为例)？

第2章 维修钳工常用量具、工具的使用方法和安全操作规范

1. 常用量具结构与使用方法。
2. 常用工具的使用方法。
3. 起重机械设备的使用方法。
4. 维修钳工安全操作规程。

一、维修钳工常用量具及其使用方法

1. 常用量具的种类

1）直线尺寸量具

常用的有钢直尺、钢卷尺和盘尺。钢直尺用来测量工件的长度、宽度、高度和深度，还可用来对一些要求较低的工件表面进行平面度误差检查。钢卷尺和盘尺是一种尺身柔软的直线量具，钢卷尺常用于较大尺寸的坯件尺寸和安装位置尺寸的度量；盘尺可以用于较大尺寸圆筒、罐等圆周长度的度量。

2）游标量具

常用的游标量具有多功能游标卡尺、深度游标卡尺、高度游标卡尺、齿厚游标卡尺、带表游标卡尺和数显游标卡尺，以及测量角度的游标角度尺等。

3）微分量具

常用的有外径百分尺（千分尺）、内径百分尺（千分尺）、深度百分尺、螺距千分尺等。

4）其他量具

包括普通百分表、杠杆百分表、水平仪、量块、塞尺等。

2. 典型量具的结构

1）多功能游标卡尺结构

如图 2-1 所示为多功能游标卡尺的结构形式。图 2-1(a)
为可微量调节的游标卡尺,主要由尺身 1 和游标 2 组成,3 是辅
助游标。图 2-1(b)是带深度尺的游标卡尺,结构简单轻巧,上
量爪可测量孔径、孔距和槽宽,下量爪可测量外径和长度,尺后的
深度尺还可测量内孔和沟槽深度。钳工常用的游标卡尺测量范
围有 0～125 mm、0～200 mm、0～300 mm 等几种。

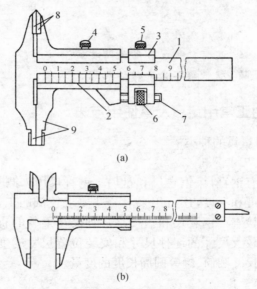

图 2-1　游标卡尺

(a) 可微量调节的游标卡尺;(b) 带深度尺的游标卡尺
1—尺身;2—游标;3—辅助游标;4、5—螺钉;6—微调螺母;
7—小螺杆;8—上量爪;9—下量爪

2）千分尺结构

如图 2-2 所示为外径千分尺的外形和结构,图中在尺架 1 的右
端是表面有刻线的固定套管 3;尺架的左端是砧座 2;固定套管 3 里
面装有带内螺纹(螺距为 0.5 mm)的衬套 5。测微螺杆 7 右面螺纹可
沿此内螺纹回转,并用轴套 4 定心。在固定套管 3 的外面是有刻线

的微分筒 6,它用锥孔与测微螺杆 7 右端锥体相连。测微螺杆 7 转动时的松紧程度可用衬套 5 上的螺母来调节。当测微螺杆 7 固定不动时,可转动手柄 13 通过偏心锁紧。松开罩壳 8,可使测微螺杆 7 与微分筒 6 分离,以便调整零线位置。转动棘轮盘 11,通过螺钉 12 与罩壳 8 的连接使测微螺杆 7 产生移动,当测微螺杆 7 左端面接触工件时,棘轮 11 在棘爪销 10 的斜面上打滑,测微螺杆 7 就停止前进,由于弹簧 9 的作用,使棘轮 11 在棘爪 10 上滑过而发出吱吱声。如果棘轮盘 11 以反方向转动,则拨动棘爪 10 和微分筒 6 以及测微螺杆 7 转动,使测微螺杆向右移动。千分尺是一种精密量具。千分尺的精度比游标卡尺高,而且比较灵敏。因此对于一些加工精度要求较高的零件尺寸,要用千分尺来测量。千分尺按用途和结构可分为外径千分尺、内径千分尺和深度千分尺。外径千分尺是最常用的一种。当测量范围在 500 mm 之内,则每 25 mm 分为一种规格,如 0～25 mm,25～50 mm 等。测量范围在 500～1 000 mm,则每 100 mm 分为一种规格,如 500～600 mm,600～700 mm 等。

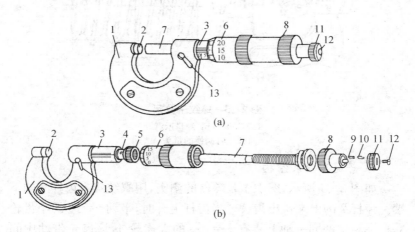

(a)

(b)

图 2 - 2　外径千分尺

(a) 外形;(b) 结构

1—尺架;2—砧座;3—固定套管;4—轴套;5—衬套;6—微分筒;
7—测微螺杆;8—罩壳;9—弹簧;10—棘爪销;11—棘轮盘;12—螺钉;13—手柄

3）螺纹千分尺

用于测量螺纹中径，它的结构与外径千分尺相似。有两个可调换的量头 1 和 2（图 2-3），量头的角度与螺纹牙型角相同。测量范围是螺距为 0.4～6 mm 的普通螺纹。

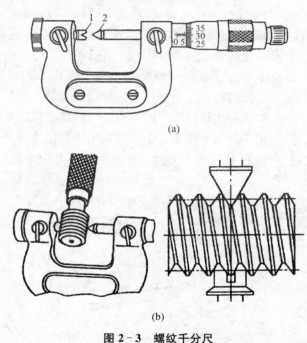

(a)

(b)

图 2-3　螺纹千分尺

(a) 外形；(b) 测量示意
1、2—可调换的量头

4）普通百分表结构

如图 2-4 所示，图中 1 是淬硬的测头，用螺纹旋入齿杆 2 的下端。齿杆 2 的上端铣出齿纹。当齿杆上升时，带动 $z=16$ 的小齿轮 3，在齿轮 3 的同一轴上装有 $z=100$ 的大齿轮 4，该齿轮带动中间 $z=10$ 的小齿轮 10。在小齿轮 10 同一轴上装有长指针 7，因此长指针就随着一起转动。在小齿轮的另一边装有另一只大齿轮 9，齿轮轴下端装有游丝，用来消除齿轮间的间隙，确保测量精度。齿轮轴上端装有短指针8,用来记录长指针的转数,长指针转一周,短指针转一格。在表盘5上刻有线条,共分100格。转动表圈6可带动表盘5一起转动,从而调整表盘刻线与长指针的相对位置。百分表内齿杆和齿轮的齿距是0.625 mm,当齿杆上升16齿时(即上升$0.625 \text{ mm} \times 16 = 10 \text{ mm}$),$z = 16$的小齿轮转一周,$z = 100$的大齿轮也转一周,带动$z = 10$的小齿轮和长指针转10周。当齿杆移动1 mm时,长指针转1周,由于表盘上共刻100格,所以长指针每转一格表示齿杆移动0.01 mm。百分表是在零件加工或机器装配、修理时检验尺寸精度和形状精度常用的一种量具。分度值为0.01 mm,测量范围有0~3 mm、0~5 mm、0~10 mm三种规格。

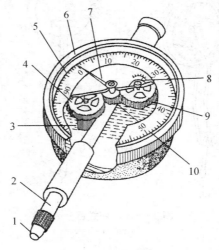

图 2-4 百分表

1—测头;2—齿杆;3、10—小齿轮;4、9—大齿轮;5—表盘;
6—表圈;7—长指针;8—短指针

5) 杠杆百分表结构

如图2-5(a)所示,这种百分表小巧灵活,常用于车床、磨床上找正工件安装位置,或用于普通百分表不便使用的地方。杠杆式百分表的结构原理如图2-5(b)所示。触头1与扇形齿板2用板11连接,当触头向上或向下摆动时,扇形齿轮就带动小齿轮3转动。与小齿轮 3 同轴的端面齿轮 4 也随之转动,从而带动小齿轮 5。当小齿轮 5 转动时,同轴的指针 6 也随之转动,即可在表盘上读出读数。转动表圈 7,可调整表盘刻线与指针的相对位置。由于触头 1 与板 11 之间仅靠摩擦力连接,所以触头可以自上向下摆动,也可以自下向上摆动。这样就使得在测量难以接近表面的时候,能把触头安置到所要求的位置上。当需要改变触头方向时,只要摆动表壳侧面的扳手 8,通过钢丝 9 和挡销 10,就可使扇形齿偏在下面或偏上面,从而使触头处于所需的方向。

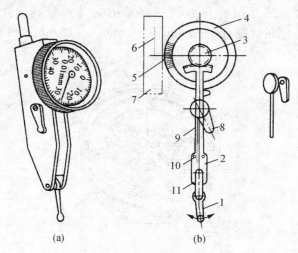

(a)   (b)

图 2-5 杠杆式百分表

(a) 外形图;(b) 原理图

6) 内径百分表结构

如图 2-6 所示为内径百分表的结构。内径百分表可用来测量孔径和孔的形状误差,对于测量深孔极为方便。由图 2-6(b) 所示可知,内径百分表在测量头端部有可换触头 1 和量杆 2。测量内孔时,孔壁使量杆 2 向左移动而推动摆块 3,摆块 3 把杆 4 向上推,就推动百分表触头 6,从而使百分表指针指出读数。测量完毕后,在弹簧 5 的作用下,量杆就回到原位。通过更换可换触头 1,可改变内径百分表的测量范围。内径百分表的测量范围有 6~10 mm、

10～18 mm、18～35 mm、35～50 mm、50～100 mm、100～160 mm、160～250 mm 等。

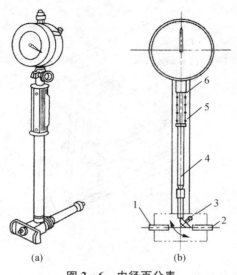

图 2 - 6　内径百分表

（a）外形图；（b）结构原理图

7）框式水平仪结构

如图 2－7 所示，框式水平仪由框架和水准器（封闭玻璃管）组成，玻璃管内壁应成一定曲率半径的弧状，内装酒精或乙醇等流动性较好的液体，并留有一定长度的气泡。水平仪的读数是以气泡偏移一格，表面所倾斜的角度 φ；或者以气泡偏移一格，表面在 1 m 内倾斜的高度差 Δh 来表示。框架的测量面上刻有 V 形槽，便于测量圆柱形零件。框式水平仪规格有 150 mm×150 mm、200 mm×200 mm 和 300 mm×300 mm 等几种规格，其分度值有 0.04 mm/1 000 mm、0.02 mm/1 000 mm 及 0.01 mm/1 000 mm 等几种，钳工常用的是规格 200 mm×200 mm、分度值为 0.02 mm/1 000 mm 的框式水平仪。水平仪主要用来检验平面对水平或垂直位置的误差，也可用来检验机床导轨的直线度误差、机件的相互平行表面的平行度误差、相互垂直表面的垂直度误差以及机件上的微小倾角等。水平仪有条形水平仪、框式水平仪以及比较精密的合像水平仪等。常用的一般是框式水平仪。

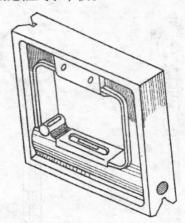

图 2 - 7　框式水平仪

1—框架；2—水准器

3. 常用量具的使用方法

1）游标卡尺的使用方法

（1）游标卡尺的读数方法

游标卡尺按其分度值分，有 0.1 mm，0.05 mm 和 0.02 mm 三种。用游标卡尺测量工件时，读数分三个步骤：

① 读出尺身上的整数尺寸，即尺身左侧，尺身上的毫米整数值。

② 读出游标上的小数尺寸，即找出游标上哪一条刻线与尺身上刻线对齐，该游标刻线的次序数乘以该游标卡尺的分度值，即得到毫米内的小数值。

③ 把尺身上和游标上的两个数值相加。

图 2 - 8 所示是分度值为 0.1 mm 游标卡尺所表示的尺寸。

（2）齿轮游标卡尺

用于测量齿轮和蜗杆的弦齿厚和弦齿顶尺寸。如图 2 - 9 所示，这种游标卡尺有两个互相垂直的主尺和两个副尺组成。A 尺寸由垂直尺调整测量，B 尺寸由水平尺调整测量。

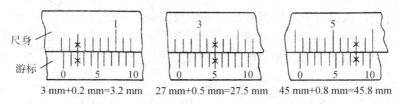

尺身

游标

3 mm+0.2 mm=3.2 mm　　27 mm+0.5 mm=27.5 mm　　45 mm+0.8 mm=45.8 mm

图 2 - 8　分度值为 0.1 mm 游标卡尺读数方法

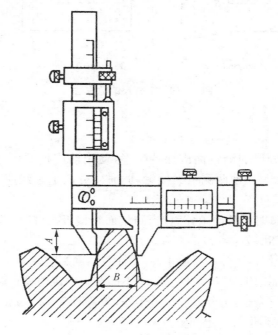

图 2 - 9　齿轮游标卡尺

2）千分尺的使用方法

（1）千分尺的读数方法

千分尺测微螺杆 7 右端螺纹的螺距为 0.5 mm，当微分筒转一周时，测微螺杆 7 就移动 0.5 mm，微分筒前端圆锥面的圆周上共刻 50 格，因此当微分筒转一格，测微螺杆 7 就移动 0.01 mm，即 0.5 mm÷50＝0.01 mm。固定套管上刻有间距为 0.5 mm 的刻线。千分尺的读数方法可分三步：

① 读出固定套管上露出的刻线数值(mm 或 0.5 mm)。

② 微分筒上与固定套管上基准线对齐的刻线数值。

③ 把两个读数相加即得到实测尺寸,如图 2-10 所示。

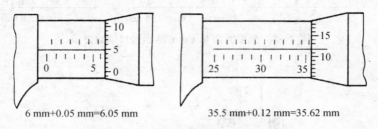

6 mm+0.05 mm=6.05 mm　　　35.5 mm+0.12 mm=35.62 mm

图 2-10　千分尺读数方法

(2) 测量注意事项

使用千分尺应注意以下几点:

① 千分尺的测量面应保持干净,使用前应校准尺寸,对 0～25 mm 千分尺应使两测量面接触,此时微分筒上零线应与固定套管上基准线对齐。

② 测量时先转动微分筒,当测量面将接近工件时,改用棘轮,直到棘轮发出吱吱声为止。

③ 测量时,千分尺要放正,并要注意温度影响。

④ 不能用千分尺测量毛坯,更不能在工件转动时测量。

⑤ 测量完毕,千分尺应保持干净,放置时 0～25 mm 千分尺两测量面之间须保持一定间隙。

3) 百分表的使用方法

如图 2-11 所示,使用时可将百分表装在专用表架上或磁性表架上,表架放在平板上,或根据测量需要吸附在某一位置上。表架上的接头和伸缩杆可以调节百分表的上下、前后及左右位置。使用时应注意以下几点:

① 百分表装在表架上后,一般转动表盘,使指针处于零位。

② 测量平面或圆柱形工件时,百分表的测头应与平面垂直或与圆柱形工件中心线垂直。否则百分表齿杆移动不灵活,测量结

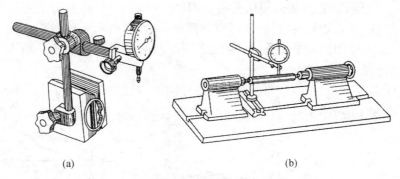

(a)   (b)

图 2‐11　百分表安装方法

（a）在磁性表架上安装百分表；（b）在专用检验工具上安装百分表

果不准确。

　　③ 使用百分表测量时,齿杆的升降范围不宜太大,以减少由于存在间隙而产生误差。

　　④ 内径百分表使用方法如图 2‐12 所示,内径百分表的示值误差较大,一般为±0.015 mm。因此,在每次测量前都必须用千分尺校对尺寸。

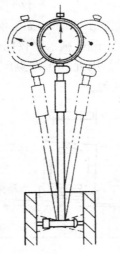

图 2‐12　内径百分表使用方法

⑤ 杠杆百分表的使用方法如图 2-13 所示,杠杆百分表可以采用磁性表架装夹使用,也可以如图 2-13(b)所示采用游标高度尺装夹使用。测量操作时,应注意测杆与测量平面的夹角一般为 15°左右。

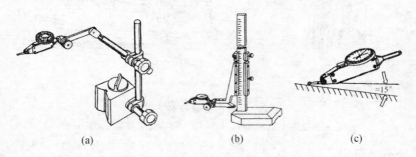

(a)   (b)   (c)

图 2-13 杠杆百分表使用方法

(a) 用磁性表座装夹;(b) 用游标高度尺装夹;(c) 测杆位置

4) 水平仪使用方法

(1) 水平仪的测量计算

若把 0.02 mm/1 000 mm 的水平仪放在 1 000 mm 长的直尺上,把直尺一端垫高 0.02 mm,即相当水平仪回转角度 $\varphi=4''$,这时水平仪气泡便移动一格,如图 2-14 所示。如果水平仪放在 200 mm 长的垫板上,其一端垫高 0.004 mm,则水平仪回转的角度也同样为 $\varphi=4''$,此时气泡也移动一格。因此如果两点间距离不等于 1 000 mm 时,就应进行换算,其公式为

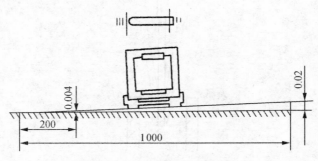

图 2-14 水平仪刻线原理

$$\Delta h = L\alpha$$

式中：Δh——水平仪移动一格时两支点在垂直面内的绝对值(mm)；

　　　L——两支点距离(mm)；

　　　α——水平仪分度值(0.02 mm/1 000 mm)。

[例]　将一分度值为 0.02 mm/1 000 mm 的水平仪放在长度为 800 mm 的直尺上,要使水平仪气泡移动一格,则在直尺一端应垫多少厚度?

解　$\Delta h = L\alpha = 800\text{ mm} \times 0.02\text{ mm}/1\ 000\text{ mm} = 0.016\text{ mm}$

(2) 水平仪的测量操作方法

① 根据被测量精度要求,选用合适的水平仪。因为水平仪精度越高,稳定气泡的时间越长,成本也越高,且需要精心维护。

② 测量前,应仔细擦净表面,并检查被测表面有无毛刺,发现毛刺可用油石打磨。

③ 为减少水平仪测量面的磨损,不可将水平仪在被测表面上拖动,最好将水平仪放置在特制的垫板上使用,常用的垫板形状如图 2-15 所示。

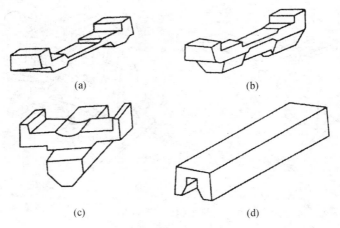

(a) 　　　　　　　　　　　　(b)

(c) 　　　　　　　　　　　　(d)

图 2-15　垫板形状

(a) 用于平面导轨；(b)、(c) 用于 V 形导轨；(d) 用于棱形导轨

④测量时不应对准气泡呼吸或用手擦摸气泡,尽量避免过冷和过热,更不允许有任何的撞击。

二、维修钳工常用工具及其使用方法

1. 台虎钳及其使用

1) 台虎钳的结构

如图2-16(b)所示,回转式台虎钳主要有固定钳身9、活动钳身12两部分,通过转盘底座8上三个螺栓固定在钳桌上。固定钳身9装在转盘底座上,并能在转盘底座上绕其轴心线转动,当转到合适的加工位置时,利用手柄6使夹紧螺钉旋紧,并通过夹紧盘7使固定钳身与转盘底座紧固。螺母5固定在固定钳身上,活动钳身导轨与固定钳身导轨孔相滑配,螺杆1穿过活动钳身与螺母配合,当摇动手柄2使螺杆旋转时,便带动活动钳身相对固定钳身产生移动,完成夹紧或松开工件的动作。在夹紧工件时,为避免螺杆受到冲击力,以及松开工件时活动钳身能平稳地退出,螺杆1上套有弹簧11并用挡圈10将其固定。为了防止钳口磨损,在台虎钳上通过螺钉4装有钢制钳口3,其上有交叉的斜纹,用来夹紧工件使

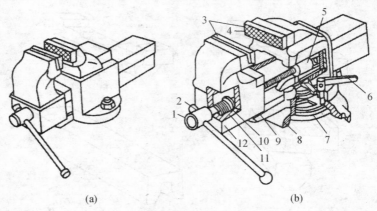

(a) (b)

图2-16 台虎钳

(a) 固定式;(b) 回转式

1—螺杆;2、6—手柄;3—钢制钳口;4—螺钉;5—螺母;7—夹紧盘;
8—转盘底座;9—固定钳身;10—挡圈;11—弹簧;12—活动钳身

其不易滑动,钳口经淬火以延长使用寿命。

2) 台虎钳的使用和维护

① 台虎钳安装在钳桌上,必须使固定钳身的钳口工作面处于钳桌边缘之外,以便在夹持长工件时不受钳桌边缘的阻碍。

② 台虎钳必须牢固地固定在钳桌上,两个夹紧螺钉须拧紧,以免加工过程中产生松动现象,影响加工质量。

③ 夹紧工件时只允许依靠手的力量来扳动手柄,不能用锤子敲击手柄或套上长管子来扳手柄,以免螺杆、螺母或钳台损坏。

④ 强力作业时,应使虎钳受力方向指向固定钳身,避免螺杆、螺母受力过大而造成损坏。

⑤ 不允许在活动钳身的光滑平面上进行敲击、錾断作业。

⑥ 螺杆、螺母和其他活动表面上都要经常加油并保持清洁。

⑦ 夹持毛坯件应注意保护钳口,可采用厚铜板制作护块。

⑧ 錾削、锯削作业应注意加工位置,避免损坏钳口。

2. 砂轮机及其使用

1) 砂轮机特点

如图 2-17 所示,砂轮机由砂轮、电动机、砂轮机座、托架和防护罩等组成,砂轮机主要用来刃磨钳工用的各种刀具或磨制其他工具。

2) 砂轮机使用

由于砂轮的质地较脆,转速较高,如使用不当,容易发生砂轮碎裂而造成人身事故,因此使用砂轮机时,要严格遵守安全操作规程。一般应注意以下几点:

(1) 砂轮机的砂轮应由专人调换,直径过小的砂轮应及时更换。

(2) 使用砂轮机应注意砂轮与磨削材料的对应性,通常硬质合金采用绿色碳化硅,碳钢采用白色氧化铝。

(3) 砂轮的旋转方向要正确(如图 2-17 中箭头所指方向),使磨屑飞离砂轮。

(4) 砂轮起动后,先观察运转情况,转速正常后再进行磨削。

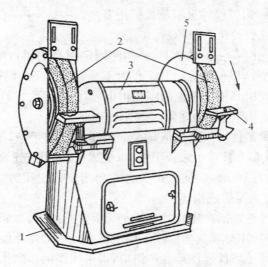

图 2-17　砂轮机
1—机座；2—砂轮；3—电动机；4—托架；5—防护罩

（5）磨削时操作者应站在砂轮的侧面或斜侧面，不要站在砂轮的旋转平面内。

（6）磨削过程中，防止刀具或工件与砂轮发生激烈的撞击，保持砂轮表面的平整。

（7）经常调整搁架与砂轮之间的距离，一般应保持在 3 mm 以内，防止磨削件轧入造成事故。

3. 手电钻及其使用

1）手电钻特点

如图 2-18 所示，手电钻是一种手提式电动工具，在钳工作业中，当受到工件形状或加工部位限制而不能采用钻床钻孔时，可采用手电钻进行加工。

2）手电钻使用

（1）使用时应注意电器安全技术，应戴上绝缘手套。

（2）正确选用与钻头直径规格相适应的电钻。

（3）钻头应刃磨正确的几何角度。

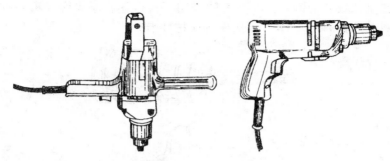

图2-18　手电钻

（4）钻孔时压力不要太大,当电钻速度突然下降应立即减小压力;当电钻突然停转,必须立即切断电源。

（5）当钻孔即将钻穿时,应减小施加的压力。

（6）电钻使用时温升不能过高,齿轮运转应平稳无冲撞噪声。

4. 电动磨头及其使用

如图2-19所示的电动磨头是钳工作业常用的电动工具之一,电动磨头属于高速磨削工具,适用于对各种形状较复杂的工件进行修磨和抛光;装上不同形状的小砂轮,还可以修正各种成形面,当用布轮代替砂轮使用时,可以进行抛光作业。

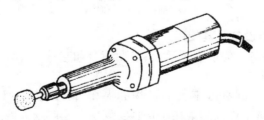

图2-19　电动磨头

5. 拉铆枪及其使用

如图2-20所示的拉铆枪是钳工进行抽芯铆钉铆接使用的工具。使用拉铆枪进行抽芯铆钉铆接操作如图2-21所示,将抽芯铆钉插入铆件孔中,并将伸出铆钉头的钢钉插入铆钉枪头部的孔内,然后启动铆钉枪,由于钉芯的一端制成凸缘状,随着钉芯的抽出,使伸出铆件的铆钉杆在凸缘的作用下自行膨胀形成铆合头,待工件铆牢后,钉芯即在凹槽处断开而被抽出。

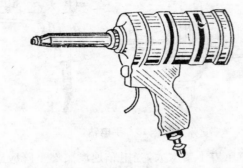

图 2 - 20 拉铆枪

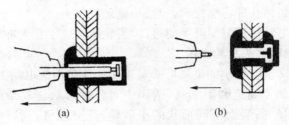

(a)   (b)

图 2 - 21 用拉铆枪进行抽芯铆钉铆接

(a) 抽拉时;(b) 抽拉后

6. 起重设备及其使用

起重设备一般的有千斤顶、手动葫芦和起重机(吊车)等。

1) 千斤顶

适用于升降高度不大的重物的提高、移动等。常用的有螺旋千斤顶、齿条千斤顶和液压千斤顶。图 2 - 22 所示为液压千斤顶的结构图。千斤顶使用时的注意事项:

(1) 千斤顶应垂直安置在载荷下面,工作地面应坚实平坦,以防止陷入和倾斜。

(2) 用齿条千斤顶工作时,棘爪必须在棘轮上面滑过。

(3) 液压千斤顶工作时尽量避免全部旋出螺杆。主活塞的行程不准超过极限的高度标志。

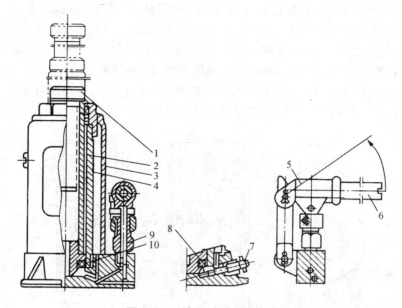

图2-22　液压千斤顶结构图

1—螺杆；2—主活塞；3—储油缸；4—主缸；5—压把；6—压把杆；
7—放油杆；8—钢球；9—液压缸；10—胶碗

（4）不准超载，保证安全使用。

2）手动葫芦

手动葫芦分为手拉葫芦和手扳葫芦两种。其中常用的是环链手拉葫芦、钢丝绳手拉葫芦和环链手扳葫芦。

（1）手拉葫芦

手拉葫芦是一种以手拉为动力的其中设备，广泛用于小型设备的装拆和零部件的吊装作业中。起吊高度一般不超过3 m，起吊重量一般不超过10 t，最大可达20 t。可以垂直起吊，也可以水平或倾斜使用。手拉葫芦具有体积小、重量轻、效率高、操作简易和携带方便等特点。HS型手拉葫芦传动系统如图2-23所示，当拽动手拉链条2时，手链轮6就随之转动，并将摩擦片4、棘轮5及制动器座3压成一体共同旋转，五齿长轴12带动片齿轮8，四齿短轴9和花键孔齿轮

10旋转,装置在花键孔齿轮10上的起重链轮11带动起重链条13上升,平稳地提升重物。手动链条停止拉动后,由于重物自身的重量使五齿长轴反向旋转,手链轮与摩擦片、棘轮和制动器座紧压在一起,摩擦片间产生摩擦力,棘爪阻止棘轮的转动而使重物停在空中,逆时针拽动手链条时,手链轮与摩擦片脱开,摩擦力消除,重物因自重而下降。反复进行操作,就能提升或降下重物。

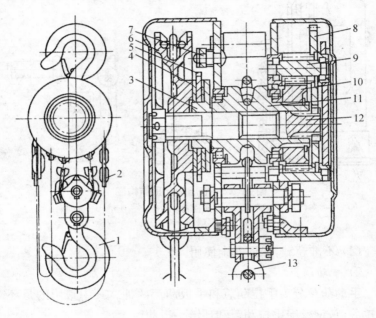

图 2 - 23　HS 型手拉葫芦传动结构

1—吊钩;2—手拉链条;3—制动器座;4—摩擦片;5—棘轮;6—手链轮;
7—棘爪;8—片齿轮;9—四齿短轴;10—花键孔齿轮;
11—起重链轮;12—五齿长轴;13—起重链条

(2) 手扳葫芦

环链手扳葫芦也是常用的一种小型手动起重设备。同环链手拉葫芦比较,在结构上有些区别。环链手扳葫芦的外形如图 2 - 24 所示。起吊时,先转动手柄上的旋钮,使之指向位置牌上的"上"位置,再扳动手柄,扳爪便扳动扳轮,将摩擦片、棘轮、制动器座及压紧座压紧成一体,并带动齿轮轴及齿轮一起转动,联接在齿轮内花键上的起重链轮便带动起重链条上升,重物即被平稳地吊起。转动手柄上的旋钮指向"下"位置,扳动手柄,制动器松开,重物由于重力的作用而下降,当手柄停止扳动时,重物就停止下降。

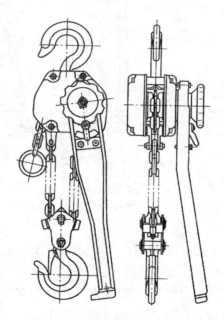

图 2 - 24　环链手扳葫芦

3) 龙门吊架与电动葫芦

钳工作业中常将倒链滑车和龙门滑车配用,如图 2 - 25 所示,可将重物吊起后慢慢移动。常见的电动吊车(电动葫芦),一般将它装在导轨上,可在导轨上来回移动,装载量一般不超过 5 t。工作时,电动机带动钢索滚筒,通过钢索带动吊钩,提起重物,这种起重设备在装配车间应用较为普遍。

4) 起重机

(1) 起重机种类与应用

起重机大致可分为四大类,桥式、梁式、臂架式和固定式。

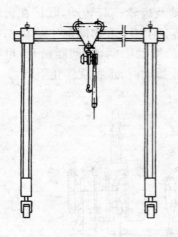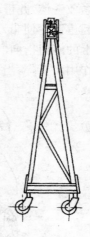

图 2 - 25　龙门吊架

① 桥式起重机,它除了起升机构外,还有小车和大车运行机构,为此,起重机可在大、小车运行机构所能到达的整个场地及其上空作业。

② 梁式起重机是各机械厂车间必备的起重设备。

③ 臂架式起重机,它除起升机构外,通常还有变幅、回转和运行机构,由于这些机构的相互配合,起重机可以在运行机构所能到达的和臂架回转机构所及的场地及其上空作业。

④ 固定式回转起重机、升降机,只能实现一个方向上的直线作业,如电梯、升船机等。

(2) 起重时使用钢丝绳和麻绳的注意事项

① 吊运物件时,若一定要用钢丝绳的,就不得用麻绳或 V 带之类代替。

② 用钢丝绳或麻绳吊挂带有棱角的物件时,在棱角的地方垫放软垫,以免钢丝绳被折断,麻绳磨断。

③ 用绳起吊物件必须注意绳扣的系结方法,绳扣要采用打扣及解扣方便迅速、不易打滑、较安全的绳扣。麻绳的系结方法与用途见表 2 - 1,钢丝绳的系结方法与用途见表 2 - 2。

表 2 − 1　麻绳的系结方法与用途

绳结名称	简　　图	用途及特点
十字结		用于水平提升细而长的物件,结和解都很方便,但起吊时应注意找好物件重心
叠　结		用于垂直提升细而长的物体
猪蹄结		易于抱住物体,能随时拉紧、松开、增长或缩短
海员结		用于提升或拖拉物件,绳索末端可以收紧,但松解不便
溜松绳结		用于在受力时慢慢松放的情况下绳卷须排列整齐,不得重压,松端应在下边
琵琶结		常用于绳头的一端固定或起吊、溜绳时对物件的栓结

表 2-2 钢丝绳的系结方法与用途

绳结名称	简　图	用途及特点
平　结	短圆木	用于连接钢丝绳的两端
兜捆结		适用于吊装块状重物
套捆结		适用于块状、轴状、板状、盘状等成捆的重物的起吊
八字栓结		适于平吊条形重物，为防打滑，可加绕一圈
用孔栓结		利用重物上的孔、吊环、螺栓等吊装重物，既简单，又便捷。但对于刚性不太好的重物，应先加固，增强刚性后方可起吊
用吊环栓结		
用螺栓栓结		

(续　表)

绳结名称	简　图	用途及特点
吊钩结		用于吊钩上栓结钢丝绳起吊物件,以防滑脱

④ 钢丝绳的安全起吊重量,由经验公式 $P = 9d^2$[P 为允许拉力(kg),d 为钢丝绳直径(mm)]估算求得。国产旗鱼牌白棕绳的破断拉力见表2-3。

表2-3　国产旗鱼牌白棕绳的破断拉力

直径 d(mm)	破断拉力 (N)	最小滑车直径 $d>110,d$(mm)	直径 d(mm)	破断拉力 (N)	最小滑车直径 $d>110,d$(mm)
6	2 000	100	25	24 000	250
8	3 250	100	29	26 000	290
11	3 750	150	33	29 000	330
13	8 000	150	38	35 000	380
14	9 500	150	41	37 500	410
16	11 500	200	44	45 000	440
19	13 000	200	50	60 000	510
20	16 000	200	57	65 000	570
22	18 500	220	63	70 000	630

⑤ 使用前应作外观检查,钢丝绳检查断丝数和断丝位置,锈蚀和磨损程度与位置,变形情况等。从直径估计是否能安全起吊所拆装的零部件,避免使用断丝过多的钢丝绳。

⑥ 选择合适的捆钩位置,以免打滑。无论吊钩端还是工件上

均应采用合适的绳扣,以免吊装过程中,工件重心偏移造成倾倒。

⑦ 久置不用的钢丝绳应涂油,盘卷后适当放置。麻绳应放置在干燥处,并与腐蚀性的物品隔离。

⑧ 严禁使用断丝和受潮的麻绳起吊物件,使用旧麻绳按其破旧程度,破断拉力仅为新麻绳的 $40\%\sim60\%$。

7. 手动压床及其使用

手动压床用于过盈联接中零件的拆卸压出和装配压入,也可以用于矫正、调直弯曲变形的轴类、盖板类零件。维修钳工常用的手动压床结构形式如图 2-26 所示。

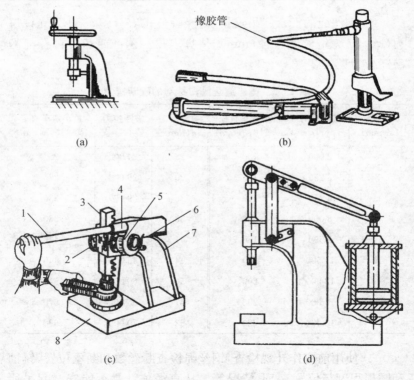

橡胶管

(a)   (b)

(c)   (d)

图 2-26　手动压床
(a) 螺旋式;(b) 液压式;(c) 杠杆式;(d) 气动式
1—手把;2—手轮;3—齿条;4—棘爪;5—棘轮;6—轴;7—床身;8—底座

三、维修钳工安全操作规范

1. 维修作业安全操作规范

（1）工作场地要经常保持整齐清洁，搞好环境卫生，现场管理应符合企业规定的管理标准，即整理、整顿、清洁、清扫、素养、安全六项要求。

（2）使用的工具和装拆的零件、毛坯和原材料等的放置要有序，并且要整齐稳固，以保证操作中的安全和方便，通常应符合企业的定置管理标准。

（3）使用的设备、机床、工具要经常检查（如起重机、压力机、砂轮机、钻床、手电钻和锉刀机等），发现损坏要停止使用，修复或更换后才能使用。

（4）在一些作业中，如錾削、锯削、钻孔以及砂轮上修磨工具等，都会产生很多切屑，清除切屑时要用刷子等专用工具，不要直接用手去清除，更不可用嘴去吹，以免切屑飞进眼中，受到不必要的伤害。

（5）使用电气设备时，特别是使用手提移动电具，必须严格遵守有关操作规程，防止触电，造成人身事故。

（6）拆卸和装配大型设备或较重的部件应合理使用起重机械，多人作业应由一人指挥，防止人身事故。

（7）试车前应仔细检查维修设备的装配精度和完善程度，并进行必要的手动检查，对运动部位的防护装置应注意检查，严格按试车工艺规程进行试车。

（8）操作压床时，工件要放在压头中心位置。装拆、调整，试车有多人同时操作时，思想要集中，注意密切配合。安装零部件时，不准用手摸滑动面和将手伸入活动的螺孔内。

2. 钻床安全操作规范

（1）工作前对所用的钻头和工、夹具进行全面检查，确认无误并熟悉机床使用方法后方可进行钻孔操作。

（2）工件应使用夹具装夹，严禁用手抓握工件钻孔，工件装夹应注意限制工件钻孔加工中的转矩。

（3）使用钻床严禁戴手套操作，操作中应正确使用防护用品。

（4）使用自动进给时，应合理选择进给速度，正确调整行程限位挡块。手动进给时，一般应按照逐渐增压和逐渐减压的方法进行，以免用力过猛，造成事故。

（5）钻头绕有长切屑时，应停机清除，禁止用风吹和用手拉，应使用刷子或铁钩清除。

（6）不准在旋转的刀具下翻转、装夹或测量工件，手不准触摸旋转的刀具和主轴，严禁用棉纱、油布擦拭旋转的主轴。

（7）使用摇臂钻时，横臂回转范围内不准有障碍物。工作前，横臂必须锁紧。

（8）横臂和工作台上下，不准乱放物件。

（9）工作结束时，将横臂降低到最低位置，主轴箱靠近立柱，并应锁紧，切断电源。

（10）经常检查电源线蛇皮管及接地线，检查照明线路，使用安全电压。

（11）机床周围场地应及时清扫，工件堆放整齐，保持道路通畅。

（12）搬运、吊装或多人一起抬放工件时，应由一人指挥，仔细操作，防止事故。

3. 刨床安全操作规范

（1）工件装夹要牢固，增加虎钳夹固力可用接长套筒，不得用铁榔头敲打扳手。

（2）刀具不得伸出过长，刨刀要装牢。工作台上不得放置工具。

（3）调整牛头冲程要使刀具不接触工件，用手动或点动试验其行程，满足要求后，再扳紧行程调正螺母。滑枕前后不准站人。

（4）机床调整好后，随时将手柄取下。

（5）刨削过程中，头与手不得伸到车头前检查，不得用棉纱擦拭工件和机床转动部位。车头不停稳，不得测量工件。

（6）装卸较大工件和夹具时，应注意安全吊装，防止滑落伤人。

（7）经常检查电源线蛇皮管及接电线，检查照明线路，使用安全电压。

··[··· 复 习 思 考 题 ···]··

一、判断题

1. 普通百分表使用时测杆应与被测表面垂直。　　　（　　　）
2. 杠杆百分表使用时测杆应垂直于被测量表面。　　（　　　）
3. 使用砂轮机应站立在砂轮的侧面。　　　　　　　（　　　）
4. 框形水平仪的测量精度与环境温度无关。　　　　（　　　）

二、选择题

1. 测量两平面之间尺寸精度为 50 mm±0.01 mm 的工件,应
   选择（　　　）进行测量。
   A. 千分尺　　　　　　　　　　B. 百分表
   C. 游标卡尺　　　　　　　　　D. 框形水平仪
2. 检测车床导轨的直线度应选用（　　　）进行测量。
   A. 千分尺　　　　　　　　　　B. 百分表
   C. 游标卡尺　　　　　　　　　D. 框形水平仪
3. 测量板状工件上单孔 ∅25.00～25.023 mm 内径尺寸,应选
   用（　　　）进行测量。
   A. 内径百分表　　　　　　　　B. 百分表
   C. 内径千分尺　　　　　　　　D. 框形水平仪
4. 在标准平板上测量工件的精度要求较高的平面度可以选用
   （　　　）进行测量。
   A. 千分尺　　　　　　　　　　B. 百分表
   C. 游标卡尺　　　　　　　　　D. 塞尺
5. 测量工件斜面的角度可选用（　　　）进行测量。
   A. 千分尺　　　　　　　　　　B. 游标角度尺
   C. 游标卡尺　　　　　　　　　D. 内径百分表
6. 百分表的内部传动结构主要是（　　　）传动。
   A. 皮带　　　　　　　　　　　B. 链条

    C. 齿轮齿条   D. 螺纹

7. 千分尺的微分传动采用（   ）传动。

    A. 皮带   B. 链条

    C. 齿轮齿条   D. 螺纹

8. 在工件的形状和加工部位受到限制时，一般应选用（   ）进行钻孔加工。

    A. 台钻   B. 立钻

    C. 手电钻   D. 摇臂钻

三、简答题

1. 简述千分尺的结构原理与读数方法。

2. 简述百分表的使用方法。

3. 简述水平仪的用途和使用方法。

第 **3** 章 划 线

1. 划线工具的选择、使用操作方法。
2. 划线零件的安装、支承操作方法。
3. 零件划线基准的选择方法。
4. 使用分度头对零件进行等分和
分度划线的操作方法。

一、划线的基本概念

根据图样或实物的尺寸,在工件表面上(毛坯表面或己加工表面)划出零件的加工界线,这种作业过程称为划线。划线分平面划线和立体划线两种。平面划线是在工件的一个表面上划线,即在一个平面上划线就能反映出加工界线,如图 3-1 所示在板料上的划线。立体划线是同时在工件几个不同表面(通常是互相垂直,反映工件三个方向尺寸的表面)上进行划线,用几个平面上的划线才能反映加工界线,这种划线称为立体划线,如在支架箱体上划线,如图 3-2 所示。

图 3-1 平面划线

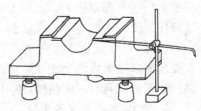

图 3-2 立体划线

二、划线常用的工具

1. 划线基准工具

1）划线平板

划线平板是划线的主要基准工具。一般由铸铁制成,工作表面经过精刨或刮削加工,如图3-3所示。目前使用的还有人造大理石平板,具有耐磨性好,不易变形等特点。由于平板表面是划线的基准平面,其平整性直接影响划线的质量,因此平板使用时应保证平板表面的精度,使用操作时需注意保护平板的精度。

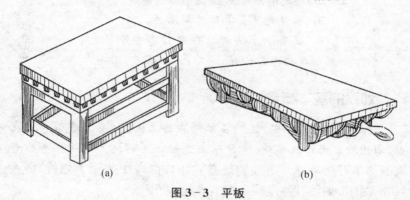

(a)   (b)

图3-3 平板

2）方箱

方箱是用灰铸铁制成的空心立方体或长方体,其相对平面互相平行、相邻平面互相垂直(图3-4)。划线时,可用C形夹头将工件夹紧在方箱上,再通过翻转方箱,便可在一次安装情况下,将工件上互相垂直的线全部划出来。方箱上的V形槽平行于相应的平面,是装夹圆柱形工件用的。与方箱类似的基准工具六面角铁如图3-5所示,其六面对应面平行,相邻面垂直,装夹工件可以采用C字夹夹紧,主要装夹基准面为两个相互垂直的面,形似直角铁,但因其侧面和加强肋的平面都具有一定精度,使用的功能与方箱类似。

2. 划线夹持和支承工具

划线支承工具用来支承和调整划线工件,以保证工件划线位

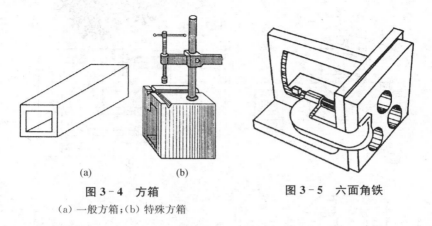

图 3 - 4 方箱

（a）一般方箱；（b）特殊方箱

图 3 - 5 六面角铁

置的正确性；夹持工具用以夹紧工件。支承、夹持工具如图 3 - 6 所示，有 V 形架、千斤顶、C 字夹、调节垫块（如楔铁）等。

1）V 形架

用来安放圆柱形工件的基准工具，如轴类、套筒类工件装夹。圆形工件安置在 V 形槽内，它的轴线平行于平板，V 形槽的中间平面对称两侧面外形，这样就便于用划线盘、高度游标尺找出中心位置，划出中心线，以及完成以侧面为基准的对称位置划线等其他划线工作。

2）C 形夹头

通常采用中碳钢制成，也有采用铸铁制作弓形架的，C 形夹头的主要用途是夹持工件，与螺栓、压板相比使用简便、轻巧，夹持所需的部位比较小。

3）千斤顶

图 3 - 7 所示为千斤顶结构图，它是用来支承毛坯或不规则工件进行立体划线的，它可以顶起工件，支承工件和调整工件位置高度。*使用千斤顶需注意工件顶起部位的位置，多个千斤顶使用应注意千斤顶布点位置的合理性，通常布点应形成一个矩形和三角形，支承位置离工件重心尽可能远，避免工件倾倒；较轻的部位采用一个千斤顶，较重的部位采用两个千斤顶；支承的点尽量不要选择在容易滑动的位置。*

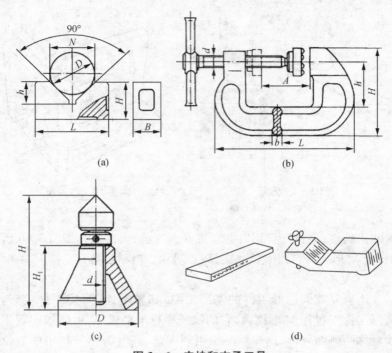

图 3 - 6　夹持和支承工具

（a）V 形架；（b）C 形夹头；（c）千斤顶；（d）调节垫块

4）调节垫块

图 3 - 6d 所示的调节用楔形垫块，一般用中碳钢制成，可用来调节工件位置的高低以及倾斜的角度。工件基准面为已加工的表面垫高操作时，可采用平行垫块组合使用。带 V 形槽的调节垫块可通过调节螺钉，来调节圆柱形工件的位置高低。

3. 直接划线工具

1）划针

划针是划线时用来在工件上划线条的直接划线工具，划针通常用工具钢或弹簧钢丝制成，其长度一般为 200～300 mm，直径为 3～6 mm，一端磨成 10°～20°尖角，并经淬火。为了使针尖更锐利耐磨，划出线条更清晰，可以焊上硬质合金后磨锐使用，见图 3 - 8。

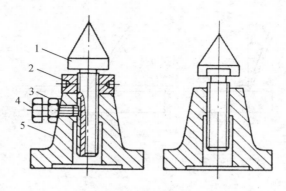

图 3-7 千斤顶

1—螺杆;2—螺母;3—锁紧螺母;4—螺钉;5—底座

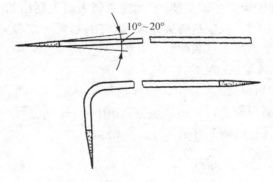

图 3-8 划针

划针的使用方法如下:

(1) 划线时一般要与钢直尺、90°角尺或样板等导向工具配合使用。

(2) 划线操作时,划针尖端要紧贴导向工具移动,上部向外侧倾斜角 15°~20°,向划线方向倾斜角 45°~75°,见图 3-9。

(3) 划针应保持锐利,用钝了的划针,可在砂轮或油石上磨锐后再使用,否则划出的线条过粗不精确。

(4) 使用划线盘装夹和手捏划针划线,划针的伸出长度应尽可

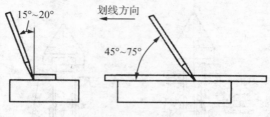

图 3 - 9　划针使用

能短,以免划针晃动影响划线精度。

2）划规

划规在划线中主要用来进行划圆和圆弧、等分线段、角度及量取尺寸等划线操作。钳工用划规有普通划规、弹簧划规和大尺寸划规。划规的脚尖必须坚硬,才能使金属表面上划出的线条清晰。一般划规用工具钢制成,脚尖经淬火,有的划规还在脚尖上加焊硬质合金,使之更加锋利和耐磨。

（1）普通划规（图 3 - 10）

其结构简单、制造方便。铆合处紧松要适当。两脚长短要一致,如在普通划规上装上锁紧装置,如图 3 - 10（b）所示,拧紧锁紧螺钉,则可保持已调节好的尺寸不会松动。

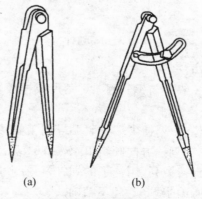

(a)　　　　　　　(b)

图 3 - 10　普通划规

（2）大尺寸划规

又称滑杆划规，如图 3-11 所示。

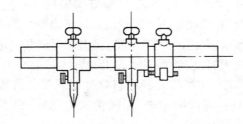

图 3-11 滑杆划规

（3）弹簧划规（图 3-12）

使用时，旋动调节螺母，可调节划规脚尖的尺寸，调节方便，由于弹簧圈的作用，螺母调节后自动锁紧，调节后的尺寸可保持不变。该划规划脚安装在弹性圈上，故结构刚度较差，适用在光滑表面上划线。

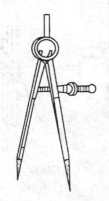

图 3-12 弹簧划规

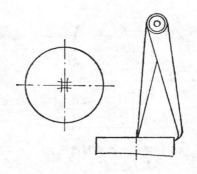

图 3-13 单脚划规及其应用

（4）单脚划规

用来求圆形工件的中心，如图 3-13 所示。

（5）用划规划线操作注意事项

① 划规脚尖应保持锐利。

② 划规脚尖应保持高低一致,用于台阶面划线的专用划规可按台阶面的尺寸确定划规脚尖的高低尺寸。

③ 使用有锁紧装置的划规,调整好脚尖尺寸后应锁紧划规,避免划线过程中尺寸变动影响划线精度。对于由微量调节装置的滑杆划规,应先锁紧微调装置和一个脚架,微调后再锁紧调定后的脚架。

④ 使用划规时,应注意固定脚尖和划线脚尖的用力方法,划圆弧和整圆时固定脚尖的位置预先打好冲眼。等分线段和角度时的划线,可用一只手把握固定脚,用较大压力,另一只手把握划线摆动力度,用较小的压力。

⑤ 如图3-13所示,使用单脚划规求圆形工件的中心时,弯脚离工件端面的距离应保持一致,否则划线求得的中心会产生较大的误差。

⑥ 如图3-14所示,若采用一般划规在台阶面上划圆时,两脚尖之间的距离为 $R = \sqrt{r^2 + h^2}$,r 为所划圆的半径,h 为台阶的高度尺寸。

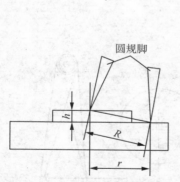

图 3-14 在中心与圆周有高低的
平面上划线

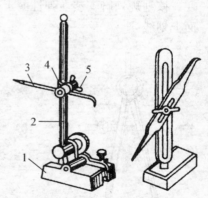

图 3-15 划线盘
1—底座;2—立柱;3—划针;
4—滑动套夹;5—夹紧螺母

3）划线盘

划线盘是用于立体划线和用来校正工件位置的工具。划线盘的结构如图3-15所示;大型划线盘底座及立柱结构如图3-16所示,底座装有滚珠,可减小移动时的摩擦阻力。划线盘使用操作方法如下:

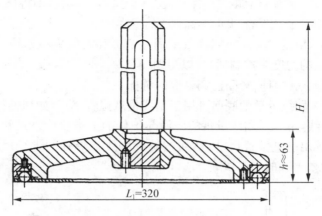

H

$h \approx 63$

$L_1 = 320$

图 3 - 16　大型划线盘部分结构示意图

（1）松开夹紧螺母，滑动套杆可沿立柱上下移动，划针可沿滑槽前后移动，夹紧螺母可将划针固定在所需的位置上。

（2）夹紧螺母应紧固可靠，以免在划线中松动影响划线精度。

（3）划针的直头端用来划线，为了增加划线时划针的刚度，划针不宜伸出过长，划线时划针应处于水平位置。

（4）划针弯头端用来找正工件表面的位置，如找正工件上平面与划线平板平行等。

（5）划针与工件划线表面之间沿划线方向应倾斜一定角度，以减小划线阻力，防止扎入粗糙表面。

（6）在拖动底座划线时，应使底座与平板台面紧贴，无跳动和晃动，接触面保持干净，以减小拖动阻力。

（7）划线盘使用完毕后，将划针的直头端向下，置于垂直状态，弯头端指向立柱，以防伤人和减少所占的空间位置。

4）游标高度尺

如图 3 - 17 所示，用于划线的量爪前端镶有硬质合金，分度值一般为 0.02 mm，主要用于加工后表面上的划线。用游标高度尺划线操作注意事项：

（1）游标高度尺是精密划线工具，不允许在毛坯上划线。

（2）使用游标高度尺应注意校核划线量爪的零位，即将划线量爪下平面与平板面贴合，此时游标刻线的零位线应与主尺的零位线对准。

（3）划线时应使用划线量爪的左侧尖和右侧尖与划线表面接触，划线的力度应控制适当，以免划线过深。

（4）划线时应紧固已调整好的游标。

（5）划线量爪的底面可用于划线量爪位置找正，如划轴类零件的中心线，可先用划线量爪的底面与工件的上素线恰好接触，锁紧游标，读出高度位置尺寸，然后按游标刻线下降轴的半径尺寸，即可准确划出轴的中心线。

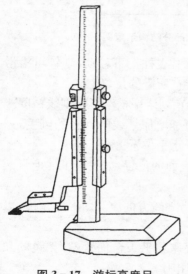

图 3-17 游标高度尺

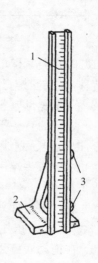

图 3-18 高度尺

1—钢尺；2—底座；3—锁紧螺母

4. 量取和导向工具

1）高度尺和钢直尺

高度尺和钢直尺是划线的量取工具。高度尺由钢尺和底座组成，如图 3-18 所示。它配合划线盘量取尺寸，可决定划针在平板上的高度尺寸。钢直尺可用于划规脚尖量取尺寸。

2）宽座角尺

宽座角尺,如图 3-19 所示,是钳工常用的测量工具,划线时用来划垂直或平行线的导向工具,同时可用来找正工件在平台上的垂直位置,如图 3-20 所示。

3）游标万能角度尺

结构见图 3-21,是划线操作的导向和角度测量工具。

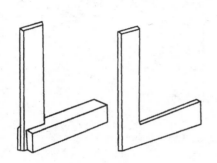

图 3-19　宽座角尺

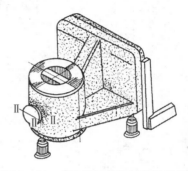

图 3-20　用 90°宽座角尺找正工件

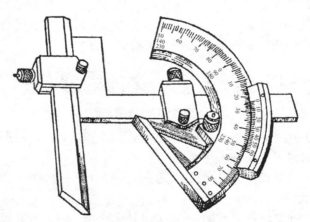

图 3-21　游标万能角度尺

4）样板和曲线板

如图 3-22 所示为划线样板和曲线板,划线样板是用来对零件进行指定部位划线的专用导向工具,曲线板用来连接过渡曲线。

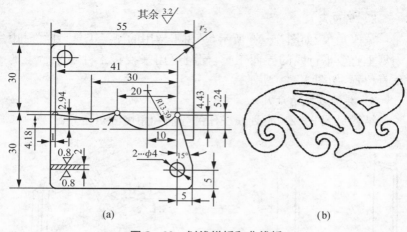

图 3 – 22 划线样板和曲线板

(a) 划线样板；(b) 曲线板

5. 辅助工具

1）样冲

样冲是在划好的线上冲眼用的工具,如图 3 – 23 所示。冲眼的目的是使划出来的线条具有永久性的标记,同时用划规划圆和定钻孔中心时也需要冲眼作为圆心位置的定点。

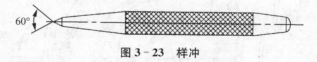

图 3 – 23 样冲

样冲用工具钢制成,冲尖磨成 $45°\sim60°$ 锥角,并淬火硬化。

冲眼操作要掌握如下几点:

（1）冲眼操作时目光、划线和样冲应方向一致,便于冲尖位置对准划线。

（2）冲眼位置要准确,冲眼尖应处于线条中间。若有偏离或歪斜必须立即纠正重打。

（3）冲眼距离根据线条的长短、曲直而定,对长的直线条冲眼应均匀布点且距离可大些,对短的曲线条,冲眼距离可小些,在线条的交叉转折处必须冲眼。

（4）冲眼的深浅根据零件表面质量情况而定,粗糙毛坯表面应深些,光滑表面或薄壁工件可浅些,精加工表面禁止冲眼。

2）中心架

如图3-24所示的中心架用于中空零件的定心和划线,当零件中间有较大的预制孔时,可采用中心架支撑在内孔壁上,然后采用直接划线工具在中心架表面进行划线。中心架使用时注意点:

（1）中心架应紧固在工件内孔中,防止划线时松动。

（2）中心架划线部位表面应与工件划线表面基本平齐,以免产生划规脚尖距离误差。

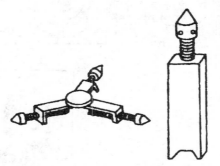

图 3 - 24 中心架

6. 分度头

分度头是用来对工件进行等分、分度的重要工具,也是铣床加工的一个重要附件。

钳工在划线时,将分度头放在划线平板上,工件夹持在分度头的三爪自定心卡盘上,配以划线盘或游标高度尺,即可对工件进行分度、等分或划平行线、垂直线、倾斜角度线和圆的等分线或不等分线等,其方法简便,适用于维修零件的划线。

分度头的主要规格是以主轴中心到底面的高度表示的。例如F11125即万能分度头,主轴中心到底面的高度为125 mm,常用的有 F11100、F11125、F11160 等规格。

1）万能分度头的结构及传动系统

分度头外形及传动系统见图 3 - 25,主要有基座、回转体、主轴、分度盘(孔盘)、分度叉、分度手柄和分度定位销等组成。万能分度头主轴前端有锥孔,可以装入莫氏 4 号锥柄。主轴前端的外螺纹,用来安装夹持工件的三爪自定心卡盘。刻度盘固定在主轴上,和主轴一起旋转。分度盘上有 $0°\sim360°$ 的刻度,可用来对工件进行精度较低的分度。

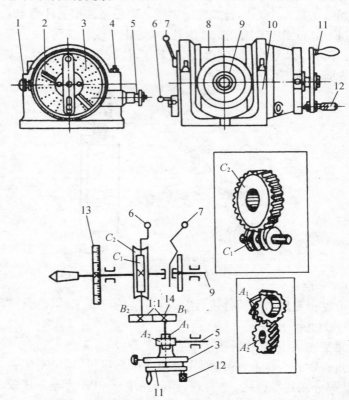

图 3 - 25   F11125 型万能分度头的外形和传动系统

1—孔盘紧固螺钉;2—分度叉;3—分度盘(孔盘);4—螺母;
5—交换齿轮轴;6—蜗杆脱落手柄;7—主轴锁紧手柄;8—回转体;9—主轴;
10—基座;11—分度手柄;12—分度定位销;13—分度盘;14—心轴

将工件装在主轴的顶尖上可由拨叉带着转动或装在与主轴螺纹联接的三爪自定心卡盘上,蜗轮 C_2 固定在主轴上通过齿数相同的两

个圆柱齿轮 B_1 与 B_2，交错轴斜齿轮(或锥齿轮)A_1、A_2 与分度盘 3 相连。拨出定位销 12，转动分度手柄 11 时，分度盘不转动，通过传动比 1：1 的交错轴斜齿轮 B_1、B_2 的传动，带动蜗杆 C_1 转动，然后通过传动比为 1：40 的蜗杆传动机构带动主轴(工件)转动进行分度。

2) 简单分度法

(1) 分度计算

分度头手柄心轴 14 与蜗杆之间传动比为 1：1，蜗杆为单线，主轴上蜗轮齿数为 40。若分度手柄转过一周，分度头主轴 1 即转动 1/40 转。因此分度头手柄的转数可按下列传动关系式算出

$$n = 40/Z$$

式中：n——分度手柄转数；

Z——工件等分数。

[例 1] 要划出均匀分布在工件圆周上的 12 个孔，试求每划一个孔的位置后，分度头手柄应转几转后再划第二个孔位置。

解　根据公式　　$n = \dfrac{40}{Z} = \dfrac{40}{12} = 3\dfrac{4}{12} = 3\dfrac{12}{36}$ 转

答　即每划完一个孔的位置后，手柄应转过 3 又 12/36 转再划第二个孔的位置。

[例 2] 要在一圆盘端面划出 7 等分线，求每划一条线后，手柄应转过几转后再划第二条线？

解　根据公式　　$n = \dfrac{40}{Z} = \dfrac{40}{7} = 5\dfrac{5}{7}$ 转

答　即每划一条线后，手柄应转过 5 又 5/7 转再划第二条线。

由上述例题可见，手柄的转数，可能不是整转数，如何使手柄精确地转过 5/7 转，这时就需要利用分度盘一起进行分度。

(2) 分度盘使用

分度盘是分度手柄一转内分度计数的依据。在分度盘上有若干圈孔数不同、等分准确的孔眼，当分度计算手柄转数值为分数或带分数时，应把其分数部分的分母和分子同时扩大(或缩小)一个倍数,使分母与分度盘某一圈孔数相同。分子就是手柄应在该圈上需转过的孔距数。在例 1 中,手柄应转过 3 转后,还要转 4/12 转,这时可根据分度盘其一圈的孔数(如 36),把分数 4/12×3/3＝12/36,于是就可在 36 孔的孔圈内转过 12 个孔距。根据不同的圈孔数,可以扩大为其他多种倍数值,为了提高等分精度,应选用较多的圈孔数进行分度操作。万能分度头附带的分度盘有一块、二块和三块的。分度盘各圈的孔数见表 3-1,为了简化计算,简单分度时可按等分数直接查表 3-2 获得分度手柄的转数。

表 3-1　各分度盘孔数

		分 度 盘 孔 数
带一块 分度盘		正面:24,25,28,30,34,37,38,39,41,42,43 反面:46,47,49,51,53,54,57,58,59,62,66
带二块 分度盘	第一块	正面:24,25,28,30,34,37 反面:38,39,41,42,43
	第二块	正面:46,47,49,51,53,54 反面:57,58,59,62,66
带三块 分度盘	第一块	15,16,17,18,19,20
	第二块	21,23,27,29,31,33
	第三块	37,39,41,43,47,49

表 3-2　简单分度表

工件等 分 数	孔盘 孔数	手柄回 转数	转过的 孔距数	工件等 分 数	孔盘 孔数	手柄回 转数	转过的 孔距数
2	任意	20	—	11	66	3	42
3	24	13	8	12	24	3	8
4	任意	10	—	13	39	3	3
5	任意	8	—	14	28	2	24
6	24	6	16	15	24	2	16
7	28	5	20	16	24	2	12
8	任意	5	—	17	34	2	12
9	54	4	24	18	54	2	12
10	任意	4	—	19	38	2	4

（续　表）

工件等 分　数	孔盘 孔数	手柄回 转数	转过的 孔距数	工件等 分　数	孔盘 孔数	手柄回 转数	转过的 孔距数
20	任意	2	—	48	24	—	20
21	42	1	38	49	49	—	40
22	66	1	54	50	25	—	20
23	46	1	34	51	51	—	40
24	24	1	16	52	39	—	30
25	25	1	15	53	53	—	40
26	39	1	21	54	54	—	40
27	54	1	26	55	66	—	48
28	42	1	18	56	28	—	20
29	58	1	22	57	57	—	40
30	24	1	8	58	58	—	40
31	62	1	18	59	59	—	40
32	28	1	7	60	42	—	28
33	66	1	14	62	62	—	40
34	34	1	6	64	24	—	15
35	28	1	4	65	39	—	24
36	54	1	6	66	66	—	40
37	37	1	3	68	34	—	20
38	38	1	2	70	28	—	16
39	39	1	1	72	54	—	30
40	任意	1	—	74	37	—	20
41	41	—	40	75	30	—	16
42	42	—	40	76	38	—	20
43	43	—	40	78	39	—	20
44	66	—	60	80	34	—	17
45	54	—	48	82	41	—	20
46	46	—	40	84	42	—	20
47	47	—	40	85	34	—	16

（续　表）

工件等分　数	孔盘孔数	手柄回转数	转过的孔距数	工件等分　数	孔盘孔数	手柄回转数	转过的孔距数
86	43	—	20	140	28	—	8
88	66	—	30	144	54	—	15
90	54	—	24	145	58	—	16
92	46	—	20	148	37	—	10
94	47	—	20	150	30	—	8
95	38	—	16	152	38	—	10
96	24	—	10	155	62	—	16
98	49	—	20	156	39	—	10
100	25	—	10	160	28	—	7
102	51	—	20	164	41	—	10
104	39	—	15	165	66	—	16
105	42	—	16	168	42	—	10
106	53	—	20	170	34	—	8
108	54	—	20	172	43	—	10
110	66	—	24	176	66	—	15
112	28	—	10	180	54	—	12
114	57	—	20	184	46	—	10
115	46	—	16	185	37	—	8
116	58	—	20	188	47	—	10
118	59	—	20	190	38	—	8
120	66	—	22	192	24	—	5
124	62	—	20	195	39	—	8
125	25	—	8	196	49	—	10
130	39	—	12	200	30	—	6
132	66	—	20	204	51	—	10
135	54	—	16	205	41	—	8
136	34	—	10	210	42	—	8

7. 划线涂料

为了使工件上划出的线条清晰,划线前需要在划线部位涂上一层涂料。坯件表面划线涂料使用白喷漆和石灰水、锌钡白(俗名立德粉)。已加工表面划线涂料使用品紫溶液(蓝油)、品绿溶液、蓝矾溶液。精密工件划线涂料通常采用无水涂料,由香蕉水 100 g、人造树脂 0.7 g、火棉胶 39 g、甲基紫 1 g 配制而成,无水涂料的优点是所含水分极少,涂在工件上,工件不易锈蚀。但必须置于密封的容器内,否则容易挥发掉,使用时须注意防火。

三、划线方法与实例

1. 基准的基本知识

划线时用来确定零件上其他点、线、面位置的依据,称为划线基准。正确选择划线基准是划线操作的关键,有了合理的基准,才能使划线准确、方便和提高效率。划线应从基准开始。 划线基准确定原则:

1) 划线基准应尽量与设计基准重合,即采用基准统一原则,划线时,应使划线基准与设计基准一致。在零件图上,可以找到确定其他点、线、面位置的基准,这些作为基准的点、线、面即为设计基准。因此选择划线基准时,应首先分析图样,了解零件结构以及零件各部分尺寸的标注关系,找出划线内容的基准点、线、面。

2) 对称形状的工件,应以对称中心线和中间平面为基准。

3) 有孔或塔子的工件,应以主要的孔或塔子中心线为基准。

4) 在未加工的毛坯上划线,应以主要不加工面为基准。

5) 在加工过的工件上划线,应以加工过的表面为基准。

6) 修理过程的配划线以不调换的零件为基准。

2. 划线基准选择

1) 平面划线基准选择

(1) 以两个相互垂直的平面(或直线)为基准,如图 3-26(a) 所示。

(2) 以两条互相垂直的中心线为基准,如图 3-26(b)所示。

（3）以一个平面（或直线）和一条中心线为基准，如图 3 - 26（c）所示。

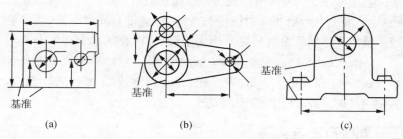

图 3 - 26　划线基准选择的三种类型

根据上述选择方法，平面划线时在零件的每一个尺寸方向都需要选择一个基准。**因此，平面划线一般要选择两个划线基准。**

2）立体划线基准选择

立体划线一般要选择三个划线基准。选择的方法是在平面划线基准选择的基础上进行的，实质上立体划线是多个平面划线的组合。**立体划线基准的选择方法如下：**

（1）毛坯件划线基准选择

① 待加工表面与不加工表面，选择不加工表面；

② 所有表面都要求加工，选定加工余量较少或精度要求较高的平面；

③ 两个不加工的平行平面或对称的平面，选定对称中间平面；

④ 两个以上不加工的平面，选定较大而不加工的平面；

⑤ 大平面与小平面，选定大平面；

⑥ 复杂面与简单面，选定复杂面；

⑦ 批件有孔、凸台或毂面，选定中心点；

⑧ 批件上带斜面，当斜面大于其他面时，先划斜面；当斜面小于其他面时，最后划斜面。

（2）半成品件划线基准选择

① 在工件某一坐标方向上，有已经加工好的面，以加工好的面

为基准划其余线;对不加工面和待加工面,以不加工面为基准划其余各线。

② 经加工过的几个面,选定设计基准或尺寸精度要求最高的面。

3. 划线基本方法

1) 平面划线基本方法

常用的平面划线基本方法见表 3-3。

表 3-3　常用基本划线方法

划线要求	图 样	划 线 方 法
等分直线 AB 为五等分(或若干等分)		1. 作线段 AC 与已知直线 AB 成 20°～40°角度 2. 由 A 点起在 AC 上任意截取五等分点 a、b、c、d、e 3. 连接 Be。过 d、c、b、a 分别作 Be 的平行线。各平行线在 AB 上的交点 d′、c′、b′、a′即为五等分点
作与 AB 距离为 R 的平行线		1. 在已知直线 AB 上任意取两点 a、b 2. 分别以 a、b 为圆心,R 为半径,在同侧划圆弧 3. 作两圆弧的公切线,即为所求的平行线
过线外一点 P,作线段 AB 的平行线		1. 在线段 AB 的中段任取一点 O 2. 以 O 为圆心,OP 为半径划圆弧,交 AB 于 a、b 3. 以 b 为圆心,aP 为半径作圆弧,交圆弧 ab 于 c 4. 连接 Pc,即为所求平行线
过已知线段 AB 的端点 B 作垂线		1. 以 B 为圆心,取 Ba 为半径作圆弧交线段 AB 于 a 2. 以 aB 为半径,在圆弧上截取 ab 和 bc 3. 以 b、c 为圆心,Ba 为半径作圆弧,得交点 d。连接 dB,即为所求垂线

（续　表）

划线要求	图　样	划 线 方 法
求作 15°、30°、45°、60°、75°、120° 的角度		1. 以直角的顶点 O 为圆心,任意长为半径作圆弧,与直角边 OA、OB 交于 a、b 2. 以 Oa 为半径,分别以 a、b 为圆心作圆弧,交圆弧 $\overset{\frown}{ab}$ 于 c、d 两点 3. 连接 Oc、Od,则 $\angle bOc$、$\angle cOd$、$\angle dOa$ 均为 30°角 4. 用等分角度的方法,亦可作出 15°、45°、60°、750° 及 120° 的角
任意角度的近似作法		1. 作直线 AB 2. 以 A 为圆心,57.4 mm 为半径作圆弧 $\overset{\frown}{CD}$ 3. 以 D 为圆心,10 mm 为半径在圆弧 $\overset{\frown}{CD}$ 上截取,得 E 点 4. 连接 AE,则 $\angle EAD$ 近似为 10°,半径每 1 mm 所截弧长近似为 1°
求已知弧的圆心		1. 在已知圆弧 $\overset{\frown}{AB}$ 上取点 N_1、N_2、M_1、M_2,并分别作线段 N_1N_2 和 M_1M_2 的垂直平分线 2. 两垂直平分线的交点 O,即为圆弧 $\overset{\frown}{AB}$ 的圆心
作圆弧与两相交直线相切		1. 在两相交直线的锐角 $\angle BAC$ 内侧,作与两直线相距为 R 的两条平行线,得交点 O 2. 以 O 为圆心、R 为半径作圆弧即成
作圆弧与两圆外切		1. 分别以 O_1 和 O_2 为圆心,以 R_1+R 及 R_2+R 为半径作圆弧交于 O 点 2. 连接 O_1O 交已知圆于 M 点,连接 O_2O 交已知圆于 N 点 3. 以 O 为圆心,R 为半径作圆弧即成

（续　表）

划线要求	图　样	划　线　方　法
作圆弧与两圆内切		1. 分别以 O_1 和 O_2 为圆心，$R-R_1$ 和 $R-R_2$ 为半径作弧交于 O 点 2. 以 O 为圆心、R 为半径作圆弧即成
把圆周五等分		1. 过圆心 O 作直径 $CD \perp AB$ 2. 取 OA 的中点 E 3. 以 E 为圆心，EC 为半径作圆弧交 AB 于 F 点，CF 即为圆五等分的长度
任意等分半圆		1. 将圆的直径 AB 分为任意等分，得交点 1、2、3、4、… 2. 分别以 A、B 为圆心、AB 为半径作圆弧交于 O 点 3. 连接 $O1$、$O2$、$O3$、$O4$、…，并分别延长交半圆于 $1'$、$2'$、$3'$、$4'$、…。$1'$、$2'$、$3'$、$4'$、…即为半圆的等分点
作正八边形		1. 作正方形 $ABCD$ 的对角线 AC 和 BD，交于 O 点 2. 分别以 A、B、C、D 为圆心，AO、BO、CO、DO 为半径作圆弧，交正方形于 a、a、b、b、c、c、d、d 3. 连接 bd、ac、db、ca 即得正八边形
卵圆划法		1. 作线段 CD 垂直 AB，相交于 O 点 2. 以 O 为圆心、OC 为半径作圆，交 AB 于 G 点 3. 分别以 D、C 为圆心，DC 为半径作弧交于 e 4. 连接 DG、CG 并延长，分别交圆弧于 E、F 5. 以 G 为圆心、GE 为半径划弧，即得卵圆形

(续 表)

划线要求	图 样	划 线 方 法
椭圆(用四心法)	已知: AB——椭圆长轴 CD——椭圆短轴 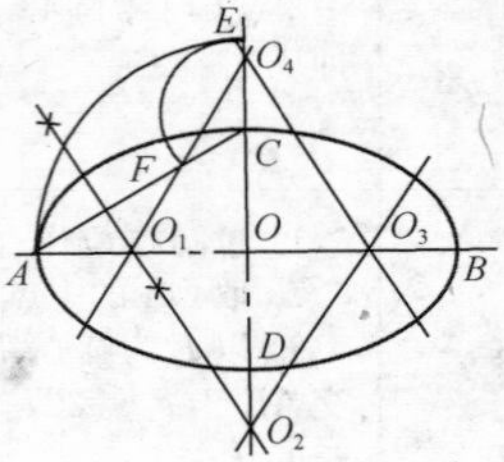 	1. 划 AB 和 CD 且相互垂直 2. 连接 AC,并以 O 为圆心,OA 为半径划圆弧交 OC 的延长线于 E 点 3. 以 C 为圆心,CE 为半径划圆弧,交 AC 于 F 点 4. 划 AF 的垂直平分线交 AB 于 O_1,交 CD 延长线于 O_2,并截取 O_1 和 O_2 对于 O 点的对称点 O_3 和 O_4 5. 分别以 O_1、O_2 和 O_3、O_4 为圆心,O_1A、O_2C 和 O_3B、O_4D 为半径划出四段圆弧,圆滑连接后即得椭圆
椭圆(用同心圆法)	已知: AB——椭圆长轴 CD——椭圆短轴 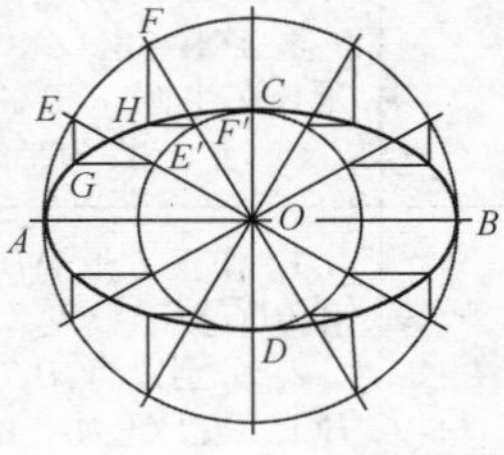 	1. 以 O 为圆心,分别用长、短轴 AB 和 CD 作直径划两个同心圆 2. 通过 O 点相隔一定角度划一系列射线与两圆相交得 E、E′、F、F′……等交点 3. 分别过 E、F……和 E′、F′……等点划 AB 和 CD 的平行线相交于 G、H……等点 4. 圆滑连接 A、G、H、C……等点后即得椭圆

2) 立体划线基本方法

(1) 直接翻转法

如图 3 - 27 所示,将工件安装在方箱或 V 形块上,划完一个平面后,再划另一个平面的线。一般用于小型工件的划线,装夹方便,划线准确。

(2) 顶垫划线法

如图 3 - 28 所示,用千斤顶或其他垫块、夹具等将工件支承起来,进行找正划线。一般用于中型工件划线,工件调整方便,但找正比较慢。

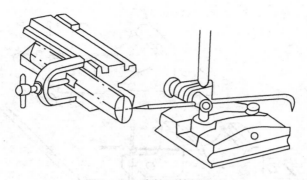

图 3 - 27　直接翻转划线法

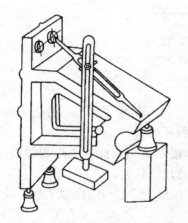

图 3 - 28　垫顶划线法

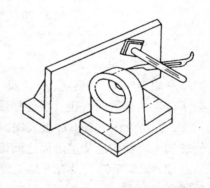

图 3 - 29　直角铁划线法

（3）直角铁划线法

如图 3 - 29 所示，将划针盘底面紧贴直角铁对工件进行划线。可用于中小型工件划线，划线方便、可靠。

（4）仿形划线法

如图 3 - 30 所示，将失效件或合格的成品件与批件同时放在平板上，一起进行支承、找正、调整、借料、涂色、划线。采用这种方法可以直观地划出与基准件相同尺寸和形状的工件，划线迅速准确，常用于中、小型工件的维修划线。

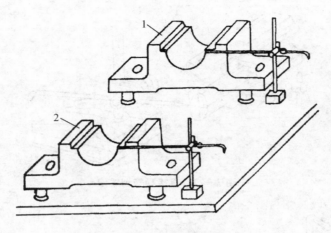

图 3-30 仿形划线法

1—毛坯体;2—失效工件

3) 划线找正方法

利用划线工具(划规、90°角尺、划线盘等)使工件上的有关表面处于合适的位置叫找正。工件划线找正的目的:

(1) 当毛坯上有不加工表面时,按不加工表面找正后划线,可使待加工表面与已加工表面之间保持尺寸均匀。

(2) 如果毛坯上没有不加工面时,找正后划线能使加工余量均匀或合理分布。

4) 划线工件借料方法

一些铸、锻等毛坯,在尺寸、形状、几何要素的位置上,存在一定的缺陷或误差。当误差不大时,通过试划线位置调整可以使加工表面都有足够的加工余量,并得到恰当的分配。而缺陷和误差,加工后将会得到排除,这种补救方法叫借料。

4. 典型工件划线实例

为了保证划线质量,划线前必须做好有关准备工作。如清理工件,对铸、锻毛坯件,应将型砂、毛刺、氧化皮除掉,并用钢丝刷刷净,对已生锈的半成品将浮锈刷掉;分析图样了解工件的加工部位和要求,选择好划线基准;在工件划线部位,按工件不同材料涂上合适的涂料;擦干净划线平板,准备好划线工具等。

以图 3-31 所示的扇形板划线为例,划线操作步骤如下:

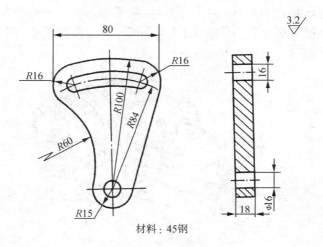

材料:45钢

图 3-31 扇形板

(1) 在工件表面涂色,以专用心轴定位,把工件放置在回转工作台台面的平垫块上,如图 3-32 所示,利用心轴端部的中心孔,用划规划出 $R15$ mm、$R84$ mm、$R100$ mm 圆弧线及圆弧槽两侧的圆弧线。

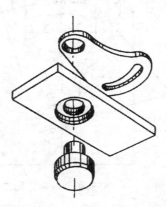

图 3-32 扇形板工件定位板和心轴

(2) 用专用心轴将工件安装在划线分度头上,如图 3 - 33 所示,用游标高度划线尺划出基准孔中心线,并按计算尺寸(80-16-16)/2=24 mm 调整高度尺,如图 3 - 34 所示划出与中心线对称平行,间距为 48 mm 的平行线,与圆弧槽的圆弧中心线相交,获得圆弧槽两端的中心位置,打上样冲眼,并以此为圆心,用划规划出圆弧槽两端圆弧和 R16 mm 两凸圆弧。

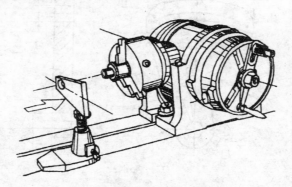

图 3 - 33 扇形板划线示意图一

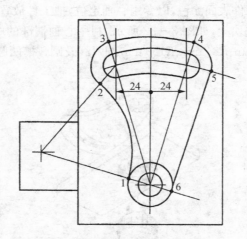

图 3 - 34 扇形板划线示意图二

（3）在工件 $R60$ mm 凹圆弧中心位置处放置一块与工件等高的平行垫块，用划规按圆弧相切的方法划出凹圆弧中心，然后划出与 $R16$ mm、$R15$ mm 相切的 $R60$ mm 圆弧。

（4）用钢直尺划出与 $R16$ mm 和 $R15$ mm 圆弧相切的直线部分。

（5）用钢直尺连接圆弧中心，分别得出切点位置 1、2、3、4。用 $90°$ 角度尺划出通过 $R16$ mm、$R15$ mm 圆心，与直线部分的垂直线，获得直线部分与两圆弧的切点 5、6，如图 3 - 34 所示。

（6）在划线轮廓上打样冲眼，注意在各连接切点位置打上样冲眼。

·:[··· 复 习 思 考 题 ···]··

一、判断题

1. 平面划线需要三个基准，立体划线需要两个基准。　（　　）

2. 分度头划线可以对圆周等分孔进行划线。　　　　（　　）

3. 顶垫划线法主要用于平面划线。　　　　　　　　（　　）

4. 修复齿轮齿形的划线采用样板划线法。　　　　　（　　）

5. 修复零件的配划线以不调换零件为基准。　　　　（　　）

二、选择题

1. 千斤顶是（　　）划线工件的主要支承工具。

    A. 顶垫划线法　　　　　　　　B. 翻转划线法

    C. 仿形划线法　　　　　　　　D. 样板划线法

2. V 形块主要用于支承（　　）进行划线。

    A. 拨叉类零件　　　　　　　　B. 箱体零件

    C. 盘类零件　　　　　　　　　D. 轴类零件

3. 精度要求比较高的零件光滑表面采用（　　）划线。

    A. 划针、直角尺　　　　　　　B. 游标划线高度尺

    C. 划针盘、高度尺　　　　　　D. 划针、钢直尺

4. 分度头简单分度时不是整数转的分数部分是通过（　　）分度的。

　A. 主轴刻度盘　　　　　　　　B. 分度叉

　C. 分度盘　　　　　　　　　　D. 分度手柄

5. 用 F11125 型分度头简单分度 5 等分划线,每一等分分度手柄应转过（　　）。

　A. 6 转　　　　　　　　　　　B. 8 转

　C. 5 转　　　　　　　　　　　D. 40 转

三、计算题

1. 要在一个圆柱面上划 16 条等分线,求每划一条线后,分度手柄应转几周后再划第二条线?

2. 在盘形零件端面划夹角 60° 的两条中心线,试计算分度手柄的转数。

四、简答题

1. 简述用划针划线的操作要点。

2. 打样冲眼要注意哪些要点?

3. 什么叫划线基准? 平面划线和立体划线时各要选择几个基准?

4. 划线时的"找正"和"借料"起什么作用?

5. 中小型零件立体划线常用哪几种方法?

第 *4* 章 孔 加 工

1. 钻头的结构和刃磨、修磨方法。
2. 钻孔、铰孔的基本操作方法。
3. 用钻床加工孔的常见质量问题及其解决方法。

一、钻孔

1. 钻床

钻床是钻、扩、锪、铰孔以及攻内螺纹的主要机加工设备,钻床的种类很多,常用的钻床有台式钻床、立式钻床和摇臂钻床,此外还有磁座钻床、多头钻床和专业化钻床等。维修工作中常用的手电钻也有多种类型,有手提钻、手枪钻等。

1) 台式钻床

如图 4-1 所示的是一台最大钻孔直径为 12 mm 的台式钻床,由工作台、主轴、主轴升降传动机构、主轴变速传动机构、电动机、立柱等部分组成。台式钻床转速高、效率高,使用方便灵活,适合于小工件的钻孔。由于台式钻床的最低转速较高,故不适合锪孔和铰孔加工。台钻的一般操作方法如下:

(1) 主轴变速

台钻的变速是通过安装在电动机和一组 V 带传动来实现的,如图 4-2 所示为 Z4012 型台式钻床的变速传动机构,改变传动带轮的直径比,共可获得五种不同转速,变速时应停止运转后进行,操作时应注意防止手指被 V 带带入带轮槽。

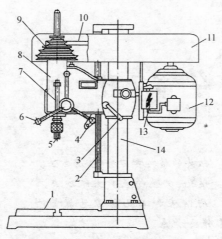

图 4-1 台式钻床

1—工作台；2—丝杠；3—紧固手柄；4—升降手柄；5—主轴；6—进给手柄；7—标尺杆；
8—头架；9—带轮；10—V 带；11—罩壳；12—电动机；13—电器开关盒；14—立柱

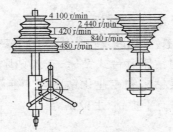

图 4-2 台式钻床变速传动机构

（2）进给操作

扳动进给手柄 6 使小齿轮转动，通过主轴套筒上的齿条使主轴 5 上下移动，实现钻头的进给和退刀。进给的速度由扳动进给手柄的速度确定。

（3）钻孔深度调整

通过调节标尺杆 7 上的螺母可以调整钻孔的深度，操作时注意将调节螺母锁紧，以防止螺母松动移位影响孔的深度尺寸控制。

（4）头架位置调整

根据工件的大小调节主轴与工件间的距离时，先松开紧固手柄 3，摇动升降手柄4,带动头架传动螺母旋转,由于丝杠2固定不转,因此螺母带动头架8沿立柱14作升降移动,调整主轴5与工件之间距离,当头架升降到适当位置时,扳紧紧固手柄3,头架的高度位置便被锁定。

（5）钻头安装

主轴4上有小锥度圆锥面,与钻夹头配合,通过钻夹头,可以安装规定范围内的不同直径钻头。

2）立式钻床

立式钻床是钻床中较为普通的一种,它有多种型号,最大钻孔直径有 25 mm、35 mm、40 mm、50 mm 等几种。图 4-3 所示为 Z525 立式钻床,其最大钻孔直径为 25 mm,使用较广。立式钻床一般用于中型零件的钻、扩、锪、铰孔和攻螺纹加工,具有自动进给装置,主轴转速和自动进给都有较大的调速范围。同时具有主轴刚性好,调整灵活等特点。*立式钻床的主轴变速和进给调整操作方法如下：*

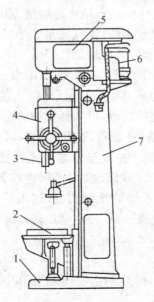

图 4-3　立式钻床

1—底座;2—工作台;3—主轴;4—进给变速箱;
5—主轴变速箱;6—电动机;7—立柱

（1）工作台和主轴位置调整

通过操纵手柄，可使进给变速箱 4 沿立柱 7 导轨上下移动，从而调整主轴 3 至工作台 2 的距离。摇动工作台手柄，也可使工作台 2 沿立柱 7 导轨上下移动，以适应不同尺寸工件的加工。在钻削大工件时，还可将工作台 2 拆除，将工件直接固定在底座 1 上加工。

（2）主轴变速

Z525 钻床主轴 3 通过主轴变速箱 5 内的齿轮变速机构可获得 9 种不同转速，最高转速为 1 362 r/min；最低转速为 977 r/min。在钻床停转时，按标牌扳动主轴变速箱 5 上的变速手柄，通过不同的位置组合，主轴 3 可以实现 9 种不同的转速。

（3）进给调整

立式钻床的进给运动分为手动进给和机动进给两种形式，机动进给通过进给变速箱 4 内的进给变速机构，可得到 9 种不同进给量，最大进给量为 0.81 mm/r，最小进给量为 0.1 mm/r。在进给箱的右侧装有三星式进给手柄，操纵三星式手柄可以选择机动进给、手动进给、超越进给和攻螺纹进给。如图 4-4 所示，将端盖 1 向外拉，固定在端盖 1 上的销子 3 同时被拉出，将三星手柄 2 逆时针方向旋转 20°，手柄座也随其旋转 20°。此时主轴可实现自动进给，按进给量标牌变动拉键的位置，可选择主轴的自动进给量。将端盖 1 向里推至原位，再逆时针旋转三星手柄 2，可实现主轴手动进给。在机动进给时，若以高于机动进给速度逆时针旋转三星手柄 2，可使主轴实现超越进给。攻螺纹时，必须将端盖 1 向里推至手动进给位置，并先用手动进给使丝锥切入，切入后，由攻出的螺纹自身带动主轴进给。攻完螺纹后，使主轴反转，丝锥自行退出。

2. 钻头

1）钻头的种类

钻头的种类较多，钳工常用的有麻花钻和中心钻，如图 4-5 所示。

2）钻头的组成

麻花钻主要由柄部、颈部和工作部分组成，而中心钻的两端都是工作部分，中间才是夹持部分。以锥柄麻花钻为例，麻花钻

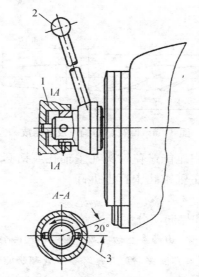

图 4-4 立式钻床进给操纵装置简图

1—端盖；2—三星手柄；3—销子

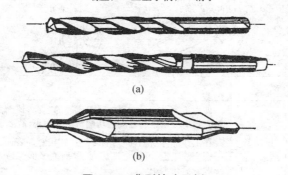

(a)

(b)

图 4-5 典型钻头示例

(a) 麻花钻(直柄、锥柄)；(b) 中心钻

的构造如图 4-6 所示。

(1) 钻头的柄部

是与钻孔机械的联接部分,钻孔时用来传递所需的转矩和轴向力,柄部有圆柱形和圆锥形(莫氏圆锥)两种形式,钻头直径小于 13 mm 的采用直柄结构,钻头直径大于 13 mm 的一般都是锥

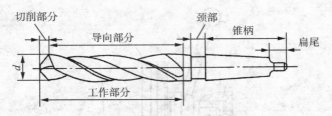

图 4-6 麻花钻的构造及其组成

柄结构。锥柄的扁尾能避免钻头在主轴孔或钻套中打滑,并便于用楔铁把钻头从主轴锥孔中打击拆卸。

(2) 钻头的工作部分

由切削部分和导向部分组成。

① 切削部分——由两条主切削刃、一条横刃、两个前刀面和两个后刀面组成,其作用是担任主要切削工作。各组成部分的作用见表4-1。

表4-1 麻花钻切部分的组成与作用

名　称	作　用
前刀面	即螺旋槽表面。切屑在其上流过的表面,该面的粗糙度决定着切屑流出难易程度和切削负荷的大小,故要求抛光
后刀面	在工作部分前端,即钻削时与孔底相对的表面。其形状由刃磨方法决定,可以是螺旋面、锥面或平面。后刀面的状况影响着后角大小
副后刀面	即钻头的棱边(刃带)。主要起导向作用
主切削刃	是前刀面与后刀面的相交的边锋部分,担负着主要切削工作
副切削刃	前刀面与副后刀面相交的边锋。即棱边的边缘。它最终形成孔的表面并起修光作用
横　刃（钻　尖）	两个后刀面的相交部分,担负着中心部分的切削工作。由于横刃前角是很大的负前角,所以钻削时横刃处发生严重的挤压而造成很大的轴向力。横刃的切削条件很差,因此修磨横刃十分重要

② 导向部分——有两条螺旋槽和两条窄的螺旋形棱边与螺旋槽表面相交成两条棱刃（副切削刃）。导向部分在切削过程中，使钻头保持正直的钻削方向，并起修光孔壁的作用，通过螺旋槽排屑和输送切削液，导向部分还是切削部分的后备部分，钻头直径由切削部分向柄部逐渐减小，形成倒锥，倒锥量为每 100 mm 长度内减小约 0.05～0.10 mm，这样可减少钻头与孔壁的摩擦。

③ 钻心——工作部分沿轴线的实心部分称为钻心，用来联接两个刃瓣以保持钻头的强度和刚度，钻心由切削部分向柄部逐渐增大，形成锥体。

3）麻花钻切削部分的几何参数

与麻花钻几何参数相关的表面如图 4-7 所示，钻头切削部分的螺旋槽表面称为前刀面，切削部分顶端两个曲面称为后刀面，钻头的棱边又称为副后刀面。与麻花钻几何参数相关的测量基准平面如图 4-7 所示，钻孔时的切削平面为 $P-P$，基面为图 4-7 中的 $Q-Q$ 平面，这两个平面是测量麻花钻几何角度的基准平面。

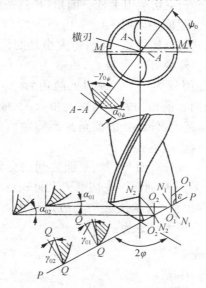

图 4-7 麻花钻的几何参数

(1) 顶角 2φ——钻头两主切削刃在其平行平面 $M-M$ 上的投影所夹的角,称为顶角。标准麻花钻的顶角 $2\varphi=118°\pm2°$,钻孔时顶角的大小可根据工件材料的性质来确定,钻硬材料比钻软材料 2φ 可选得大些,具体选择范围见表 $4-2$。

表 4 - 2　钻削不同材料时顶角的选择

钻削材料	$2\varphi(°)$	钻削材料	$2\varphi(°)$
普通钢和铸铁	116～118	纯铜	125～135
合金钢和铸铁	120～125	硬铝合金和铝硅合金	90～100
不锈钢	110～120	胶木、电木、赛璐珞及其他脆性材料	80～90
黄铜和青铜	130～140		

(2) 螺旋角 β——主切削刃上最外缘处螺旋线的切线与钻头轴心线之间的夹角称为螺旋角。同一直径钻头的不同半径处螺旋角大小是不等的,从钻头的外缘至中心螺旋角 β 逐渐减小,钻头的螺旋角一般以外缘处的数值来表示。

(3) 前角 γ_0——主切削刃上任一前角,是这一点的基面与前面之间夹角。它在主截面内,如图 $4-7$ 中所示的 N_1-N_1,N_2-N_2 剖面。由于麻花钻的结构特点,其前角大小是变化的,前角自外缘向中心逐渐减小。外缘处前角最大,一般为 $30°$ 左右,在 $d/3$ 范围内为负值,接近横刃处为 $-30°$,横刃处前角为 $-54°\sim-60°$,见图 $4-7$ 中 $A-A$ 剖面。前角的大小与螺旋角有关(横刃处除外)。螺旋角越大,前角也越大,外缘处的前角与螺旋角数值接近。前角越大,切削刃越锋利,切削越省力。

(4) 侧后角 α_0——后面与切削平面之间的夹角,见图 $4-7$ 中所示的 O_1-O_1,O_2-O_2 剖面。主切削刃上每一点的侧后角也是不等的,外缘处的后角最小,越接近中心后角越大,一般麻花钻外缘处的后角按钻头直径大小分为:

$d<15$ mm　　　　　　　　　　$\alpha_0=10°\sim14°$

$d=15\sim30$ mm　　　　　　　　$\alpha_0=9°\sim12°$

$d>30$ mm　　　　　　　　　　$\alpha_0=8°\sim11°$

钻硬材料时,为保证切削刃强度,后角可选小些;钻软材料时,后角可适当大些。

(5)横刃斜角 ψ_0——横刃与主切削刃在垂直于钻头轴线平面上投影所夹的角。标准麻花钻的横刃斜角 $\psi_0=50°\sim55°$。刃磨后角时,当靠近钻心处的后角磨得越大,则横刃斜角就越小,所以刃磨时横刃斜角的大小可用来判断靠近钻心处的后角刃磨是否正确。

(6)横刃长度 b——麻花钻由于钻心的存在而产生横刃,标准麻花钻的横刃长度 $b=0.18d$。横刃太短会降低钻尖的强度,太长则钻削时钻头定心困难,轴向阻力增大。

4)麻花钻的刃磨方法

麻花钻的刃磨部位是两个后面,钻头磨钝后需要进行修磨,以减小切削阻力,提高孔壁表面质量;为了适应工件材料的变化,改变钻头切削部分和角度也需要进行刃磨。手工刃磨钻头在砂轮机上进行,选择砂轮的粒度为 F46～F48,砂轮的硬度为中软级。

(1)刃磨要求

顶角 2φ、侧后角 α_0 的大小要与工件材料的性质相适应,横刃斜角 ψ_0 为 55°;两条主切削刃应对称等长,顶角 2φ 应为钻头轴线所平分;钻头直径大于 5 mm 还应磨短横刃。钻头刃磨结束后,必须进行检查。钳工检查,一般采用目测、角度样板、钢直尺等简单测量工具对刃磨后的钻头进行检查。

(2)刃磨操作要点

钻头中心线和砂轮面成 φ 角;右手握住钻头导向部分前端,作为定位支点,刃磨时并使钻头绕其轴线转动,同时掌握好作用在砂轮上的压力;左手握住钻头的柄部作上下扇形摆动。

(3)刃磨操作方法与步骤

① 开始刃磨时如图 4-8 所示,钻头轴线要与砂轮中心水平线一致,主切削刃保持水平,同时用力要轻。

② 随着钻尾向下倾斜,钻头绕其轴线向上逐渐旋转 $15°\sim30°$,使后面磨成一个完整的曲面。

③ 钻头旋转时加在钻头上的压力应逐渐增加,返回时水平位置时压力逐渐减小,以形成正后角,如图 4-9 所示。

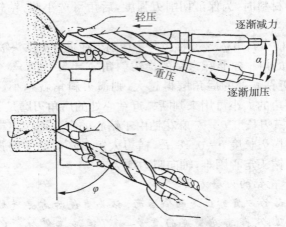

图 4-8 麻花钻的刃磨

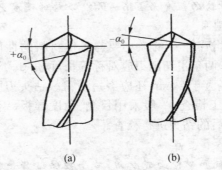

图 4-9 麻花钻刃磨的后角控制
(a) 正确;(b) 错误

④ 刃磨一、二次后,转 180°,刃磨另一后面。

⑤ 在刃磨过程中,要随时检查刃磨位置的正确性,主切削刃的对称性包括 φ 角的对称与切削刃长度一致,如图 4-10 所示为切削刃刃磨后对钻孔的影响及其切削刃不对称的原因。

⑥ 为了防止切削部分刃磨温度过高,要适时将钻头浸入水中冷却。在磨到刃口时磨削量要小,停留时间要短,防止切削部分过热而退火。

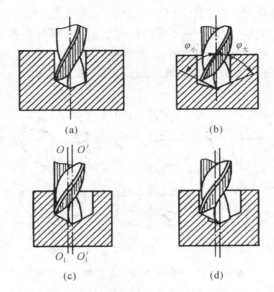

图 4 - 10 切削刃不对称对钻孔的影响

(a) 切削刃对称；(b) 顶角不对称；(c) 切削刃长度不等；
(d) 顶角与切削刃均不对称

5）标准麻花钻缺点、刃磨缺陷与钻头的修磨

（1）标准麻花钻的缺点

钻头主切削刃上各点前角变化很大，最外缘处前角为 $30°$，接近横刃处为 $-30°$，横刃处为 $-54°\sim-60°$，切削条件很差。横刃太长，横刃处前角为负角，切削时横刃呈挤压刮削状态，产生很大的轴向抗力，同时定心作用较差，钻头容易发生抖动。副后角为 $0°$，钻孔时副后面与孔壁之间摩擦较严重。主切削刃与副后面交点处切削速度最高，产生热量多，此处磨损较快。主切削刃长，全宽参加切削，切屑较宽，对排屑不利，并阻碍切削液的流入。

（2）麻花钻一般刃磨的缺陷

容易造成切削刃不对称，包括 φ 角不等和主切削刃长度不等造成的多种不对称情况，直接影响钻头的使用寿命，钻孔直径尺寸和孔壁表面精度。后角不适用，与所切削的材料不适应，一些磨削

不熟练的操作者,有时甚至将后角磨成 0°或负值,严重影响钻孔加工及孔加工质量。前面一般不进行刃磨,切削部分容易过热退火。顶角 2φ、横刃斜角 ψ_0 和后角 α_0 的控制互相牵连,同时还会影响主切削刃的形状,如图 4 - 11 所示,刃磨时比较难控制。

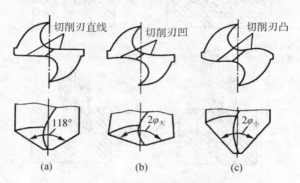

切削刃直线　　切削刃凹　　切削刃凸

118°　　　$2\varphi_大$　　　$2\varphi_小$

(a)　　　(b)　　　(c)

图 4 - 11　顶角大小对切削刃形状的影响

(a) $2\varphi=118°$；(b) $2\varphi>118°$；(c) $2\varphi<118°$

(3) 麻花钻修磨

为适应钻削各种不同的材料和达到不同的钻削要求,通常对钻头切削部分需进行适当的修磨,并通过修磨改进标准麻花钻结构上的缺点和刃磨的不足,改善其切削性能。

① 修磨横刃——修磨横刃是最基本、也是最重要的一种修磨形式,对钻削性能的改善有明显的效果。如图 4 - 12 所示,修磨时将横刃磨短至原来长度的 1/3~1/5,并形成内刃,内刃斜角

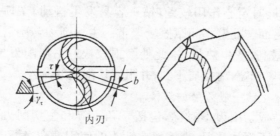

τ　　　b　　　γ_τ　　内刃

图 4 - 12　修磨横刃位置

$\tau=20°\sim30°$,内刃处前角 $\gamma_\tau=0°\sim-15°$。横刃修磨后使靠近钻心处的前角增大;减小了轴向抗力和挤刮现象;定心作用也得到改善。

② 修磨主切削刃——如图 4-13 所示,修磨出钻头第二顶角 $2\varphi_0$ 和过渡刃 f_0,一般 $2\varphi_0=70°\sim75°$,$f_0=0.2D$。修磨后增加主切削刃的总长度和刀尖角 ε,从而增加刀齿强度,改善散热条件,提高了主切削刃交角处的抗磨性和钻头的使用寿命,同时也有利于降低孔壁表面粗糙度值。

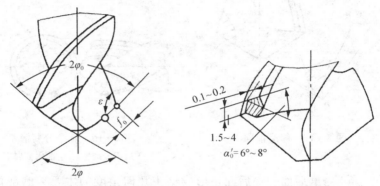

图 4-13 修磨主切削刃操作示意　　**图 4-14 修磨棱边**

③ 修磨棱边——如图 4-14 所示,在靠近主切削刃的一段棱边上磨出副后角 $\alpha'_0=6°\sim8°$,保留棱边的宽度为原来的 $1/3\sim1/2$。棱边修磨后可减少对孔壁的摩擦,提高钻头使用寿命。

④ 修磨前面——如图 4-15 所示,适当修磨钻头主切削刃与副切削刃交角处的前面,即图 4-15 所示的阴影部分,以减小此处的前角。这样在钻硬材料时可提高刀齿的强度;在钻削黄铜等软材料时还可以避免由于切削刃过于锋利而引起的扎刀现象。

⑤ 修磨分屑槽——如图 4-16(a)所示,在钻头的两个主后面上磨出几条相互错开的分屑槽。这样可改变钻头主切削刃长、切屑较宽的不足,使切屑变窄,排屑顺利,尤其适用于钻削钢料。直

径大于 15 mm 的钻头都可磨出分屑槽,如果有的钻头在制造时前面已制有分屑槽如图 4-16(b),就不必再磨分屑槽。

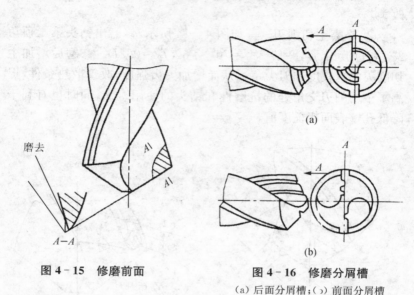

图 4-15 修磨前面

图 4-16 修磨分屑槽
(a)后面分屑槽;(ь)前面分屑槽

⑥ 修磨后面——后面是形成钻头几何角度的主要刃磨部位,用专用麻花钻刃磨机修磨后面。可以克服手工刃磨的各种弊病,经过调整,刃磨后可使钻头的后角、顶角、横刃斜角以及切削刃的长度都达到所需要求。

3. 钻头装夹工具

1) 钻夹头

常用钻夹头可用来装夹 φ13 mm 以内的直柄钻头,其结构如图 4-17 所示,钻夹头与钻床通过莫氏锥度联接,钻夹头的夹头体 1 上端锥孔与夹头柄锥体紧配(也有用螺纹与夹头柄联接的),夹头柄另一端为莫氏锥体装入钻床主轴锥孔内。钻夹头中的三个夹爪 4 用来夹紧钻头的直柄,当带有小锥齿轮的钥匙 3 带动夹头套 2 上的大锥齿轮转动时,与夹头套紧配的内螺纹圈 5 也同时旋转。因螺纹与三个夹爪上的外螺纹相配,于是三个爪便同时伸出或缩进,

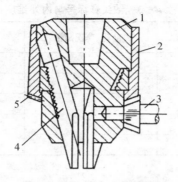

图 4-17 钻夹头的结构

1—夹头体;2—夹头套;3—钥匙;4—夹爪;5—内螺纹圈

使钻头直柄被夹紧或松开。

钻夹头使用过程中应注意以下几点:

① 按所夹持钻头的尺寸选用钻夹头。

② 夹紧钻头应使用专用钥匙,不能敲击钥匙或加长钥匙手柄。

③ 所用钻头的柄部应保持精度,不能有拉毛、凸起等缺陷。

④ 钻夹头与夹头柄联接应可靠,联接操作时不能锤击夹爪,以免影响钻夹头精度。

⑤ 钻夹头与夹头柄、夹头柄与钻床的联接面应保持几何精度,确保联接精度和可靠性。

2) 锥柄工具过渡套(俗称钻头套)

如图 4-18(a)所示的钻头套用于装夹锥柄钻头,锥柄钻头的装卸如图 4-18(b)所示,锥柄钻头的锥柄随钻头的直径有一定的规格,当把较小的钻头锥柄装到较大的转轴锥孔内时,需要通过钻头套来进行过渡联接。使用钻头套应根据钻头锥柄的莫氏锥度号数和钻床主轴锥孔的号数来选择。立式钻床主轴孔一般为莫氏 3 号或 4 号锥度。钻头套的内外锥相差一个锥度号,钻头套共有 5 个标号,见表 4-3。有时用一个钻头套不能直接与钻床主轴锥孔相配时,可用几个钻头套配接起来使用,或用特制的钻头套进行过渡联接。

表 4 - 3　钻头套标号与内外锥度

标　　号	内锥孔(莫氏圆锥)	外圆锥(莫氏圆锥)
1 号钻头套	1	2
2 号钻头套	2	3
3 号钻头套	3	4
4 号钻头套	4	5
5 号钻头套	5	6

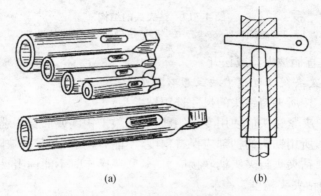

(a)　　　　　　　　　　(b)

图 4 - 18　钻头套及其使用

(a) 钻头套;(b) 锥柄钻头的安装和拆卸

4. 钻削操作要点与示例

1) 钻削加工的操作要点

(1) 机床润滑与检查

使用前对机床进行检查和润滑,手电钻应注意用电安全。

(2) 工件装夹

根据维修零件特点,采用正确的工件装夹方案。一般工件的装夹可采用如图 4 - 19 所示的平口钳、V 形块和压板等进行装夹。也可以直接装夹在工作台面上,但需注意防止钻坏工作台面。

(3) 工件及钻孔位置找正

装夹工件过程中应仔细找正工件位置,保证钻孔中心线与钻

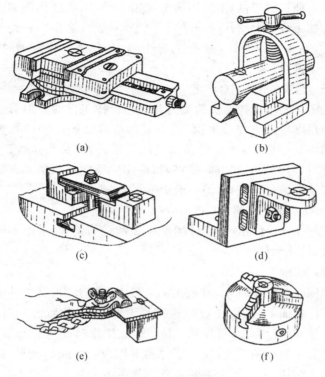

图 4 - 19 工件装夹方法

（a）用平口钳装夹矩形工件；（b）用 V 形架装夹轴类工件；
（c）用压板、螺栓装夹台阶工件；（d）用角铁装夹垂直面工件；
（e）用手钳装夹小型工件；（f）用三爪自定心卡盘装夹圆柱工件

床的工作台面垂直；当所钻孔的位置精度要求比较高时，应在每个孔缘划参考线，以检查钻孔位置是否偏斜；对刀时要从不同的方向，观察钻横刃对正样冲眼的情况。钻孔前先锪出一个浅窝，确定无误之后，再正式钻孔；位置精度要求比较高的孔应先采用中心钻钻出锥坑，然后再用钻头进行加工。

（4）切削用量调整和控制

钻孔直径在 30～35 mm 时，可一次钻出，如孔径 D 大于此值，可分两次钻削，第一次钻削直径为 $(0.5～0.7)D$。开始钻孔时，钻头要缓慢地接触工件,不能用钻头撞击工件,以免碰伤钻尖。在工件的未加工表面上钻孔时,开始要用手动进给,这样当碰到过硬的质点时,钻头可以退让,避免打坏刃口。当钻孔即将穿透时,最好改用手动进给。

(5) 钻头选用、刃磨和装夹

按图样要求选择钻头的类型和规格。按工件的材料刃磨钻头的几何角度。钻头在装夹前,应将其柄部和钻床主轴锥孔擦拭干净。钻头装好以后,可缓慢转动钻床主轴,检查钻头是否正直,如有摆动时,可调换不同方向装夹,将振摆调整到最小值。直柄钻头的装夹长度应尽可能短,但一般应不小于 15 mm。

2) 钻孔加工示例

如图 4 - 20 所示,按工件的形状和钻孔的位置,采用不同的装夹方法,钻孔示例如下:

(1) 钻排孔

如图 4 - 20(a)所示,在较大的工件上钻排孔,可将工件直接装夹在工作台面上,采用压板螺栓夹紧工件,夹紧位置合理对称,为了防止钻坏工作台面,可将钻孔位置落在工作台 T 形槽位置,若孔的直径大于直槽的宽度,应在工件和工作台面之间垫入平行垫块。注意垫入垫块后,压板的夹紧位置应落在垫块上。

(2) 钻轴上径向孔

如图 4 - 20(b)所示,在轴类零件的圆柱面上钻孔,可将工件装夹在 V 形块 V 形槽内,较长的工件采用等高 V 形块,压板和螺栓安装应合理,压板夹紧点位置落在 V 形槽内,工件装夹时注意两个 V 形块的 V 形槽面应都与工件圆周面接触定位,夹紧操作应使两块压板轮番逐步夹紧。

(3) 钻等分孔

如图 4 - 20(c)所示,在工件上钻等分孔,可将工件装夹在分度头或回转工作台上,矩形工件可采用四爪卡盘装夹,四爪卡盘装夹在回转工作台上,然后将回转工作台(一种等分夹具),装夹在钻床上进行加工。加工一个孔后,可以转过一个等分角度,再钻下一个孔。

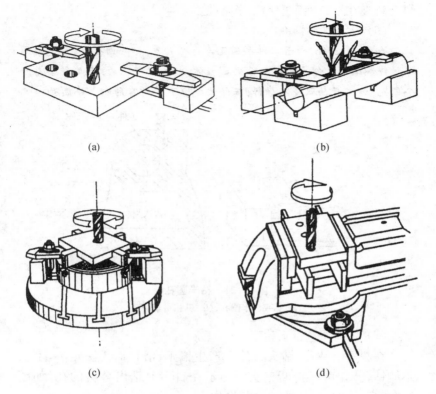

(a)

(b)

(c)

(d)

图 4‒20 不同工件的钻孔示例

(a) 直接装夹在工作台面上钻孔；(b) 用等高 V 形架装夹钻孔；
(c) 用回转工作台和四爪卡盘装夹钻孔；(d) 用平口虎钳装夹钻孔

(4) 钻通孔

如图 4‒20(d)所示，在较小的矩形工件上钻通孔，可采用平口虎钳装夹工件，在工件与虎钳导轨定位面之间垫入平行垫块，注意平行垫块应等高，并在钻孔位置的两侧。

(5) 钻平面半圆孔

在工件平面边缘钻半圆孔如图 4‒21(a)所示，多件加工，可以将两个工件合并起来，用平口虎钳装夹工件，用钻尖对准工件合缝钻出半圆孔。若加工单件，可取一块相同材料、尺寸的合件与工件拼合装夹在平口虎钳中加工半圆孔。

（6）钻相贯半圆孔

如图 4-21(b)所示工件半圆孔与大孔相贯,钻半圆孔时,可先用同样材料加工与工件上大孔配合的圆柱体,插入工件孔内,与工件合钻一个圆孔,加工后抽取嵌入材料,工件上即留下了所需的相贯半圆孔。

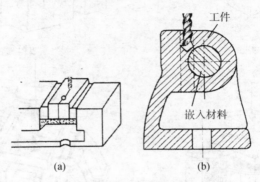

（a）　　　　（b）

图 4-21　钻半圆孔

（a）钻平面半圆孔；（b）钻相贯半圆孔

（7）在工件斜面上钻孔

在斜面上钻孔,钻头必然会产生偏歪、滑移而无法定心,不仅不能钻孔,并可能折断钻头。为了在斜面上钻出合格的孔,如图 4-22 所示可按以下方法进行操作：

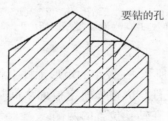

图 4-22　在斜面上钻孔

① 可用立铣刀或錾子在斜面上加工出一个小平面。

② 在与孔垂直的平面内划线、冲眼确定孔的加工位置。

③ 用中心钻或小直径钻头在小平面上钻出一个浅锥坑。

④ 若浅坑显示孔位有偏移,移动工件或钻头位置借正孔的加工位置,直至试钻浅坑位置达到孔加工位置要求。

⑤ 用钻头钻出符合图样要求的孔。

(8) 钻壳体和衬套之间的骑缝螺纹底孔或销钉孔

如图4-23所示,在壳体和衬套之间钻骑缝螺钉底孔或销钉孔的方法与钻半圆孔类似,操作时应注意以下几点:

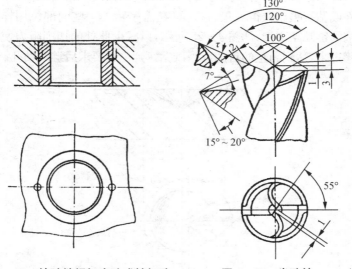

图4-23 钻骑缝螺钉底孔或销钉孔   图4-24 半孔钻

① 由于壳体、衬套两者材料一般都不同,此时孔位样冲眼应打在略偏于硬材料一边,以抵消因阻力小而引起钻头向软材料方向偏移量,具体数值可进行试件试钻后确定。

② 选用短钻头,以增强钻头刚度。

③ 钻头的横刃要磨短,增加钻头的定心作用,减少偏移。

④ 选用如图4-24的半孔钻可在工件上形成一圈凸肩,可限制钻头的偏移。

3) 钻孔操作技巧

① 较长的工件可以在阻止工件旋转的位置设置挡销。

② 若钻孔要求较高,零件批量又较大的工件,可制作或使用钻夹具装夹工件进行钻孔加工。

③ 钻孔前应在工件上划出所要钻孔的十字中心线和孔边缘圆周线。在孔的圆周上(90°位置)打四只样冲眼,作钻孔后的检查用。孔中心的样冲眼作为钻头定心用,应大而深,使钻头在钻孔时不易偏离中心。

④ 借正钻孔位置时,若钻头较大,或试钻浅坑偏得太多,用移动工件或钻头很难取得效果,这时可在需多钻去一些的部位用样冲或油槽錾錾几条沟槽,如图 4-25 所示,以减少此处的切削阻力使钻头偏移过来,达到纠正的目的。当试钻达到位置要求后继续钻孔。

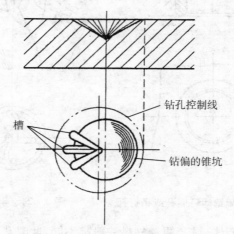

图 4-25　孔加工试钻锥坑位置的纠正方法

⑤ 钻深孔时,一般钻进深度达到直径的 3 倍时,钻头要退出排屑,以后每钻进一定深度,钻头即退出排屑一次,以免切屑阻塞而扭断钻头。

⑥ 钻直径超过 30 mm 的孔应分两次钻削,先用 0.5～0.7 倍孔径的钻头钻孔,然后再用所需孔径的钻头扩孔。这样可以减小转矩和轴向阻力,既保护了机床,同时又可提高钻孔质量。

⑦ 由于钻头的直径不同、被加工的零件材料不同、加工的部位

和精度要求不同,因此选择钻削用量应综合多种因素考虑。一般情况可查表4-4和表4-5。当加工条件特殊时,也可根据实际情况作一定的修整或按试切确定切削用量。

表4-4 钻钢料时的切削用量表 (用切削液)

钢材的性能	进给量 f(mm/r)												
好↓差	0.20	0.27	0.36	0.49	0.66	0.88							
	0.16	0.20	0.27	0.36	0.49	0.66	0.88						
	0.13	0.16	0.20	0.27	0.36	0.49	0.66	0.88					
	0.11	0.13	0.16	0.20	0.27	0.36	0.49	0.66	0.88				
	0.09	0.11	0.13	0.16	0.20	0.27	0.36	0.49	0.66	0.88			
		0.09	0.11	0.13	0.16	0.20	0.27	0.36	0.49	0.66	0.88		
			0.09	0.11	0.13	0.16	0.20	0.27	0.36	0.49	0.66	0.88	
				0.09	0.11	0.13	0.16	0.20	0.27	0.36	0.49	0.66	0.88
					0.09	0.11	0.13	0.16	0.20	0.27	0.36	0.49	0.66
						0.09	0.11	0.13	0.16	0.20	0.27	0.36	0.49
钻头直径(mm)	切削速度 v_c(m/min)												
≤4.6	43	37	32	27.5	24	20.5	17.7	15	13	11	9.5	8.2	7	6
≤9.6	50	43	37	32	27.5	24	20.5	17.7	15	13	11	9.5	8.2	7
≤20	55	50	43	37	32	27.5	24	20.5	17.7	15	13	11	9.5	8.2
≤30	55	55	50	43	37	32	27.5	24	20.5	17.7	15	13	11	9.5
≤60	55	55	55	50	43	37	32	27.5	24	20.5	17.7	15	13	11

注:钻头为高速钢标准麻花钻。

表4-5 钻铸铁时的切削用量

铸铁硬度 HBS	进给量 f(mm/r)											
140~152	0.20	0.24	0.30	0.40	0.53	0.70	0.95	1.3	1.7			
153~166	0.16	0.20	0.24	0.30	0.40	0.53	0.70	0.95	1.3	1.7		
167~181	0.13	0.16	0.20	0.24	0.30	0.40	0.53	0.70	0.95	1.3	1.7	
182~199		0.13	0.16	0.20	0.24	0.30	0.40	0.53	0.70	0.95	1.3	1.7
200~217			0.13	0.16	0.20	0.24	0.30	0.40	0.53	0.70	0.95	1.3	1.7
218~240				0.13	0.16	0.20	0.24	0.30	0.40	0.53	0.70	0.95	1.3

(续 表)

钻头直径 φ(mm)	切削速度 v_c(m/min)												
≤3.2	40	35	31	28	25	22	20	17.5	15.5	14	12.5	11	9.5
≤8	45	40	35	31	28	25	22	20	17.5	15.5	14	12.5	11
≤20	51	45	40	35	31	28	25	22	20	17.5	15.5	14	12.5
>20	55	53	47	42	37	33	29.5	26	23	21	18	16	14.5

注：钻头为高速钢标准麻花钻。

⑧ 根据不同的材料,选用切削液可提高钻孔的质量。钻削各材料所用的切削液见表4-6。

表4-6 钻削各种材料所用的切削液

工件材料	切削液(质量分数)
各类结构钢	3%～5%乳化液,7%硫化浮化液
不锈钢耐热钢	3%肥皂加2%亚麻油水溶液、硫化切削油
纯铜、黄铜、青铜	不用,或5%～8%乳化液
铸铁	不用,或5%～8%乳化液、煤油
铝合金	不用,或5%～8%乳化液、煤油、煤油加柴油混合油
有机玻璃	5%～8%乳化液、煤油

5. 钻孔常见质量问题

1) 钻孔常见弊病

钻孔的技术要求比较低,但若操作不当,也会产生很多质量问题,常见质量问题及其原因见表4-7。

表4-7 钻孔时可能出现的问题和产生原因

出现问题	产 生 原 因
孔大于规定尺寸	1. 钻头两切削刃长度不等,高低不一致 2. 主轴径向偏摆或工作台未锁紧,有松动 3. 钻头本身弯曲或装夹不好,使钻头有较大的径向圆跳动

（续 表）

出现问题	产 生 原 因
孔壁粗糙	1. 钻头不锋利 2. 进给量太大 3. 切削液选择不当或供应不足 4. 钻头过短，排屑槽堵塞
孔歪斜	1. 工件上与孔垂直的平面与钻轴不垂直或主轴与台面不垂直 2. 工件安装时，安装接触面上的切屑未清除干净 3. 工件装夹不稳，钻孔时产生歪斜，或工件有砂眼 4. 进给量过大使钻头产生弯曲变形
孔位偏移	1. 工件划线不正确 2. 钻头横刃太长定心不准，起钻过偏而没有校准
钻头呈多角形	1. 钻头后角太大 2. 钻头两主切削刃长短不一，角度不对称
钻头工作部分折断	1. 钻头用钝继续钻孔 2. 钻孔时未经常退钻排屑，使切屑在钻头螺旋槽内阻塞 3. 孔将钻通时没有减小进给量 4. 进给量过大 5. 工件未夹紧，钻孔时产生松动 6. 在钻黄铜一类软金属时，钻头后角太大，前角未修磨小，造成扎刀
切削刃迅速磨损或碎裂	1. 切削速度太高 2. 没有根据工件材料硬度来刃磨钻头角度 3. 工件表皮或内部硬度高或有砂眼 4. 进给量过大 5. 切削液不足

2）提高钻孔质量的常用方法

钻孔时影响钻孔质量的因素很多，如钻孔前的划线、钻头的刃磨、工件的装夹及钻削时的切削用量的选择、试钻及一些具体操作方法都将对钻头质量产生影响，甚至造成废品。因此要保证或提高钻孔质量，就必须做到以下几点：

（1）提高划线准确性

根据工件的钻孔要求，选用精度较高的划线工具，在工件上划线正确、清晰,检查后打样冲眼,孔中心的样冲眼要打得大一些、深一点。钻孔位置划出轮廓线,必要时可划出浅坑轮廓线,以便试钻浅坑时使用。

(2) 选用精度较高的工件装夹、找正方法

按工件形状和钻孔的精度要求,选用精度较高的支承定位工具,采用合适的夹紧方法,夹紧力的作用点、作用方向和作用力大小应合理合适,使工件在钻削过程中,保持一个正确的位置,避免工件装夹影响钻孔质量。

(3) 提高钻头的刃磨质量

挑选尽可能短和柄部与切削部分精度较高的钻头,正确、仔细刃磨钻头,按材料的性质决定顶角等几何参数,并可根据具体情况,对钻头进行修磨,改进钻头的切削性能。采用样板检验钻头的刃磨质量,也可通过试钻检验钻头刃磨的质量。有条件可采用专用磨钻头机刃磨钻头,以提高钻头的刃磨质量。

(4) 选用精度较高的设备

选用精度较高的钻床,选定钻孔设备后,可通过试钻等方法检测机床主轴的钻孔精度。

(5) 选择合理、合适的钻削用量

遵照选择切削用量的基本原则,合理选择切削用量,并根据试钻的质量,调整所选的切削用量。孔钻穿时,机动进给应改为手动进给,并减小进给量。

(6) 正确运用钻孔的操作方法

根据钻孔特点,采用正确的钻孔操作方法。对有一定精度要求的钻孔作业,应进行试钻,如发现钻孔中心偏移,应采取借正的方法,位置借正后再正式钻孔。

(7) 正确选用切削液

为了延长钻头的使用寿命、提高钻孔精度和生产效率,钻削时应根据工件的不同材料和不同的加工要求合理选择切削液,加工中冲注足够的切削液。

第4章 孔 加 工

二、扩孔与铰孔

扩孔是指用扩孔钻或麻花钻,将工件上原有的孔进行扩大的加工称为扩孔。扩孔加工公差等级可达 IT10～IT9,表面粗糙度值为 $R_a 12.5\ \mu m$～$R_a 3.2\ \mu m$。扩孔加工一般应用于孔的半精加工和铰孔前的预加工。

用铰刀从工件孔壁上切除微量金属层,以提高孔的尺寸精度和降低表面粗糙度值的方法称为铰孔。铰孔公差等级可达 IT9～IT7,表面粗糙度值为 $R_a 3.2\ \mu m$～$R_a 0.8\ \mu m$,是对孔的精加工。

1. 扩孔钻与铰刀

1)扩孔钻

扩孔通常使用扩孔钻,如图 4-26 所示的扩孔钻由于扩孔的切削条件比钻孔有较大的改善,因此结构与麻花钻有很大的区别。其结构特点是:扩孔因中心不切削,故扩孔钻没有横刃,切削刃较短。由于背吃力量 a_p 小,容屑槽较小、较浅,钻心较粗,刀齿增加,整体式扩孔钻有 3～4 个齿。基于上述特点,扩孔钻具有较好的刚度、导向性和切削稳定性,从而能在保证质量的前提下,增大切削用量。

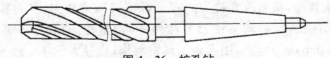

图 4-26 扩孔钻

2)铰刀

铰刀是一种尺寸精确的多刃刀具,铰削时切屑很薄,铰刀的种类很多。按铰刀的使用方法可分为手用铰刀和机用铰刀。按铰刀形状可分为圆柱铰刀和圆锥铰刀。按铰刀结构又可分为整体式铰刀和可调节式铰刀。

(1)整体圆柱铰刀

整体圆柱铰刀主要用来铰削标准系列的孔,其结构见图

· 107 ·

4-27,它由工作部分、颈部和柄部三个部分组成。工作部分包括引导部分、切削部分和校准部分。

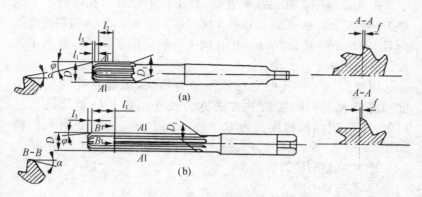

图 4-27 圆柱整体铰刀

（a）机铰刀；（b）手铰刀

（2）可调节手铰刀

在单件生产和修配工作中用来铰削非标准孔,其结构如图4-28所示。可调节手铰刀由刀体、刀齿条及调节螺母等组成。刀体上开有六条斜底直槽,具有相同斜度的刀齿条嵌在槽内,并用两端螺母压紧,固定刀齿条。调节两端螺母可使刀齿条在槽中沿斜槽移动,从而改变铰刀直径。标准可调节铰刀,其直径范围为6～54 mm。可调节铰刀刀体用45钢制作,直径小于或等于12.75 mm的刀齿条,用合金工具钢制作;直径大于12.75 mm的刀齿条,用高速钢制作。

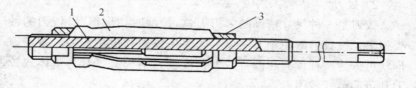

图 4-28 可调节式手铰刀

1—刀体;2—刀齿条;3—调节螺母

（3）螺旋槽手铰刀

用来铰削带有键槽的圆孔。用普通铰刀铰削带有键槽的孔时，切削刃易被键槽边钩住，造成铰孔质量的降低或无法铰削。螺旋槽铰刀其切削刃沿螺旋线分布，如图4-29。铰削时，多条切削刃同时与键槽边产生点的接触，切削刃不会被键槽钩住，铰削阻力沿圆周均匀分布，铰削平稳，铰出的孔光洁。铰刀螺旋槽方向一般是左旋，可避免铰削时因铰刀顺时针转动而产生自动旋进的现象；左旋的切削刃还能将铰下的切屑推出孔外。

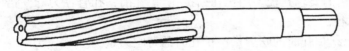

图 4-29 螺旋槽手铰刀

（4）锥铰刀

用来铰削圆锥孔的铰刀，如图4-30所示。常用的锥铰刀有以下四种：

① 1:10铰刀是用来铰削联轴器上与锥销配合的锥孔。

② 莫氏锥铰刀是用来铰削0~6号莫氏锥孔。

③ 1:30锥铰刀是用来铰削套式刀具上的锥孔。

④ 1:50锥铰刀是用来铰削定位销孔。

1:10锥孔和莫氏锥孔的锥度较大，为了铰孔省力，这类铰刀一般制成2~3把一套，其中一把精铰刀，其余是粗铰刀，如图4-30(a)所示二把一套的锥铰刀。粗铰刀的切削刃上开有螺旋形分布的分屑槽，以减轻切削负荷。

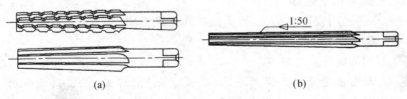

(a)　　　　　　　　　　　　(b)

图 4-30 锥铰刀

(a) 成套锥铰刀；(b) 铰削定位销孔锥铰刀

对尺寸较小的圆锥孔,铰孔前可按小端直径钻出圆柱孔,然后再用圆锥铰刀铰削即可,对尺寸和深度较大或锥度较大的圆锥孔,铰孔前的底孔应钻成阶梯形的孔,阶梯孔的最小直径按锥铰刀小端直径确定,其余各段直径可根据锥度公式推算。

2. 扩孔与铰孔方法

1) 扩孔方法

(1) 扩孔的切削用量

① 扩孔前钻孔直径。用麻花钻扩孔,扩孔前钻孔直径为0.5~0.7倍的要求孔径。用扩孔钻扩孔,扩孔前钻孔直径为 0.9 倍的要求孔径。

② 扩孔时的吃刀量。扩孔时的背吃刀量为

$$a_p = \frac{1}{2}(D - d)$$

式中: d——原有孔的直径(mm);

D——扩孔后的直径(mm)。

③ 扩孔的切削速度为钻孔的1/2。

④ 扩孔的进给量为钻孔的 1.5~2 倍。

(2) 扩孔操作注意事项

① 实际生产中,扩孔钻使用于成批大量扩孔加工。一般可用麻花钻代替扩孔钻使用。

② 用麻花钻扩孔时,因横刃不参加切削,轴向切削抗力较小。此时应适当减小钻头后角和前角,防止在扩孔时扎刀。

③ 用麻花钻扩孔时,刃磨的钻头切削刃位置应对称,避免单刃切削影响孔壁质量。

④ 选用较短的钻头,可提高扩孔的加工质量和加工效率。

2) 铰孔方法

(1) 铰孔余量确定

铰削余量是指上道工序(钻孔或扩孔)完成后,在直径方向所留下的加工余量。铰削余量不能太小或太大。铰削余量太小,上道工序残留变形和加工刀痕难以纠正和除去,铰孔的质量达不到

要求。同时铰刀处啃刮状态,磨损严重,降低了铰刀的使用寿命。铰削余量太大,则增加了每一刀齿的切削负荷,增加了切削热,使铰刀直径扩大,孔径也随之扩大。同时切屑呈撕裂状态,使铰削表面粗糙。正确选择铰削余量,应按孔径的大小,同时考虑铰孔的精度、表面粗糙度、材料的软硬和铰刀类型等多种因素。铰削余量的选择见表4-8。此外,铰削余量的确定,与上道工序的加工质量有很大关系。因此对铰削精度要求较高的孔,必须经过扩孔或粗铰,才能保证最后的铰孔质量。

表4-8 铰削余量 (mm)

铰孔直径	<5	5~20	21~32	33~50	51~70
铰孔余量	0.1~0.2	0.2~0.3	0.3	0.5	0.8

(2)机铰的切削速度和进给量

铰孔的切削速度和进给量要选择适当,过大或过小都将直接影响铰孔质量和铰刀的使用寿命。使用普通高速钢铰刀铰孔,工件材料为铸铁时,切削速度 v_c 不应超过 10 m/min,进给量 f 在 0.8 mm/r 左右。当工件材料为钢时,v_c 不应超过 8 m/min,f 在 0.4 mm/r 左右。

(3)切削液

铰削的切屑一般都很细碎,容易粘附在切削刃上,甚至夹在孔壁与校准部分棱边之间,将已加工表面拉毛。铰削过程中,热量积累过多也将引起工件和铰刀的变形或孔径扩大,因此铰削时必须采用适当的切削液,以减少摩擦和散发热量,同时将切屑及时冲掉。铰孔时切削液的选择见表4-9。

表4-9 铰孔时的切削液

工件材料	切 削 液
钢	1. 体积分数 10%~20%乳化液 2. 铰孔要求较高时,可采用体积分数为 30%菜油加 70%乳化液 3. 高精度铰削时,可用菜油、柴油、猪油

(续 表)

工件材料	切 削 液
铸　铁	1. 不用 2. 煤油,但要引起孔径缩小(最大缩小量: 0.02~0.04 mm) 3. 低浓度乳化液
铝	煤油
铜	乳化液

（4）铰孔操作要点

① 工件要找正、夹紧,夹紧位置、作用力方向和夹紧力应合理适当,防止工件变形,以免铰孔后零件变形部分回弹,影响孔的几何精度。

② 手铰时,两手用力要均衡,保持铰削的稳定性,避免由于两手用力不平衡使铰刀摇摆而造成孔口喇叭状和孔径扩大。不能用一般的扳手扳转铰刀铰孔。

③ 随着铰刀旋转,两手轻轻加压,使铰刀均匀进给。同时不断变换铰刀每次停歇位置,防止连续在同一位置停歇而造成的振痕。

④ 铰削过程中或退出铰刀时,都不允许反转,否则将拉毛孔壁,甚至使铰刀崩刃。

⑤ 铰定位锥销孔时,两结合零件应联接一体,位置正确,铰削过程中要经常用相配的锥销来检查铰孔尺寸,以防将孔铰深。一般用于按紧锥销对其头部应高于工件表面 2~3 mm,然后用铜锤敲紧。根据具体情况和要求,锥销头部可略低或略高于工件表面。

⑥ 机铰时,要注意机床主轴、铰刀和工件孔三者同轴度误差是否符合要求。当上述同轴度误差不能满足铰孔精度时,铰刀应采用浮动装夹方式,调整铰刀与所铰孔的中心位置,达到铰孔的精度要求。如图 4-31 所示是一种常用的铰刀浮动装置,将铰刀装入能

浮动的套筒内,因套筒外径与主体(或锥柄)的配合间隙较大,同时轴销的配合也有一定的间隙,在铰削时转矩和轴向力通过销轴和支承块球形头,铰刀可以作微量的偏移和歪斜来调整铰刀与孔径的同轴度。

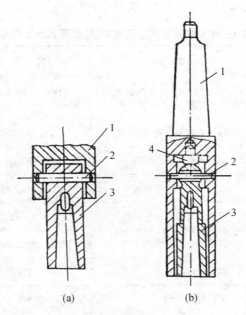

图 4-31 浮动铰刀夹头

(a) 简单式;(b) 万向式

1—夹头体;2—销轴;3—套筒;4—垫块

⑦ 机铰结束,铰刀应退出孔外后停机,否则孔壁有刀痕,退出时孔要被拉毛。

⑧ 铰孔过程中,按工件材料、铰孔精度要求合理选用切削液。

⑨ 使用可调节铰刀注意调整后检测铰刀的直径。

⑩ 手铰过程中若铰刀被卡住,不能猛力扳转绞手,此时应取出铰刀,清除切屑,检查铰刀。继续铰孔时应缓慢进给,以防在原处再次被卡住。

3. 铰孔常见质量问题

铰孔属于孔的精加工,铰孔的精度和表面粗糙度要求都很高,若操作不当,所用铰刀质量不好,铰削余量及切削液选用不合理,都会造成铰孔废品。*铰孔常见缺陷的形式、原因及其解决措施见表4-10。*

表 4-10 铰孔常见缺陷形式、原因及其解决措施

常见缺陷	主要原因	解决措施
孔壁表面有粗糙沟纹	铰刀的切削部分与修光刃部分粗糙度大	粗糙度大的部分加以精磨或研磨等
	铰刀刃口不锋利,已磨损	应全面刃磨铰刀刃口
	切削刃有过大的偏摆	重新磨准切削刃的齿背
	出屑槽内切屑粘积过多	随时拉出,及时清除
	刃口留有强固的积屑瘤	用油石轻轻除去
	刀齿上有崩裂缺口	将缺口磨去或换新铰刀
	铰刀刃口不等	正确刃磨铰刀刃口
	刃口留有毛刺	用油石磨去
	切削刃与修光刃部分过渡处有尖棱	用油石将尖棱磨成小圆的过渡切削刃
	铰孔余量过大	改变粗加工尺寸,减少余量
	转速太快	降低转速
	夹头制造不当,以致切削不均匀	最好采用浮动夹头
	切削液供应不足或选用不当	采用适当和足够的切削液
	由于材料关系,不适用前角 $\gamma_0 = 0°$ 或负前角铰刀	更换前角 $\gamma_0 = 5° \sim 10°$ 的铰刀

(续　表)

常见缺陷	主 要 原 因	解 决 措 施
铰孔后孔径扩大	转速太快,铰刀温度上升	降低转速或加足够的切削液
	夹头不灵活或夹得不好	整理夹头或采用浮动夹头
	进给量不当或加工余量太大	适当调整进给量或减少加工余量
	由于没有仔细检查铰刀直径,特别是新铰刀(因为有些新铰刀没有磨过锋口),它的尺寸可能大于要求尺寸	应仔细检查铰刀的直径
	铰刀没有对准工件中心	应仔细对准中心,最好采用浮动夹头
	铰刀修光刃部分的刃面径向跳动过大	修磨刃口,减小刃口的径向跳动量
铰孔后孔径缩小	铰刀超过磨损标准还继续使用,引起过大收缩量	应换用新铰刀。对超过磨损标准的铰刀,可磨砺后改小使用
	铰钢料时,由于加工余量太大,当铰刀铰好孔退出后,内孔弹性复原使孔径缩小	镗孔时试验一下,放适当的加工余量
铰刀过早地磨钝	铰刀在刃磨时灼伤	谨慎地把灼伤处磨去
	切削液未能顺利地流入切削区	经常清除出屑槽内的切屑,用足够压力的切削液
	铰刀刃磨后粗糙度不合要求	通过精磨或研磨达到要求
铰孔的端部有喇叭形	夹头制造不当	应用适当的浮动夹头
	刃带已磨损	修磨刃带
	切削锥角不适当	适当修磨锥角角度
	转动导套有松动现象	加强机床-工具-工件系统的刚性,工具本身制造精度要高
	铰孔时,修光刃部分未进入孔时已扩大	采用浮动装置的心轴

(续　表)

常见缺陷	主要原因	解决措施
铰孔后产生椭圆形	切削用量选择不当	采用适当的或降低切削用量
	由于薄壁工件装夹得过紧,卸下后工件变形	改用恰当的夹紧方法
	工件装夹过松,有颤动现象	选择可靠的定位面在夹具中重新夹紧
铰刀刀齿崩裂	切削刃径向圆跳动过大,切削负荷不均匀	每次刃磨后,检查径向圆跳动量
	切削锥角太小,使切削面太大	修磨增大切削锥角
	铰深孔时,切屑太多,又未及时清除	注意及时清除切屑,或采用排屑较好的刃倾角铰刀
	刃磨时刀齿已磨裂	刃磨时应注意,并随时检查质量
	加工余量过大	修改预加工时的孔径尺寸
	工件材料硬度过高	降低材料硬度或改用负前角铰刀与硬质合金铰刀
铰刀刀柄折断	铰孔余量过大	减少铰孔余量或增加粗铰工序
	铰锥孔时应先用粗铰或错齿铰刀	先用粗铰后再精铰,严格遵守操作规程
	铰刀的刀齿过密	可将刀齿间隔磨去一齿
铰孔后孔的轴线不直	铰孔前的钻孔不直	增加扩孔或镗孔工序来校正
	切削刃的锥角过大	修磨减小 2φ 角
	倒锥角过大	调换适当的新铰刀
	铰刀在断续孔中间空隙处位移	调换有导柱的铰刀

三、锪孔

用锪钻或改制的钻头将孔口表面加工成一定形状的孔和平面,称锪孔,如图 4 - 32 所示。

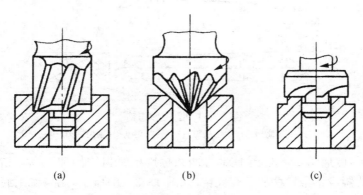

(a)　　　　　　　　(b)　　　　　　　　(c)

图 4 - 32　锪孔加工

(a) 锪圆柱形埋头孔;(b) 锪锥形埋头孔;(c) 锪孔口平面

1. 锪钻

锪孔钻分柱形锪钻、端面锪钻和锥形锪钻三种。

1) 柱形锪钻

用来锪柱形埋头孔的锪钻为柱形锪钻。柱形锪钻的结构如图 4 - 33 所示,柱形锪钻具有主切削刃和副切削刃,端面切削刃 1 为主切削刃起主要切削作用,外圆上切削刃 2 为副切削刃起修光孔壁的作用,锪钻前端有导柱,导柱直径与工件原有的孔采用基本偏差为 f 的间隙配合,以保证锪孔时有良好的定心和导向作用。导柱分整体式和可拆式两种,可拆式导柱能按工件原有孔径的大小进行调换,使锪钻应用灵活。

柱形锪钻的螺旋角就是锪钻的前角,即 $\gamma_0 = \beta = 15°$,后角 $\alpha_f = 8°$,副后角 $\alpha_f' = 8°$。柱形锪钻也可用麻花钻改制,如图 4 - 34 所示。图 4 - 34(a) 为改制成带导柱的柱形锪钻,导柱直径 d 与工件原有的孔采用基本偏差为 f 的间隙配合。端面切削刃须在锯片砂轮上

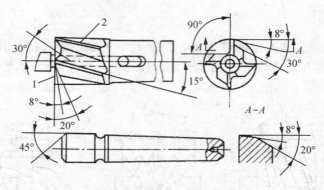

图 4-33 圆柱形锪钻

1—端面切削刃（主切削刃）；2—外圆切削刃（副切削刃）

磨出，侧后角 $\alpha_f = 8°$，导柱部分两条螺旋槽锋口须倒钝。麻花钻也可改制成不带导柱的平底锪钻，如图 4-34(b) 所示，用来锪平底不通孔。

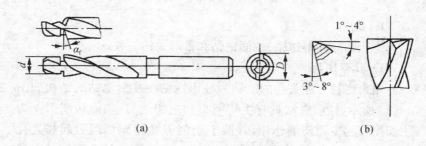

图 4-34 麻花钻改制的锪钻

(a) 带导柱的柱形锪钻；(b) 平底锪钻

2）锥形锪钻

用来锪锥形埋头孔的锪钻为锥形锪钻。锥形锪钻的结构如图 4-35 所示，按其锥角大小可分为 60°、75°、90° 和 120° 等四种，其中 90° 使用最多。锥形锪钻直径 $d = 12 \sim 60$ mm，齿数为 4～12 个。锥形锪钻的前角 $\gamma_0 = 0°$，侧后角 $\alpha_f = 6° \sim 8°$。

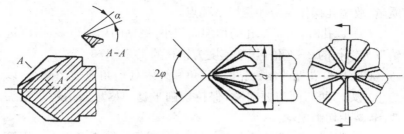

图 4 - 35 锥形锪钻

3）端面锪钻

用来锪平孔端面的锪钻称为端面锪钻。端面锪钻为多齿形锪钻，其端面刀齿为切削刃，前端导柱用来定心，用以保证加工后的端面与孔中心线垂直，简易的端面锪钻如图 4 - 36 所示。刀杆与工件孔配合端的直径采用基本偏差为 f 的间隙配合，保证良好的导向作用。刀杆上的方孔要尺寸准确，与刀片采用基本偏差为 h 的间隙配合。前角由工件材料决定，锪铸铁孔时 $\gamma_0 = 5° \sim 10°$；锪钢件时 $\gamma_0 = 15° \sim 25°$。后角 $\alpha_0 = 6° \sim 8°$，$\alpha'_0 = 4° \sim 6°$。

2. 锪孔方法

锪孔方法与钻孔方法基本相同，但锪孔时刀具容易振动，特别是使用麻花钻改制的锪钻，使所锪端面或锥面产生振痕，影响锪削

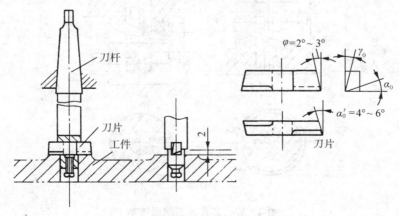

图 4 - 36 端面锪钻

质量,故锪孔操作时应注意以下几点:

(1)锪孔时,由于锪孔的切削面积小,锪钻的切削刃多,所以进给量为钻孔的2~3倍,切削速度为钻孔的1/2~1/3。

(2)用麻花钻改制锪钻时,后角和外缘处前角应适当减小,以防止扎刀。两切削刃要对称,保持切削平稳。尽量选用较短钻头改制,减少切削振动。

(3)锪钻的刀杆和刀片装夹要牢固,工件夹持要稳定。采用简易端面锪钻,应保证刀片装入刀杆的方孔后,切削刃与刀杆轴线垂直,否则锪处的孔端面会产生中凹现象。

(4)用锥形锪钻锪孔时,为了增加近钻尖处的容屑空间,可每隔一切削刃将此处的切削刃磨去一块。

(5)锪削铸铁工件孔端面,可以采用如图4-37所示的多齿端面套式锪钻,使用时注意旋紧刀具圆周上的紧定螺钉,螺钉应旋入

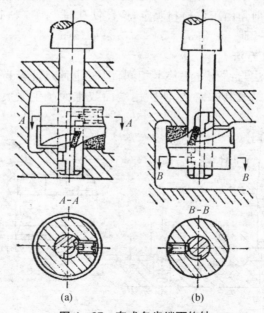

图4-37 套式多齿端面锪钻

(a)锪上端面;(b)锪下端面

刀杆上的槽内,以使刀杆带动锪钻旋转切削。

(6) 在锪削孔口下端面时,可将锪钻安装成如图 4-37(b)所示的位置。但刀杆与钻轴或其他设备的联接要采用一定装置,防止锪削时脱落。

(7) 锪钢件时,要在导柱和切削表面加机油或牛油润滑。

(8) *锪削加工操作时,一般在锪至深度终点位置时,可稍加停留以使锪削面获得较好的形状精度。*

··[··· 复 习 思 考 题 ···]··

一、判断题

1. 麻花钻的钻心是有锥度的。　　　　　　　　　　（　　）
2. 麻花钻的外圆是有锥度的。　　　　　　　　　　（　　）
3. 较小直径的麻花钻一般是锥柄结构。　　　　　　（　　）
4. 手铰刀的柄部结构一般是圆柱带方榫结构。　　　（　　）
5. 手铰刀铰孔可以使用活络扳手扳转铰刀进行加工。

（　　）

6. 刃磨麻花钻,主要是刃磨钻头的前面。　　　　　（　　）
7. 刃磨钻头,应使后角为正值。　　　　　　　　　（　　）
8. 钻孔的切削速度是指钻头切削刃中部切削点的线速度。

（　　）

二、选择题

1. 标准麻花钻的顶角 2φ 为（　　　）。
   A. 59°　　　　　B. 90°　　　　　C. 18°　　　　　D. 118°
2. 标准麻花钻的横刃斜角为（　　　）。
   A. 59°　　　　　B. 90°　　　　　C. 55°　　　　　D. 118°
3. 标准麻花钻切削部分的材料一般是（　　）。
   A. 铸铁　　　　　　　　　　B. 硬质合金
   C. 高速钢　　　　　　　　　D. 结构钢

4. 台式钻床一般使用于( )。

    A. 铰孔   B. 锪孔   C. 镗孔   D. 钻孔

5. 锪孔时的刀具转速是钻孔刀具转速的( )。

    A. 2 倍   B. 0.5 倍   C. 1.5 倍   D. 3 倍

6. 钻孔时最常用的切削液是( )。

    A. 乳化液   B. 硫化切削油

    C. 煤油   D. 汽油

7. 铝制件铰孔时最好采用的切削液是( )。

    A. 乳化液   B. 硫化切削油

    C. 煤油   D. 汽油

8. 铰孔直径在 5~20 mm 时,铰孔余量一般为( )。

    A. 0.1~0.2   B. 0.2~0.3

    C. 0.3~0.5   D. 0.6~0.8

9. 钻孔时钻头进给量 f 的单位是( )。

    A. m/min   B. r/min

    C. mm/r   D. mm/min

10. 钻孔时钻头转速的单位是( )。

    A. m/min   B. r/min

    C. mm/r   D. mm/min

三、计算题

1. 用直径为 30 mm 的钻头钻孔,切削速度选择 30 m/min,试计算钻头的转速。

2. 用直径 24 mm 的钻头钻孔,钻床的转速若调整为 375 r/min,试计算钻头的切削速度。

3. 钻孔加工时,钻床主轴每分钟进给量为 200 mm,钻头的转速为 375 r/min,问钻头的每转进给量是多少?

4. 钻孔加工时,钻头的转速是 375 r/min,钻头的进给量为 0.60 mm/r,问钻床主轴的每分钟进给量为多少?

5. 在零件上钻孔,钻孔后的直径为 25 mm,问钻削时的背吃刀

量 a_p 是多少?

四、简答题

1. 简述麻花钻的基本结构和特点。

2. 针对麻花钻的缺点,可采取哪些修磨措施?

3. 修磨横刃有何作用? 修磨后的横刃长度应为多少?

4. 钻头刃磨要掌握哪些要点和刃磨的要求?

5. 钻削用量指什么? 选择钻削用量的基本原则是什么?

6. 钻孔和铰孔时,使用切削液的目的有何区别? 为什么?

7. 铰刀有几种? 试述可调节手铰刀的结构。

8. 如何确定铰削余量? 余量太大或太小将造成哪些影响?

9. 螺旋形手铰刀为什么适宜铰削带键槽的孔?

第5章 螺纹加工

1. 螺纹失效的形式与原因。

2. 攻螺纹与套螺纹的操作要点。

3. 螺纹加工中的常见质量问题与防止措施。

一、螺纹的基本知识

1. 螺纹种类

螺纹的分类方法和种类很多。螺纹按牙型可分为三角形、梯形、矩形、锯齿形和圆弧螺纹；按螺旋线条数可分为单线和多线；按螺纹母体形状分为圆柱和圆锥等。螺纹的一般分类见图 5 - 1。

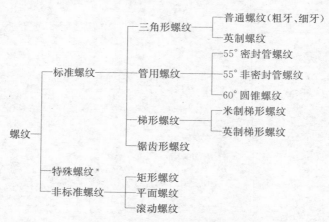

图 5 - 1 螺纹的种类

注：＊特殊螺纹特点是螺纹牙型符合标准螺纹规定，而大径和螺距不符合标准。

维修钳工常用和加工的螺纹是三角形螺纹。 三角形螺纹有米制和英制两种。米制三角形螺纹牙型角为 $60°$,分粗牙普通螺纹和细牙普通螺纹两种。细牙螺纹由于螺距小、螺旋升角小、自锁性好,常用在承受冲击、振动或变载荷的联接,也可用于调整机构的场合。英制三角形螺纹其牙型角为 $55°$。

2. 螺纹的应用

螺纹零件作为可拆卸的联接件和传动件,在各种机械、仪器和日常生活中得到广泛应用, 下面介绍几种螺纹的应用情况。

1）三角形螺纹

由于三角形螺纹根部强度较高,螺纹的自锁性好,因此主要应用在各种夹具螺旋夹紧机构和联接件上。

2）梯形和矩形(非标准)螺纹

由于螺纹的传动效率和强度较高,因此主要应用在传动和受力较大的机械上,如机用虎钳的丝杆螺母采用矩形螺纹传动,用来夹紧工件进行加工;螺旋千斤顶,采用矩形螺纹传动,是一种维修钳工常用的简单起重工具;如三爪自定心卡盘,采用矩形平面螺纹带动三个卡爪作同步的径向移动,用来夹紧圆柱工件进行加工;各种机床上传动丝杠采用梯形螺纹。

3）锯齿形螺纹

主要应用在承受单向作用力的机械上,如压力机、冲床的螺杆。

4）圆形螺纹

应用在管件的连接,如水管连接和螺纹灯泡等。

5）英制螺纹

一般应用较少,主要用于某些进口机械的备件和维修件。

3. 螺纹的结构要素

螺纹结构要素包括牙型、公称直径、螺距(或导程)、线数、精度和旋向等。

（1）牙型

是在通过螺纹轴线的剖面上螺纹的轮廓形状。有三角形、梯形、圆弧、锯齿形和矩形等牙型,如图 5-2 所示。

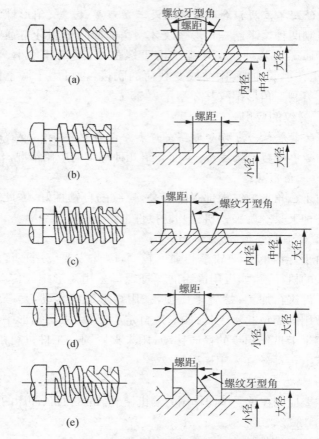

图 5 - 2 各种螺纹的剖面形状

(a) 三角形螺纹；(b) 矩形螺纹；(c) 梯形螺纹；
(d) 圆弧螺纹；(e) 锯齿螺纹

（2）大径（D、d）

是与外螺纹牙顶或内螺纹牙底相重合的假想圆柱面的直径。

（3）公称直径

是代表螺纹尺寸的直径，指大径的基本尺寸。

（4）线数（n）

是指一个螺纹上螺旋线的数目。螺纹可分单线、双线和多线。

沿一条螺旋线所形成的螺纹称为单线螺纹；沿两条或两条以上，轴向等距分布的螺旋线所形成的螺纹称为多线螺纹。

（5）螺距（P）

是相邻两牙在中径线上对应两点间的轴向距离。导程（P_h）是指一条螺旋线上相邻两牙在中径线上对应两点间的轴向距离。单线螺纹 $P = P_h$，多线螺纹 $P_h = nP$。

（6）螺纹精度

由螺纹公差带和旋合长度组成。螺纹公差带的位置由基本偏差决定，外螺纹的上偏差（es）和内螺纹的下偏差（EI）为基本偏差。螺纹旋合长度分为三组，分别称为短旋合长度 S，中等旋合长度 N 和长旋合长度 L。根据不同的旋合长度和公差带，螺纹有精密、中等、粗糙三种等级。精密——用于精密螺纹，当要求配合性质变动较小时采用；中等——一般用途，常用的精度等级；粗糙——对精度要求不高或制造比较困难时采用。

（7）螺纹的旋向

分左旋和右旋两种。顺时针旋转时旋入的螺纹称右旋螺纹；逆时针旋转时旋入的螺纹称左旋螺纹。判别螺纹旋向时，当螺纹从左向右升高的为右旋螺纹；螺纹从右向左升高的为左旋螺纹，图 5-3 所示为判别螺纹旋向的方法。

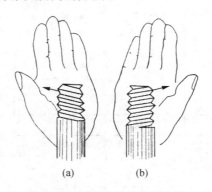

（a）　　　　　　（b）

图 5-3　判别螺纹旋向的方法

（a）左螺纹；（b）右螺纹

4. 螺纹代号

螺纹代号主要用来反映螺纹各基本要素。标准螺纹代号其表示顺序是：牙型　公称直径×螺距(导程/线数)－精度等级－旋向。普通螺纹、梯形螺纹和锯齿形螺纹代号示例见表 5-1。

表 5-1　螺纹代号示例

螺纹代号	代 号 说 明
M24	公称直径为 24 mm 的粗牙普通螺纹
M24×1.5	公称直径为 24 mm，螺距为 1.5 mm 的细牙普通螺纹
M24×1.5—LH	公称直径为 24 mm，螺距为 1.5 mm 左旋细牙普通螺纹
Tr40×7	公称直径为 40 mm，螺距为 7 mm 的单线梯形螺纹
Tr40×14(7)—LH	公称直径为 40 mm，导程为 14 mm 螺距为 7 mm 的多线左旋梯形螺纹
B40×7	公称直径为 40 mm，螺距为 7 mm 的单线锯齿形螺纹
B40×14(7)—LH	公称直径为 40 mm，导程为 14 mm 螺距为 7 mm 的多线左旋锯齿形螺纹

普通螺纹的直径与螺距系列见表 5-2。

表 5-2　普通螺纹的直径与螺距系列表　　　　(mm)

公称直径 d			螺距 P		公称直径 d			螺距 P	
第一系列	第二系列	第三系列	粗牙	细 牙	第一系列	第二系列	第三系列	粗牙	细 牙
4			0.7				15		1.5,1
	4.5		0.75	0.5	16			2	1.5,1,(0.75),(0.5)
5			0.8						
		5.5					17		1.5,1
6		7	1	0.75,(0.5)	20	18		2.5	2,1.5,1,(0.75),(0.5)
8			1.25	1,0.75,(0.5)		22			
		9	1.25		24			3	2,1.5,1,(0.75)
10			1.5	1.25,1,0.75,(0.5)			25		2,1.5,1

公称直径 d			螺距 P		公称直径 d			螺距 P	
第一系列	第二系列	第三系列	粗牙	细 牙	第一系列	第二系列	第三系列	粗牙	细 牙
		11	1.5	1,0.75,(0.5)			26		1.5
12			1.75	1.5,1.25,1,(0.75),(0.5)		27		3	2,1.5,1,(0.75)
							28		2,1.5,1
	14		2	1.5,(1.25),1,(0.75),(0.5)	30			3.5	(3),2,1.5,1,(0.75)
							32		2,1.5
	33		3.5	(3),2,1.5,1,(0.75)			58		4,3,2,1.5
		35		1.5		60		(5.5)	4,3,2,1.5,(1)
36			4	3,2,1.5,(1)			62		4,3,2,1.5
		38		1.5	64			6	4,3,2,1.5,(1)
	39		4	3,2,1.5,(1)			65		4,3,2,1.5
		40		3,2,1.5		68		6	4,3,2,1.5,(1)
42	45		4.5	(4),3,2,1.5,(1)			70		6,4,3,2,1.5
48			5		72				6,4,3,2,1.5,(1)
		50		3,2,1.5					
	52		5	(4),3,2,1.5			75		4,3,2,1.5
		55		4,3,2,1.5		76			6,4,3,2,1.5,(1)
56			5.5	4,3,2,1.5,(1)			78		2

（续　表）

公称直径 d			螺距 P		公称直径 d			螺距 P	
第一系列	第二系列	第三系列	粗牙	细牙	第一系列	第二系列	第三系列	粗牙	细牙
80				6,4,3,2,1.5,(1)			155		
		82		2	160	170	165		6,4,3,(2)
90	85			6,4,3,2,(1.5)	180		175		6,4,3,(2)
100	95					190	185		6,4,3,(2)
110	105				200		195		6,4,3,(2)
125	115						205		6,4,3
	120			6,4,3,2,(1.5)	210		215		6,4,3
	130	135							
140	150	145							

5. 普通螺纹各部分尺寸关系

螺纹的基本尺寸有大径、中径、小径、螺距和牙型角等，详见图 5-4 所示。其中大径、螺距一般在设计时根据需要确定，其他基本尺寸可按规定计算得出。由于普通螺纹原始三角形是等边三角

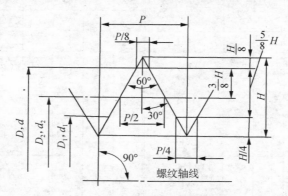

图 5-4　普通螺纹各部分尺寸关系

D、d—内、外螺纹大径；D_2、d_2—内、外螺纹中径；P—螺距；
D_1、d_1—内、外螺纹小径；H—原始三角形高度

形,所以普通螺纹牙型角为 60°,原始三角形的高则为

$$H = \frac{\sqrt{3}}{2}P = 0.866P$$

(1) 普通内、外螺纹的中径、小径

可按规定由下式计算:

内螺纹中径:$D_2 = D - 2 \times \frac{3}{8}H = D - 0.645\,9P$

外螺纹中径:$d_2 = d - 2 \times \frac{3}{8}H = d - 0.645\,9P$

内螺纹小径:$D_1 = D - 2 \times \frac{5}{8}H = D - 1.082\,5P$

外螺纹小径:$d_1 = d - 2 \times \frac{5}{8}H = D - 1.082\,5P$

(2) 普通细牙螺纹的尺寸

见表 5-3。

表 5-3 普通细牙螺纹的基本尺寸 　　　　(mm)

螺距 P	中径 d_2	小径 d_1	工作高度 h	圆角半径 r
0.2	$d-1+0.870$	$d-1+0.784$	0.108	0.029
0.25	$d-1+0.838$	$d-1+0.729$	0.135	0.036
0.35	$d-1+0.773$	$d-1+0.621$	0.189	0.051
0.5	$d-1+0.675$	$d-1+0.459$	0.271	0.072
0.75	$d-1+0.513$	$d-1+0.188$	0.406	0.108
1	$d-1+0.350$	$d-2+0.918$	0.541	0.144
1.25	$d-1+0.188$	$d-2+0.647$	0.677	0.180
1.5	$d-1+0.026$	$d-2+0.376$	0.812	0.216

6. 螺纹的失效及其原因

螺纹损坏以后会失去应有的传动、紧固和自锁等能力。螺纹损坏的原因很多,几种常见的损坏原因如下:

1）螺纹磨损

这是引起螺纹失效的主要原因之一，在反复的使用过程中，由于螺纹承受各种载荷，使得螺纹的接触面磨损，引起螺纹结构尺寸如中径的变化等，导致螺纹不能使用而失效。例如机床工作台的传动丝杠，由于长期使用会引起磨损，造成机床工作台传动间隙增大。

2）超载损坏

各种螺纹具有一定的承载能力，当螺纹超过了规定的承载能力时，螺纹部分就会损坏，甚至会造成螺纹零件整体断裂。如在紧固螺钉时采用了过长力矩的扳手，使螺钉的螺纹烂牙损坏。

3）腐蚀损坏

一些螺纹件长期在具有腐蚀性物质接触的条件下工作，表面会产生腐蚀，导致螺纹结构变化和材质变化而失效。如在水中使用的螺钉联接，螺钉很容易腐蚀生锈，导致螺纹失效。

4）外力损坏

在超过螺纹强度的外力作用下，如用手锤时不小心敲击到螺钉的螺纹，会引起螺纹变形损坏；又如螺栓受力弯曲，会引起螺纹变形失效等。

二、螺纹加工与检验

螺纹的加工方法较多，可在通用机床上用切削的方法加工（如车削螺纹、铣削螺纹），也可在专用机床上用冷镦、搓螺纹的方法加工，还可通过钳工的攻螺纹和套螺纹对工件进行螺纹加工，攻螺纹、套螺纹在装配和维修过程中应用较多。

1. 螺纹加工工具

钳工常用的螺纹加工工具包括内螺纹加工工具和外螺纹加工工具。内螺纹加工工具包括丝锥、铰杠和保险夹头等，在批量生产中使用的攻丝机也是常用的工具设备之一。外螺纹加工工具主要是圆板牙和绞手。

1）丝锥

丝锥是钳工加工内螺纹的工具，按攻螺纹方法分有手用和机用两种，按规格有粗牙、细牙之分。手用丝锥的材料一般用合金工具钢或轴承钢制造，机用丝锥都用高速钢制造。

（1）丝锥的基本组成

丝锥由工作部分和柄部两部分组成，如图 5-5 所示。工作部分包括切削部分和校准部分。

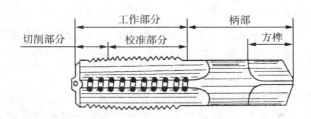

图 5-5 丝锥的构造

① 切削部分：担负主要切削工作。切削部分沿轴向方向开有几条容屑槽，形成切削刃和前角，同时能容纳切屑。在切削部分前端磨出锥角，使切削载荷分布在几个刀齿上，从而使切削省力，刀齿受力均匀，不易崩刃或折断，丝锥也容易正确切入。

② 校准部分：有完整的齿形，用来校准已切出的螺纹，并保证丝锥沿轴向运动，丝锥校准部分有 $0.05 \sim 0.12$ mm/100 mm 的倒锥，以减小与螺孔的摩擦。

柄部用来夹持和传递转矩，端部有方榫，主要用来传递切削转矩。

（2）丝锥的几何角度

校准丝锥的前角 $\gamma_0 = 8° \sim 10°$，为了适应不同的工件材料，前角可在必要时作适当增减，见表 5-4。切削部分的锥面上磨有后角，手用丝锥 $\alpha_0 = 6° \sim 8°$，机用丝锥 $\alpha_0 = 10° \sim 12°$，齿侧没有后角。手用丝锥的校准部分没有后角，对 $M12$ 以上的机用丝锥铲磨出很小的后角。

表 5-4 丝锥前角的选择

被加工材料	铸青铜	铸铁	硬钢	黄铜	中碳钢	低碳钢	不锈钢	铝合金
前角 γ_0	0°	5°	5°	10°	10°	15°	15°～20°	20°～30°

（3）丝锥的成套规格

为了减少攻螺纹时手用丝锥的切削力和提高丝锥的使用寿命,将攻螺纹时的整个切削量分配给几支丝锥来担负。故 M6～M24 的丝锥一套有 2 支,M6 以下及 M24 以上的丝锥一套有 3 支。M6 以下因丝锥小容易折断,所以备有 3 支;大的丝锥切削载荷很大,需分几支逐步切削,所以也备有 3 支一套。细牙丝锥不论大小均为 2 支一套。

（4）成套丝锥切削量的分配

在成套丝锥中,切削量的分配有两种形式,即锥形分配和柱形分配,如图 5-6 所示。

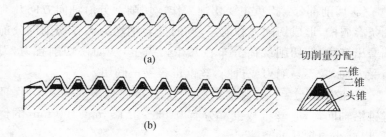

(a)

切削量分配
三锥
二锥
头锥

(b)

图 5-6 丝锥切削量分配

（a）锥形分配;（b）柱形分配

① 锥形分配如图 5-6(a)所示,每套中丝锥的大径、中径、小径都相等,只是切削部分的长度及锥角不同。头锥的切削部分长度为 5～7 个螺距,二锥切削部分长度为 2.5～4 个螺距,三锥切削部分长度为 1.5～2 个螺距。

② 柱形分配如图 5-6(b)所示,柱形分配其头锥、二锥的大径、中径、小径都比三锥小。头锥、二锥的中径一样,大径不一样,

头锥的大径小,二锥的大径大。柱形分配的丝锥,其切削量分配比较合理,使每支丝锥磨损均匀,使用寿命长,攻螺纹时较省力。同时,因末锥的两侧刃也参加切削,所以螺纹表面粗糙度值较小。在攻螺纹时丝锥顺序不能搞错。

③ 大于或等于 M12 的手用丝锥采用柱形分配;小于 M12 的采用锥形分配。所以攻制 M12 或 M12 以上的通孔螺纹时,最后一定要用末锥攻过才能得到正确的螺纹直径。

2) 铰杠

也称丝锥扳手、绞手。用来夹持丝锥柄部的方榫,带动丝锥旋转切削的工具。铰杠有普通铰杠和丁字铰杠两类,每类铰杠又分为固定式和活络式两种,如图 5-7 所示。

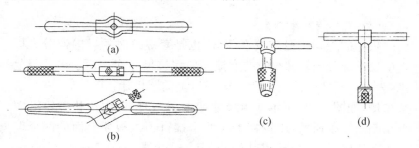

图 5-7　铰杠

(a) 固定铰杠;(b) 活络铰杠;(c) 活动丁字铰杠;(d) 丁字铰杠

3) 圆板牙

板牙是钳工用来加工外螺纹的工具,由切削部分、校准部分和排屑孔组成。

(1) 板牙的切削部分

如图 5-8(a)所示,板牙本身像一个圆螺母,在它上面钻有几个排屑孔而形成刃口。板牙的切削部分为两端的锥角(2φ)部分。它不是圆锥面,而是经铲磨而成的阿基米德螺旋面,形成的后角 $\alpha_0 = 7° \sim 9°$,锥角 $\varphi = 20° \sim 25°$。圆板牙前面是圆孔,因此前角大小沿着切削刃而变化,外径处前角 γ_0 最小,内径处前角 γ_0 为最大,如图 5-8(b)所示,一般 $\gamma_0 = 8° \sim 12°$。

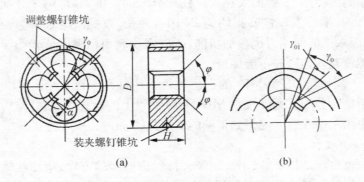

图 5 - 8　圆板牙

(a) 外形和角度；(b) 圆板牙前角变化

（2）板牙的校准部分

板牙的中间一段是校准部分，也是套螺纹时的导向部分。板牙的校准部分因套螺纹时的磨损会使螺纹尺寸变大而超出公差范围，为延长板牙的使用寿命，M3.5 以上的圆板牙，其外圆上有一条 V 形槽，如图 5 - 9 所示。当尺寸变大超差时，可用片状砂轮沿 V 形槽割出一条通槽，用铰杠上的两个螺钉顶入板牙上面的两个偏心锥孔坑内，使圆板牙尺寸缩小，其调节范围为 0.1～0.25 mm。若往 V 形槽开口处旋入螺钉能使板牙直径增大，板牙下部两个螺钉坑是用螺钉将板牙固定在铰手中并用来传递转矩的。板牙两端面部有切削部分，一端磨损后，可换另一端使用。

（3）管螺纹板牙

管螺纹板牙可分为圆柱管螺纹板牙和圆锥管螺纹板牙，其结构与圆板牙基本相仿。但圆锥管螺纹板牙只是在单面制成切削锥，如图 5 - 9 所示，故圆锥管螺纹板牙只能单面使用。

4）铰手

又称圆板牙架、扳手。如图 5 - 10 所示为圆板牙的铰手，上部的螺钉用来调节螺纹的尺寸，下部的螺钉用来装卡圆板牙，传递切削转矩。

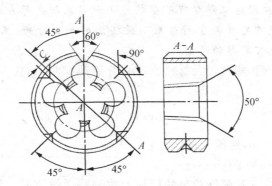

图 5-9 圆锥管螺纹板牙

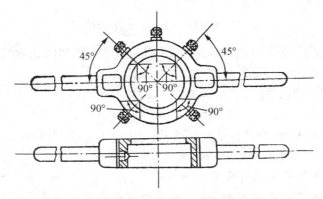

图 5-10 圆板牙绞手

2. 攻螺纹的方法与加工实例

1) 攻螺纹的加工过程

攻螺纹前首先应确定螺纹底孔直径和掌握准确的操作。

(1) 底孔直径确定方法

用丝锥加工内螺纹时,丝锥除对材料起切削作用外,还对材料产生挤压,因此,螺纹的牙型产生塑性变形,使牙型顶端凸起一部分,材料塑性越大,则挤压凸起部分越多,此时如果螺纹牙型顶端与丝锥刀齿根部没有足够的空隙,就会使丝锥轧住或折断,所以**攻螺纹前的底孔直径必须大于螺纹标准中规定的螺纹小径。底孔直**

径的大小,应根据工件材料的塑性大小和钻孔的扩张量来考虑,使攻螺纹时既有足够的空间来容纳被挤出的金属材料,又能保证加工出的螺纹有完整的牙型。

① 在钢和塑性较大材料上攻制普通螺纹时,钻孔用钻头的直径应为

$$D_0 = D - P$$

式中:D——内螺纹大径(mm);

P——螺距(mm)。

② 在铸铁和塑性较小的材料上攻制普通螺纹时,钻孔用钻头的直径为

$$D_0 = D - (1.05 - 1.1)P$$

[例] 在中碳钢和铸件的工件上,分别攻制 M14 的螺纹,求钻孔用的钻头直径分别是多少?

解 中碳钢属塑性较大的材料,钻头直径 $D_0 = D - P = 14 \, mm - 2 \, mm = 12 \, mm$。

铁件属脆性材料,钻头直径 $D_0 = D - 1.1P = 14 \, mm - 1.1 \times 2 \, mm = 11.8 \, mm$。

(2) 底孔深度的确定方法

在攻不通孔螺纹时,由于丝锥切削部分带有锥角不能切出完整的螺纹牙型,因此为了保证螺孔的有效深度,所以底孔的钻孔深度一定要大于所需的螺孔深度,一般确定方法为:

钻孔深度=所需螺孔深度+0.7×螺纹大径

(3) 攻制螺纹的操作

① 底孔直径确定后钻孔、孔口倒角(攻通孔时两面孔口都应倒角)。

② 攻螺纹时丝锥必须放正,当丝锥切入 1~2 圈时,用钢直尺或 90°角尺在两个互相垂直的方向检查。发现不垂直时,加以校正。

③ 丝锥位置校正并切入 3～4 圈时,只须均匀转动铰杠。每正转 1/2～1 圈要倒转 1/4～1/2 圈,以利断屑、排屑。塑性材料更应注意,攻制不通螺孔时,丝锥上要做好深度标记,并经常退出丝锥,清除切屑,具体方法如图 5-11 所示。

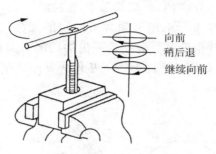

向前
稍后退
继续向前

图 5-11 攻螺纹方法

④ 攻较硬材料零件时,要头锥、二锥交替使用。在调换丝锥时,应先用手将丝锥旋入至不能旋进时,再用铰杠转动,以防螺纹乱牙。

⑤ 攻塑性材料时要加切削液,以增加润滑、减少阻力和提高螺纹的表面质量。切削液的选用可参见表 5-5。

表 5-5 攻螺纹用的切削液

工件材料及螺纹精度		切削液	工件材料及螺纹精度	切削液
钢	精度要求一般	L-AN32 全损耗系统用油、乳化液	可锻铸铁	乳化油
	精度要求较高	菜油、二硫化钼、豆油	黄铜、青铜	全损耗系统用油
不锈钢		L-AN46 全损耗系统用油、豆油、黑色硫化油	纯铜	浓度较高的乳化油
灰铸铁	精度要求一般	不用	铝及铝合金	机油加适当煤油或浓度较高的乳化油
	精度要求较高	煤油		

2）丝锥的刃磨

当丝锥切削部分磨损或崩裂几牙切削刃时,钳工常以手工来修磨。

（1）刃磨后面

先把损坏部分磨掉,然后刃磨丝锥的后面,刃磨时要注意保持各刃瓣的半锥角大小相等和各刃瓣切削部分长度一致。为了防止在磨到刃背最后部分时把后一齿的切削刃倒角,钳工常把丝锥竖起来刃磨,如图 5 - 12 所示,刃磨结束使切削部分保持一定的后角。

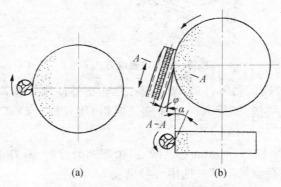

(a)　　　　　　　　　(b)

图 5 - 12　修磨丝锥后面

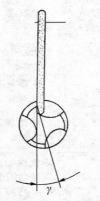

图 5 - 13　修磨丝锥前面

（2）刃磨前面

当丝锥校准部分磨损时,可刃磨其前面使刃口锋利。磨损较少可用油石刃磨前面。如磨损较严重时,要用棱角修圆的片状砂轮刃磨,如图 5 - 13 所示。刃磨时丝锥轴向移动,使整个前面磨削均匀,并控制好前角 γ_0 的大小。刃磨时要经常用冷水冷却,避免丝锥刃口退火。

3）攻螺纹操作实例

加工如图 5 - 14 所示工件的螺孔,具体加工步骤如下:

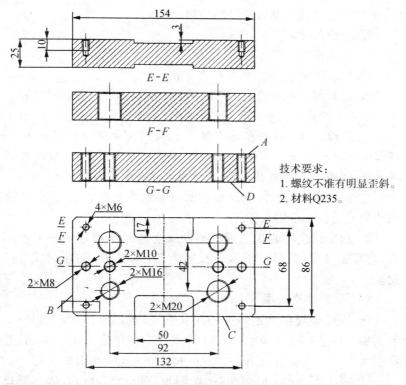

技术要求：
1. 螺纹不准有明显歪斜。
2. 材料Q235。

图 5-14 攻螺纹操作实例

（1）操作准备工作

① 工、夹、量具的准备。准备方箱、高度游标尺、样冲、麻花钻（φ5 mm，φ6.8 mm，φ8.5 mm，φ14 mm，φ17.5 mm）、90°圆锥锪钻、90°角尺、游标卡尺、钢直尺、丝锥（M6、M8、M10、M16、M20）、铰杠等。

② 检查毛坯。检查毛坯长、宽、高和三基准面 B、C、D 的垂直度误差和上、下两面的平行度误差。

③ 按图样在工件表面划线，划出各螺孔的中心位置，冲眼，按底孔直径划对刀圆轮廓线。

（2）技术要求

① 螺纹轴线不准有明显的偏斜。

② 不准乱牙。

③ 不准滑牙。

④ 螺纹表面粗糙度值为 $R_a3.2\ \mu m$。

⑤ 螺纹尺寸精度符合图样要求，采用螺纹止通规进行检验。

（3）工具设备的选用

① **丝锥选用。按规格选用丝锥，检查所用丝锥的切削刃口，以保证攻螺纹的质量。M16～M20 的丝锥为两支一套，攻螺纹时要按头锥、二锥的先后顺序，不准直接用二锥攻螺纹。**

② 铰杠选用。铰杠的长短和所攻螺纹的规格应相适应，不准攻小规格螺纹而选用长铰杠。

③ 选用检验用的止通规。旋合长度达到 L 要求的一般选用 7H 精度的止通规，M20 的旋合长度为 N，选用 6H 的止通规进行检验。

（4）操作步骤和要领

① 按螺纹规格确定螺孔的底孔直径，选用标准麻花钻钻孔。不同螺孔注意钻孔的深度，本例 M6 螺孔有效深度为 10 mm，钻孔深度为 10 mm＋0.7D mm＝10 mm＋0.7×6 mm＝14.2 mm。

② 螺纹底孔加工后用 90°锪钻倒角，通孔两端倒角，倒角开口直径要稍大于螺纹大径尺寸。

③ 工件采用台虎钳装夹，装夹位置要正确，使上、下两面处于水平位置，以便于判断丝锥轴线是否垂直于工件表面。

④ 开始攻螺纹时，要尽量把丝锥放正，然后对丝锥施加轴向压力，并转动铰杠。当切入 1～2 圈后，应按图 5-15 所示，从前后、左右用 90°角尺检查丝锥与工件平面是否垂直，并及时校正。

⑤ 丝锥切削部分旋入孔中后，就不要再施加轴向力，而靠丝锥旋进切削。此时，两手用力要均匀，每攻 1/2～1 圈时适当倒转 1/4～1/2 圈，使切屑碎断后易于排除。

⑥ 攻 M6 不通孔螺纹时，应在丝锥上做好深度标记，控制螺纹

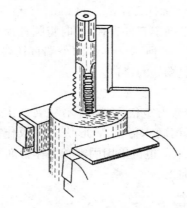

图5-15　用90°角尺检查攻螺纹的垂直度误差

的有效长度,并适当退出丝锥,清除留在孔内的切屑。

⑦ 攻螺纹时应用全损耗系统用油或浓度大的乳化液(攻铸铁螺纹时用煤油)冷却润滑。

⑧ 攻完头锥改攻二锥时,要徒手将丝锥旋入已攻过的螺孔中,再套上铰杠攻,退出时,不能快速转动铰杠,以免损坏螺纹。

3. 套螺纹的方法与加工实例

在圆柱或圆锥的外表面上加工出的螺纹叫外螺纹。钳工利用板牙在圆柱(锥)表面上加工出外螺纹的操作称为套螺纹。

1)套螺纹的工艺过程

(1)套螺纹前圆杆直径的确定

与攻螺纹时一样,圆板牙在工件上套螺纹时,材料同样受到挤压而变形,螺纹的牙齿也要被挤高一些,所以圆杆直径应稍小于螺纹大径。圆杆直径可用下列公式计算

$$d_0 = d - 0.13P$$

式中:d_0——圆杆直径(mm);

d——外螺纹大径(mm);

P——螺距(mm)。

[**例**]　在钢的圆杆上套M14螺纹,此时圆杆直径应为多少?

解　$P=2$ mm,圆杆直径 $d_0=14$ mm-2 mm$\times0.13=13.7$ mm。

操作时按规定确定圆杆直径,同时将圆杆顶端倒角至$15°\sim20°$便于起削,如图 5-16 所示。锥体的小端直径要比螺纹的小径小,这样可消除螺纹起端处的锋口。

(2) 工件装夹

套螺纹时,切削力矩很大,圆杆不易夹持牢固,甚至会使圆杆表面损坏,所以要用硬木做的 V 形块或铜板作衬垫,才能可靠夹紧,如图 5-17 所示。也可采用固定在工作台面上的三爪卡盘装夹圆杆进行套螺纹加工。

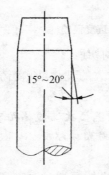

图 5-16　圆杆倒角

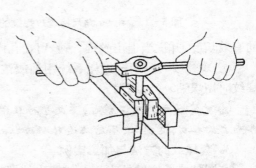

图 5-17　用 V 形块夹紧圆杆

(3) 板牙位置调整

套螺纹时应保持板牙端面与圆杆轴线垂直,避免切出的螺纹单面或螺纹牙一面深一面浅。

(4) 套螺纹操作施力方法

开始套螺纹时,两手转动板牙的同时要施加轴向压力,当板牙切入后,不需加压,只需均匀转动板牙,为了断屑,板牙也要经常倒转。

(5) 冷却润滑

为了提高螺纹表面质量和延长板牙使用寿命,套螺纹时要加切削液。一般用浓的乳化液、全损耗系统用油,要求高的可用菜油或二硫化钼粉末。

2）套螺纹加工实例

修正加工如图 5－18 所示的油管接头，操作步骤如下：

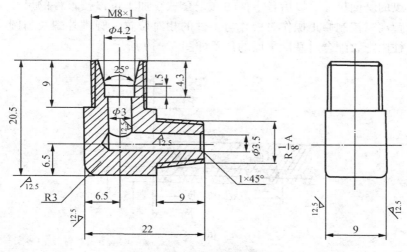

图 5－18　套螺纹零件实例图

（1）释读图样

图样标注管接头的螺纹与配合件的螺纹标记为 $R_P 1/8 / R1/8A$，可知是螺纹密封的管螺纹（55°圆锥管螺纹）配合，并且是圆柱内螺纹与圆锥外螺纹配合，即管接头的外螺纹为 1/8″的螺纹密封圆锥管螺纹 R1/8A。

（2）选用板牙

按以上规格选用 A 级精度 $R_1 1/8$ 锥管螺纹板牙。

（3）选用绞手

选用与板牙对应规格的绞手，安装板牙时注意将圆锥螺纹小端与绞手内孔平面贴合，旋紧带动板牙的螺钉。

（4）修正操作的步骤

① 用手将工件锥管螺纹旋入板牙 1～2 圈，以免修正时乱牙。

② 用台虎钳夹紧工件方榫部分。

③ 用手扳转绞手，两手施力均匀。

④ 当板牙旋转阻力逐步加大时,开始控制修正套螺纹加工。

⑤ 首件可以按板牙小端平面至工件端面的尺寸来控制锥管螺纹的基面尺寸。以后各零件的修正套螺纹加工可以按首件的尺寸距离来控制修正操作时板牙与工件的相对位置。圆锥外螺纹与圆柱内螺纹配合时基准平面的位置如图 5-19 所示。

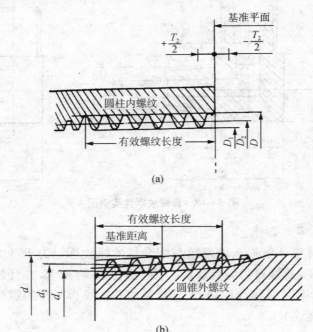

图 5-19   圆锥外螺纹与圆柱内螺纹配合时基准平面的位置

4. 螺纹加工质量的检验方法

螺纹检查方法随螺纹的精度等级、维修零件和设备条件差异而不同。钳工的螺纹维修和加工是利用丝锥和板牙这类成型刀具进行的。因此一般只进行外观检查和螺孔轴线对孔口表面垂直的检查。

1) 外观检验

主要是观察加工后的螺纹,是否有烂牙、乱牙现象,牙型是否完整,深浅是否均匀以及螺纹表面质量是否满足要求。

2）螺纹垂直度检验

螺孔对孔口表面的垂直度检查,是用一标准检验工具(一头带螺纹)旋入已加工螺孔中,然后用 90°角尺靠在螺孔孔口的表面,检查在规定高度范围内的垂直度误差。对于垂直度要求不高的螺孔,也可旋入双头螺柱作粗略检查。

3）牙型检验

检查螺纹的牙型角,一般采用螺纹牙型的角度样板对照检验。

4）用螺纹量具检验

对于一些精度要求比较高的螺纹,比如汽轮机上用于上下气缸固定的双头螺栓、有些调整机构上用的螺纹,必须通过用一定的测量工具和一定的测量方法去检测,才能保证螺纹的精度,一般的测量方法有以下几种:

（1）用螺纹量规检验

用螺纹环规检验外螺纹,螺纹塞规检验内螺纹,如图 5 - 20 所示。这是一种综合的测量方法,量规有通端和止端,通端应使螺纹顺利旋入,止端不能将螺纹旋入的说明螺纹的中径外径或内径合格。使用时应先清除工件的毛刺和螺纹面的污物,且应注意在常温条件下对工件进行测量,否则会产生一定的误差。

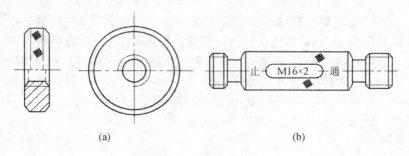

(a)　　　　　　　　　　　(b)

图 5 - 20　螺纹量规

（a）螺纹环规；（b）螺纹塞规

（2）用螺纹千分尺测量

螺纹千分尺是测量低精度外螺纹中径的一种量具，如图 5-21 所示。其结构和使用方法与外径千分尺相似。*使用时首先根据牙型角和螺距大小选择一对合适的测量头装在千分尺上，校对零点后把被检零件的螺纹部分卡在测量头之间，测量头中心连线应垂直于螺纹轴线，量得的尺寸就是该螺纹的实际中径。* 这是一种螺纹检测的单项测量法。

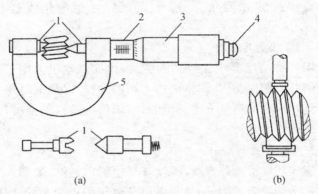

(a)   (b)

图 5-21　螺纹千分尺

1—测量头（锥形测量头与 V 形槽测量头）；2—尺身；

3—游标；4—棘轮；5—尺架

（3）用三针法测量

这是测量外螺纹中径的较精密而又简便的方法，主要测量螺旋升角小于 $4°$，精度要求较高的螺纹。检验时，把三根直径相等的钢针放在螺纹槽中，再用外径千分尺或其他精密量具量出尺寸 W，如图 5-22 所示，根据螺距 P、牙型角 α 和钢针直径 d_0 可计算螺纹的实际中径 d_2，查螺纹公差表即可判断螺纹中径是否超差。

根据图 5-22(b)，导出下列公式

$$d_2 = M - d_0 \left[1 + \frac{1}{\sin\frac{\alpha}{2}} \right] + \frac{P}{2} \cot\frac{\alpha}{2}$$

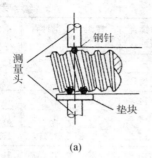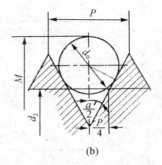

(a)　　　　　　　　(b)

图 5 - 22　用三针测量法测量螺纹中径

式中：M —— 千分尺读出的辅助尺寸(mm)；

　　　d_2 —— 螺纹中径(mm)；

　　　d_0 —— 钢针直径(mm)；

　　　α —— 螺纹牙型角(°)；

　　　P —— 工件螺距(mm)。

对于普通螺纹，$\alpha = 60°$，

$$d_2 = M - 3d_0 + 0.866P$$

对于英制螺纹，$\alpha = 55°$，

$$d_2 = M - 3.166d_0 + 0.96P$$

对于梯形螺纹，$\alpha = 30°$，

$$d_2 = M - 4.864d_0 + 1.866P$$

d_2 可从螺纹标准中查出，表 5 - 6 列出了普通螺纹三针测量值，按照表中规定选择钢针直径，查出相应 M 值，把量得的实际 M 值与其比较即可知道工件是否合格。

表 5 - 6　普通螺纹三针测量值(摘要)　　　　(mm)

螺纹直径 d	螺距 P	量针直径 d_0	辅助测量值 M	螺纹直径 d	螺距 P	量针直径 d_0	辅助测量值 M
3	0.5	0.291	3.115	12	1.25	0.724	12.278
4	0.5	0.291	4.115	12	1.75	1.008	12.372

螺纹直径 d	螺距 P	量针直径 d_0	辅助测量值 M	螺纹直径 d	螺距 P	量针直径 d_0	辅助测量值 M
5	0.5	0.291	5.115	14	1	0.572	14.200
5	0.8	0.461	5.171	14	1.5	0.866	14.325
6	0.75	0.433	6.162	14	2	1.157	14.440
6	1	0.572	6.200	16	1.5	0.866	16.325
8	0.75	0.433	8.162	16	2	1.157	16.440
8	1	0.572	8.200	18	2	1.157	18.440
8	1.25	0.724	8.278	18	2.5	1.441	18.534
10	0.75	0.433	10.162	20	1	0.572	20.200
10	1	0.572	10.200	20	1.5	0.866	20.325
10	1.5	0.866	10.325	20	2	1.157	20.440

5. 螺纹加工中常见质量问题

1) 攻螺纹过程中常见质量问题与原因

(1) 螺纹牙型乱牙、歪斜

① 操作时绞手两侧压力不平衡,刀具产生摇摆,易将前几牙螺纹切乱、切歪斜。

② 螺纹底孔过小或工件材料较硬,丝锥不易切入,起攻困难,丝锥左、右摇摆,造成孔口乱牙,解决办法是按公式准确计算底孔直径。

③ 用成组丝锥攻螺纹,若头锥攻歪斜,而用二锥强制进行纠正,往往会将部分牙型切乱。

④ 在塑性较好的金属上攻螺纹,如用力过猛,刀具不及时倒转,又未加切削液,易使切屑堵塞,造成切削热过高,将切出的螺纹挤坏。

⑤ 当丝锥磨钝,崩刃或刃口上有粘屑也会将螺纹牙型刮乱。

⑥ 机动攻螺纹时,丝锥与螺纹底孔不同心或操作时用力不平衡,刀具发生倾斜等,都会将螺纹切歪。

⑦ 底孔孔口倒角不正,很难将丝锥校正。因此,在攻螺纹前应纠正不正确的倒角,重新倒角后再攻螺纹。

(2) 螺纹直径扩大、缩小和产生锥度

① 手工攻螺纹时,用力不平衡,铰手掌握不稳;机动攻螺纹时,

主轴和攻螺纹夹头的径向跳动过大或丝锥切削刃磨得不对称等,均能使螺纹孔攻大或攻成喇叭口状。

② 丝锥磨损严重时,加工出的螺纹孔直径易缩小。

(3) 螺纹牙型表面粗糙

① 丝锥刃齿的前后面容屑槽的表面粗糙度值高于 $R_a 0.8 \mu m$ 或有锈蚀及伤痕时,增大了切削过程的摩擦力,使切削刃易结瘤,将牙型刮毛。攻螺纹时如切屑过多,堵塞在刀具与螺纹孔之间,使刀刃磨损快,也影响螺纹牙型质量。若底孔的预加工表面粗糙度高于 $R_a 6.3 \mu m$ 时,切出的螺纹表面粗糙度也会高。

② 丝锥切削刃的前、后角过小时,使切屑不能顺利形成,而且使后面与工件加工表面摩擦增大,也会影响螺纹牙型的表面粗糙度。

③ 丝锥切削刃磨损或崩刃时,切削中易出现"啃刀"现象。特别是机动攻螺纹时,切削热较高,切屑粘附加剧,也会影响螺纹表面的粗糙度。

④ 用负刃倾角的丝锥加工通孔螺纹时,切屑流向已加工面,把螺纹表面刮伤。

⑤ 螺纹底孔直径尺寸不符合要求,切削余量过大,使切屑变形严重,也影响螺纹的表面粗糙度。

(4) 丝锥过早损坏

① 经过刃磨的丝锥,如将前、后角磨得太大,使刀尖过尖,使刀齿强度减弱。

② 断屑排屑不良,容屑槽被切屑严重堵塞,继续攻削时,将刀齿挤崩或扭断丝锥。

③ 刀齿磨钝或粘结有切屑瘤时,在攻螺纹中更易使切屑堆积在刀齿上,而且越积越厚,使扭转力矩不断增大,导致刀齿崩坏,甚至将丝锥扭断。

④ 攻螺纹时丝锥产生歪斜,使切削层一边厚一边薄,严重时易将刀齿崩坏或扭断丝锥。

⑤ 底孔太小。

⑥ 攻不通孔的螺纹孔时,丝锥已经攻到底,但仍在用力,易使

丝锥折断。

⑦ 在切削过程中,用力过猛,或只进不反转,使攻削负荷不断增大,都会损坏刀齿,甚至扭断丝锥。

2）解决攻螺纹时常见质量问题的方法

（1）对所有加工的螺纹底孔,要检查直径是否符合要求,孔小了应扩大后再攻螺纹。

（2）用二锥攻螺纹时,必须用手将二锥切削部分旋入螺孔后,再攻螺纹。

（3）手工攻螺纹时,一定要使丝锥与工件孔端面垂直。可采用校正丝锥垂直的工具进行操作。

（4）对塑性材料攻螺纹时,一定要加切削液。

（5）机器攻螺纹时,应注意丝锥与钻轴同心。攻通孔,尽量采用大刃倾角的丝锥,使排屑顺利;攻不通孔,思想要高度集中,先量好孔深,并在丝锥上作深度记号。

（6）为了保证螺纹的加工精度和表面粗糙度,必须按照手工攻螺纹和机器攻螺纹的注意事项和正确的操作方法进行。

（7）机器攻螺纹时,钻底孔及攻螺纹最好在工件一次装夹中完成,以保证攻螺纹的位置精度。

（8）在加工中若发生丝锥断裂在工件中,此时可采用以下从螺孔中取出断丝锥的方法进行操作。

① 用冲子或錾子,顺着退出方向打丝锥的断槽,由开始轻打,逐渐加重。振松以后,便可退出。

② 使用专门工具旋出断丝锥。由钳工按丝锥的槽型及大小制造旋出工具,如图 5 - 23 所示。

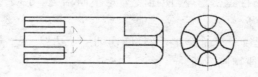

图 5 - 23 旋出断丝锥的专用工具

③ 用弹簧钢丝插入断丝锥槽中,把断丝锥旋出。其方法如图5-24所示,在带方榫的断丝锥上,旋上2个螺母,把弹簧钢丝塞进二段丝锥和螺母间的空槽内,然后用铰手向退出方向扳动断丝锥的方榫,带动钢丝,便可把断丝锥旋出。

④ 用气焊在断丝锥上焊上一个六角头螺钉,然后按退出方向扳动螺钉,把断丝锥旋出。

⑤ 将断丝锥用气焊退火,然后用钻头把断丝锥钻掉。

⑥ 用电脉冲加工机床,将断丝锥电蚀掉,这是目前航空工业中采用的方法。

⑦ 在耐酸的不锈钢材料中加工时发生丝锥断裂,可以采用酸腐蚀的方法清除断丝锥,重新进行加工。

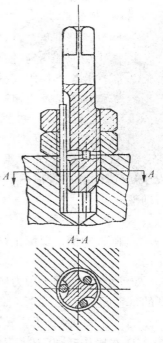

图 5-24 用钢丝插入丝锥槽中取出断丝锥的方法示意

3) 套螺纹时常见的质量问题及其原因

(1) 螺纹乱牙

① 套螺纹时圆杆直径太大,倒角太小,起套困难。

② 板牙套螺纹时歪斜太多,强行纠正。

③ 未根据工件材料进行必要的冷却润滑。

④ 套螺纹时板牙未经常倒转进行断屑。

⑤ 板牙磨损或损坏,切削阻力加大,导向不准。

(2) 螺纹形状不完整

① 圆杆直径太小。

② 调节圆板牙时,直径太大等情况可导致螺纹形状不完整。

③ 套锥形螺纹时板牙套入的方向不对。

（3）套螺纹后螺纹歪斜

① 圆杆端部倒角不符合要求，板牙位置较难放准。

② 两手用力不均匀，使板牙位置发生歪斜。

③ 工件装夹不稳固，套螺纹时圆杆位移倾斜。

4）套螺纹常见质量问题的解决方法

（1）螺纹乱牙的解决方法

① 按公式 $d_0 = d - 0.13P$ 计算圆杆直径套螺纹。

② 按操作基本方法，套螺纹时经常倒转断屑；起套时就摆正板牙与圆杆的位置；根据工件圆杆材料，参照表 5 - 5 选择适用的切削液。

（2）螺纹歪斜的解决方法

① 圆杆的倒角要倒正，有一定的宽度，在起套时起良好的导向作用。

② 套螺纹时两手用力应均匀，起套时应多角度检查板牙与圆杆的垂直度。

（3）螺纹的形状不完整、中径小的解决方法

① 在操作时，板牙切入工件后，应只旋转切削，不要再施加压力。

② 在套螺纹过程中，绞手不能经常摆动，不能有强行纠正位置的操作。

③ 可调式板牙的尺寸调整，通常可以将板牙套入同一规格的标准尺寸螺杆的方法来进行。

··[··· 复 习 思 考 题 ···]··

一、判断题

1. 三角形普通螺纹只有粗牙螺纹。   （ ）

2. 管用密封标准螺纹的牙型角是 55°。   （ ）

3. 螺纹的旋合长度 L 是指中等旋合长度。 （ ）

4. 攻螺纹首先要计算或查表确定底孔的直径。　　　（　　）

5. 圆杆直径大会造成套螺纹起套困难。　　　　　　（　　）

二、选择题

1. M16 表示（　　）。

 A. 粗牙普通螺纹　　　　　　B. 细牙普通螺纹

 C. 管螺纹　　　　　　　　　D. 梯形螺纹

2. M20×1.5LH 中的 LH 表示（　　）。

 A. 螺纹大径　　　　　　　　B. 螺纹旋合长度

 C. 螺纹精度　　　　　　　　D. 左旋螺纹

3. 常用的螺纹联接采用（　　）。

 A. 梯形螺纹　　　　　　　　B. 圆形螺纹

 C. 三角螺纹　　　　　　　　D. 矩形螺纹

4. 55°非螺纹密封管螺纹的特征代号用字母（　　）表示。

 A. "G"　　　B. "R"　　　C. "R_c"　　　D. "NPT"

5. 在套螺纹操作时,经常倒转主要是为了（　　）。

 A. 断屑　　　　　　　　　　B. 冷却

 C. 避免螺纹歪斜　　　　　　D. 保证螺纹深度

三、计算题

1. 有一直径为 16 mm,螺距为 2 mm 的普通螺纹,求中径 d_2 和小径 d_1。

2. 在中碳钢和铸铁工件上分别加工 M16 和 M12×1 的内螺纹,求攻螺纹前钻底孔钻头的直径。

3. 在铸铁件上攻螺纹孔 M16,所需螺孔深度为 20 mm,求攻螺纹底孔钻孔深度尺寸。

4. 在钢的圆杆上套 M12 螺纹,此时圆杆的直径应为多少?

5. 螺距 $P=3$ mm 的 60°普通螺纹,用直径 $d_0=1.732$ mm 的三针测量法测得 $M=24.649$ mm,求 d_2。

四、简答题

1. 螺纹有哪些分类方法？列举三种以上螺纹的用途。

2. 螺纹要素指什么？如何用代号表示？

3. 试述丝锥的各部分名称、结构特点及作用。

4. 套螺纹时圆杆上端倒角有何作用？套螺纹前圆杆直径是否等于螺纹大径？为什么？

5. 简述攻螺纹乱牙的原因和解决方法。

第6章 刨削与插削

1. 牛头刨床与插床的操作方法。
2. 典型零件的刨削和插削方法。

一、刨削

刨削是钳工机加工基本技能之一,刨削主要用于加工水平面、垂直面、斜面、各种沟槽及一些成形面,其加工范围如图6-1所示。由于刨刀刃磨安装方便,机床结构简单,加工调整灵活等,因此在机械修配工作中被广泛使用。刨削加工具有以下特点:

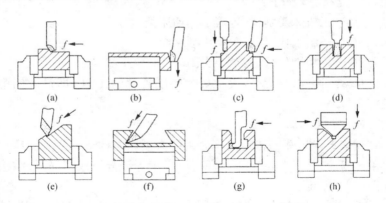

(a)   (b)   (c)   (d)

(e)   (f)   (g)   (h)

图 6-1 刨削加工内容

(a) 刨平面;(b) 刨垂直面;(c) 刨台阶;(d) 刨直角沟槽;(e) 刨斜面;
(f) 刨燕尾形工件;(g) 刨 T 形槽;(h) 刨 V 形槽

① 刨削过程是一个断续的切削过程,刨刀返回行程一般不进行切削,而且需要抬刀,以防止刀具于工件加工面的摩擦。在切削中有冲击现象,限制了刨削用量的提高。

② 刨削是单刃刀具加工,因此生产效率比较低。

③ 刨削加工的精度一般可达到 IT7～IT9,工件表面粗糙度可达到 R_a6.3～1.6 μm,刨削加工易于保证一定的位置精度。

④ 刨削加工时,工件安装比较简便,刀具制造和刃磨也比较简便,对于加工狭长和薄板类工件表面生产率较高,适用于单件、小批量和维修零件的加工。

1. 刨床与刨刀

1)刨床

(1)刨床的种类

刨床种类较多,有悬臂刨床、龙门刨床、牛头刨床、边缘及模具刨床和一些专用刨床。钳工常用的刨床是牛头刨床和龙门刨床。

(2)牛头刨床的型号规格

牛头刨床是刨削类机床应用较广的一种,适于加工中小型零件。牛头刨床的型号包括机床类别、组别、型别和主参数,B6065 型刨床的型号含义如下:

B——机床类别代号,表示刨插床类;

6——组别代号,表示牛头刨床组;

0——型别代号,表示牛头刨床型;

65——主参数代号,表示最大刨削长度的 1/10,即最大刨削长度为 650 mm。

(3)牛头刨床的组成及主要部分的作用

现以 B6065 牛头刨床为例介绍牛头刨床的构造。牛头刨床主要由床身、滑枕、刀架、工作台、横梁、底座等部分组成,其外形结构如图 6-2 所示。

① 床身。安装在底座上,用来安装和支承机床各部件。其顶面燕尾形导轨供滑枕作往复直线运动,侧面导轨供工作台作升降运动。

② 滑枕。主要用来带动刨刀作直线运动,其前端装有刀架。

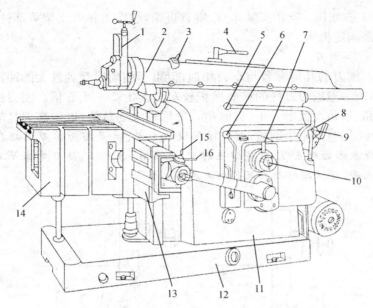

图 6 - 2 牛头刨床外形与组成

1—刀架;2—滑枕;3—调节滑枕位置手柄;4—紧定螺钉;5—操纵手柄;
6—工作台快速移动手柄;7—进给量调节手柄;8、9—变速手柄;
10—调节行程长度手柄;11—床身;12—底座;13—横梁;14—工作台;
15—工作台横向或垂向进给手柄;16—进给运动换向手柄

③ 刀架。用来夹持刀具。转动刀架手柄,滑板便可沿转盘上的导轨带动刨刀上下移动,移动的距离可从刻度盘上读出。松开转盘上的螺母,将转盘扳转一定的角度后,转动刀架手柄,可使刀架斜向进给。滑板上还装有可偏转的刀座。抬刀板可以绕刀座的轴向上转动,刨刀安装在刀夹上,在刨削回程时,可绕轴自由上抬,减少刀具与工件之间的摩擦。

④ 工作台。安装在横梁的水平导轨上,工作台上平面和侧平面都有数条 T 形槽,可用来安装工件。工作台可随横梁作上下移动,或沿横梁作水平方向移动,并可依靠进给机构作自动间歇进给。

⑤ 横梁。内部安装进给传动机构,是工作台和床身的联接部件,可带动工作台沿床身导轨上下移动,侧面导轨供工作台水平移动,端面安装进给方向的转换手柄。

⑥ 底座。支承安装床身、垂直进给丝杠、工作台支架等部件，安装固定机床。

2）刨刀

刨刀的几何参数与车刀相似，但由于刨削时受到较大的冲击力，故一般刨刀刀杆的横截面积较车刀大 1.25～1.5 倍。刨刀的前角、后角均比车刀小，刃倾角一般取较大的负值，以提高刀具的强度，同时采用负倒棱，刨刀往往做成弯头，这是因为当刀具碰到工件表面的硬点时，能绕O点转动，如图6-3所示，使刀尖离开工件表面，防止损坏刀具及已加工表面。

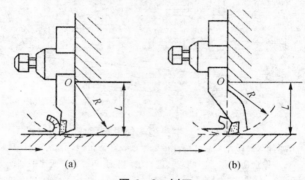

(a)   (b)

图6-3 刨刀

(a) 直头刨刀；(b) 弯头刨刀

刨刀的种类很多，按加工形式和用途不同，一般有平面刨刀、偏刀、切刀、角度刀及成形刀。刨刀形式及其应用见表6-1。

表6-1 刨刀的形式与应用

刨削名称	简　图	说　明
刨平面	1 2 3 4	1—左刨刀；2—右刨刀；3—(可以来回刨削的)圆头刨刀；4—宽刃精刨刀

刨削名称	简　　　图	说　　　明
刨垂直面	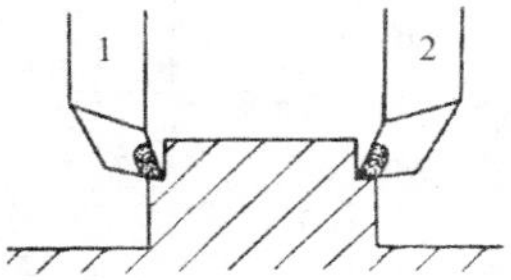	1—左偏刀；2—右偏刀
刨斜面	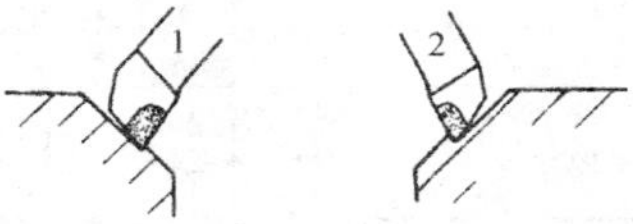	1—左偏刀；2—右偏刀
刨燕尾槽	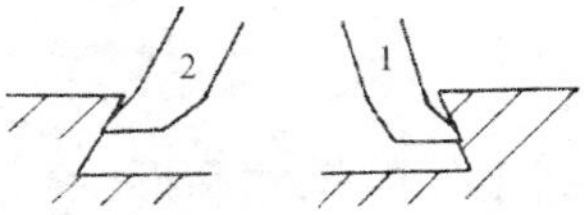	1—左偏刀；2—右偏刀
刨 T 形槽	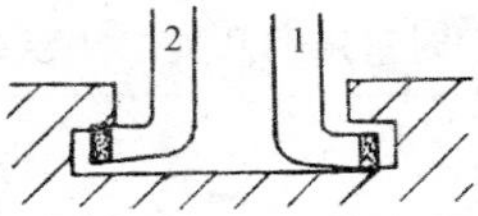	1—左弯头刀；2—右弯头刀
刨沟槽	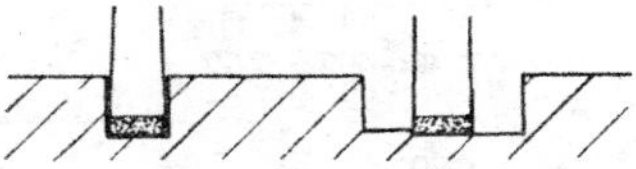	利用割刀刨沟槽

2. 刨削加工基本方法

1）刨削准备

（1）刨削用量确定

选择背吃刀量、进给量和切削速度。通常先选择背吃刀量和进给量，然后按刀具的寿命选择切削速度。平面刨削时钢和铸铁时的背吃刀量和进给量选择可参照表 6-2。

表 6 - 2   平面刨削钢及铸铁时的进给量

刨刀形式	加工方式	工件表面粗糙度 (μm)	吃刀量 a_p(mm)	进给量 f (mm/双行程)
普通刨刀	粗加工	$R_a 12.5$	~ 3	$0.5 \sim 1.5$
	半精加工	$R_a 6.3$ $R_a 3.2$ $R_a 1.6$	~ 2 ~ 1 $0.1 \sim 0.3$	$0.3 \sim 0.8$ $0.2 \sim 0.6$ $0.1 \sim 0.2$
宽头刨刀	磨前加工	$R_a 3.2$	$0.2 \sim 0.5$	$1 \sim 4$
	最后加工	$R_a 1.6 \sim R_a 0.8$	$0.05 \sim 0.15$	$1 \sim 25$

注：当用大断面刀具加工大零件时，可用较大的进给量；在牛头刨床上加工时可用小进给量。

（2）工件装夹方式

工件装夹方式需根据工件的尺寸和形状确定，常见的几种装夹方法见表 6 - 3。

表 6 - 3   刨削时常用的几种工件装夹方法

名称	简　　图	说　　明
压板装夹	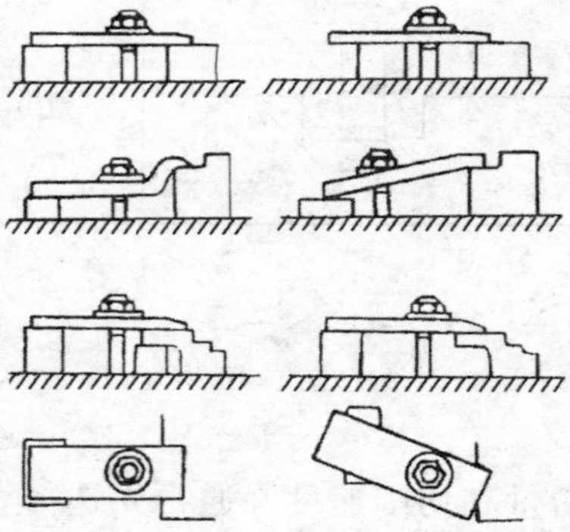 正确　　　　　　错误	压板装夹时应注意位置的正确性，使工件装夹牢固，如图中左边所示

（续 表）

名称	简 图	说 明
虎钳装夹	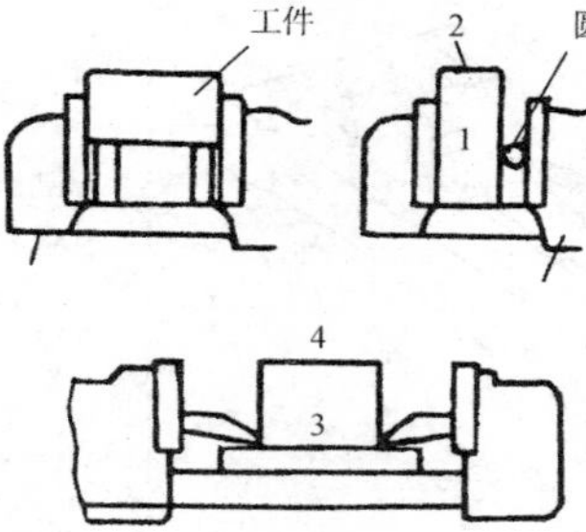	工件用虎钳装夹方法按左上图适用于一般粗加工,工件平行度、垂直度要求不高时应用;按右上图适用于工件面1、2有垂直度要求时应用;按下图适用于工件面3、4有平行度要求时应用
薄板件装夹	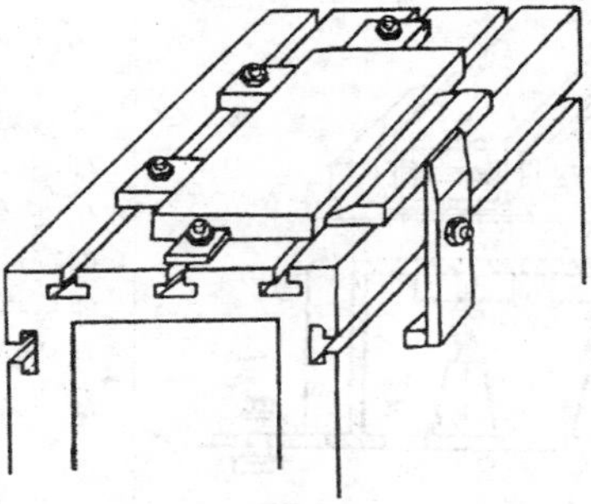	当刨削较薄的工件时,在工件四周边缘无法采用压板,可在工件的三边用挡块挡住,一边用薄钢板撑压,并用手锤轻敲工件待加工面四周,使工件贴平、夹持牢固
圆柱体工件装夹	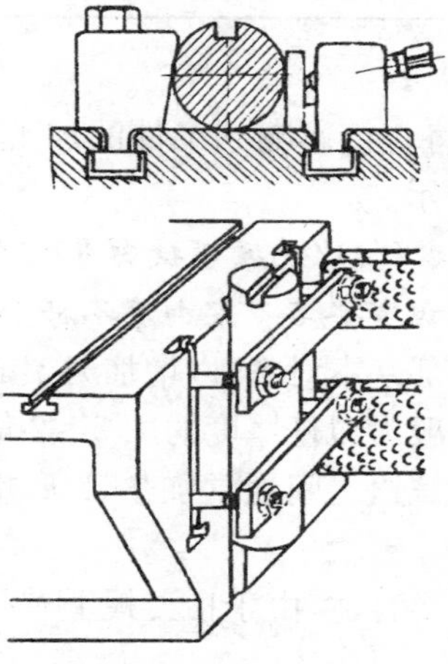	刨削圆柱体时,可以用虎钳装夹,也可用工作台上T形槽、斜铁和撑块装夹,如上图所示 当刨削圆柱体端面槽时,还可以利用工作台侧面 V 形槽,压板装夹,如下图所示

（续 表）

名称	简 图	说 明
弧形工件装夹	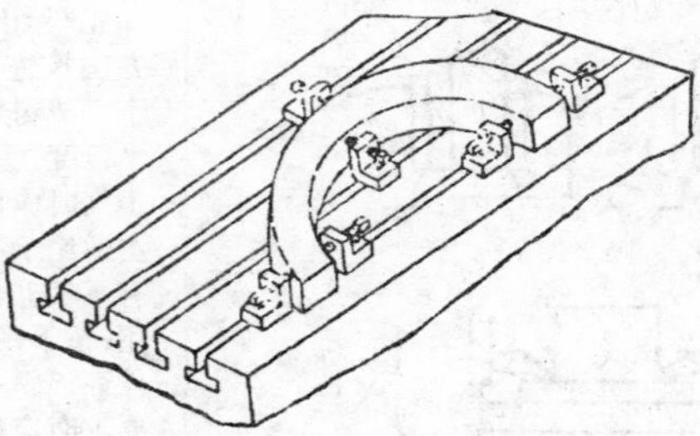	刨削弧形工件时，可在圆弧内外各用三个支承将工件夹紧
薄壁件装夹	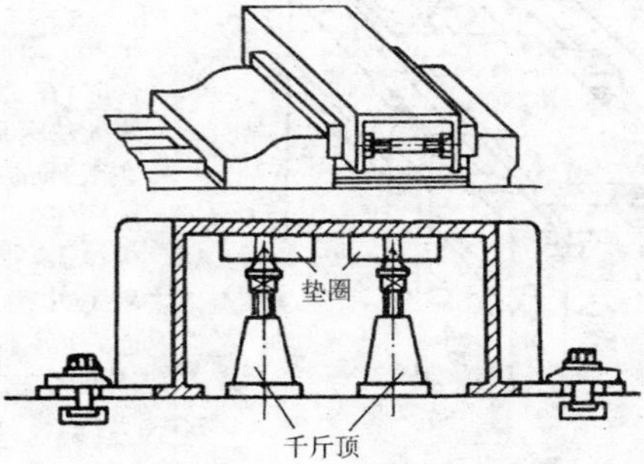	薄壁工件由于工件刚性不足，会使产生夹紧变形或刨削时振动，需将工件垫实后再进行夹紧，或在切削受力处用千斤顶支撑

（3）刨刀的安装

刨刀安装得正确与否将直接影响到工件的加工质量。刨刀安装的操作步骤如图 6-4 所示。

① *安装时将转盘对准零线，以便准确控制背吃刀量，因转盘倾斜一定角度后，背吃刀量的调节会与刀架刻度不符。*

② 刀架下端与转盘底部基本对齐，以增加刀架的强度。

③ 刨刀的伸出长度一般为刀杆厚度的 1.5～2 倍。

④ 刨刀与刀架上锁紧螺栓之间通常加垫 T 形垫铁，以提高夹持稳定性。

⑤ 夹紧时夹紧力大小要合适，由于抬刀板上有孔，过大的夹紧力会导致刨刀被压断。

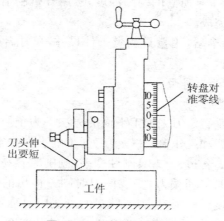

转盘对
准零线

刀头伸
出要短

工件

图6-4 刨刀的正确安装

2) 刨平面

（1）工件装夹

刨平面时工件的安装方法根据工件形状确定。较小的工件可装夹在虎钳内；较大的工件可直接固定在工作台上。若工件直接安装在工作台上，可用压板来固定，此时应分几次逐渐拧紧各个螺母，以免夹紧时工件变形。为使工件不致刨削时被推动，须在工件前端加挡铁。如果所加工工件要求相对的面平行，相邻的面互成直角，则应采用平形垫块和垫圆棒夹紧。

（2）刨削的步骤

① 工件和刨刀安装正确后，调整升降工作台，使工件在高度上接近刨刀。

② 根据工件的长度及安装位置，调整好滑枕行程和行程位置。

③ 调整变速手柄位置，调出所需的往返速度，调整棘轮机构，调出合适的进给量。

④ 转动工作台的横向手柄，使工件移到刨刀下方，开动机床，慢慢转动刀架上的手柄，使刀尖和工件表面相接触，在工件表面上划出一条细线。

⑤ 移动工作台，使工件一侧退离刀尖 3～5 mm 后停机。转动

刀架,使刨刀向下至所需的切削深度,然后开机刨削。若余量较大可分几次进给完成。

⑥ 刨削完毕后,用量具测量工件尺寸,尺寸合格后方可卸下工件。

3) 刨垂直面和斜面

(1) 刨垂直面

是指刀架垂直走刀来加工平面的方法。为了使刨削时刨刀不会刨到平口虎钳和工作台,一般要将加工的表面悬空或垫空,但悬伸量不宜过长。若过长,刀具刚性变差,刨削时容易产生让刀和振动现象。刨削时采用偏刀,安装偏刀时刨刀伸出的长度应大于整个刨削面的高度。刨削时,刀架转盘的刻线应对准零线,以使刨出的平面和工作台平面垂直。*为了避免回程时划伤工件已加工表面,必须将刀座偏转 $10°\sim15°$,这样抬刀板抬起时,刨刀会抬离工件已加工表面,并且可减少刨刀磨损。*

(2) 刨削斜面

刨削斜面的方法很多,常用的方法为倾斜刀架法。即把刀架倾斜一个角度,同时偏转刀座,用手转动刀架手柄,使刨刀沿斜向进给。刀架倾斜的角度是工件待加工斜面与机床纵向铅垂面的夹角。刀座倾斜的方向与刨垂直面时相同,即刀座上端偏离被加工斜面。

4) 刨立方体零件

立方体零件共有六个平面,一般要求对应面平行,相邻面垂直。刨削的基本方法和步骤如下:

(1) 选择一个较大、较平整的平面作为加工基准面,刨出精基准面,即第一个平面。

(2) 将精基准面贴紧固定在钳口一侧,在活动钳口与工件之间垫一圆棒,使夹紧力集中在钳口中部,然后刨第二个平面(与精基准面垂直)。

(3) 精基准面还是紧贴在钳口,将工件转 180°,刨第三个平面,与精基准面垂直,与第二平面平行。

(4) 把精基准面放在平行垫块上,固定工件,刨出第四个平面,与基准面平行。

（5）按以上装夹方法，找正虎钳口与横向垂直，用刀架垂直进给，刨出第五个平面（一个端面），与基准面和第二平面都垂直。

（6）工件翻转180°装夹，按上述同样方法刨出第六个平面（另一个端面），与第五平面平行。

5）刨直角槽

刨直槽可用切槽刀以垂直进给来完成。较宽的直角槽，可根据槽宽分一次或几次刨出，但最后槽侧和槽底都要一次进给刨出，以保证直角槽的精度。各种槽通常都需要先刨出窄槽，然后进行槽形加工。

6）刨T形槽

（1）T形槽的刨削加工特点

① 由于T形槽的槽口部分常用来作为安装夹具的定位基准，因此对 a 的要求比较高。

② 两侧凹槽的顶部要在同一平面内，这样才能使螺栓在T形槽内装夹工件时与工作台面保持垂直位置。否则，用压板装夹工件时，螺栓会产生倾斜弯曲。

③ 多条T形槽要互相平行，圆工作台的T形槽轴线应在径向位置上。

（2）T形槽刨刀基本要求

刨T形槽刨刀需要使用切槽刀（割刀）和左右弯切刀。对如图6-5所示的弯切刀要求如下：

① 主切削刃要平直，并与刀柄侧面平行，以免切槽时刀柄与槽壁发生摩擦，碰坏工件。刀头根部不能有太大的圆角，以免加工凹槽时碰到工件。

② 主切削刃的宽度 c' 应等于小于凹槽的宽度 c，并要磨出 $2°\sim 3°$ 的副偏角。副切削刃靠刀尖处应磨出 1 mm 以内的零度副偏角修光刃，以减小表面粗糙度。

③ 刀具弯头的长度 d' 应大于凹槽的横向深度 d，长度 a' 应小于槽口宽度 a，刀头长度 h' 应大于T形槽的深度 h。

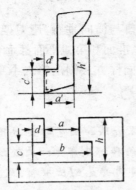 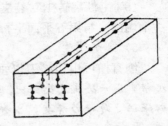

图6-5 刨T形槽的弯切刨刀　　**图6-6 T形槽工件及其划线**

（3）刨削方法

在刨削T形槽时，如图6-6所示，先刨出各关联平面，并在工件端面和上平面上划出加工线。然后按图6-7所示的步骤进行加工：

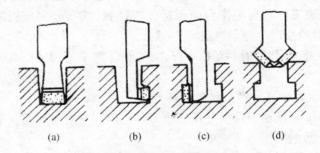

图6-7 T形槽的刨削步骤

(a) 刨直角槽；(b) 刨一侧凹槽；(c) 刨另一侧凹槽；
(d) 刨直角槽口倒角

① 安装工件，并按工件基准面进行纵横方向找正。

② 如图6-7(a)所示，用切槽刀刨出直角槽，宽度等于T形槽槽口宽度，深度等于T形槽的深度。

③ 如图6-7(b)所示，用弯切刀刨削一侧的凹槽，若凹槽的高度较大，一刀不能刨完时，可以分几次刨完，但凹槽的垂直面要用

垂直进给精刨一次,这样才能使槽壁平整。

④ 如图 6-7(c)所示,换上方向相反的弯切刀,刨削另一侧的凹槽。

⑤ 如图 6-7(d)所示,换上 45°刨刀刨削直角槽槽口倒角。

(4) 刨 T 形槽的注意事项

① 刨 T 形槽凹槽时切削量要小,并且要用手动进给,以免损坏刀具和工件。

② 工作中要注意刀具的非切削部分不要与工件发生碰撞,以免造成事故和产生废品。

③ 在刨 T 形槽凹槽时,在每次刨削行程终了,回程开始以前,要把刨刀自槽内提出到槽外,而且前后超程都应该适当放长一些。切入之前的行程长度应有足够的距离让刨刀放下,切出之后的行程长度必须放长到有足够的时间抬起刨刀。操作时不能碰撞工件,不能把拍板固定,使其不能抬刀而发生事故。

7) 刨 V 形槽

V 形槽由两个斜面和中间窄槽构成,常用于夹具上圆柱工件的定位和机床导轨。

(1) 刨削方法与步骤

刨削 V 形槽应在各关联面加工后的工件上划线冲眼。如图 6-8 所示,刨 V 形槽的方法和操作步骤如下:

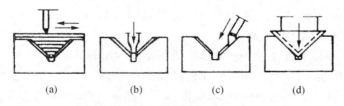

(a)   (b)   (c)   (d)

图 6-8 V 形槽的刨削步骤

(a) 刨除余量;(b) 刨直角窄槽;(c) 刨两侧斜面;(d) 用成形刀刨斜面

① 如图 6-8(a)所示,用水平进给法刨去大部分加工余量。

② 如图 6-8(b)所示,用切槽刀刨出 V 形槽底部的直角窄槽至图样尺寸要求,先加工底部的窄槽是为了使刨斜面时有空刀

位置。

③ 如图 6‑8(c)所示,倾斜刀架拖板和拍板座,换上偏刀,刨削两个斜面。

④ 对较小的 V 形槽,若刨床的刚性足够,功率大,也可用成形刀同时刨削两个斜面,如图 6‑8(d)所示。

(2) V 形槽的检验方法

① 在测量平板上检验 V 形槽的对称度,如图 6‑9 所示,测量时以工件的两个侧面为基准,在 V 形槽内放入标准圆棒,用百分表测出圆棒的最高点,然后将工件翻转 180°,在用百分表测量圆棒最高点,若示值不一致,须按示值差的一半调整工件台横向进行试刨,直至符合对称度要求。

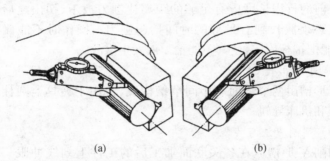

(a)   (b)

图 6‑9　用百分表和标准圆棒测量 V 形槽对称度

② V 形槽与侧面的平行度也可采用类似方法,只是测量点在标准圆棒的两端最高点。

③ 窄槽宽度、深度、V 形槽槽口宽度均用游标卡尺测量。

④ 表面粗糙度用目测比较检验。

⑤ V 形槽槽形角测量,如图 6‑10 所示,可用游标万能角度尺测出半个槽形角为 45°,然后用刀口形 90°角度尺测量槽形角[图6‑10(b)],用这种方法能测得槽形角度的对称性。

(3) V 形槽刨削加工质量要点分析

① V 形槽槽口宽度尺寸超差的主要原因可能是:工件上平面与工作台面不平行、工件夹紧不牢固刨削过程中工件底面基准脱

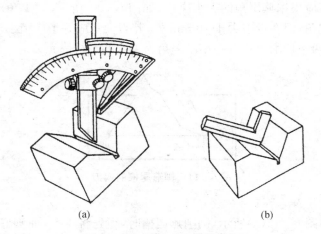

图 6-10 测量 V 形槽槽形角

(a) 测量槽形半角;(b) 测量槽形角

离定位面等。

② V 形槽对称度超差原因可能是:刨斜面时刀架角度不准确、预检测量不准确、精刨时工件重新装夹有误差等。

③ V 形槽与工件侧面不平行的原因可能是:机用平口虎钳定钳口与滑枕运动方向不平行,或在刨削时虎钳微量位移、工件多次装夹时侧面与虎钳定位面之间有毛刺和脏污。

④ V 形槽槽形角角度误差大和角度不对称的原因可能是:刨刀刨斜度板转角度不准确、工件上平面未找正、机用虎钳夹紧时工件向上抬起等。

⑤ V 形槽侧面粗糙度超差的主要原因是:刨刀刃磨质量差、刨刀刚性差引起刨削振动等。

8) 刨燕尾槽和燕尾块

燕尾形工件由两个内斜面组成,常用于机器的滑动部分,如机床的燕尾导轨等。

(1) 燕尾形工件刨削用的刨刀

需要使用平面刨刀、切槽刨刀和左右角度偏刀,角度偏刀的刀尖角度应根据燕尾角的大小决定,如图 6－11 所示,刀尖角应略小于燕尾角,但在近刀尖 1～2 mm 处,其刀尖角应等于或稍小于燕尾角,即两条切削刃均有一小段偏角为零度的平行修光刃。

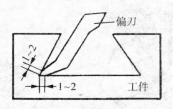

图 6－11　刨燕尾槽的偏刀

（2）燕尾形工件的刨削方法

如图 6－12(a)所示,刨削燕尾槽时,须先将 1～5 面刨好,经过划线后,按以下步骤进行刨削加工:

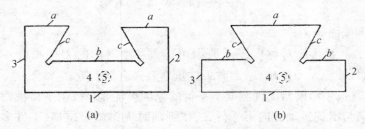

图 6－12　燕尾形工件

(a) 燕尾槽;(b) 燕尾块

① 如图 6－13(a)所示,用平面刨刀粗、精刨加工 a 面至厚度要求。

② 如图 6－13(b)所示,用切槽刀刨直角槽,槽的宽度应小于燕尾槽口的宽度。深度应根据斜面的刨削方法确定,若角度偏刀可以在槽底刨削接刀,可在槽深度位置 b 面留有加工余量 0.3～0.6 mm;若偏刀不能直接接刀,则可直接加工至 b 面达到燕尾槽深尺寸要求。

③ 如图 6－13(c)所示,换装左角度偏刀,扳转刀架和拍板座,用刨内斜面的方法先粗刨后精刨左侧斜面 c ,并把 b 面左侧的一部

分精刨至所要求的尺寸。

④ 如图 6-13(d)所示,换装右角度偏刀,扳转刀架和拍板座,用同样的方法加工右侧斜面 c,并把槽底 b 面右侧一部分精刨至所要求的尺寸,加工时注意 b 面的接刀。

⑤ 如图 6-13(e)所示,在燕尾槽的内角和外角的顶部分别割槽和倒角,割槽时注意槽的中心线与燕尾所夹的内角的等分线重合。

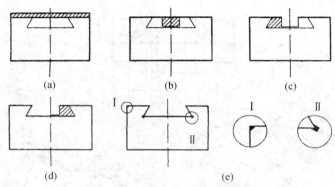

(a)　　　　　　　(b)　　　　　　　(c)

(d)　　　　　　　　　　(e)

图 6-13　燕尾槽刨削加工步骤

(a) 刨上平面;(b) 刨直角槽;(c) 刨左侧斜面和底面;

(d) 刨右侧斜面和底面;(e) 割槽和倒角

(3) 燕尾槽与燕尾块测量与检验

为了达到燕尾槽与燕尾块的配合精度要求,除了可用游标卡尺和样板进行初步检验外,还应采用比较精确的测量方法。

① 燕尾槽测量与计算:测量燕尾槽时,首先用游标万能角度尺和深度千分尺检验燕尾槽槽角及槽深,然后在槽内放两根标准圆棒,用内径千分尺或精度较高的游标卡尺测量出圆棒之间的尺寸,如图 6-14 所示,根据图 6-14(a)的几何关系,可用下式计算燕尾槽的宽度:

$$l = A - d\left(1 + \cot\frac{\alpha}{2}\right)$$

$$b = A - 2H\cot\alpha$$

式中：A ——燕尾槽的最大宽度（mm）；

l ——两圆棒测量面之间的距离（mm）；

α ——燕尾槽的角度（°）；

H ——燕尾深度（mm）；

d ——标准棒直径（mm）；

b ——燕尾槽最小宽度（mm）。

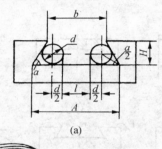

(a)

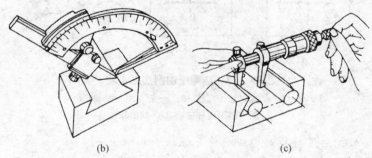

(b)   (c)

图 6 - 14　燕尾槽测量计算

(a) 测量计算示意图；(b) 测量槽角；(c) 测量宽度

当 $\alpha = 55°$ 时，燕尾槽宽度：

$$l = A - 2.921d$$

$$b = A - 1.4H$$

当 $\alpha = 60°$ 时，燕尾槽宽度：

$$l = A - 2.732d$$

$$b = A - 1.1547H$$

② 燕尾块测量与计算：如图 6-15 所示。

$$l = A - 2H\cot\alpha + d\left(1 + \cot\frac{\alpha}{2}\right)$$

$$b = A - 2H\cot\alpha$$

式中：A——燕尾块的最大宽度（mm）；

l——两圆棒测量面之间的距离（mm）；

α——燕尾块的角度（°）；

H——燕尾深度（mm）；

d——标准棒直径（mm）；

b——燕尾块最小宽度（mm）。

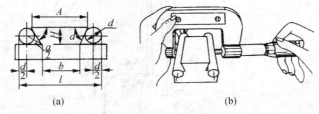

(a)   (b)

图 6-15　燕尾块测量计算

(a) 测量计算示意图；(b) 测量宽度

当 $\alpha = 55°$ 时，燕尾块宽度：

$$l = A - 1.4H + 2.921d$$

$$b = A - 1.4H$$

当 $\alpha = 60°$ 时，燕尾块宽度：

$$l = A - 1.1547H + 2.732d$$

$$b = A - 1.1547H$$

二、插削

1. 插床与插刀

1）插床

插床实际是一种立式刨床，其外形结构如图 6-16 所示，由底座、床身、立柱、滑枕、圆工作台、溜板、床鞍等部分组成，其主运动是滑枕 2 带动插刀所作的直线往复运动，滑枕向下为工作行程，向上为空行程。工件安装在圆工作台 9 上，床鞍 6 和溜板 7 可带动工作台纵向、横向进给运动，*圆工作台 9 可绕垂直轴线沿溜板上的圆导轨回转，实现圆周间歇进给运动或通过分度装置 5 进行分度。*插床主要用于加工工件的内表面，如方孔、多边形孔及内孔中的键槽等，有时也用来加工成形内外表面。

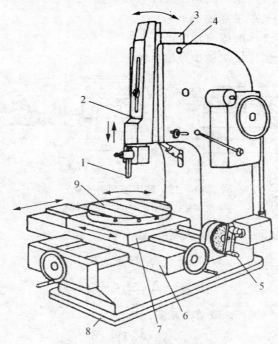

图 6 - 16　插床外形图

1—刀架；2—滑枕；3—滑枕导轨座；4—立柱；5—分度装置；
6—床鞍；7—溜板；8—床身；9—圆工作台

插床的主参数是最大插削长度。如 B5020 型插床，其最大插削长度为 200 mm。

2）插刀

插刀的几何形状与刨刀类似，以插内孔键槽的插刀为例，如图

6-17所示,刀具的前刀面向下,后刀面向前。两侧为副切削刃,由副后面与前面相交形成,两侧有一定的偏角,避免与已加工槽的侧面摩擦。

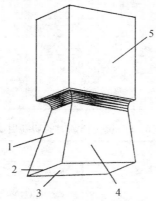

图6-17　内孔键槽插刀

1—后面;2—主切削刃;3—前面;4—副后面;5—刀柄

2. 插削加工基本方法

1）插床的切削用量

插削平面时的切削用量见表6-4,插削键槽时的切削用量见表6-5。

表6-4　平面插削时的切削用量

1. 粗加工平面			
工件材料	刀杆截面 (mm)	背吃刀量 a_p(mm)		
		3	5	8
		进给量 f(mm/双行程)		
钢	10×25	1.2～1.0	0.7～0.5	0.4～0.3
	20×30	1.6～1.3	1.2～0.8	0.7～0.5
	30×45	2.0～1.7	1.6～1.2	1.2～0.9
铸　铁	10×25	1.4～1.2	1.2～0.8	1.0～0.6
	20×30	1.8～1.6	1.6～1.3	1.4～1.0
	30×45	2.0～1.7	2.0～1.7	1.6～1.3

（续　表）

2. 精加工平面					
表面粗糙度	工件材料	副偏角（°）	刀尖半径（mm）		
			1.0	2.0	3.0
			进给量 f（mm/双行程）		
$R_a 6.3\,\mu m$	钢及铸铁	3～4	0.9～1.0	1.2～1.5	
		5～10	0.7～0.8	1.0～1.2	
$R_a 3.2\,\mu m$	钢	2～3	0.25～0.4	0.5～0.7	0.7～0.9
	铸　铁		0.35～0.5	0.6～0.8	0.9～1.0

表 6‐5　键槽插削时的切削用量

机床‐工件‐工具系统的刚度	工件材料	槽的长度（mm）	槽宽度 B（mm）			
			5	8	10	＞12
			进给量 f（mm/双行程）			
足　够	钢	—	0.12～0.14	0.15～0.18	0.18～0.20	0.18～0.22
	铸铁	—	0.22～0.27	0.28～0.32	0.30～0.36	0.35～0.40
不　足	钢	100	0.10～0.12	0.11～0.13	0.12～0.15	0.14～0.18
		200	0.07～0.10	0.09～0.11	0.10～0.12	0.10～0.13
		＞200	0.05～0.07	0.06～0.09	0.07～0.08	0.08～0.11
	铸铁	100	0.18～0.22	0.20～0.24	0.22～0.27	0.25～0.30
		200	0.13～0.15	0.16～0.18	0.18～0.21	0.20～0.24
		＞200	0.10～0.12	0.12～0.14	0.14～0.17	0.16～0.20

2）内孔键槽的插削方法和步骤

插削如图 6‐18 所示的联轴器内孔键槽，插削方法和步骤如图 6‐19 所示：

（1）按图样要求位置在工件台阶圆端面划内孔键槽加工线和对称中心线。

（2）采用 8 mm 的键槽插刀，通常键槽插刀采用磨床磨削成形，角度和宽度尺寸都比较准确。

（3）安装插刀，注意用直角尺或百分表找正插刀方刀柄侧面与工作台面垂直。

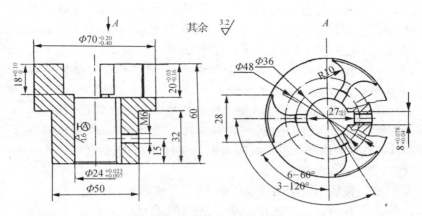

图 6-18 联轴器零件图

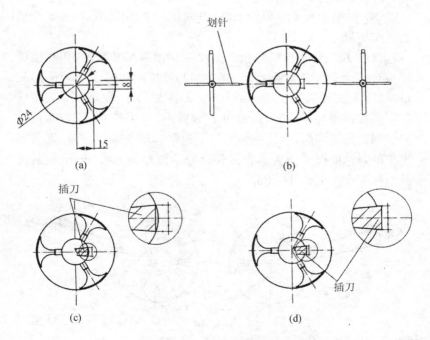

图 6-19 内孔键槽插削步骤

（4）在工作台面上安装三爪自定心卡盘，用三爪卡盘装夹工件，注意工件装夹时应使轴线与工作台面垂直，并注意工件底面应垫实，以免插削时工件受插削力发生位移。

（5）*转动圆工作台，移动工作台横向，使工件的键槽中心划线与工作台横向移动方向平行。*

（6）调整工作台纵向，使工件键槽划线与插刀宽度对准，试插时，使插刀的两侧刀尖同时微量切到工件的内孔壁，用目测方法时，内孔壁有两条深度一致的切痕，此时键槽的深度起始位置和对称位置已基本调整到位。

（7）按插削键槽的切削用量表 6-5 调整插削用量。

（8）在插刀退刀离开工件时，间隙移动横向进给，逐步插削至键槽的深度要求。

（9）插削过程中可根据工件材料加注一些切削液，以提高键槽的表面质量。

（10）用内径千分尺测量槽宽尺寸和槽深尺寸精度，用粗糙度样板对比检测槽表面粗糙度。槽的对称度检测如图 6-20 所示，测量时，用 V 形块装夹工件，或用分度头装夹工件，先用百分表将键槽一侧找正得与平板平行，百分表刻度不变，工件翻转 180°，用百分表测量另一侧面，若另一侧面与平板平行时的刻度一致，则说明键槽的对称度误差为零。若百分表的示值差为 0.04 mm，则键槽的对称度误差为 0.02 mm。

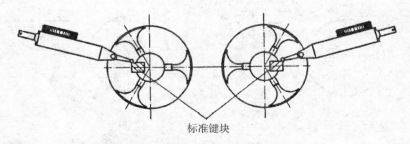

标准键块

图 6-20　内孔键槽对称度检验

3）内花键和内齿轮的轮齿修复插削

对一些局部损坏的内花键和内齿轮的轮齿可以通过堆焊和插削进行修复。修复时需要刃磨与花键齿槽、齿轮齿槽形状相同的插刀，这类刀具的前角可以为零，后角也比较小，类似于成形刀具的几何角度。工件的找正与装夹应注意尽量按装配基准进行，并考虑零件上完好部分的相对位置工件与刀具的相对位置一般可参照工件上完好的部分为基准进行对刀。加工过程中应注意检测修复部位与相邻部位的位置精度和尺寸精度，以调整至合适的加工位置，控制加工尺寸。修复后的零件一般需要与配合件进行配合检验，如内花键应能与相配合的花键轴进行配合滑动检验；内齿轮应能与相配合的外齿轮进行啮合性的检验等。

··[··· 复 习 思 考 题 ···]··

一、判断题

1. 修复机床导轨采用龙门刨床。　　　　　　　　　　（　　）
2. 插床常称为立式刨床。　　　　　　　　　　　　　（　　）
3. 刨削平面时，空程不需要抬刀。　　　　　　　　　（　　）
4. 插床的圆工作台不能进行间歇进给运动。　　　　　（　　）
5. 刨削加工 T 形槽应首先加工 T 形凹槽。　　　　　（　　）
6. 刨削 V 形槽，应首先刨削中间直槽。　　　　　　　（　　）
7. 在刨削 T 形槽凹槽时，调整行程应考虑保证抬刀。（　　）

二、选择题

1. 加工较大的箱体类工件最好选用（　　　）。
　　A. 牛头刨床　　　　　　　　　B. 龙门刨床
　　C. 插床　　　　　　　　　　　D. 悬臂刨床
2. 测量燕尾槽宽度尺寸时，通常应选用（　　　）进行测量。
　　A. 游标卡尺　　　　　　　　　B. 内卡与钢直尺
　　C. 百分表与标准量块　　　　　D. 内径千分尺与标准量棒

3. 测量 V 形槽对两侧面的对称度通常采用(　　)进行测量。

    A. 游标卡尺　　　　　　　　B. 内卡与钢直尺

    C. 百分表与标准圆柱　　　　D. 内径千分尺与标准量棒

4. 插床的主运动是(　　)。

    A. 圆工作台转动　　　　　　B. 床鞍移动

    C. 滑枕运动　　　　　　　　D. 工作台移动

5. 在龙门刨床上带动立刀架移动的部件是(　　)。

    A. 立柱　　　　　　　　　　B. 顶梁

    C. 横梁　　　　　　　　　　D. 床身

三、计算题

1. 如图 6 - 21 所示,已知燕尾槽槽口宽度 $A = 80$ mm,槽深 $H = 30$ mm,槽形角 $\alpha = 60°$,现用 $D = 20$ mm 的标准圆棒测量燕尾槽槽口宽度。试求两圆棒内侧间的距离 M。

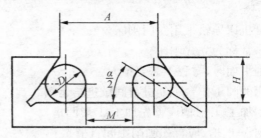

图 6 - 21　测量燕尾槽

2. 用 $D = 20$ mm 的标准圆棒测量一燕尾槽槽口宽度,已知槽深 $H = 25$ mm,槽形角 $\alpha = 55°$,已测得两圆棒的内侧距离 $M = 33.40$ mm,试求槽口的实际宽度尺寸 A 是多少?

3. 如图 6 - 22 所示,用 $D = 25$ mm 的标准圆棒测量一燕尾块宽度,已知燕尾块宽度 A 应达到 100 mm,槽深 $H = 40$ mm,槽形角 $\alpha = 60°$。试求圆棒外侧距离 M。

4. 用 $D = 8$ mm 的标准圆棒测量一燕尾块,测得圆棒外侧距离 $M = 50.31$ mm,已知 $\alpha = 55°$。试求燕尾块实际宽度 A。

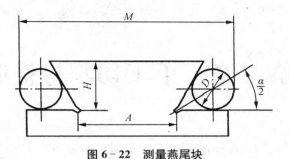

图 6 - 22　测量燕尾块

四、简答题

1. 简述牛头刨床的基本组成及其各部分的作用。

2. 举例说明刨刀的种类及其选用。

3. 简述刨削加工六面体工件的步骤和方法。

4. 刨削 T 形槽应注意哪些事项？

5. 简述修复内花键和内齿轮的基本方法。

第 *7* 章　手工切割与整形

1. 维修钳工常用手工切割和整形加工方法。

2. 锉削操作的基本要领。

3. 锯削和锉削加工的常见质量问题。

一、锯削

用锯对材料或工件进行切断或切槽等的加工方法叫锯削。在维修工作中,一些维修的拆卸部位,有时也可以采用锯削方法进行破坏性拆卸,常见的锯削工作如图 7-1 所示。

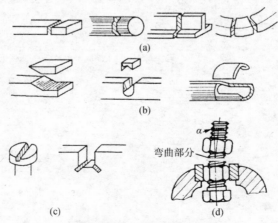

图 7-1　锯削的应用

(a)锯断各种原材料、半成品;(b)锯去工件上多余部分;
(c)在工件上锯出沟槽;(d)破坏性拆卸的锯削

1. 锯削工具

1）手锯

手锯是钳工用来进行锯削的手动工具。手锯由锯弓（锯架）和锯条两部分组成。

（1）锯弓

锯弓是手锯的握持和装夹部分，是用来张紧锯条的框架，同时又是操作者的握手。常用的可调式锯弓分为两部分，使用时可安装几种长度规格的锯条。

（2）锯条

锯条是手锯的重要组成部分，锯削时起切削作用。锯条一般用渗碳软钢冷轧制成，经热处理淬硬。锯条的长度规格是以其两端安装孔的中心距来表示的，钳工常用的锯条长度为 300 mm。锯条的锯齿分为粗齿、中齿、细齿和极细齿，锯齿的粗细应根据锯削材料的软硬和锯削面的厚薄来选择。粗齿锯条的容屑槽较大，适应锯削软材料和锯削面较大的工件。因为此时每锯一次的切屑较多，粗齿的容屑槽大，就不致于产生堵塞而影响切削效率。细齿锯条适应锯削硬材料，硬材料不易锯入，每锯一次的切屑较少，不致堵塞容屑槽，选用细齿锯条可使同时参加切削的齿数增加，从而使每齿的切削量减少，材料容易被切除，锯削比较省力，锯齿也不易磨损。锯削面较小（薄）的工件，如锯割管子和薄板时必须选用细齿锯条，否则锯齿很容易被钩住以致崩齿。

2. 锯条安装

1）锯齿方向

宜向前推进时进行切削，所以安装锯条应齿尖向前。

2）拉紧程度

安装时锯条拉紧程度应适当，若装得过紧，锯条受力过大，锯削时稍有阻滞便会弯折而崩断；又若锯条装得过松，则锯条不但容易弯曲造成折断，而且容易造成锯缝歪斜。

3）锯条安装位置

因前后锯条夹头的方榫与锯弓方孔有一定的间隙，锯条在锯弓上的位置有可能歪斜、扭曲,因此必须校正。

3. 锯削方法

1) 基本操作方法

锯削的基本操作方法包括锯削时锯弓的运动方式和起锯方法,以及锯削过程中可能产生的崩齿现象的处理方法。

(1) 锯削运动方式选择

锯缝底面要求平直的槽子和薄型工件,采用锯弓直线往复运动方式;一般的切断锯削,采用锯弓摆动式,锯削时锯弓两端可自然上下摆动,这样可减少切削阻力,提高工作效率。

(2) 锯削起锯方法选择

起锯有近起锯和远起锯两种方法,在实际操作中较多采用远起锯方法,即从工件锯削位置的远端开始锯削。锯削时,起锯角要小(α 一般不超过15°为宜)若起锯的角度太大,锯齿会钩住工件的棱边,造成锯齿崩裂,如图7-2所示。但起锯角也不能太小,起锯角太小,锯齿不易切入,锯条易滑动而锯伤工件表面。起锯时压力要轻,同时可用拇指挡住锯条侧面,使锯齿正确地锯在所需的位置上。

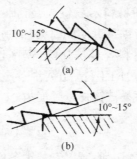

图 7-2 起锯角

(a) 远起锯;(b) 近起锯

(3) 崩齿处理方法

锯削过程中经常会因材料硬点等原因引起崩齿,发现锯齿崩裂应立即停止使用,取下锯条在砂轮上把崩齿的地方小心地磨光,并把崩齿后面几个齿磨低些。重新加工时应注意从工件锯缝中清除断齿后继续锯削。

2）锯削操作要点

（1）工件夹持

工件的夹持应稳当牢固，不可有弹动。工件伸出部分要尽可能短。使用台虎钳装夹工件，应将工件夹在台虎钳的左面。不同的工件形状采用不同的装夹辅具，如薄板采用两块木板衬垫后将工件夹持在台虎钳上进行锯削加工。

（2）压力、速度和往复长度

① 锯削时的压力和速度，必须按照工件材料的性质来确定。*向前推锯时，对手锯要加压力，向后拉时，不要加压力，应把手锯微微抬起，以减少锯齿的磨损。*锯削硬材料时，因不易切入，压力应该大些，锯削软材料时，压力应小些。当每当锯削快结束时，压力应减小。

② *钢锯的锯削速度以每分钟往复20～50次为宜。*锯削软材料速度可快些，锯削硬材料速度应慢些。速度过快锯齿易磨损，过慢效率不高。

③ 锯削的一般往复长度不应小于锯条长度的三分之二。尽可能使锯条全部长度都参加锯削，但不要碰撞到锯弓架的两端，这样锯条在锯削中的消耗平均分配于全部锯齿，从而延长锯条使用寿命。如只使用锯条中间一部分，将造成锯齿磨损不匀，锯条使用寿命缩短。

4. 锯削示例

1）管子的锯削操作方法

在维修工作中，经常会需要配置一些油管，锯削管子应掌握以下操作方法：

（1）把管子水平夹持在台虎钳上，不能夹得太紧，以免管子变形，对于薄壁管子或精加工过的管子都应夹在木垫内。

（2）当锯条锯到近管子的内壁处，应将管子沿推锯方向转过一个角度，如图7-3(a)所示，锯条依原有的锯缝继续锯削，不断转动，不断锯削，直至锯削结束。注意不可从一个方向锯削到结束，这样锯条锯齿容易被钩住而崩齿[图7-3(b)]，锯出的锯缝因为锯条跳动也不平整。

（3）锯削时应注意每次的锯缝都应与管子轴线垂直，否则会造成锯缝端面不平整，影响锯削加工尺寸。

（4）直径较大、壁薄的管子，因锯缝衔接比较困难，可在管子外表面划线，以控制锯削的位置。

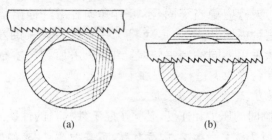

（a）　　　　　　　　（b）

图 7 - 3　管子的锯削

（a）正确；（b）错误

2）深缝的锯削操作方法

在维修中，会遇到一些较难锯削的工件，深缝锯削是其中之一，具体操作方法如下：

（1）当深缝低于锯弓高度时，采用如图 7 - 4(a)所示的方法进行加工。

（2）当工件锯缝深度超过锯弓的高度时，可将锯条转过 90°安装后再锯，如图 7 - 4(b)所示的方法加工。

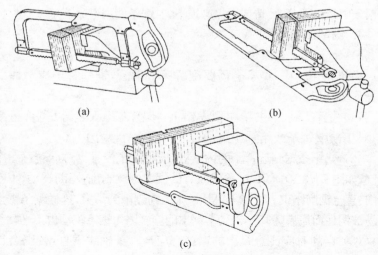

（a）　　　　　　　　　（b）

（c）

图 7 - 4　深缝锯削

（3）当侧面高度也超过锯弓高度时，可将锯齿朝向锯弓安装进行锯削，如图7-4(c)所示，此时注意调整工件夹持位置，使锯削部分处于钳口附近，避免工件的跳动。

5. 锯削加工常见问题与产生废品的原因

1）锯条损坏及其原因

（1）锯条过早磨损。主要原因：锯削操作施力不正确、推锯速度过快、所锯工件材料过硬、未加适当的冷却润滑液、锯齿与锯缝摩擦大等，造成锯齿部分过热，齿侧迅速磨损，导致锯齿过早磨损。

（2）锯条崩齿。主要原因：起锯时起锯角过大、锯齿钩住工件棱边锋角、所选用锯条锯齿粗细不适应加工对象、推锯过程中角度突然变化、锯条碰到硬杂物等，均会引起崩齿。

（3）锯条折断。主要原因：锯削姿势不正确、锯削施力过大、锯条安装时紧松不当、工件夹持不牢或不妥产生抖动、锯缝已歪斜而纠正过急、在同锯缝中使用新锯条而未采取措施等，都容易造成锯条折断。

2）锯削加工常见废品及其原因

（1）锯后工件尺寸不对，原因可能是：原划线不准确、起锯位置不对、锯缝与划线偏斜、在锯削时没有留尺寸线等，都可能会造成工件锯后尺寸不对。

（2）锯缝歪斜，原因可能是：锯条装得过松或扭曲、锯齿一侧遇硬物磨损、锯削时所施压力过大、锯前工件夹持不准、起锯时没顺线校正等，都可能会造成锯缝歪斜。

（3）工件表面拉伤，原因可能是：起锯角过小、起锯压力不适当会造成工件表面拉伤现象。

二、锉削

用锉刀对工件进行切削加工的方法称为锉削。锉削是钳工的主要操作技能之一。*锉削的工作范围较广，可以锉削工件的内、外表面和各种沟槽，维修钳工在修理装配过程中也经常利用锉削对零件进行修整。*锉削的尺寸精度可达 0.01 mm 左右，表面粗糙度

值最小可达 $R_a 0.8 \mu m$ 左右。

1. 锉刀

1) 锉刀的材料

锉刀是锉削的刀具。锉刀用高碳工具钢 T12 或 T13 制成,并经热处理淬硬,其硬度应在 62～67 HRC。

2) 锉刀的构造

图 7-5 所示是锉刀的典型结构,按图样其各组成部分名称如下:

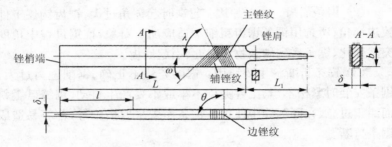

图 7-5 锉刀各部分的名称

(1) 锉身

锉梢端至锉肩之间所包含的部分称为锉身(L 部分)。无锉肩的锉刀如整形锉和异形锉则以锉纹长度部分为锉身。锉身平行部分是锉身与中母线互相平行的部分。

(2) 锉柄

锉身以外的部分称为锉柄(L_1 部分),是安装锉刀柄的部分。

(3) 梢部

锉身截面尺寸开始逐渐缩小的始点到梢端之间的部分(l 部分)称为梢部,梢端部的厚度为 δ_1。

(4) 主锉纹

在锉刀工作面上起主要锉削作用的锉纹,主锉纹与锉身轴线的最小夹角称为主锉纹斜角 λ。

(5) 辅锉纹

主锉纹覆盖的锉纹是辅锉纹,辅锉纹与锉身轴线的最小夹角

称为辅锉纹斜角 ω。

（6）边锉纹

锉刀窄边或窄面上的锉纹是边锉纹,边锉纹与锉身轴线的最小夹角称为边锉纹斜角 θ。

3）锉刀锉纹的作用

（1）双锉纹

由图 7-6 所示可知,在锉刀工作面上有主锉纹和辅锉纹两种锉纹,主锉纹覆盖在辅齿纹上,使锉齿间断,达到分屑断屑作用;故双锉纹锉刀锉削时较省力。双锉纹锉刀其主锉纹斜角与辅锉纹斜角制成不等角,从而使锉齿沿锉刀轴线方向形成倾斜和有规律的排列,如图 7-6(a),这样锉出的刀痕交错不重叠、被锉削表面比较光滑。如主锉纹斜角与辅锉纹斜角制成相等角,那么锉齿沿锉刀轴线平行排列,如图 7-6(b)所示,锉出的表面产生沟纹,得不到光滑的表面。

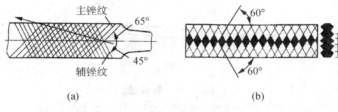

（a） （b）

图 7-6 锉纹及其排列

（2）单锉纹

单锉纹锉刀锉削时由于全宽同时切削,需要较大的切削力,因此适用于铝等软金属的锉削。

4）锉刀的种类

锉刀可分为钳工锉、异形锉和整形锉三种。钳工常用锉刀是钳工锉。

（1）钳工锉

钳工常用的锉刀是钳工锉,按钳工锉的断面形状可分为齐头平锉、方锉、三角锉、半圆锉和圆锉,以适应各种表面的锉削。钳工锉的截面形状如图 7-7 所示。

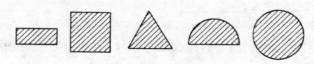

图7-7 钳工锉截面形状

（2）异形锉

用来加工零件上特殊表面用的锉刀采用异形锉，有弯的和直的两种，如图7-8所示。

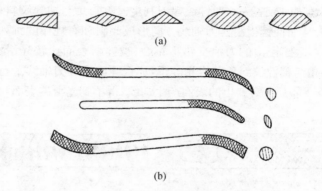

(a)

(b)

图7-8 异形锉

（a）直的异形锉各种不同的截面；（b）弯的异形锉及其截面

（3）整形锉

用于修整工件上的细小部位采整形锉，可由5把、6把、8把、10把或12把不同断面形状的锉刀组成一组（套），如图7-9所示。

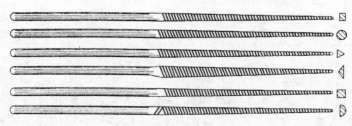

图7-9 整形锉

5) 锉刀的编号

(1) 锉刀的类别与形式

按有关国家标准规定，锉刀的类别与形式采用代号表示，见表 7-1。

表 7-1　锉刀的类别与形式代号

类别	类别代号	形式代号	形　式	类别	类别代号	形式代号	形　式
钳工锉	Q	01	齐头扁锉	整形锉	Z	01	齐头扁锉
		02	尖头扁锉			02	尖头扁锉
		03	半圆锉			03	半圆锉
		04	三角锉			04	三角锉
		05	矩形锉			05	矩形锉
		06	圆锉			06	圆　锉
异形锉	Y	01	齐头扁锉			07	单面三角锉
		02	尖头扁锉			08	刀形锉
		03	半圆锉			09	双半圆锉
		04	三角锉			10	椭圆锉
		05	矩形锉			11	圆边扁锉
		06	圆锉			12	菱形锉
		07	单面三角锉				
		08	刀形锉				
		09	双半圆锉				
		10	椭圆锉				

(2) 锉刀的其他代号

规定如下：p 表示普通型；b 表示薄型；h 表示厚型；Z 表示窄型；t 表示特窄型；S 表示螺旋型。

(3) 锉刀的锉纹号

锉纹号是反映锉刀粗细的参数。钳工锉的锉纹号按每 10 mm 轴向长度内锉纹条数的多少划分为 1~5 号。1 号锉纹至 5 号锉纹，锉齿由粗到细。

锉刀编号示例见表 7-2。

WEIXIUQIANGONGCAOZUOJISHU

表 7 - 2　锉刀编号示例

锉刀编号	锉刀类型、规格
Q - 02 - 200 - 3	钳工锉类的尖头扁锉 200 mm　3 号锉纹
Y - 01 - 170 - 2	异形锉类的齐头扁锉 170 mm　2 号锉纹
Z - 04 - 140 - 00	整形锉类的三角锉 140 mm　00 号锉纹
Q - 03h - 250 - 1	钳工锉类的半圆锉厚型 250 mm　1 号锉纹

6）锉刀的选用

每种锉刀都有其适当的用途和不同的使用场合，只有合理地选择，才能充分发挥锉刀的效能，避免过早地丧失锉削能力。锉刀的选择决定于工件锉削余量的大小、精度要求的高低、表面粗糙度的大小和工件材料的性质。

（1）按加工精度选择

各类锉刀能达到的加工精度见表 7 - 3，以供选择参考。

表 7 - 3　各类锉刀能达到的加工精度

锉刀	适用场合		
	加工余量（mm）	尺寸精度（mm）	表面粗糙度 $R_a(\mu m)$
粗　锉	0.5～1	0.2～0.5	100～25
中　锉	0.2～0.5	0.05～0.2	12.5～6.3
细　锉	0.05～0.2	0.01～0.05	12.5～3.2

（2）按加工表面形状和尺寸选择

锉刀截面形状的选择，决定于工件锉削表面的形状，不同表面的锉削如图 7 - 10 所示。锉刀长度规格的选择，取决于工件锉削表面的大小。

（3）按工件材料选择

锉削软材料时，如果没有专用的单齿纹软材料锉刀，则选用粗锉刀。

7）锉刀使用注意事项

合理选用锉刀是保证锉削质量、充分发挥锉刀效能的前提，正

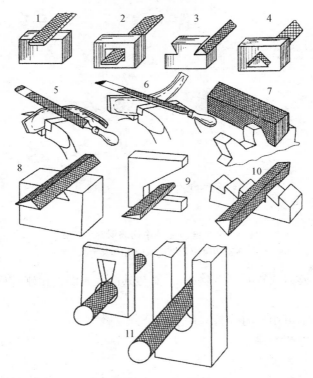

图 7 - 10   不同表面的锉削

1、2—锉平面；3、4—锉燕尾和三角孔；5、6—锉曲面；7—链楔角；
8—锉内角；9—锉菱形；10—锉三角形；11—锉圆孔

确使用和保养则是延长锉刀使用寿命的一个重要环节,因此,锉刀使用时必须注意以下几点:

① 不可用锉刀锉削毛坯的硬皮及淬硬的表面,否则锉纹很快磨损而丧失锉削能力。

② 锉刀应先用一面,用钝后再用另一面。

③ 发现切屑嵌入纹槽内,应及时用铜丝刷顺着齿纹方向将切屑刷去,或用铜片顺齿纹清除切屑,如图 7 - 11 所示。

④ 锉削中不得用手摸锉削表面,以免再锉时打滑。锉刀严禁接触油类。粘着油脂的锉刀一定要用煤油清洗干净,涂上白粉。

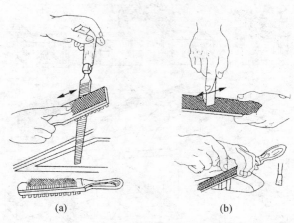

图 7 - 11　锉刀齿纹中切屑清除的方法

（a）用铜丝刷清除；（b）用铜片清除

⑤ 锉刀放置时不能叠放，不能与其他金属硬物相碰，以免损坏锉齿。

⑥ 不可用锉刀代替其他工具敲打或撬物。

2. 锉削方法

1）锉刀握法

钳工要掌握锉削技能和提高锉削质量必须要正确握持锉刀，正确握锉刀有助于提高锉削质量。锉刀的种类较多，所以锉刀的握法还必须随着锉刀的大小、使用的地方不同而改变。

（1）较大锉刀的握法，如图 7 - 12 所示。其握法是用右手握着锉刀柄，柄端顶住拇指根部的手掌，拇指放在锉刀柄上，其余手指由下而上地握着锉刀柄，如图 7 - 12(a)所示。左手在锉刀上的放法有三种，如图 7 - 12(b)所示。两手结合起来握锉刀的姿势如图 7 - 12(c)所示。

（2）中、小型锉刀的握法如图 7 - 13 所示。握持中型锉刀时，右手的握法与握大锉刀一样，左手只需大拇指和食指轻轻扶导，如图 7 - 13(a)所示。在使用较小锉刀时，为了避免锉刀弯曲，用左手的几个手指压在锉刀的中部，如图 7 - 13(b)所示。使用最小锉刀只用一只右手握住锉刀，食指放在上面，如图 7 - 13(c)所示。

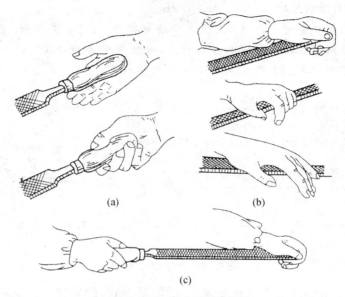

(a)　　　　　　　　(b)

(c)

图 7‒12　较大锉刀的握法

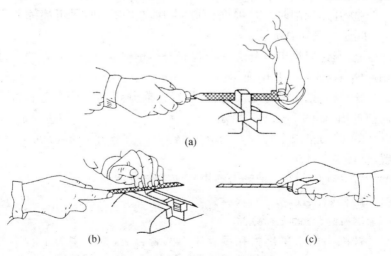

(a)

(b)　　　　　　　　(c)

图 7‒13　中、小型锉刀的握法

（a）中型锉刀的握法；（b）小型锉刀的握法；（c）最小型锉刀的握法

2) 锉削姿势

锉削姿势对一个钳工来说是十分重要的,只有姿势正确,才能做到既提高了锉削质量和锉削效率,又能减轻劳动强度。锉削时的姿势如图 7-14 所示,锉削的分解动作如下:

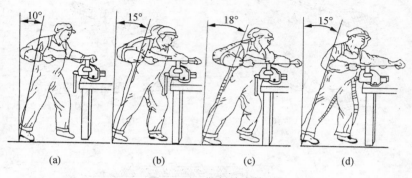

图 7-14 锉削的姿势

① 身体的重心落在左脚上,右膝要伸直,脚始终站稳不可移动,靠左膝的屈伸而作往复运动。

② 开始锉削时身体要向前倾斜 10°左右,右肘尽可能缩到后方,如图 7-14(a)所示。

③ 当锉刀推出三分之一行程时身体前倾到 15°左右。使左膝稍弯曲,如图 7-14(b)所示。

④ 锉刀推出三分之二行程时,身体前倾到 18°左右,左右臂均向前伸出,如图 7-14(c)所示。

⑤ 锉刀推出全程时,身体随着锉刀的反作用力退回到 15°位置,如图 7-14(d)所示。

⑥ 行程结束后,把锉刀略提高使手和身体回到如图 7-14(a)所示的初始位置。

3) 锉削力的平衡方法

锉削力由水平推力和垂直压力两者合成,推力主要由右手控制,压力是由两手控制的。锉削时由于锉刀两端伸出工件的长度随时都在变化,因此两手对锉刀的压力大小也必须随着变化,维持锉削力的平衡,以保证锉削表面的平直。

① 开始锉削时左手压力要大,右手压力要小而推力要大,如图 7－15(a)所示。

② 随着锉刀向前的推进,左手压力减小,右手压力增大。当锉刀推进至中间时,两手压力相同,如图 7－15(b)所示。

③ 再继续推进锉刀时,左手压力逐渐减小,右手压力逐渐增加,如图 7－15(c)所示。

④ 锉刀回程时不加压力以减少锉纹的磨损,如图 7－15(d)所示。

⑤ 锉削时速度不宜太快,一般为 30～60 次/min,锉削速度过快,锉削力的平衡就越难控制。

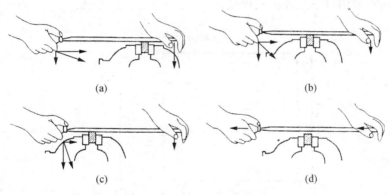

(a)　　　　　　　　　　　　(b)

(c)　　　　　　　　　　　　(d)

图 7－15　锉削力的平衡

4) 确定锉削顺序的一般原则

在锉削加工中,通常按以下方法确定锉削顺序。

① 选择工件所有锉削面中最大的平面,先进行光锉,达到规定的平面度要求后作为其他平面锉削时的测量基准。

② 先锉平行面达到规定的平面度、平行度后,再锉与其相关的垂直面,以便于控制尺寸和精度要求。

③ 平面与曲面连接时,应先锉平面后锉曲面,以便于圆滑连接。

5）锉削安全技术

① 不使用无柄锉刀锉削，防止戳伤手。

② 锉工件时，不允许用嘴吹，以防铁屑飞入自己或别人的眼中。

③ 锉削时，应避免锉刀柄碰撞工件后，锉舌脱出伤人。

④ 放置锉刀的位置要合理安全，不至于跌落折断和砸伤操作者。

3. 锉削示例

1）平面的锉法操作方法示例

在维修工作中，经常会遇到不便于进行机床加工的表面需要锉修，锉削如图 7 - 16 所示的工件，为了适应不同表面的加工要求，通常采用以下三种平面锉法：

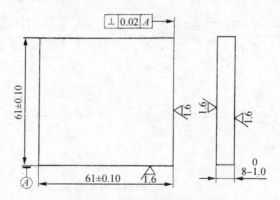

图 7 - 16　锉削加工示例一（直角定位块毛坯，45 钢）

（1）交叉锉法粗锉

如图 7 - 17 所示，从两个交叉方向对工件进行锉削，锉去大部分余量。锉削时锉刀与工件的接触面增大，容易掌握好锉刀的平稳，锉削时还可从锉痕上反映出锉削面的高低情况，容易锉平表面，但锉痕不正直。当锉削余量较多时可先采用交叉锉法，本例 61 mm×61 mm 的平面采用交叉锉方法粗锉，锉去大部分的余量。一般不大的平面精锉余量为 0.5～1 mm。

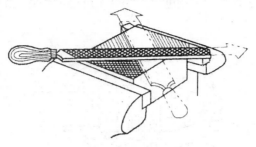

图 7 - 17　交叉锉法

（2）顺向锉法精锉

如图 7 - 18 所示，顺向锉法是顺着同一方向对工件进行锉削，是最基本的锉削方法，可得到正直的锉痕，比较整齐美观，适用于工件表面最后的锉光和锉削不大的平面。本例用此方法精锉削工件较大的表面，以保证工件的平面度和平行度。锉削过程中应使用刀口直尺检测平面度，采用千分尺检测尺寸和平行度。

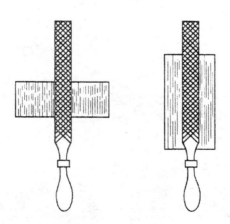

图 7 - 18　顺向锉法

（3）推锉法修锉

如图 7 - 19 所示，推锉法适合于锉削窄长平面和修整尺寸时应用。本例用两手对称地横握锉刀，用大拇指推动锉刀顺着工件长度方向锉削工件四周 61 mm×8 mm 平面,以保证工件的周边尺寸精度。

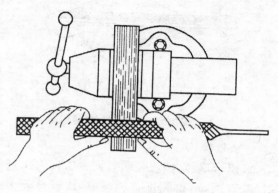

图 7－19　推锉法

锉削平面时,不管采用顺向锉还是交叉锉,当抽回锉刀时,锉刀要如图 7－20 所示,每次向旁边移动一些,这样可使整个加工面均匀地进行锉削。

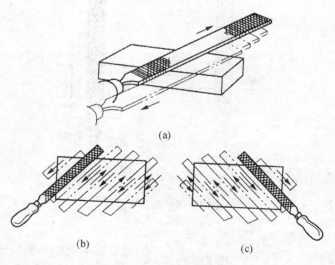

(a)

(b)　　　　　　　　　(c)

图 7－20　锉刀的移动

2）曲面的锉法操作方法示例

锉削加工如图 7‐21 所示工件的内外圆弧曲面,锉法分内、外两种,具体操作方法如下:

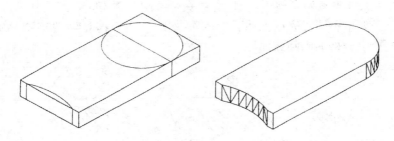

图 7‐21 锉削加工示例二

（1）外圆弧面锉法

如图 7‐22(a)所示,当余量不大或对外圆弧面仅作修整时,一般采用顺着圆弧锉削的方法,在锉削作前进运动时,还应绕工件圆弧的中心摆动。当锉削余量较大时,可采用横着圆弧锉的方法,如图 7‐22(b)所示,按圆弧要求锉成多菱形,然后再用顺着圆弧锉的方法,精锉成圆弧面。本例外圆弧先采用横着圆弧锉的方法粗锉,然后采用顺着圆弧锉的方法精锉。

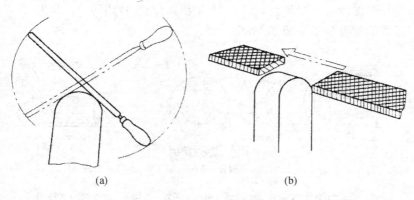

(a)　　　　　　　　　　　(b)

图 7‐22 外圆弧面的锉法

（2）内圆弧面锉法

锉削内圆弧面时，锉刀要同时完成三个运动：*前进运动；向左或向右运动；绕锉刀中心线转动（按顺时针或逆时针方向转动90°左右）*，三种运动须同时进行，才能锉好内圆弧面，如图7－23（c）所示。如果不同时完成上述三种运动，如图7－23（a）、（b）所示，就不能锉出合格的内圆弧面。

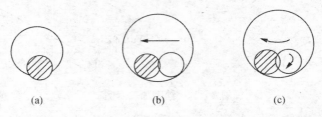

（a）　　　　　　（b）　　　　　　（c）

图7－23　内圆弧面的锉法

（a）、（b）错误；（c）正确

3）锉配操作方法示例

锉配在钳工修理装配工作中是经常遇到的锉削加工。用锉配的方法，使一个工件和另一个相应的工件得到一定松紧配合的操作称锉配，如配键就是典型示例。

（1）配键技术要求

配键涉及三个零件：键1、轴2和轮或套3，如图7－24所示。三者的配合要求一般如下：

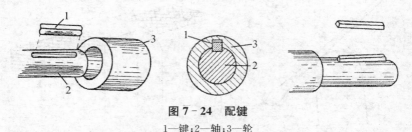

图7－24　配键

1—键；2—轴；3—轮

① 键和轴槽要求配得较紧，相当于第二种过渡配合（M7/h6）。

② 键和轮毂槽要求配得较松，相当于第四种过渡配合（J7/h6）。

③ 键底面应与轴槽贴紧；而上面与轮毂槽底之间要有 0.3～0.4 mm 的间隙。

（2）锉配步骤如下：

① 修去轴键槽和套（轮）键槽上的毛刺。

② 锉修键的两侧面，保证两侧平行；用键两侧面的下角与轴键槽试配，以能紧紧嵌入为宜。

③ 将修锉好两侧面的键和轮毂槽试配，以能塞入套（轮）的键槽内，否则应锉修轮毂槽两侧面。

④ 锉削键的两端至所需长度，再锉成半圆形，然后倒角。键的长度应小于轴上键槽的尺寸（约 0.1 mm 的间隙），以防止将键强制打入轴槽而使轴变形。

⑤ 修掉键上毛刺，涂油，用木锤将键打入轴槽内。

⑥ 连轴带键和轮毂试配，若过紧，则修去键侧面上的发亮部分（键不必取出），但注意不要损伤轴表面。

4. 锉削废品的种类、产生原因及预防方法

锉削产生的废品常见的主要有工件被夹坏、尺寸和形状不准确、表面粗糙等。锉削废品的种类、产生原因及预防方法见表7-4。

表 7-4　锉削废品的种类、产生原因及预防方法

废品形式	产　生　原　因	预　防　方　法
工件被夹坏	1. 经加工后的工件表面夹紧时没加钳口保护片而被夹坏 2. 夹紧力太大，将材质软的工件或薄壁件夹扁 3. 圆形工件被夹出伤痕	1. 应加钳口保护垫片或铁钳口、铜钳口、铝钳口、木垫或胶垫等 2. 夹紧力要适当，不宜过紧 3. 夹圆形或管子工件时，钳口应衬以V形块或其他软垫
工件平面中间凸	1. 锉削技术不熟练，锉时锉刀上下抖动 2. 锉刀本身不平直 3. 用力不适当，使工件塌边或塌角	1. 掌握正确的锉削技巧，选用适当的锉刀和交叉锉法等 2. 选用质量好的锉刀 3. 锉削时，应注意两手用力平衡，并用交叉和顺向锉法；经常检查和测量工件，发现误差及时纠正

（续　表）

废品形式	产　生　原　因	预　防　方　法
表面粗糙	1. 选择锉刀规格不适当 2. 锉齿太粗，锉痕太深 3. 锉下的切屑嵌在锉纹中未及时清除，造成表面拉毛	1. 精锉时应合理地选用细锉刀 2. 粗锉时应选用适当粗细的锉刀，逐次锉削，每次都要留有一定的余量 3. 经常清除锉刀表面的切屑
锉坏邻边	1. 没使用光边锉刀 2. 锉削时，锉刀掌握不平稳，使邻边锉伤、掉角	1. 对于不该锉的邻边应选用光边锉刀仔细锉削 2. 正确掌握锉削方向，用力要平衡，精神要集中
尺寸和形状不准确	1. 划线不准确 2. 对每次锉削量心中无数，又不及时检查，使工件的尺寸超出界限	1. 根据图样要求，准确划线，并仔细复查 2. 掌握锉削余量，经常测量，锉削时精力集中

三、錾削

用锤子打击錾子对工件进行切削加工的一种方法称为錾削。錾削的加工效率较低，主要用在不便于机械加工的场合，如清除毛坯件表面多余金属、分割材料、开油槽等，有时也用作较小平面的粗加工。

1. 錾削工具

錾削工具主要是指各种錾子和手锤。

1）錾子

錾子是錾削中的主要工具，錾子一般用碳素工具钢锻制而成，并经过热处理。

（1）錾子的种类

錾子的形状是根据工件不同的錾削要求而设计的。*钳工常用的錾子有扁錾、尖錾和油槽錾等三种，如图 7-25 所示。*

（2）錾子的切削部分

錾子切削部分包括前后两个刀面和一条切削刃。

① 前面 A_γ 是切屑流过的那个表面。

② 后面 A_α 是与工件上切削中产生的表面相对的表面。

③ 切削刃是刀具前面上用作切削用的刃。

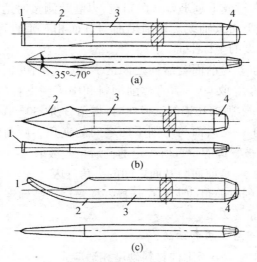

图 7 - 25 錾子的种类

(a) 扁錾;(b) 尖錾;(c) 油槽錾
1—锋口;2—斜面;3—柄;4—头部

（3）錾子切削时的几何角度

如图 7 - 26 所示,錾子在切削时的角度与选定的两个坐标平面有关。切削平面是通过切削刃选定点与切削刃相切并垂直于基面的平面。图 7 - 26 中切削平面与切削表面重合;基面是通过切削刃

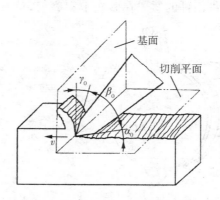

图 7 - 26 錾子錾削时的几何角度

选定点,并平行或垂直于刀具在制造、刃磨及测量时适合于安装或定位的一个平面或轴线。切削平面与基面相互垂直,构成了确定錾子几何角度的坐标平面。

① 楔角 β_0 是前面与后面之间的夹角。錾削硬钢和铸铁等硬材料时,楔角 β_0 取 $60°\sim70°$;錾削钢料和中等硬度材料时,楔角 β_0 取 $50°\sim60°$;錾削铜和铝等软材料时,楔角 β_0 取 $30°\sim50°$。

② 后角 α_0 是后面与切削平面之间的夹角。后角的大小是由錾削时錾子被掌握的位置所决定的。后角一般取 $\alpha_0=5°\sim8°$。

③ 前角 γ_0 是前面与基面之间的夹角。因为 $\beta_0 = 90° - (\gamma_0 + \alpha_0)$,因此錾削时前角的大小在选择好楔角后已被确定了。

(4) 錾子的刃磨

錾子的刃磨要求和方法:

① 楔角的大小与工件材料硬度相适应。

② 楔角被錾子中心线等分(油槽錾例外)。

③ 切削刃成一条直线(油槽錾切削刃成一圆弧)。

④ 刃磨过程中錾子应经常浸水冷却,防止过热退火。

⑤ 刃磨时,錾子在旋转着的砂轮轮缘上(高于砂轮中心)作左右移动,如图 7 - 27 所示。

⑥ 錾子锋口的两面应交替刃磨,并保持宽度一样。

⑦ 加工精细工件的錾子在砂轮上刃磨后,可以用油石再修磨

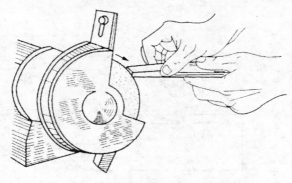

图 7 - 27 錾子在砂轮上刃磨

一下刃面锋口。

2）锤子

錾削是利用锤子的锤击力而使錾子切入金属的,锤子是錾削工作中不可缺少的工具,而且也是维修钳工在装拆零件时的重要工具。

（1）锤子的构造

锤子是由锤头和锤柄两部分组成的,如图 7 - 28 所示。锤子的规格是根据锤头的质量来决定的。钳工用的锤子有 0.25 kg、0.5 kg、1 kg 等几种;英制有 1/2 磅、1 磅、1 1/2 磅等几种。锤头是用 T7 钢制成,并经淬硬处理。锤柄的材料选坚硬的木材,如用胡桃木、檀木等,其长度应根据不同规格的锤头选用,如 0.5 kg 的锤子柄长一般为350 mm。木柄安装在锤头孔中必须牢固可靠,要防止锤头脱落造成事故。为此装锤柄的孔做成椭圆形的,且两端大中间小,木柄敲紧后,端部再打入楔子就不易松动了,如图 7 - 29 所示。

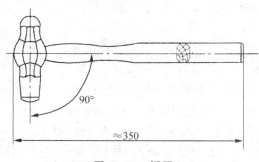

90°

≈350

图 7 - 28　锤子

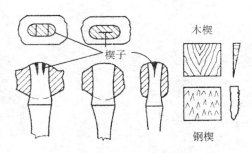

木楔

楔子

钢楔

图 7 - 29　锤柄端部打入楔子

（2）锤子的使用

锤子使用时要注意两点，一是握锤，二是挥锤。

① 握锤分紧握锤和松握锤两种。a. 紧握法如图 7 - 30 所示，用右手食指、中指、无名指和小指握紧锤柄，锤柄伸出掌侧 15～30 mm，大拇指压在食指上。b. 松握法，只有大拇指和食指始终握紧锤柄。锤击过程中，当锤子打向錾子时，中指、无名指、小指一个接一个依次握紧锤柄。挥锤时以相反的次序放松，熟练使用此法可增加锤击力。

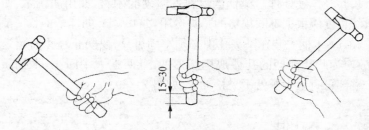

图 7 - 30　锤子紧握法

② 挥锤的方法有手挥、肘挥和臂挥三种。a. 手挥只有手腕的运动，锤击力小，一般用于錾削的开始和结尾。錾削油槽由于切削量不大也常用手挥。b. 肘挥是用腕和肘一起挥锤的，如图 7 - 31 所示，其锤击力较大，应用最广泛。c. 臂挥是用手腕、肘和全臂一起挥锤的，如图 7 - 32 所示，臂挥锤击力最大，用于需要大力錾削的场合。

图 7 - 31　肘挥　　　　　　　图 7 - 32　臂挥

2. 錾削方法

1）基本錾削方法

（1）起錾操作方法

开始起錾时，应从工件侧面的尖角处轻轻地起錾，如图7－33（a）所示，同时慢慢地把錾子移向中间，使錾子刃口与工件平行为止。如錾削要求不允许从边缘尖角处起錾（例如錾油槽），此时錾子刃口要贴住工件，錾子头部向下约30°，如图7－33（b）所示。轻轻敲打錾子，待錾出一个小斜面，然后开始錾削。

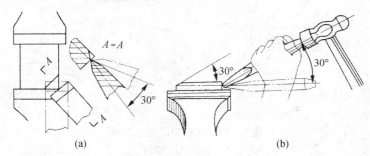

图7－33 起錾方法

（2）錾削尽头操作方法

如图7－34所示为錾削到尽头的方法，*当錾削大约距尽头10 mm左右的地方时，必须停止錾削，然后调头錾去余下的部分。特别是在錾削铸铁和青铜等脆性材料时，更应如此，否则尽头处材料就会崩裂。*

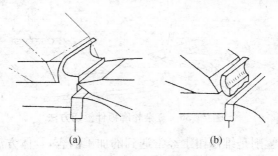

图7－34 錾削尽头的方法

（a）正确；（b）错误

下面就以錾削经常应用的场合来阐述其錾削的方法和技能。

2) 典型錾削加工方法

包括板料錾削、平面錾削、轮廓錾削和油槽錾削方法等。板料錾削方法如图 7-35(a)所示。如图 7-35(b)所示的是错误的錾削方法。

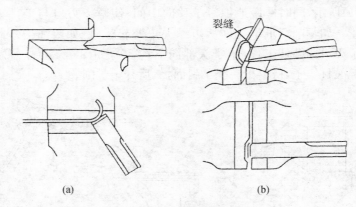

(a)   (b)

图 7-35　薄板料的錾切方法

(a) 正确；(b) 错误

复杂轮廓錾削方法如图 7-36 所示。錾削轮廓较为复杂的薄板件时，为了减少工件变形，一般先按轮廓线钻出密集的排孔。然后利用扁錾、尖錾逐步錾切。

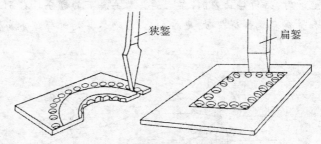

图 7-36　复杂轮廓板件錾切方法

油槽錾削是维修钳工经常遇到的加工内容，具体方法如下：

① 根据图样上油槽的断面形状、尺寸刃磨好油槽錾的切削部分。

② 在工件需錾削油槽部位划线。

③ 如图 7 - 37 所示,錾削时錾子的倾斜角度需随着曲面而变动,保持錾削时后角不变,这样錾出的油槽光滑,且深浅一致。

④ 錾削结束后,修光槽边的毛刺。

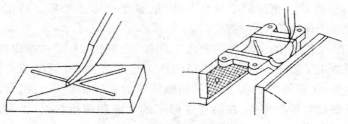

图 7 - 37 油槽錾切方法

四、矫正与弯曲

1. 矫正方法及其应用

在机械设备的修理工作中,经常会碰到某些零件由于在外力的作用下或受热而产生不平、不直或翘曲等变形。维修钳工通过手工或借助某些机械消除这些缺陷,使零件恢复原有形状精度的操作称为矫正。例如机床的传动丝杠因操作不当引起弯曲需要矫正;又如一些设备的防护罩壳因受外力影响变形,需要矫正等。矫正分机械矫正和手工矫正两种:机械矫正一般在压力机或校直机上进行;手工矫正则是利用手工工具在平台、铁砧或虎钳上进行,矫正包括扭转、弯曲、延展和伸张等方法,以使零件恢复至原来的形状。

矫正的实质是,零件变形部位在矫正外力的作用下,内部组织发生变化,材料的晶格之间产生滑移,而达到矫正的目的。可见,零件的变形能够矫正,一则是由于外力作用的大小和位置,再则是所矫正的零件必须具有较好的塑性,如钢、铜等材料适宜矫正;但脆性大、硬度高的材料(如铸铁、淬硬钢等)不宜矫正,否则,零件的矫正部位会产生裂缝,甚至断裂。

在矫正的过程中,材料由于受到锤击,厚度变薄,表面组织的紧密度增加且材料向四周延展,表面硬度增加,同时变脆。这种在冷加工塑性变形过程中产生的材料变硬的现象称为冷作硬化。冷硬后的材料给进一步矫正带来困难,可用退火处理的方法消除,使其恢复原有的机械性能。

1)矫正工具

① 支承矫正件的工具有 V 形块、铁砧和矫正平板。矫正平板又常常用作矫正工件的基准面。

② 加力用的工具有一般钳工用锤子、铜锤、木锤和橡皮锤等,分别适用于矫正一般的零件和已加工过的表面、薄钢件或有色金属制件;还有特制的扭曲扳手和螺旋压力机。螺旋压力机常用作矫正细长的轴类零件,在矫正变形了的大面积薄板料时,常常用由薄板料弯成的抽条和檀树木制成的木方条。

③ 检验工具包括平板、平尺、钢板尺、直角尺、划线盘和百分表等。检验工具有时是配合使用的。

2)矫正方法

矫正方法包括伸张法矫正(适用于矫正细长的线材)、扭转法矫正(适用于矫正受扭转变形的条料)、延展法矫正(用锤子锤击材料的某些部位,使之延长和展开,达到矫正的目的)、弯曲法矫正(适用于矫正棒料、在宽的方向上弯曲的条料、轴类零件和角铁等)。维修钳工常使用弯曲法矫正轴类零件。操作方法如下:

① 直径较大的棒料或轴和厚度较大的条料,一般要用螺杆压力机矫正,如图 7-38(a)所示,工件用平垫铁或 V 形块支承,支承位置可根据工件变形的情况来调节。

② 直径较小的棒料和厚度较薄的板料,可直接夹持在台虎钳上,用手或活扳手扳直弯曲部分,如图 7-38(b)所示,也可以用锤子在铁砧上矫正工件。

③ 矫正丝杠等精度较高的轴类零件时,应将零件顶在两个顶尖之间或架在 V 形块上,用百分表检查一下轴或丝杠的弯曲情况,用粉笔在矫正的零件上分段作标记,画出弯曲部位。矫直时,合理调整 V 形垫铁的位置和距离,使凸部向上,转动压力机螺杆使压块压在凸起部位。压时可适当压过头些,以消除弹性回复所产生的回翘。边矫正,边检查,直至矫正至符合要求为止。

用弯曲法矫正时,外力 F 使材料上部产生压力,致使上层(或外层)材料受压缩短;使材料下部(或内层)受拉力而伸长。结果使弯曲变形了的工件得以矫正,如图 7 - 38(c)所示。

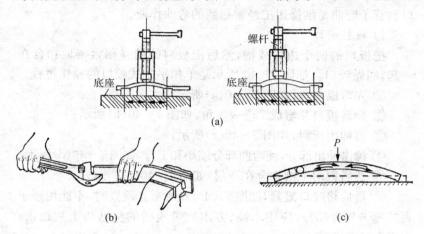

图 7 - 38　弯曲法矫正工件

2. 弯曲方法及其应用

将板料、棒料、条料、钢丝或管子弯曲成所要求的形状,这种操作称为弯曲。弯曲操作是使材料发生塑性变形,因此只有塑性好的材料才能进行弯曲。工件经过弯曲后,弯曲部分靠外侧的材料由于受拉应力作用而伸长;靠里侧的材料受挤压应力作用而缩短;而中间有一层材料既没伸长也没压缩,称为中性层,如图 7 - 39(a)所示。材料弯曲部分的断面,虽然产生拉伸和压缩的变形,但其断

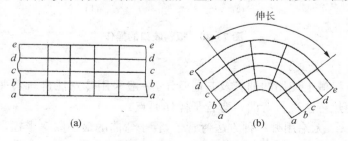

图 7 - 39　弯曲后材料变形的情况

面面积保持不变,如图7-39(b)所示。

弯曲分为冷弯和热弯两种。一般材料厚度在5 mm以下时,可在常温下冷弯,而材料厚度大于5 mm的,应采用热弯法。板料咬口和管子弯曲是维修钳工经常遇到的弯曲作业。

1) 板料咬口

把板料的两个边弯成槽,然后把板料的槽互相紧密地扣合在一起,叫做咬口。如图7-40所示是单扣平卧式咬口的操作过程。

① 先弯成直角,如图7-40(a)所示;

② 翻转板料并弯成75°~80°角,如图7-40(b)所示;

③ 再伸出板料,如图7-40(c)所示;

④ 锤击伸出部分,使弯曲部分缩小和下弯,如图7-40(d)所示;

⑤ 然后把两个槽扣合在一起,如图7-40(e)所示;

⑥ 最后将咬口敲紧,如图7-40(f)所示。敲紧时,不能用锤子直接锤击扣合部分,应用木锤、方木或带浅槽的垫铁垫上后锤击,否则会造成缺陷。

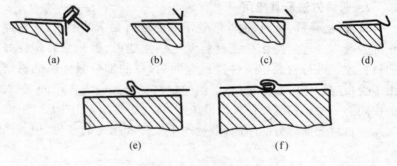

(a)   (b)   (c)   (d)

(e)   (f)

图7-40 板料咬口的操作

2) 弯管子

机械上使用的油管及其他管子,一般采用冷弯法进行弯曲,也有用热弯法进行弯曲。弯管子操作要点:

① 无论用哪一种方法弯管子,管子弯曲的最小曲率半径,一般应大于管子直径的4倍。

② 为了避免弯曲部分发生凹瘪现象,常在管子内灌干砂(灌砂时用木棒敲击管子,使砂子灌得结实),两端用木塞塞紧,如图7-41(a)所示。当灌了砂的管子用热弯法弯曲时,一头的木塞上应钻一小孔,为便于管子加热后排气。

③ 弯曲有焊缝的管子,焊缝必须放在中性层位置上,如图7-41(b)所示,否则会使焊缝裂开。

④ 紫铜管弯曲前一般先经过修理钳工退火处理,使弯曲方便。

⑤ 冷弯中、小直径管子,可在图7-41(c)所示的冷弯工具上进行。

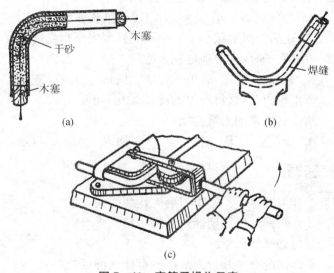

图 7-41 弯管子操作示意

··[··· 复 习 思 考 题 ···]··

一、判断题

1. 起锯有近起锯和远起锯两种方法,在实际操作中较多采用远起锯。 （　　）

2. 锉削过程中,两手对锉刀的压力应平衡,保持大小不变。

（　　）

3. 錾削至尽头时,应掉头进行錾削。 （　　）

4. 弯形是对金属材料进行塑性变形加工。 （　　）

二、选择题

1. 锯削时的锯削速度以每分钟往复速度为（　　　）次/min 为宜。

A. 20～50　　B. 5～20　　　C. 50～70　　D. 50～100

2. 锉刀截面的选择主要根据工件的（　　　）。

A. 锉削表面大小　　　　　　B. 锉削表面材料

C. 锉削表面形状　　　　　　D. 锉削表面粗糙度

3. 刃磨錾子时,主要确定錾子的（　　　）。

A. 前角　　　B. 后角　　　C. 偏角　　　D. 楔角

4. 矫正弯曲时,材料产生的冷作硬化,可采用（　　　）方法,使 其恢复原来的力学性能。

A. 调质　　　B. 退火　　　C. 回火　　　D. 时效

三、简答题

1. 怎样刃磨錾子? 錾子刃磨应达到哪些要求?

2. 什么是锉削? 锉削能达到哪些精度要求?

3. 如何选择锉刀?

4. 平面锉削有哪几种方法? 各有什么特点?

5. 什么叫矫正? 有几种矫正方法? 各适用于哪些对象?

6. 试述矫直细长轴的方法和注意事项。

7. 试述咬口操作的方法和步骤。

第 *8* 章　钳工光精加工

1. 刮削方法与精度检验方法。
2. 研磨方法与常见质量问题。

一、刮削

1. 刮削应用

用刮刀刮除工件表面薄层而达到精度要求的方法称为刮削。刮削加工属于精加工,在机械制造和维修中,目前仍属于一项重要的加工方法。刮削加工具有加工方便、工件变形小、表面精度高、具备表面润滑存油凹坑、能改善表面组织等特点。

一些需要具备以上特点和精度要求的加工表面,利用一般机械加工手段是难以达到的,所以必须采用刮削的方法来进行加工。例如机床导轨面、转动轴颈和轴承之间的接触面、工具和量具的接触面以及密封表面等,经过车、铣、刨等切削加工后,通常都需要进行刮削加工。

2. 刮削工具

刮削的工具主要是刮刀和校准工具,刮刀是刮削的切削工具,校准工具也称为研具。

1) 刮刀

刮刀是刮削的主要工具,为了达到刮削加工的要求,刀头部分应具有足够高的硬度,刃口必须锋利。刮刀一般采用碳素工具钢T10A、T12A 或弹性较好的 GCr15 滚动轴承钢锻制而成。刮削硬工件时,头部可焊上硬质合金。根据刮削表面的不同形状,刮刀可分为

平面刮刀和曲面刮刀两大类。刮刀刮削时的几何角度如图 8-1 所示。平面刮削采用负前角刮削;曲面刮削常采用正前角刮削。

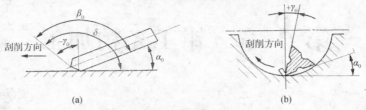

图 8-1 刮刀刮削时的几何角度

(a) 平面刮削;(b) 曲面刮削

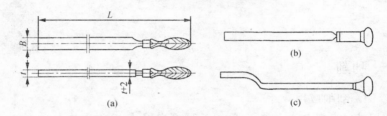

图 8-2 平面刮刀

(a) 平面手刮刀;(b) 直角挺刮刀;(c) 弯头挺刮刀

(1) 平面刮刀

平面刮刀如图 8-2 所示,主要用于如平板、工作台等平面刮削,也可用于刮削外曲面。按所刮表面的精度要求不同,可分为粗刮刀、细刮刀和精刮刀三种。平面刮刀楔角 β 等几何角度,应根据粗、细、精刮的要求而定,如图 8-3(a) 所示为常用刮刀头部形状和角度。粗刮刀 β 为 90°～92.5°,刀刃必须平直;细刮刀 β 为 95°左右,刀刃稍带圆弧;精刮刀 β 为 97.5°左右,刀刃圆弧半径比细刮刀小些。刮刀刃磨必须注意刀头形状,刃磨时常见的错误形状如图 8-3(b) 所示,应注意避免。常用平面刮刀规格见表 8-1。

表 8-1 平面刮刀规格 (mm)

种 类	尺 寸		
	全长 L	宽度 B	厚度 t
粗刮刀	450～600	25～30	3～4

（续 表）

种 类	尺 寸		
	全长 L	宽度 B	厚度 t
细刮刀	400~500	15~20	2~3
精刮刀	400~500	10~12	1.5~2

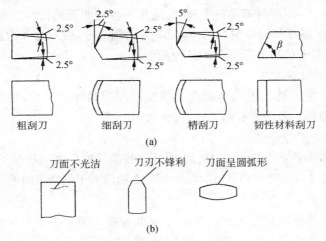

粗刮刀　　　　细刮刀　　　　精刮刀　　　韧性材料刮刀

(a)

刀面不光洁　　　刀刃不锋利　　刀面呈圆弧形

(b)

图 8-3　刮刀头部形状与角度

(a) 正确；(b) 错误

（2）曲面刮刀

主要用于刮削滑动轴承内孔等的内曲面。曲面刮刀有多种形状，常用的有三角刮刀和蛇头刮刀等，如图 8-4 所示。

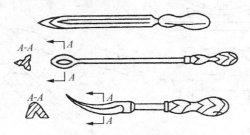

图 8-4　常用曲面刮刀

(a) 三角刮刀；(b) 蛇头刮刀；(c) 柳叶刮刀

① 三角刮刀断面呈三角形,可用三角锉刀改制,也可用碳素工具钢 T10A 直接锻制。在三个面上开有三条凹形刀槽,刀槽开在两刃中间,刀刃边上只留 2～3 mm 的棱边。

② 蛇头刮刀刀头部具有三个带圆弧形的刀刃,刀平面磨有凹槽,刀刃圆弧大小根据粗精刮确定,粗刮刀圆弧半径大,精刮刀圆弧半径小,刮削时不易产生振纹,适用于各种曲面的精刮。

③ 柳叶刮刀有两个刀刃,刀尖为精刮部分,后部为强力刮削部分,适用于精刮余量不多的各种曲面。

2)校正工具

校准工具是用来磨研点和检验刮面准确性的工具,也常称为刮削研具。常用的有以下几种:

(1)标准平板

标准平板的表面经过精刮,是用来校验较宽平面的校准工具,其面积尺寸有多种规格,选用时,平板的面积应大于刮削表面的 3/4。

(2)校准直尺

校准直尺是用来校验狭长平面的校准工具。图 8-5(a)所示的是桥式直尺,用来校验机床较大导轨的直线度。图 8-5(b)所示的是工字形直尺,有单面和双面的两种形式。双面的即两面都经过精刮并且互相平行。这种双面的工字形直尺,常用来校验狭长平面相对位置的准确性。

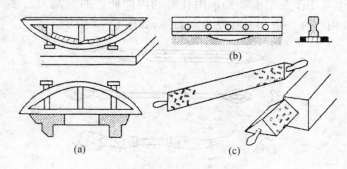

图 8-5 校准直尺

(a)桥式直尺;(b)工字直尺;(c)角度直尺

（3）角度直尺

如图8-5(c)所示。用来校验两个刮面成角度的组合平面,如燕尾导轨的角度。两基准面应经过精刮,并成所需的标准角度,如55°、60°等。第三面是放置时的支承面,没有经过精密加工。各种直尺不用时,应将其吊起。不便吊起的直尺,应安放平稳,以防变形。

（4）曲面校准工具

检验圆弧曲面刮削的质量,多数是用与其相配合的轴作为校准工具。又如齿条和蜗轮的齿面,是比较特殊的齿廓曲面,可采用与其相啮合的齿轮和蜗杆作为校准工具。

3. 刮削余量

由于每次的刮削量很少,*因此要求留给刮削加工的余量不宜太大。一般在0.05~0.4 mm之间,具体数值根据工件刮削面积大小而定。*刮削面积大,加工误差也大,所留余量应大些;反之,则余量可小些,合理的刮削余量见表8-2。当工件刚度较差,容易变形时,刮削余量可取大些。

表8-2 刮削余量 　　　　　　　　　(mm)

平面的刮削余量				
平面宽度	平面长度			
	100~500	500~1 000	1 000~2 000	2 000~4 000	4 000~6 000
100以下	0.10	0.15	0.20	0.25	0.30
100~500	0.15	0.20	0.25	0.30	0.40

孔的刮削余量		
孔径	孔长	
	100以下	100~200	200~300
80以下	0.05	0.08	0.12
80~180	0.10	0.15	0.25
180~360	0.15	0.20	0.35

4. 刮削方法

1）平面刮削方法

作业时有手刮法和挺刮法两种操作方法。

（1）手刮操作法

这种刮削方法动作灵活、适应性强，适合于各种工作位置，对刮刀长度要求不太严格，姿势可合理掌握，但手易疲劳，因此不宜在加工余量较大的场合采用。如图 8－6 所示，操作要点如下：

① 刮削时右手握刮刀柄，左手四指向下卷曲握住刮刀近头部约 50 mm 处。

② 刮刀和刮面成 25°～30°角。

③ 左脚向前跨一步，上身随着推刮而向前倾斜，以增加左手压力，以便于看清刮刀前面的研点情况。

④ 右臂利用上身摆动使刮刀向前推进，在推进的同时，左手下压，引导刮刀前进，当推进到所需距离后，左手迅速提起，这样就完成了一个手刮动作。

（2）挺刮操作法

挺刮法用下腹肌肉施力，每刀切削量较大，一般适合大余量的刮削，工作效率较高，但需要弯曲身体操作，故腰部易疲劳。如图8－7所示，操作要点如下：

图 8－6　平面手刮法　　　　图 8－7　平面挺刮法

① 刮削时将刮刀柄放在小腹右下侧。

② 双手握住刀身，左手在前，右手在后，左手握于距刮刀刃约 80 mm 处。

③ 刀刃对准研点，左手下压，利用腿部和臀部的力量将刮刀向

前推进,当推进到所需距离后,用双手迅速将刮刀提起,这样就完成了一个挺刮动作。

2)平面刮削的操作步骤

通常可按粗刮、细刮、精刮和刮花四个步骤进行刮削。

(1)粗刮

当加工表面有明显的机加工刀痕、严重锈蚀或刮削余量在0.05 mm 以上时,就需要进行粗刮。操作要点如下:

① 刮削时采用连续推铲方法,刮削的刀迹连成长片。

② 在整个刮削平面上均匀地刮削,不能出现中间高、边缘低的现象。

③ 当刮削到每25 mm×25 mm 内有2~3 个研点时,粗刮即可结束,转入细刮。

(2)细刮

用细刮刀在刮削面上刮去稀疏的大块研点,进一步改善不平现象。操作要点如下:

① 刮削时采用短刮法,刀迹长度约为刀刃的宽度。

② 随着研点的增多,刀迹应逐步缩短。

③ 在刮第一遍时,刀迹的方向应一致,刮第二遍时,要交叉刮削,以消除原方向的刀迹。

④ 在刮削过程中,要防止刮刀倾斜,以免将刮削面划出深痕。

⑤ 对发亮的研点要刮重些,对暗淡的研点则刮轻些,直至显示出的研点轻重均匀。

⑥ 在整个刮削面上,每25 mm×25 mm 内出现12~15 个研点时,即可进行精刮。

(3)精刮

在细刮的基础上,进一步增加刮削表面的显点数量,使工件符合预期的精度要求。操作要点如下:

① 刮削时,用精刮刀采用点刮法,即刀迹小,如同显示出的小研点的刮削方法。

② 精刮时,落刀要轻,提刀要快,在每个刮点上只刮一刀,不应重复。

③ 采用始终交叉地进行刮削的方法。

④ 当研点增多到每 25 mm×25 mm 内有 20 个研点以上时,可分类区别对待:最大最亮的研点全部刮去;中等研点在其顶部刮去一小片;小研点留着不刮。这样连续刮几遍,就能很快达到所要求的研点数。

⑤ 在刮到最后三遍时,交叉刀迹大小应一致,排列整齐,以使刮削面更美观。

(4) 刮花

刮花是在刮削面或机器外露表面上利用刮刀刮出装饰性花纹,以增加刮削面的美观,并能使滑动件之间造成良好的润滑条件。同时还可以根据花纹的消失情况来判断平面的磨损程度。在接触精度要求高、研点要求多的工件上,应注意花纹的大小,否则不能达到所要求的刮削精度,一般常见的花纹有以下几种:

① 斜纹花纹 如图 8-8(a)所示的小方块花纹称为斜纹花纹,它是用精刮刀与工件边成 45°角方向刮成的。花纹的大小,按刮削面的大小而定,刮削面大,刀花可大些;刮削面狭小,刀花可小些。为了排列整齐和大小一致,可用软铅笔划成格子,一个方向刮完再刮另一个方向。

② 鱼鳞花纹 如图 8-8(b)所示的鱼鳞花纹,常称为鱼鳞片。刮削方法如图 8-8(d)所示,先用刮刀的右边(或左边)与工件接触,再用左手把刮刀逐渐压平并同时逐渐向前推进,即随着左手在向下压的同时,还要把刮刀有规律地扭动一下,扭动结束即推动结束,立即起刀,这样就完成一个花纹刮削。如此连续地推扭,就能刮出鱼鳞花纹来。如果要从交叉两个方向都能看到花纹的反光,就应该从两个方向起刮,形成交叉鱼鳞花纹。

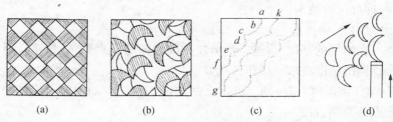

(a)　　　　(b)　　　　(c)　　　　(d)

图 8-8 刮花与花纹

(a) 斜纹花纹;(b) 鱼鳞花纹;(c) 半月花纹;(d) 鱼鳞花纹刮法

③ 半月花纹　如图 8-8(c)所示的半月花纹,在刮削时,刮刀与工件成 45°角左右。刮刀除了推挤外,还要靠手腕的力量扭动。以图 8-8(c)中一段半月花纹 edc 为例,刮前半段 ed 时,将刮刀从左向右推挤,而后半段 dc 靠手腕的扭动来完成。连续刮下去就能刮出一行整齐的花纹。刮 g 到 k 一行则相反,前半段从右向左推挤,后半段靠手腕从左向右扭动。这种刮花操作,需要有熟练的技巧才能进行。

3) 曲面刮削方法

曲面刮削的原理和平面刮削一样,但刮削时的角度有所不同,以三角刮刀为例:三角刮刀是保持刀刃的正前角来进行刮削,曲面刮削时,是用曲面刮刀在曲面内做螺旋运动。刮削时,用力不可太大,否则容易发生抖动,表面产生振痕。每刮一遍之后,下一遍刀迹应交叉进行,即左手使刮刀作左、右螺旋方向运动。刀迹与孔中心线约成 45°交叉刮削可避免刮面产生波纹,研点也不会成为条状。

5. 刮削精度检验

刮削精度检验是通过校准工具和工件刮削表面对研来进行的,在对研时,校准工具和工件表面之间需采用有颜色的涂料,来显示工件表面误差的位置和大小,这种涂料称为显示剂。

1) 常用的刮削显示剂

(1) 红丹粉

分铅丹(原料为氧化铅,呈橘红色)和铁丹(原料为氧化铁,呈红褐色)两种,颗粒较细,用全损耗系统用油调和后使用,广泛用于钢和铸铁工件的刮削显点。

(2) 蓝油

是用普鲁士蓝粉和蓖麻油及适量全损耗系统用油调和而成的,呈深蓝色。研点小而清晰,多用于精密工件和有色金属及其合金工件的刮削显点。

2) 刮削显点方法及注意事项

显点应根据工件的不同形状和被刮面积的大小区别进行。

（1）中、小型工件的显点

一般是基准平板固定不动，工件被刮面在平板上推磨。如被刮面等于或稍大于基准平板面，则推磨时工件超出平板的部分不得大于工件长度 L 的 $1/3$，如图 8 - 9 所示。小于平板的工件推磨时最好不出头，否则其显点不能反映出真实的平面度误差。

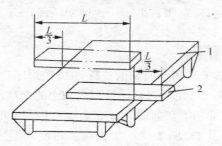

图 8 - 9　中型工件在平板上对研显点
1—基准平板；2—工件

（2）大型工件的显点

一般是以平板在工件被刮面上推磨，采用水平仪与显点相结合来判断被刮面的误差。通过水平仪可以测出工件的高低不平状况，而刮削仍按照显点分轻重进行。

（3）重量不对称工件的显点

推研时应在工件某个部位下托或上压，如图 8 - 10 所示。但用力大小要适当、均匀。显点时还应注意，如两次显点有矛盾则说明用力不适当，应分析原因并及时纠正。

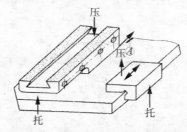

图 8 - 10　重量不对称工件在平板上的对研显点

3）显示剂的使用方法

显示剂一般涂在工件表面上,在工件表面显示的是红底黑点,没有闪光,容易看清。在调和显示剂时应注意:粗刮时,可调得稀些,这样在刀痕较多的工件表面上,便于涂抹,显示的研点也大。精刮时,应调得稠些,涂在工件表面上,应薄而均匀。这样显示出的点子细小,便于提高刮削精度。

4）刮削精度的检查方法

刮削精度一般包括:形状和位置精度、尺寸精度、接触精度及贴合程度、表面粗糙度等。由于工件的工作要求不同,刮削精度的检查方法也有所不同。常用的检查方法有以下两种:

（1）以研点的数目检查刮削精度

检查方法:如图8-11所示,用边长为25 mm的正方形方框,罩在被检查面上,根据在方框内的研点数目的多少来表示,检查时应多检查几个位置。各种平面接触精度的研点数见表8-3。曲面刮削中,接触得比较多的是对滑动轴承的内孔刮削。各种不同接触精度的研点数见表8-4。

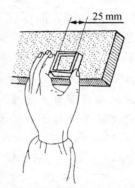

图8-11　研点数检查

表8-3　各种平面接触精度的研点数

平面种类	每25 mm×25 mm 内的研点数	应 用 举 例
一般平面	2~5	较粗糙机件的固定结合面
	5~8	一般结合面
	8~12	机器台面、一般基准面、机床导向面、密封结合面
	12~16	机床导轨及导向面、工具基准面、量具接触面
精密平面	16~20	精密机床导轨、直尺
	20~25	1级平板、精密量具
超精密平面	>25	0级平板、高精度机床导轨、精密量具

表 8-4 滑动轴承的研点数

轴承直径 （mm）	机床或精密机械主轴轴承			锻压设备、通用 机械的轴承		动力机械、冶金 设备的轴承	
	高精度	精密	普通	重要	普通	重要	普通
	每 25 mm×25 mm 内的研点数						
≤120	25	20	16	12	8	8	5
>120		16	10	8	6	6	2

（2）用水平仪检查刮削精度

当刮削表面标注平面度公差和直线度公差,用来表示工件平面大范围内的平面度误差,以及机床导轨面的直线度误差的允许值时,可用方框水平仪进行检查,检查方法如图 8-12(a)、(b)所示。*检查平面度应按测量线移动水平仪进行检测；检查导轨直线度注意使用角度底座,并预先找正导轨的水平位置。同时,其接触精度应符合规定的技术要求。*

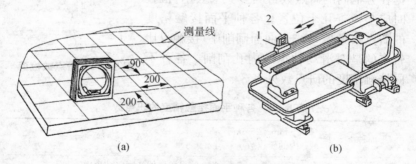

图 8-12 用水平仪检查刮削精度
(a)检查平面度误差；(b)检查导轨直线度误差
1—角度底座；2—水平仪

6. 刮削加工实例与刮削缺陷分析

1）刮削原始平板

平板也叫标准平板,是检验、划线及刮削中的基本工具,要求非常精密。标准平板可以在已有的标准平板上用合研显点的方法刮削。若没有标准平板,可用三块平板互研互刮的方法,刮成精密的平板(称为原始平板)。刮削原始平板可分为正研和对角研两个步骤进行。

（1）正研刮削的方法和步骤

先将3块平板单独进行粗刮,去除机械加工的刀痕和锈斑等。然后将三块平板分别编为1、2、3号,按编号次序进行刮削。步骤如图8-13所示。

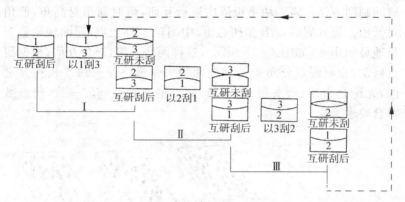

图8-13 原始平板正研循环刮削法

① 一次循环操作步骤:先以1号平板为过渡基准,与2号平板互研互刮,使1、2号平板贴合。再将3号平板与1号平板互研,单刮3号平板,使3号与1号平板贴合。随后2号与3号平板互研互刮,使2号与3号平板贴合。此时2号与3号平板的平面度误差已有所改进。

② 二次循环操作步骤:先在上一循环基础上,以2号平板为过渡基准,1号与2号平板互研,单刮1号平板。再将1号与3号平板互研互刮至全部贴合,这时3号与1号的平面度误差又有所改善。

③ 三次循环操作步骤:先在上一循环基础上,以3号平板为过渡基准,2号与3号平板互研,单刮2号平板。再将1号与2号平板互研互刮至全部贴合,这时1号与2号的平面度误差又进一步得到改善。

④ 重复上述三个顺序依次循环进行刮削,平面度误差逐渐减小。循环次数越多,则平板越精密。直到三块平板中任取两块对研,显点基本一致,即每块平板在每25 mm×25 mm内达到12个

研点左右时,即完成了正研刮削过程。

(2) 对角研刮削法的应用

对角研的方法在上述正研中,往往会在平板对角部位上产生平面扭曲现象,如图 8-14 所示,即 AB 对角高,CD 对角低,且三块平板高低位置相同,即同向扭曲,这是由于在正研中平板的高处(十)正好和平板的低处(一)重合所造成的。这时,就要采用对角研的刮削方法。将三块平板依次进行互研,研时高角对高角,低角对低角。经互研后,AB 角研点重,中间轻,CD 无点,扭曲现象会明显地显示出来,如图 8-15 所示。这样两块一组,对角互研,根据研点修刮,直至研点分布均匀和扭曲消失。最终使三块平板相互之间,无论是直研、调头研、对角研,研点情况完全均匀一致,研点数符合要求为止。

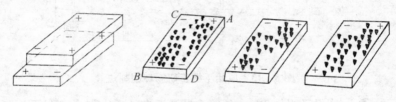

图 8-14 同向扭曲示意

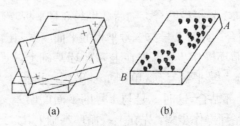

(a)   (b)

图 8-15 对角研示意

2) 滑动轴承的刮削

滑动轴承的刮削是曲面刮削中的典型实例,操作步骤如图 8-16 所示。预先准备好若干把曲面刮刀以及油石、显示剂、毛刷等用具;去除工件毛刺,并做好清理工作。滑动轴承刮研操作步骤如下:

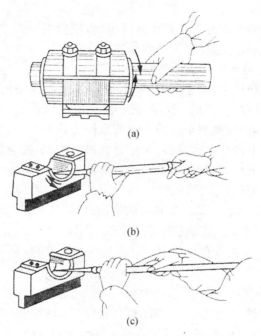

(a)

(b)

(c)

图 8 - 16　滑动轴承的刮削方法

(a) 研点方法；(b) 粗刮；(c) 细刮和精刮

（1）粗刮

先对滑动轴承单独进行粗刮，去除机械加工的切削痕迹，如图 8 - 16 所示。

（2）细刮

滑动轴承刮研应根据其不同形状和不同的刮削要求，选择合适的刮刀和显点方法。一般是以工艺标准轴，或与其配合的轴作为内曲面研点的校准工具。

① 显点方法是将蓝油均匀地涂布在轴的圆周面上，或用红丹粉涂布在轴承孔表面，用轴在轴承孔中来回旋转，如图 8 - 16(a) 所示。

② 刮削方法是根据研点用曲面刮刀在曲面内接触点上作螺旋运动刮除研点，直至研点正确，精度符合要求，如图 8 - 16(b) 所示。

（3）精刮

在细刮的基础上用小刀迹进行精刮，使研点小而多，以改善滑动轴承的接触精度，提高滑动轴承的润滑效果。

3）燕尾形导轨镶条的刮研

机床大修理中，镶条通常新制的较多，新制镶条的斜度，通常按照刮削后所测得大端、小端、长度换算成斜度进行刨加工，刮削余量放在大端处，刮削余量约为镶条原长度的 15%～20%，镶条粗刮先在平板上进行，然后放入燕尾导轨进行配刮，通常需与导轨面的精刮同时进行，精刮后切去两端的多余长度。

镶条刮削的技术要求：

① 大端应放长 15～20 mm 的修调余量。

② 镶条滑动面拖研接触点：8～10 点/25×25 mm^2。

③ 接触面之间的间隙用 0.04 mm 塞尺检查，插入度不大于 20 mm。

4）刮削的常见缺陷及其原因

在刮削操作不当，会在刮削表面产生各种缺陷，常见缺陷形式、特征及其原因见表 8-5。

表 8-5　刮削面常见缺陷及其原因

缺陷形式	特　征	产生原因
深凹痕	刮削面研点局部稀少或刀迹与显示研点高低相差太多	1. 粗刮时用力不均、局部落刀太重或多次刀迹重叠 2. 刀刃磨得过于弧形
撕　痕	刮削面上有粗糙的条状刮痕，较正常刀迹深	1. 刀刃不光洁和不锋利 2. 刀刃有缺口或裂纹
振　痕	刮削面上出现有规则的波纹	多次同向刮削，刀迹没有交叉
划　道	刮削面上划出深浅不一的直线	研点中夹有砂粒、铁屑等杂质，或显示剂不清洁
刮削面精密度不准确	显点情况无规律地改变且捉摸不定	1. 推磨研点时压力不均，研具伸出工件太多，按出现的假点刮削造成 2. 研具本身不准确

二、研磨

1. 研磨应用

用研磨工具和研磨剂,通过研具工件在一定压力下,作相对滑动,从工件上研去一层极薄的金属的精整加工方法,称为研磨。在机械维修中,一些精密配合的零部件修复、装配,常需要采用研磨的方法。例如液压系统中的控制阀的修复等。应用研磨加工的特点和作用:

1) 得到较小的表面粗糙度值

与其他加工方法比较,经过研磨加工后的表面粗糙度值最小。一般情况表面粗糙度值为 R_a 0.1～0.6 μm,最小可达 R_a 0.012 μm。

2) 达到精确的尺寸

经过研磨加工后,尺寸精度可达到 0.001～0.005 mm。

3) 提高工件的形位精度

经过研磨加工后,形位误差可控制在小于 0.005 mm 内。

4) 延长零件的使用寿命

经研磨的零件,由于有精确的几何形状和很小的表面粗糙度值,零件的耐磨性、抗腐蚀性和疲劳强度也都相应得到提高,从而延长了零件的使用寿命。

由于研磨是微量切削,每研磨一遍所能磨去的金属层不超过 0.002 mm。因此研磨余量不能太大,通常研磨余量在 0.005～0.03 mm 范围内比较适宜。有时研磨余量就留在工件的公差之内。

2. 研磨剂

研磨剂是由磨料和研磨液调和而成的混合剂。

1) 常用磨料种类

磨料在研磨中起切削作用,与研磨加工的效率、精度、表面粗糙度有密切关系。常用的磨料有刚玉类、碳化物磨料和金刚石磨料三类,磨料的系列与用途见表 8-6。

表8-6 磨料的系列和用途

系 列	磨料名称	代 号	特 性	适用范围
刚 玉	棕刚玉	A	棕褐色。硬度高,韧性大,价格便宜	粗精研磨钢、铸铁、黄铜
	白刚玉	WA	白色。硬度比棕刚玉高,韧性比棕刚玉差	精研磨淬火钢、高速钢、高碳钢及薄壁零件
	铬刚玉	PA	玫瑰红或紫红色。韧性比白刚玉高,磨削表面质量好	研磨量具、仪表零件及高精度表面
	单晶刚玉	SA	淡黄色或白色。硬度和韧性比白刚玉高	研磨不锈钢、高钒高速钢等强度高、韧性大的材料
碳化物	黑碳化硅	C	黑色有光泽。硬度比白刚玉高,性脆而锋利,导热性和导电性良好	研磨铸铁、黄铜、铝、耐火材料及非金属材料
	绿碳化硅	GC	绿色。硬度和脆性比黑碳化硅高,具有良好的导热性和导电性	研磨硬质合金、硬铬、宝石、陶瓷、玻璃等材料
	碳化硼	DC	灰黑色。硬度仅次于金刚石,耐磨性好	精研磨和抛光硬质合金、人造宝石等硬质材料
金刚石	人造金刚石	JR	无色透明或淡黄色、黄绿色或黑色。硬度高,比天然金刚石略脆,表面粗糙	粗、精研磨硬质合金、人造宝石、半导体等高硬度脆性材料
	天然金刚石	JT	硬度最高,价格昂贵	
其 他	氧化铁		红色至暗红色。比氧化铬软	精研磨或抛光钢、铁、玻璃等材料
	氧化铬		深绿色	

2) 常用磨料的粒度

磨料的粒度按颗粒尺寸分号,磨粉类 F4、F5……F1200,号数由小到大,磨料由粗到细;微粉类 W3.5、W2.5,号数由小到大,磨料由细到粗。常用的研磨粉见表8-7。

表8-7 常用的研磨粉

研磨粉号数	研磨加工类别	可达到的表面粗糙度 R_a
F100~F220	用于最初的研磨加工	F1000、F1200 及微粉
F280~F400	用于粗研磨加工	0.2~0.1
F500~F800	用于半粗研磨加工	0.1~0.05
F1000、F1200 及微粉	用于粗细研磨加工	0.05 以上

3)研磨液

研磨液在研磨加工中起调和磨料、冷却和润滑的作用。研磨液的质量高低和选用是否正确,直接关系着研磨加工的效果。

(1)研磨液的基本要求

① 有一定的黏度和稀释能力,磨料通过研磨液的调和与研具表面有一定的黏附性,使磨料对工件产生切削作用。同时研磨液对磨料有稀释作用。

② 有良好的润滑和冷却作用。

③ 对工件无腐蚀作用,不影响人体健康,且易于清洗干净。

(2)研磨液的种类

常用的研磨液有煤油、汽油、L-AN22 与 L-AN32 全损耗系统用油、工业用甘油、透平油以及熟猪油等。此外,根据需要往研磨液中再加入适量的石蜡、蜂蜡等填料和黏性较大而氧化作用较强的油酸、脂肪酸、硬脂酸等,则研磨效果更好。一般工厂常采用成品研磨膏。使用时,加全损耗系统用油稀释即可。

3. 研磨工具

1)研具材料

要使研磨剂中的微小磨料嵌入研具表面,研具表面的材料硬度应稍低于被研零件。但不可太软,否则会全部嵌入研具而失去研磨作用,材料的组织必须均匀,否则将使研具产生不均匀的磨损而直接影响零件的质量。常用研具的材料有以下几种：

（1）灰铸铁

是一种研磨效果较好、价廉易得的研具材料，具有润滑性好，磨耗较慢，硬度适中，研磨剂在其表面容易涂布均匀等优点。因此得到广泛的应用。

（2）球墨铸铁

比一般灰铸铁更容易嵌存磨料，而且嵌得均匀牢固，由于强度高能增加研具使用寿命，因此也得到广泛的应用。

（3）低碳钢

韧性较好，不容易折断，常用来制作各种小型的研具，如研磨螺纹和小直径工具、工件等。

（4）铜

材料性质较软，表面容易被磨料嵌入，适宜制作软钢研磨加工范围内的各种研具。

2）研具的种类

常用研具包括平面研具、外圆柱面研具和内圆柱面研具、内外圆锥面研具、球面研具等。

（1）平面研具

有研磨平板与研磨圆盘两种基本形式，对研表面有开槽和不开槽两种形式，如图 8-17 所示为平面研具示例。

（2）外圆柱面研具

外圆柱面一般是用研套对工件进行研磨。研套的内径比工件的外径略大 0.025～0.05 mm。研套的形式做成如图 8-18 所示的可调节式。其结构是：内圈有开口的研套，外圈上有调节螺钉，如图 8-18（a）所示。当研磨一段时间后，若研套内径磨损，可拧紧调节螺钉，使研套的孔径缩小，来达到所需要的间隙。图 8-18（b）所示的研套，由研套和外壳组成。在研套上有一开口的通槽，在外径的三等分部位开有两定位通槽，以便用螺钉调节研套孔径的大小，并用紧定螺钉来固定研套，以保证所需要的研磨工作间隙。研套的长度一般为孔径的 1～2 倍。

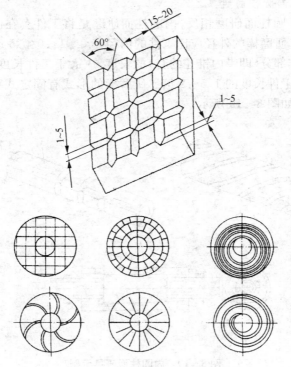

图 8-17 平面研具示例

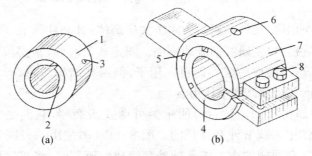

图 8-18 外圆柱面研具示例

（a）外圈整体式研套；（b）外圈开槽式研套

1—外圈；2、4—研套；3—调节螺钉；5—通槽；6—紧定螺钉；7—外壳；8—调节螺钉

（3）内圆柱面研具

与外圆柱面研磨相反，内圆柱面研磨是将工件套在研磨棒上进行的。研磨棒的外径应比工件的内径小 0.01～0.025 mm，研磨棒的工作部分（即带内锥孔的套）的长度，应大于工件长度，一般情况下，是工件长度的 1.5～2 倍。研磨棒的形式有固定式和可调节式两种，如图 8-19 所示。

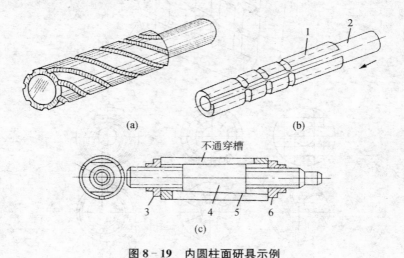

图 8-19　内圆柱面研具示例

（a）固定式研磨棒；（b）、（c）可调式研磨棒

1、5—外套；2—心棒；3—左螺母；4—锥体；6—右螺母

① 如图 8-19（a）所示为固定式研磨棒，其圆柱体上开有环形槽或螺旋槽，以使研磨剂流动方便。固定式研磨棒，常要做成几根不同的直径，磨损后就不能再使用了，但因其结构简单，所以常在单件生产和机器修理中使用。

② 如图 8-19（b）、（c）所示为可调式研磨棒，它们是以心棒锥体的作用来调节外套直径的。图 8-19（b）是由一外圆锥体的心棒与开有通槽的内圆锥孔的外套组成。调节时，将心棒按箭头方向敲紧即可使外套的外径胀大，反之缩小。图 8-19（c）是由两端带有螺杆的锥体、内圆锥外套和两个调节螺母组成。调节时，

将右螺母放松,再旋紧左螺母,可使外套外径胀大(外套上开有三条或多条不通的穿槽来保证直径的胀大、缩小)。当外套的外径调节到所需的尺寸后,拧紧右螺母,使其尺寸固定。使外套外径缩小时,则顺序相反。这种可调节的研磨棒,结构比较完善,故应用较为广泛。

(4) 圆锥面研具

圆锥面研具包括外圆锥面研磨棒和内圆锥面研磨套,如图 8-20 所示为开有左向的螺旋槽和右向的螺旋槽两种固定式圆锥面研磨棒,其目的是能适应工件左旋和右旋研磨时,研磨剂的合理流动。圆锥表面研磨用的研磨棒(套)工作部分的长度应是工件研磨长度的 1.5 倍左右,锥度必须与工件锥度相同。其结构有固定式和可调式两种。可调式的研磨棒(套)的结构和圆柱面可调式研磨棒(套)类似。

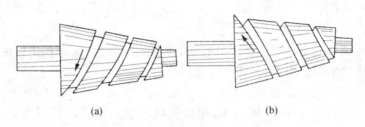

(a)   (b)

图 8-20 圆锥面研具示例

(a) 左向螺旋槽研磨棒;(b) 右向螺旋槽研磨棒

4. 研磨方法与注意事项

1) 研磨方法

研磨分为手工研磨和机械研磨两种。手工研磨时,要使工件表面各处都受到均匀的切削,应选择合理的运动轨迹,以提高研磨效率、工件的表面质量和研具的寿命。*手工研磨运动轨迹一般采用直线、直线与摆动、螺旋线、8 字形和仿 8 字形等几种形式。*

(1) 往复式直线研磨运动轨迹

由于不能相互交叉,容易直线重叠,使工件难以得到很小的表面粗糙度值,但可获得较高的几何精度。一般适用于有台阶的狭长平面的研磨。

（2）摆动式直线研磨运动轨迹

由于某些量具表面研磨（如研磨双斜面直尺、90°角尺的侧面以及圆弧测量面等）的主要要求是平面度误差，因此，可采用摆动式直线研磨运动轨迹，即在左右摆动的同时，作直线往复移动。

（3）螺旋形研磨运动轨迹

在研磨圆片或圆柱形工件的端面时，一般采用螺旋式研磨运动轨迹，能获得较小的表面粗糙度值和较小的平面度误差。

（4）8字形或仿8字形研磨运动轨迹

研磨小平面工件，通常采用8字形或仿8字形研磨运动轨迹，能使相互研磨的面保持均匀接触，既有利于提高工件的研磨质量，又可使研具保持均匀地磨损。

以上几种研磨运动的轨迹，应根据工件被研磨面的形状特点合理选用。

2）研磨注意事项

研磨后工件表面质量的好坏，研磨效率高低，除与选用研磨剂及研磨的方法有关外，还须注意以下事项：

（1）研磨的压力和速度

在研磨过程中，压力大、速度快则研磨效率高。若压力太大、速度太快，则工件表面粗糙，工件容易发热而变形，甚至会发生因磨料压碎而使表面划伤，因而必须合理加以控制。对较小的硬工件或粗研磨时，可用较大的压力、较低的速度进行研磨；而对大的较软的工件或精研时，就应用较小的压力、较快的速度进行研磨。另外，在研磨中，应防止工件发热，若引起发热，应暂停，待冷却后再进行研磨。

（2）研磨中的清洁工作

在研磨中，必须重视清洁工作，才能研磨出高质量的工件表面。若忽视了清洁工作，轻则工件表面拉毛，严重的则会拉出深痕而造成废品。另外，研磨后应及时将工件清洗干净，并采取防锈措施。

5. 研磨加工实例

1) 平面的研磨操作要点

研磨如图 8 - 21 所示的量块端面和角度样板测量面应注意以下操作要点：

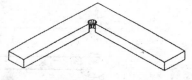

图 8 - 21　量块和角度样板

(1) 选用研具

平面的研磨应在非常平整的研磨平板(研具)上进行。研磨平板分有槽的和光滑的两种。有槽的研磨平板适用于粗研加工,因为在有槽的研板上,容易使工件压平,所以粗研时就不会使表面磨成凸弧面。光滑的研磨平板适用于精研加工,以提高研磨工件表面的精度。本例研磨选用无槽研磨平板。

(2) 研磨准备

① 研磨前用煤油或汽油把研磨平板的工作表面清洗干净并擦干。

② 在研磨平板上涂上适当的研磨剂,本例选用 W5 研磨膏。

③ 把已去除毛刺并清洗过的工件需研磨的表面合在研磨平板上。

(3) 研磨操作

① 沿研磨平板的全部表面(使研磨平板的磨损均匀),以 8 字形或螺旋形的旋转和直线运动相结合的方式进行研磨。

② 研磨应不断地变换工件的运动方向,如图 8 - 22 所示。由于周期性的运动,使磨料不断在新的方向起作用,工件就能较快达到所需要的精度要求。

③ *在研磨角度样板狭窄平面时,可用金属块作导靠(金属块平面应相互垂直)*,研磨时,使金属块和工件紧紧地靠在一起,并跟工件一起研磨,如图 8 - 23 所示,以保证工件的研磨面与其侧面垂直,防止倾斜和产生圆角。狭窄平面研磨,应采用往复直线研磨运动轨迹。

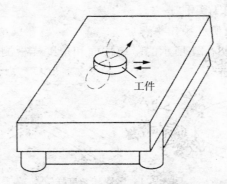

图 8 - 22   用 8 字形运动轨迹研磨量块端面

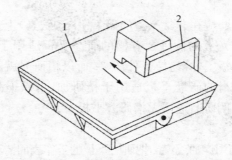

图 8 - 23   用往复直线运动轨迹研磨角度样板狭窄平面
1—研磨平板;2—角度样板

2) 外圆柱面的研磨

外圆柱面的研磨一般都以手工与机器的配合运动进行,研磨操作要点如下:

① 工件装夹在车床三爪卡盘或两顶尖上,由机床主轴带动旋转。

② 在工件外圆柱面上均匀涂上适用的研磨剂。

③ 调节研磨套,其松紧程度,应以手用力能转动为宜。

④ 沿工件轴线套入研套。

⑤ 工件的转速在直径小于 80 mm 时为 100 r/min;直径大于 100 mm 时为 50 r/min。本例直径为 60 mm,选用 100 r/min。

⑥ 通过工件的旋转运动和研套在工件上沿轴线方向作往复运动进行研磨,如图8-24(a)、(b)所示。

⑦ 研套往复运动的速度,是根据工件在研套上研磨出来的网纹来控制,如图8-24c所示。当往复运动的速度适当时,工件上研磨出来的网纹成45°交叉线;较快时,网纹与工件轴线夹角偏小;较慢时,网纹与工件轴线夹角偏大。往复运动的速度不论太快还是太慢,都影响工件的精度和耐磨性。

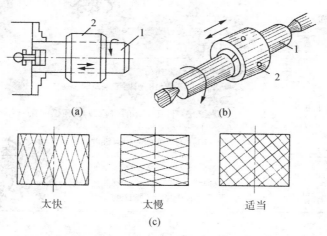

太快　　　　　　太慢　　　　　　适当

(c)

图8-24 研磨外圆柱面

1—工件;2—研套

⑧ 在研磨过程中,如果由于上道工序的加工误差,造成工件两端直径大小不一时,研磨时感觉到直径大的部位移动研套比较紧,而小的部位则较松。此时可在直径大的部位多研磨几次,使直径尺寸基本一致为止。

⑨ 研磨一段时间后,应将工件调头再研磨,这样能使轴容易得到准确的几何形状,并能使研套磨耗均匀。

6. 研磨常见质量问题及其原因

研磨过程中由于操作不当、研具和研磨剂选择不合理等,均可能产生研磨质量问题,研磨常见弊病及其原因见表8-8。

表 8-8　研磨时常见弊病及其原因

弊病形式	产 生 原 因
表面粗糙度高	1. 磨料太粗 2. 研磨液选用不当 3. 研磨剂涂得薄而不匀 4. 研磨时忽视清洁工作,研磨剂中混入杂质
平面成凸形	1. 研磨时压力过大 2. 研磨剂涂得太厚,工作边缘挤出的研磨剂未及时擦去仍继续研磨 3. 运动轨迹没有错开 4. 研磨平板选用不当
孔口扩大	1. 研磨剂涂抹不均匀 2. 研磨时孔口挤出的研磨剂未及时擦去 3. 研磨棒伸出太长 4. 研磨棒与工件孔之间的间隙太大,研磨时研具相对于工件孔的径向摆动太大 5. 工件内孔本身或研磨棒有锥度
孔成椭圆形或圆柱有锥度	1. 研磨时没有更换方向或及时调头 2. 工件材料硬度不匀或研磨前加工质量差 3. 研磨棒本身的制造精度低

··[··· 复 习 思 考 题 ···]··

一、判断题

1. 内曲面刮削时,刮刀的切削运动是螺旋运动。　　（　　）

2. 对大尺寸的较软的工件的研磨或精研,应采用较大压力、较快的速度进行研磨。　　（　　）

二、选择题

1. 刮削加工平板精度的检查常采用研点的数目来表示,检查用的正方形框边长尺寸通常为（　　）。

A. 10 mm　　B. 25 mm　　C. 50 mm　　D. 100 mm

2. 研磨轴的研套往复运动的速度,是根据工件在研套上研磨出来的网纹来控制的。当往复运动的速度适当时,工件上研磨出来的网纹与工件轴线成(　　)交叉线。

　A. 50°　　　　B. 60°　　　　C. 45°　　　　D. 90°

三、简答题

1. 工件在什么要求下需进行刮削加工?它有哪些特点?

2. 平面刮刀分粗、细、精三种,说明它们之间几何角度有什么不同?

3. 什么是粗、细、精刮削?刮花的作用是什么?

4. 什么叫显示剂?刮削质量要求有哪些?接触精度如何检验?

5. 研磨加工有何作用?如何确定研磨余量?

6. 在研磨平面和圆柱面时,应怎样控制其研磨速度?

第9章 铆接与粘接

1. 铆接方法与常见质量问题。
2. 粘接在维修中的应用方法。

一、铆接

1. 铆接概述

用铆钉将两个或两个以上的工件连接起来叫铆接。虽然铆接的连接方式大多已为焊接所代替,但在维修钳工修理中,还会有不少零件需要手工铆接操作。例如设备的罩壳、机床导轨的防护装置等。

1) 铆接的种类

(1) 对于不同要求的构件连接分类

铆接可分为活动铆接(铰链铆接)和固定铆接两种。

① 活动铆接。其结合零件可相互转动(例如各种手用钳、剪刀、卡钳、圆规等的铆接)。

② 固定铆接。其结合的零件相互不可转动。按用途和要求不同,固定铆接又可分为强固铆接(坚固铆接)、紧密铆接和强密铆接(坚固紧密铆接)三种类型。其中后两种属密缝铆接,一般接缝处有衬垫,要求铆缝严密、不漏气、不渗液,如锅炉或容器的铆接。

(2) 按照铆接方法分类

可分为热铆、冷铆和混合铆三种,维修钳工一般采用冷铆和混合铆的方法。

① 冷铆时铆钉不加热,直接镦出铆合头。直径在 8 mm 以下的铆钉,常采用冷铆。

② 混合铆时只将铆合头端部加热,主要是为不使长度较长的铆钉铆杆弯曲。

2) 铆接形式

各种零件的铆接形式有所不同,铆件的接合、铆道和铆距需要根据铆接的不同要求确定。

(1) 铆件的接合形式

① 搭接连接。一个铆接件搭在另一个铆接件上进行的铆接,如图 9 - 1(a)所示为两块平板搭接;如图 9 - 1(b)所示为一块板折边搭接。

② 对接连接。铆接零件在同一平面上,用盖板铆接,如图 9 - 1(c) 所示为单盖板式对接;如图 9 - 1(d)所示为双盖板式对接。

③ 角接连接。如图 9 - 1(e)、(f)所示,两块板材互相垂直或组成一定角度的连接,在角接处覆以角铁,用铆钉铆合的形式称为角接连接。

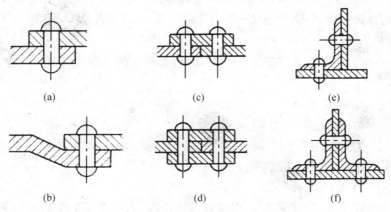

(a)　　　　　　　　(c)　　　　　　　　(e)

(b)　　　　　　　　(d)　　　　　　　　(f)

图 9 - 1　铆件的结合形式

④ 相互铆接。两件或两件以上的构件,形状相同或类似形状,相互重叠或结合在一起的铆接称为相互铆接。例如划规、卡钳、钢丝钳等。

(2) 铆道

铆道是铆钉的排列形式。根据不同铆接强度和密度的要求,铆钉的排列有单排、双排和多排几种。在双行或多行铆接形式中,又可分为如图 9-2(a)所示的并列式,如图 9-2(b)所示的交错式。

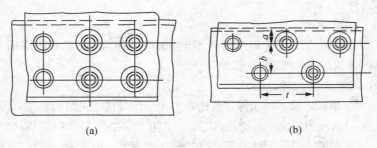

(a)   (b)

图 9-2 铆钉的排列形式

(a) 并列排列;(b) 交错排列

① 单排铆道:铆钉中心距 t 应等于铆钉直径 d 的三倍左右(即 $t = 3d$),而铆钉中心至铆件边缘的距离 a(与铆钉孔是冲孔还是钻孔直接有关),铆钉孔是钻孔时约为 $a = 1.5d$;是冲孔时约为 $a = 2.5d$。

② 双排交叉铆道:$t = 4d$,$a = 1.5d$,两排铆钉中心间距离 $b = 2d$。

2. 铆接工具

1)手锤

大多数用圆头手锤,其规格大小按铆钉直径大小选定。最适用的是 0.5 磅和 1 磅的小手锤。

2)压紧冲头

如图 9-3(a)所示。当铆钉插入孔内后,用压紧冲头将被铆的板料压紧并使之贴合。

3)罩模和顶模

如图 9-3(b)、(c)所示为铆半圆头铆钉的罩模和顶模。一般用中碳钢或碳素工具钢(T8),经头部淬火、抛光制成。其头部的半圆形凹球面,应按半圆头铆钉的标准尺寸制作。

4）空心铆钉冲头

如图9-3(d)所示。铆接空心铆钉用冲头两个一组，一个制成顶尖形的，一个制成带圆凸形的。

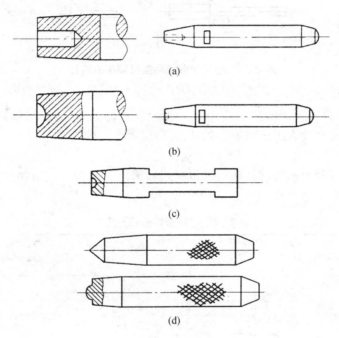

(a)

(b)

(c)

(d)

图9-3　铆接工具

(a) 压紧冲头；(b) 罩模；(c) 顶模；(d) 空心铆钉冲头

5）拉铆枪

抽芯铆钉的铆接，使用专用的拉铆枪或气动拉铆枪来铆接。

3. 铆钉及其尺寸确定

1）铆钉的种类

铆钉按形状、用途和材料的不同，可分为以下几种：

(1) 按形状分

主要分为半圆头、沉头、平圆沉头和空心铆钉。还有适用于单面和盲面薄板和型材铆接的抽芯和击芯铆钉，如图9-4所示。

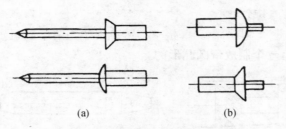

(a)   (b)

图 9-4　适用于薄板和型材铆接的铆钉

（a）抽芯铆钉；（b）击芯铆钉

（2）按用途分

主要分为用于锅炉、钢结构件和皮带等三种铆钉。

（3）按材料分

可分为钢质、铜质（紫铜和黄铜）、铝质等三种。常用铆钉的形式及应用见表 9-1。

表 9-1　常用铆钉形式与应用

名　称		形　式	规格范围/mm		应　用
			d	L	
实心铆钉	半圆头		2～26	3～200	用于承受较大横向载荷的铆缝
			0.6～16	1～110	
	平锥头		2～36	3～200	用于一般结构上或维修中
			2～16	3～110	
	沉头		2～36	3～200	表面须平滑受载不大的铆缝
			1～16	2～100	
	半沉头		2～36	3～200	表面须平滑受载不大的铆缝
			1～16	2～100	

(续　表)

名　　称		形　式	规格范围/mm		应　用
			d	L	
实心铆钉	平　头		2～6	4～30	用于薄板、有色金属的连接,适用冷铆
			1.2～10	1.5～50	
扁圆头半空心铆钉			1.2～10	1.5～50	铆接方便,钉头较弱,只适用于受载不大处
空心铆钉			1.4～6	1.5～15	重量轻,钉头弱,适用于轻载和异种材料的铆接

2）铆钉尺寸的确定

（1）铆钉直径的确定

铆钉在工作中大多数受剪切力,其直径大小与被连接板的最小厚度有关。一般取板厚的1.8倍。 铆钉直径与板厚的关系见表9-2。选用时,板厚δ按以下原则确定:

① 当连接为搭接铆接时,板厚尺寸接近,δ是指比较厚的搭接板板厚。

② 当厚度相差较大的钢板相互铆接时,δ指较薄钢板的板厚。

③ 当钢板和型钢铆接时,δ为两者的平均厚度。

表9-2　铆钉直径与构件板厚的关系　　　　　（mm）

板厚δ	5～6	7～9	9.5～12.5	13～18	19～24	＞25
铆钉直径d	10～12	14～20	20～22	24～27	27～30	30～36

（2）铆钉长度的确定

铆钉的长度是指铆钉杆的长度 L。铆接时所取铆钉的长度 L 必须能铆出符合要求的铆合头和获得足够的铆接强度,铆钉长度 L 包括板件总厚度 $\sum \delta$ 和铆钉伸出部分长度。一般半圆头铆钉伸出部分长度,应为铆钉直径 d 的 $1.25 \sim 1.5$ 倍;沉头铆钉伸出部分长度,应为铆钉直径 d 的 $0.8 \sim 1.2$ 倍。

4. 铆接方法

1）基本操作方法

铆接操作是先在板料上钻孔,去毛刺,沉头铆钉钻孔后要锪孔口,锪孔的角度和深度要正确。钻铆钉孔的钻头直径可参照表 9-3 选用。不能太小或太大。孔直径太小,铆钉被强行打入,易损坏连接板孔壁,使强度降低,若孔径太大,铆接时铆钉易偏斜,铆钉和孔壁接触不良,大大降低承载能力。

表 9-3　铆钉直径与铆孔直径　　（mm）

铆钉直径 d		2.0	2.5	3.0	4.0	5.0	6.0	8.0	10.0
铆孔直径	精装配	2.1	2.6	3.1	4.1	5.2	6.2	8.2	10.3
	粗装配	2.2	2.7	3.4	4.5	5.6	6.6	8.6	11

2）半圆头铆钉铆接操作方法

具体操作步骤:

（1）先插入铆钉,将铆钉圆头放在顶模上,顶模处于垂直稳定状态。用压紧冲头镦紧板料,见图 9-5(a)。

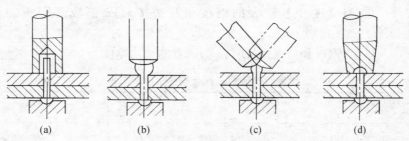

(a)　　　　　(b)　　　　　(c)　　　　　(d)

图 9-5　半圆头铆钉的铆接过程

（2）用锤子镦粗铆钉头，见图 9-5(b)。

（3）用锤子适当倾斜，均匀锤击周边，初步锤击成形，见图 9-5(c)。

（4）用罩模修整，操作时应不断转动罩模，垂直击打，见图 9-5(d)。

3）沉头铆钉铆接操作方法

具体操作步骤：

（1）将圆钢铆钉插入铆钉孔内，见图 9-6(a)。

（2）在正中位置镦粗两头 1、2，见图 9-6(b)。

（3）铆合、铆平面 2，再铆合、铆平面 1，见图 9-6(c)。

（4）用平冲头、平垫块修整两面，见图 9-6(d)。

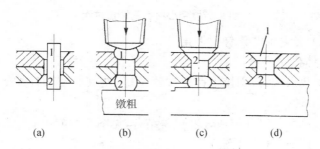

图 9-6　沉头铆钉的铆接过程

若选用一头为制成的沉头铆钉，只需对一面进行镦粗、铆合、铆平等操作，最后进行修整即可。

4）空心铆钉铆接操作方法

具体操作步骤：

（1）空心铆钉插入孔后，将工件压紧，下端铆钉头垫实。

（2）用锤子击打样冲将空心铆钉的口边胀开与铆接件接触，见图 9-7(a)。

（3）用特制的成型圆凸冲头，冲成铆合头，见图 9-7(b)。锤打时应分几下锤打铆成，避免铆钉出现裂纹。

5）单面铆接操作方法

只从一面接近工件完成铆接，称为单面铆接或盲接。单面铆接一般都用抽芯铆钉。

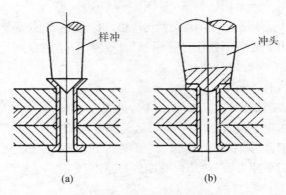

图 9-7 空心铆钉的铆接过程

（1）普通抽芯铆钉的铆接

具体操作步骤：

① 装入铆钉，用拉铆钉枪拉紧芯杆，使其底端圆柱挤入钉套，见图 9-8(a)。

② 钉套与钉孔形成轻度过盈结合，见图 9-8(b)。

③ 拉断芯杆，见图 9-8(c)。

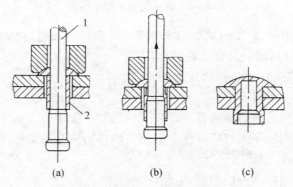

图 9-8 普通抽芯铆钉的铆接过程

1—心杆；2—钉套

（2）锁圈型抽芯铆钉的铆接

具体操作步骤：

① 装入铆钉开始拉铆,见图9-9(a)。
② 消除零件间的间隙,见图9-9(b)。
③ 压入锁圈,见图9-9(c)。
④ 拉断芯杆,见图9-9(d)。

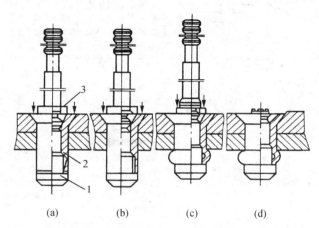

(a)　　　　(b)　　　　(c)　　　　(d)

图9-9　锁圈型抽芯铆钉的铆接过程
1—芯杆;2—钉套;3—锁圈

5. 铆接常见质量问题与纠正方法

铆接过程中由于铆钉选择不当、操作不当等原因,可能产生各种铆接质量问题,常见铆接缺陷产生的原因及其纠正措施见表9-4。

表9-4　铆接常见缺陷产生原因及防止措施

序号	缺陷名称	图　示	产生原因	防止措施
1	铆钉头偏移或钉杆歪斜		1. 铆接时铆钉枪与板面不垂直 2. 压缩空气压力过大,使钉杆弯曲 3. 钉孔歪斜	1. 铆钉枪与钉杆应在同一轴线上 2. 开始铆接时风门小,然后增大 3. 钻、铰孔时刀具应与板面垂直

(续 表)

序号	缺陷名称	图 示	产生原因	防止措施
2	铆钉头四周未与板件表面结合		1. 孔径过小或钉杆有毛刺 2. 压缩空气压力不足 3. 顶钉力不够或未顶严	1. 铆接前先检查孔径 2. 穿钉前先清除钉杆毛刺和氧化皮 3. 气压不足应停止铆接
3	铆钉头局部未与板件表面结合		1. 罩模偏斜 2. 钉杆长度不够	1. 铆钉枪应保持垂直 2. 正确确定铆钉杆长度
4	板件结合面间有缝隙		1. 装配时螺栓未紧固或过早地拆卸螺栓 2. 孔径过小 3. 板件间相互贴合不严	1. 铆接前检查板件是否贴合孔径大小 2. 拧紧螺母,待铆接后,再拆除螺栓
5	铆钉形成突头及硌伤板料		1. 铆钉枪位置偏斜 2. 钉杆长度不足 3. 罩模直径过大	1. 铆接时铆钉枪与板件垂直 2. 计算钉杆长度 3. 更换罩模
6	铆钉杆在钉孔内弯曲		铆钉杆与钉孔的间隙过大	1. 选用适当直径的铆钉 2. 开始铆接时,风门应小
7	铆钉头有裂纹		1. 铆钉材料塑性差 2. 加热温度不适当	1. 检查铆钉材质试验铆钉塑性 2. 控制好加热温度
8	铆钉头周围有过大的帽缘		1. 钉杆过长 2. 罩模直径太小 3. 铆接时间过长	1. 正确选择钉杆长度 2. 更换罩模 3. 减少打击次数

（续　表）

序号	缺陷名称	图　示	产生原因	防止措施
9	铆钉头过小高度不够		1. 钉杆较短或孔径过大 2. 罩模直径过大	1. 加长钉杆 2. 更换罩模
10	铆钉头上有伤痕		罩模击在铆钉头上	铆接时紧握铆钉枪,防止跳动过高

6. 铆钉的拆卸方法

铆接件的拆卸,只有毁坏铆钉头,然后用专用冲子将铆钉冲出即可,一般有如下几种拆卸方法:

1) 沉头铆钉的拆卸法

见图 9 - 10(a),操作步骤:

(1) 用样冲在铆钉头上冲出中心眼。

(2) 用小于铆钉直径 1 mm 左右的钻头钻孔,孔深略超过铆钉

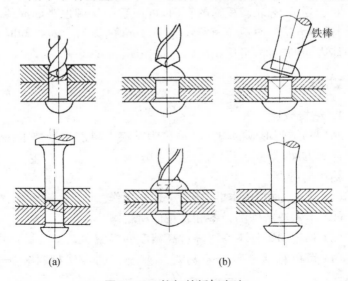

铁棒

(a)　　　　　　　　　　(b)

图 9 - 10　铆钉的拆卸方法

(a) 沉头铆钉拆卸;(b) 半圆头铆钉拆卸

头的高度。

（3）用小于铆钉孔孔径的冲子将铆钉冲出。

2）半圆头铆钉的拆卸方法

见图 9-10(b),操作步骤:

（1）将铆顶头略敲平或锤平。

（2）冲眼钻孔。

（3）用一合适圆棒插入孔中折断铆钉头。

（4）用冲子冲出铆钉。

3）击芯铆钉的拆卸方法

操作步骤:

（1）用冲钉冲去钉芯。

（2）用与铆钉杆相同的钻头钻去铆钉基体。

4）抽芯铆钉的拆卸方法

具体操作时,用与铆钉杆相同直径的钻头,对准钉芯孔扩孔,直至铆钉头落下。

对于要求不高、较粗糙的表面,可用錾子从铆顶头四周錾去铆钉头,这种方法一般适于直径小于 10 mm 的铆钉。对拆卸时不允许损坏表面的工件,可用相应钻头钻去铆钉。

二、粘接

1. 粘接概述

利用粘结剂形成的构件联接称为粘接。目前粘接技术在设备的修理等方面,得到了比较广泛的应用。

粘接的特点:

（1）工艺简单,成本低,适用于现场操作。

（2）不需要特殊的设备和贵重原材料。

（3）粘接的零件不需要经过高精度的机械加工。

（4）可以粘接一部分不易焊接或铆接的金属材料和非金属材料。

（5）粘接处应力分布均匀,不存在由于铆、焊而引起的应力集中现象,粘接件不易变形。硬质合金刀具、陶瓷刀具使用粘接可消除裂纹、变形等缺陷。

（6）粘缝具有密封、绝缘、耐水、耐油等特点。

（7）粘接强度不够稳定。

（8）大部分粘结剂性脆,不能承受大的冲击。

（9）剥离强度差。

2. 无机粘接

无机粘接的应用如图 9-11 所示,粘结技术包括粘接剂与粘结工艺操作等。

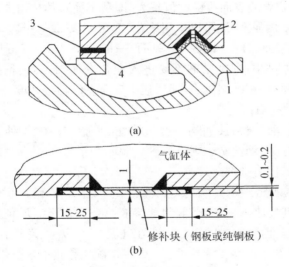

(a)

(b)

图 9-11　无机粘接应用

(a) 车床尾座底板的粘接;(b) 气缸体破裂的粘接修复
1—床身;2—尾座底板;3—粘结剂;4—层压板

1）无机粘结剂

主要由磷酸溶液和氧化物组成。常用的是磷酸和氧化铜组成的粘结剂。在粘结剂中,可加入某些辅助填料,以得到所需要的各种性能。例如:

① 加入还原铁粉,可改善粘结剂的导电性能。

② 加入碳化硼和水泥,可增加粘结剂的硬度。

③ 加入硬质合金粉,可适当增加粘接强度。

另外,还可加入石棉粉、硼砂粉、玻璃粉及氧化铝粉等。

2) 无机粘接工艺与操作

(1) 粘接结构要求

① 接头的结构形式是决定粘结强度的重要因素之一,因此必须重视此问题。最好的结构是轴套类配合结构(简称套接),其次是 T 形槽、燕尾槽、U 形槽结构,至于平面的对接或搭接,应尽量避免使用。

② 接合处的表面粗糙度值越大(即越粗糙),其粘接强度越高。为了提高粘接强度,还可以采用滚花、铣槽、车螺纹等措施。

③ 粘接面的配合间隙(指单面)一般取 0.1~0.2 mm 为宜。显然若间隙过小,则粘结剂不易进入配合表面,起不到粘接作用;若间隙过大,则粘结剂较脆,导致达不到应有的粘接强度。

(2) 粘接面的处理

在粘接前,被粘接面均需经过除锈、脱脂和清洗等处理,除锈可用砂纸打磨、钢丝刷子刷或喷砂。脱脂和清洗可用香蕉水、丙酮或三氯乙烯作清洗剂。

(3) 调胶

粘结剂配比 K=氧化铜/磷酸溶液=3~5 g/mL,K 值越大,粘接强度越好,但凝固时间短。一般在气温 20℃以上、环境比较干燥条件下,取 K=4~5。调胶过程:先将按配比称重的氧化铜粉置于铜板或铝板上,使其中间有一凹坑,然后用量杯(或滴管)将量好的磷酸溶液倒入凹坑内,再用竹片由内向外缓慢调和均匀(约需 5 min),使其成浓胶状,并能拉出 10~30 mm 长的丝条即可。

调胶操作时的注意事项:

① 调配时掌握准确的调配比,避免过稀或过稠。

② 一次调配量不宜过多。

③ 调胶用的钢板、竹片,必须清洁、干燥、无油污。

④ 搅拌速度不宜过急,否则局部反应剧烈、容易烧焦,尤其当

调配比 K＞4.5 时,磷酸溶液不应一次倒入,可逐步滴加。氧化铜应尽量散开,不要堆积,以便散热,并反复搅拌。

⑤ 搅拌温度应适当,一般以 25℃ 为宜。夏天气温高,搅拌时容易凝固,冬天气温低,在小于 8℃ 时,粘接效果也不够好。

⑥ 辅助填料的加入顺序:一般先将氧化铜粉与磷酸溶液调成浓胶状,然后加入辅助填料、再调成浓胶状。

（4）涂胶粘接

将搅拌好的粘结剂分别涂于工件的两个配合面,随后按正确位置将工件粘合在一起。操作中应注意:

① 被粘接面清洗后,应充分干燥,方能涂胶。

② 不易挥发的表面(如内孔)、复杂的表面要先涂,其他易挥发的表面后涂,这样,粘接面涂敷的粘结剂其粘度可以取得一致,从而获得较好的粘接强度。

③ *圆柱与盲孔配合粘接时,需有排气孔。*

④ 在粘结剂使用完后,铜板、竹片必须立即用水冲洗,并拭干,以备下次调胶时使用。

（5）干燥

干燥是一个凝固硬化过程,温度越高,凝固硬化速度越快,所需干燥时间就越短。但干燥速度过快,易使粘结剂急剧收缩,产生裂纹,影响粘接强度。操作中应注意:

① 粘接后的工件,若在常温下（20℃）长期不能干燥,可在 30℃ 左右温度下放置 2～4 天,即可干燥。而未干燥前不能放于潮湿的空气中和碰动粘接面。

② 急用件可放在 60～80℃ 的烘箱内烘 3～4 h。

③ 无机粘结剂正常的颜色为黑灰色,并略带光泽。如出现绿色或蓝色,则说明粘接强度较低。

3. 有机粘接

有机粘接与无机粘接的方法基本相同,有机粘结剂有粉状、薄膜、糊状、液体等几种形态,而以液体状态的使用最为普通。通常由几种原料组成,常以富有粘接性的合成树脂或弹性体作为基体,再添加增塑剂、固化剂、填料、溶剂等配制。常用的有机粘结剂有：环氧粘结剂、聚丙烯酸酯粘结剂(常用的牌号有 501、502,其特点是无溶剂,有一定的透明性,可在室温下固化。因固化速度太快,所以不宜用于大面积粘接,仅适用于小面积粘接)。

··[··· 复习思考题 ···]··

一、判断题

1. 铆钉直径在 8 mm 以下都可采用冷铆。　　　　　(　　)
2. 牌号 501、502 粘结剂属于有机粘结剂。　　　　(　　)

二、选择题

1. 铆接时,铆钉直径的大小与被连接板的(　　)有关。
   A. 大小　　　　　　　　　B. 厚度
   C. 硬度　　　　　　　　　D. 强度
2. 属于常用的无机粘结剂是(　　)。
   A. 氧化铜-磷酸粘结剂　　　B. 环氧粘结剂
   C. 502　　　　　　　　　　D. 501

三、简答题

1. 铆接有哪几种? 各使用于哪些方面?
2. 试分析铆接时产生废品的原因。

第 *10* 章 拆卸与装配基础

1. 维修拆卸和装配的基本知识。

2. 零部件修复方法。

3. 零件和传动机构装配精度检验。

4. 机床的精度检验方法。

一、设备维修基础知识

1. 拆卸基础知识

设备发生故障后,在分析和修理中,一般都需要对设备进行局部解体拆卸,设备的维修拆卸应掌握以下基础知识。

1) 拆卸设备和工具准备

(1) 起重设备的准备。

(2) 工作场地的整理及必要设备的准备,包括钻床、钳台、装配工作台、压机、砂轮机、料架、零件清洗池等。

(3) 拆卸及修理专用工具及通用工具的准备。根据设备结构特点考虑必要的专用工具及各种通用工具。

2) 维修拆卸要点

设备维修拆卸时,必须做到:

(1) 对所拆卸设备的结构、工作原理有一定了解,以便拆卸时可预测到拆卸后可能产生的问题,防止拆卸后不能恢复。

(2) *掌握拆卸组件或部件的拆卸方法与步骤,按一定的方法和顺序对设备逐层逐步拆卸,即先拆外部附件,再将整机拆成部件,最后拆成零件。*

(3) 用合适的工具进行拆卸,防止不文明拆卸造成机件损坏。

（4）设备拆卸前必须断电；对需要拆卸的压力容器、液压设备必须卸压，保证人身安全及环境卫生。

（5）查清设备的故障原因，从实际出发决定拆卸部位，避免不必要的拆卸。能不拆的尽量不拆，该拆的必须拆。

（6）对精密、稀有、大型的关键零部件，拆卸时应特别谨慎。

（7）拆卸要为检修后的装配创造条件，对拆卸的零部件应及时清洗、除油，按顺序分类，用不同的放置方法，使其不变形、不损坏、不生锈。

（8）对成套加工或选配的零件，以及其他不可互换的零件，拆卸前应按原来的部位或顺序做好记号。

3）设备的解体拆卸

（1）拆卸顺序

掌握与装配步骤相反的拆卸原则，先装的后拆，后装的先拆，由外向里、由上向下逐步拆卸。

（2）拆卸作用力

拆卸时作用力的方向、位置、大小要正确掌握，避免未拆卸止动件，就进行敲击的方法，以防止零件损坏。

（3）机构拆卸

对不熟悉的机构拆卸时，必须十分小心谨慎，防止机件损坏。

（4）螺纹副拆卸

拆卸螺纹副时，若旋不下螺母，注意分析结构特点确定螺纹是右旋，还是左旋；是否还有其他止动件。

（5）过盈件拆卸

对过盈较大的配合件，能不拆的尽量不拆；如一定要拆卸，则尽可能不损坏；如一定要损坏一件才能分开，则注意损坏件应选择价值低、制造容易的零件。

（6）拆卸后零件处理

拆卸后的零件及时清洗、涂防锈油、编号，按部件、组件安放在物料架上。

（7）装配成对零件编号

对成对装配零件应按配对编号一起存放。

（8）细小零件处理

为防止细小零件失落,清洗可在小容器中进行,上油后放入存放盒中,存放盒上贴上零件编号。

（9）细长零件处理

对细长易变形零件,如丝杠、光杠等,为防止弯曲变形,宜采取垂直挂吊方法。

（10）确定修理方案

根据预测时主要件的磨损情况及拆卸后情况分析,确定修理方案,如:卧式车床中床身导轨的磨损情况、主轴轴承的磨损情况、丝杠与开合螺母的磨损情况、摩擦片磨损情况、离合器及传动齿轮等的磨损情况。

2. 装配基础知识

在设备维修中,有故障的设备经过拆卸、零件修复和调换后,需要重新进行装配,维修装配须掌握以下基础知识。

1）装配及其流程

将若干个零件结合成部件或将若干个零件结合成最终的产品的工艺过程称为装配,前者称为部装,后者称为总装。 部装和总装的工艺流程如图 10 - 1 所示。

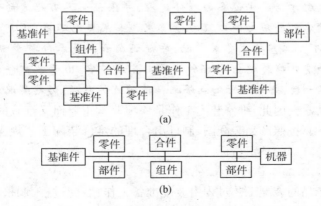

(a)

(b)

图 10 - 1　装配工艺流程

（a）部件装配流程;（b）总装配流程

2）装配工作内容

装配是产品制造过程中的后期工作，与一般的装配类似，维修装配包括各种装配的准备工作，部装、总装、调整、检验和试机等项工作。

3）装配组织形式

装配组织的形式随着生产类型和产品复杂程度的不同而不同，机器制造中的生产类型可分三类：单件生产、成批生产和大量生产，维修装配属于单件生产方式。

4）装配工艺规程

装配工艺规程规定装配全部部件和整个产品的工艺过程，以及所使用的设备和工夹具等的技术文件。装配工艺过程通常按工序和工步的顺序编制。由一个工人或一组工人在不更换设备或地点的情况下完成的装配工作，叫做装配工序。用同一工具和辅具，不改变工作方法，并在固定的连续位置上所完成的装配工作，叫做工步。在一个装配工序中可包括一个或几个装配工步。总装配和部件装配都是由若干个装配工序所组成。*维修装配与产品装配有所不同，但可以参照所维修设备的产品装配工艺进行。*

5）装配质量对产品的影响

装配质量的好坏，对整个设备的维修质量起着决定性的作用。通过装配才能完成设备的维修过程，并保证它具有规定的修复精度及预定的使用功能以及质量要求。如果装配不当，不重视清理工作，不按工艺技术要求装配，即使调换和修复零件质量都合格，也不一定能够装配出完好的设备。在维修中，由于零部件的磨损程度不一致，若经过仔细地修配和精确地调整后，仍能装配出性能好的设备。 因此，维修装配工作是一项非常重要而又细致的工作，必须认真按照产品装配图，制订出合理的维修装配工艺规程，以达到设备维修的预定目标。

6）装配工作的组成

产品的装配工艺过程由装配准备工作、装配过程、调整试车和检验、涂装过程四部分组成。设备的大修与一般产品的装配工作内容基本相同。

(1) 装配准备工作

① 研究和熟悉所维修设备的装配图、工艺文件及技术要求；了解设备的结构、零件的作用以及相互的联接关系，并对装配零部件配套的品种及其数量加以检查（如标准件、外购件等），特别是对修复的零件，应进行重点检查。

② 确定装配的方法、顺序和准备所需的工具。

③ 对装配零件进行清洗和清理，去掉零件上的毛刺、锈蚀、切屑、油污及其他脏物，以获得所需的清洁度。

④ 对有些零部件还需进行修锉、刮削、研磨、配钻销钉孔等修配工作，有的要进行平衡试验、渗漏试验和气密性试验等。

(2) 装配工艺

① 部装。如图 10-1(a) 所示，部装是指产品在进入总装以前的装配工作。凡是将两个以上的零件组合在一起或将零件、合件、组件和基准件结合在一起，成为一个装配单元的工作，都可以称为部装。由图可知，合件由零件和基准件装配而成；组件可由零件、合件和基准件装配而成；部件可由零件、组件、合件和基准件装配而成。

维修工作装配与一般的单件生产部装相同，如图 10-1(a) 所示。

② 总装。如图 10-1(b) 所示，总装是把零件、合件、组件、部件和基准件装配成最终产品的过程。设备的大修通常需要进行总装。

(3) 调整、精度检验和试机

① 调整工作是指调节零件或机构的相互位置、配合间隙、结合松紧程度等，其目的是使机构或机器工作协调，如轴承间隙、镶条位置、蜗轮轴向位置的调整等。

② 精度检验包括工作精度检验、几何精度检验等。如卧式铣床总装后要检验主轴轴线和工作台面的平行度误差、工作台纵向移动和主轴轴线的垂直度误差等。工作精度检验一般指切削试验，如车床要进行车圆柱面或车端面切削试验，切削试验通常规定工件应达到的加工精度和采用的切削用量等试验条件。

③ 试机包括机构或机器运转的灵活性、稳定性、可靠性、工作温升、密封、振动、噪声、转速、功率和效率等方面的检查。

(4) 喷漆、涂油、装箱

以上三项工作常被称为后装配,通常都需在设备大修理全部完成后进行。

① 喷漆是为了防止不加工面的锈蚀和使机器外表美观。

② 涂油是使工作表面及零件已加工表面不生锈。

③ 装箱是为了便于运输,防止物流过程中机器的损坏。

3. 零部件修复基础知识

1) 零件修复、更换的分类

对所有需要修理、更换的零件、部件按三种情况分类:

(1) 自行修复解决

这一部分零件的修理质量及速度主动权在自己手里。

(2) 需协商解决

如:电动机维修;床身导轨磨损量过大需上导轨磨床修磨等,需协作解决。协作又分为厂协作和本厂其他部门协作。

(3) 需外购解决

这部分零件的主动权也在别人手中,这里有两种情况,一种是很方便就能采购到;另一种是很难采购到,甚至需要到产地才能采购到。

根据上述三种情况,后两种必须处理在先,也就是先将所有协作件及所有外购件清单送出,以免影响修复进度和计划。

2) 修理要点

熟悉主要零、部件的修理、修复步骤和方法。掌握这些方法和步骤,才能根据不同零、部件的磨损或损坏情况,采用经济、合理、可靠的修理方法,使零、部件恢复原有性能及精度,达到修理恢复使用的目的。

3) 典型零件的检修方法

孔、轴、齿轮、机床导轨、丝杠等是机床维修中的典型零件,其修复方法见表 10-1~表 10-4。

表 10-1 孔的修复方法

磨 损 部 位	修 复 方 法	
	达到公称尺寸	达到修配尺寸
孔 径	镶套、粘补、堆焊、电镀	镗孔或磨孔
螺纹孔	镶螺塞、转位重钻孔	加大螺纹孔至大一级的标准螺纹
圆锥孔	镗孔后镶套	刮研或磨削修整形状
销 孔	移位钻孔,铰销孔	铰孔,另配销子
键 槽	堆焊重插键槽 转位另插键槽	加宽键槽,另配键
凹坑、球面窝	铣掉重镶	扩大修整形状
平面组成的导槽	镶垫板、堆焊、粘补	加大槽形

表 10-2 轴的修复方法

磨 损 部 位	修 复 方 法	
	达到公称尺寸	达到修配尺寸
轴上键槽	堆焊修理键槽 转位新铣键槽	键槽加宽,加宽量不大于原宽的1/7,并重配键
花 键	堆焊重铣或镀铁后磨	
螺 纹	堆焊后重车螺纹	车成直径小一级螺纹
外圆锥面	刷镀、喷涂、加工	磨到较小尺寸,恢复几何精度
圆锥孔	刷镀、加工	磨到较大尺寸,恢复几何精度
销 孔		适当铰大
扁头、方头与球面	堆焊	加工修整外形
一端损坏	切掉损坏的一段,焊接一段,加工至公称尺寸	
弯 曲	校直,并进行稳定化处理	
滑动轴承的轴颈与外圆柱面	镀铬、镀铁、金属喷涂、堆焊,并加工至公称尺寸	车削或磨削提高几何形状精度
装滚动轴承的轴颈及静配合面	镀铬、镀铁、堆焊、滚花、化学镀铜(0.5 mm以下)	

表 10 - 3 齿轮的修复方法

磨 损 部 位	修 复 方 法	
	达到公称尺寸	达到修配尺寸
轮 齿	1. 利用花键孔,镶新轮圈加工齿部 2. 轮齿局部断裂,采用嵌齿法、堆焊加工法 3. 镀铁后磨	大齿轮加工成负变位齿轮(硬度低的齿轮)
齿 角	1. 调头倒角(对称齿轮) 2. 堆焊齿角后加工	锉磨齿角
孔 径	镶套、镀铬、镀镍、镀铁、堆焊后加工	磨孔配轴
键 槽	堆焊修理,转位另开键槽	加宽键槽,另配键
离合器爪	堆焊后加工	

表 10 - 4 其他几种零件的修复方法

零件名称	磨 损 部 位	修 理 方 法	
		达到公称尺寸	达到修配尺寸
导 轨	滑动面研伤	粘或镶板后加工	电弧冷焊、钎焊、刮、磨、粘补
楔 铁	滑动面磨损		铜焊接、粘接及钎焊、巴氏合金、镀铁
丝 杠	螺纹磨损 轴颈磨损	1. 调头使用 2. 切掉损坏的非螺纹部分,焊接一段后重车 3. 堆焊轴颈后加工	1. 校直后车削螺纹,并进行稳定化处理 2. 车细轴颈部分
拨 叉	拨叉侧面磨损	铜焊、堆焊后加工	
杠杆及连杆	孔磨损	镶套、堆焊、焊堵后重加工孔	扩孔
制动轮	轮面磨损	堆焊后加工	车削至较小尺寸

二、装拆工具与拆卸方法

1. 装拆常用工具

维修工作中除了起重设备和工具外,还需要使用设备装拆的通用和专用工具,专用工具的灵活使用是维修钳工十分重要的操作技术。常用的装拆工具见表 10-5。

表 10-5 常用装拆工具及其使用

名　称	简　图	特 点 及 用 途
螺钉旋具		俗称螺丝刀、起子、改锥。按其头端形状分有:一字形和十字形;按形式分有单弯头和双弯头等 长度(mm)有:100,150,200,250,300,350,400 等 适用于装配一字槽和十字槽螺钉、木螺钉等
双头呆扳手 (GB/T 4388 —1995)		两头都开口,开口尺寸(mm×mm)有:5×6,7×8,10×12,12×14,17×19,22×24,27×30,32×36 等 适用于装配不同规格的六角和方头螺栓,螺母或螺钉等
单头呆扳手 (GB/T 4388 —1995)		单头开口,开口尺寸(mm)有:27,30,32,36,41,46,50 等 适用于装配六角和方头螺栓、螺母、螺钉等
活扳手 (GB/T 4440 —1998)		俗称活络扳手。扳手口的尺寸是可调的,可适用不同规格的螺栓、螺母、螺钉 长度(mm)有:100,150,200,250,300,350,450,600 等 开口最大宽度(mm):14,19,24,30,36,46,55,65 等

（续　表）

名　称	简　图	特点及用途
单头梅花扳手 （GB/T 4388 —1984）		有单头与双头之分，开口与不开口之分，同时还有高颈与弯颈之分；适用于在狭窄的地方操作，可成套供应，使用方便
成套套筒扳手		由一套尺寸不等的梅花套筒组成，使用时，弓形手柄可连续转动，工作效率高
内六角扳手 （GB/T 5356 —1998）		扳手尺寸（mm）有：10，12，14，17，19，22，24，27，30，32
方套筒扳手 （GB/T 5356 —1998）		扳手尺寸（mm）有：10，12，14，17，19，22
内六角扳手 （GB/T 5356 —1998）		扳手尺寸（mm）有：4，5，6，8，10，12，14，17，19
钩型扳手		用于螺母外径（mm）：22～25，28～32，35，38～42，45～48，52，55～62，68～72，78～85，90～95，100～110，115～130，135～140，150～160
叉形单头扳手 （GB/T 0532 —1989）		A=22，24，27，30，34，38，42，48，56，64，72 mm 适用于端面带孔的圆螺母

(续 表)

名 称	简 图	特 点 及 用 途
装轴承胎		$D=17\sim160$ mm 适用于压装滚动轴承的外圈和内圈
轴用弹性挡圈安装钳子		$d_0 = 1$, 1.5, 2, 2.5, 3,4 mm
孔用弹性挡圈安装钳子		$d_0 = 1$, 1.5, 2, 2.5, 3,4 mm
手 锤		有铜锤、皮锤和木锤等。铜锤用于拆装轴及较小规格的轴承;皮锤用于拆装薄壳的盖子等;木锤用在装拆较大零件等
五金锤头		直径有 50, 60, 70 mm 三种 由三号铜或四号铅制成 装配时用于锤击工件而不损伤工件表面
钢 印		一般有数字和英文字母钢印 字高(mm)有: 2.5,3.5, 5,7,10 用于在工件上打字

(续 表)

名　称	简　图	特点及用途
油　石		油石断面有：正方形（SF），长方形（SC），三角形（SJ），圆形（SY），半圆形（SB），刀形（SD） 材料有：GB,TL 粒度有：320,400,500 用于研磨刀具和工件表面
砂布（GB/T 3889—1994）	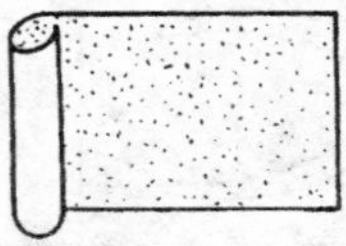	材料为 GG 粒度一般为 30,36,60,100,150 用于抛光工件表面

2. 零件拆卸基本方法

零件拆卸需要根据不同零件的结构特点，以及与其他零件的联接方式等因素进行综合考虑，才能确定拆卸的正确方法。各种零件的拆卸方法有所不同，拆卸过程中可以根据不同零件的特点参照表 10－6 所示的零件拆卸基本方法。

表 10－6　零件拆卸的基本方法

拆卸方法		图　形	特　点
击卸法	用锤子击卸	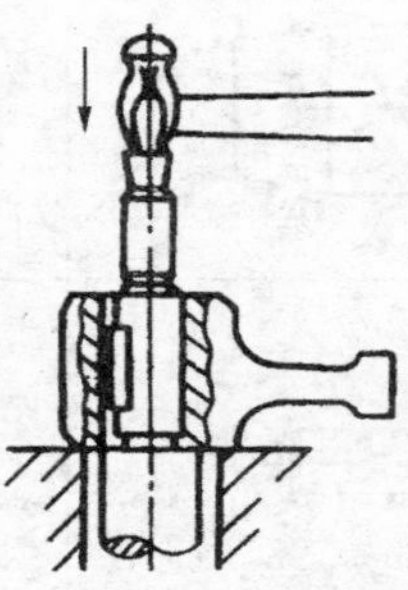	适用场合比较广泛，操作方法方便，不需特殊的工具和设备

（续 表）

拆卸方法		图 形	特 点
击卸法	用零件自重击卸		操作简单,拆卸迅速,不易损坏部件
	用吊棒冲击击卸	楔铁 吊棒 墩座	操作省劲,但需要吊车或其他悬挂装置的配合
拉卸法	用拉卸工具拉卸		拆卸比较安全,不易损坏零件,适用于拆卸精度较高或无法敲击过盈量较小的静配合件 拉卸轴之前需先拆除定位紧固件及弹簧挡圈等
	用拔销器拉卸(轴)		

拆卸方法	图　形	特　点
压卸法		属静力拆卸方法。适用于小型或形状简单的静止配合零件的拆卸
孔内断杆的压卸		紧靠断杆内端在机件上钻个盲孔 2，用弓形夹 5 和销子 3 将钢球 4 压入孔内，将断杆 1 由孔内顶出
破坏性拆卸法		适用于拆卸热压、焊接、铆接的固定联接件或轴与套互相咬死，花键扭转
破坏性拆卸法		变形严重锈蚀时采用的一种保存主件，破坏副件的拆卸方法

(续 表)

拆卸方法		图 形	特 点
温差拆卸法	热胀	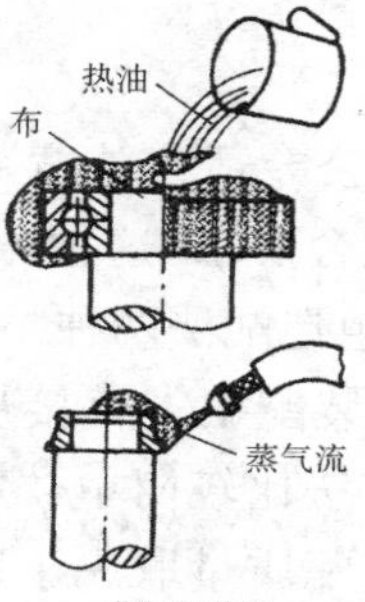 热油 布 蒸气流 蒸气加热法	利用热胀的道理使薄壁件迅速膨胀,容易拆卸。适用于轴承内圈的拆卸
	冷缩	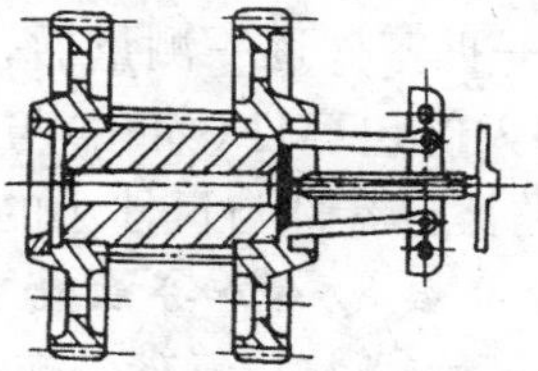	用干冰冷缩机构内廓的零件,使其受冷内缩易拆 一般干冰可使局部冷却到−70℃左右

三、装配方法与装配精度检验

1. 装配方法

为了保证机器的工作性能和精度,在装配中必须达到零、部件相互配合的规定要求。根据维修零件的不同结构和特点,为保证规定的配合要求,一般可采用如下四种基本装配方法。

(1) 互换装配法

在装配时各配合零件不经修配、选择或调整即可达到装配精度的装配方法,称互换装配法。按互换装配法进行装配时,装配精度由零件制造精度保证。互换装配法的特点如下:

① 装配操作简便,生产效率高。

② 便于组织流水线作业及自动化装配。

③ 便于采用协作方式组织专业化生产。

④ 零件磨损后,便于更换。

⑤ 对零件的加工精度要求较高,制造费用将随之增大。

⑥ 适用于组成件数少、精度要求不高或大批量生产中采用。例如自行车、汽车、电气设备等。

(2) 选配法

选配法是将零件的制造公差适当放宽,然后选取其中尺寸相当的零件进行装配,以达到配合要求,这种方法称为选配法。选配法又可分为直接选配法和分组选配法两种。

① 直接选配法。是指由装配工人直接从一批零件中选择"合适"的零件进行装配。这种方法比较简单,零件不必事先分组。但装配中挑选零件的时间长,装配质量取决于装配工人的技术水平,不宜用于节拍要求较严的大批量生产。

② 分组选配法。将一批零件逐一测量后,按实际尺寸的大小分成若干组,然后将尺寸大的包容件(如孔)与尺寸大的被包容件(如轴)相配。将尺寸小的被包容件与尺寸小的包容件相配。*这种装配法的配合精度决定于分组数,增加分组数可以提高装配精度*。分组装配法的特点是:经分组选择后零件的配合精度高;因零件的制造公差放大,可以降低加工成本;增加了零件分组的工作量,并需要加强对零件的储存和运输的管理。同时会造成半成品和零件的积压。分组选配法常用于成批或大量生产,装配精度高、配合件的组成数少,又不便于采用调整装配的情况,如柴油机的活塞与缸套、活塞与活塞销、滚动轴承的内外圈及滚子等。

(3) 调整装配法

在装配时用改变产品中可调整零件的相对位置或选用合适的调整件,以达到装配精度的方法,称为调整装配法。如图10-2所示,表示用调整垫片的厚度尺寸来调整轴向间隙的方法,这种方法属于固定调整装配法。*图10-3所示为可动调整装配法示例,如图10-3(a)所示是通过调节套筒的轴向位置来保证它与齿轮套轴向间隙的装配精度要求;图10-3(b)所示是用调节螺钉调节镶条的位置来保证导轨副的配合间隙;图10-3(c)所示是用调节螺钉使楔块上下移动来调节丝杠与螺母间的轴向间隙。*调整装配法的特点是:

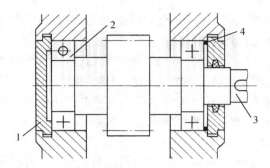

图 10 - 2 固定调整装配法示例

1—盖板;2—轴承;3—齿轮轴;4—调整垫片

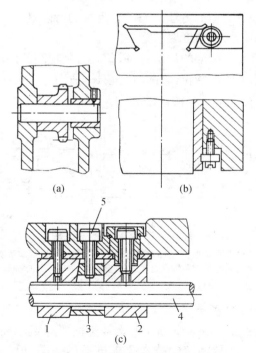

(a)   (b)

(c)

图 10 - 3 可动调整装配法示例

(a)齿轮套轴向间隙调整装配;(b)导轨副配间隙调整装配;

(c)丝杠副传动间隙调整装配

1、2—螺母;3—螺块;4—丝杠;5—调节螺钉

① 装配时,零件不需要任何修配加工,只靠对调节零件的尺寸进行调整就能达到装配精度。

② 可定期进行调整,容易恢复配合精度,适用于容易磨损或因温度变化而需要改变尺寸位置的结构件装配。

③ 调整件容易降低配合副的联接刚度和位置精度,装配调整须认真进行,调整后位置固定要坚实可靠。

(4) 修配装配法

在装配时修去指定零件上预留的修配量,以达到装配精度的方法,称为修配装配法。如图 10-4 所示,通过修刮车床尾座底板尺寸 A_2 的预留量,使车床主轴和尾座两顶尖中心线达到规定的等高度(即允差为 A_0)的方法。修配装配法的特点是:

① 零件的加工精度要求降低。

② 不需要高精度的加工设备,却能得到很高的装配精度。

③ 装配工作复杂化,装配时间较长,适用于单件、小批生产,或成批生产中精度要求高的产品装配。

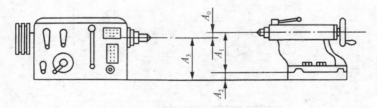

图 10-4 修配装配法示例

A_3—主轴轴线与机床导轨面的高度尺寸;A_2—尾座底板的高度尺寸;
A_1—尾座顶尖孔轴线与底面的高度尺寸;A_0—主轴轴线与
尾座顶尖轴线装配等高精度允差

2. 装配工作要点

要保证产品的装配质量,主要是应按照规定的装配技术要求去装配。不同产品的装配技术要求虽不尽相同,但在装配过程中有许多工作要点却是必须共同遵守的,装配基本工作要点如下:

(1) 做好零件的清理

清理工作包括去除残留的型砂、铁锈、切屑等,对于孔、槽、沟及其他容易存留杂物的地方,尤其应仔细进行。零件加工后的去毛刺倒角工作应保证做到完善,但要防止因操作鲁莽而损伤其他表面而影响精度。

（2）零件的清洗

零件的清洗工作一般都是不可缺少的,其清洁的程度,可视相配表面的精密性高低而允许有所差别。例如对于轴承、液压元件和密封件等精密零件的清洁程度,要求应十分严格,特别要注意的是:对于已经仔细清洗过的零件,装配时若随意拿棉纱再去擦几下,这反而是一种不清洁的做法。

（3）配合件的润滑

装配零件相配表面在配合或联接前,一般都需加油润滑。因为如果在配合或联接之后再加油润滑,往往不方便和不全面,会导致机器在起动阶段因一旦不能及时供油而加剧磨损。对于过盈联接件,配合表面如缺乏润滑,则当敲入或压合时极易发生拉毛现象。活动联接的配合表面当缺少润滑时,即使配合间隙准确,也常常因有卡滞而影响正常的活动性能,造成运动初期的拉毛现象,有时会被误认为配合不符合要求。

（4）复验相配零件的配合尺寸

装配时,对于某些较重要的配合尺寸进行复验或抽验,这是很重要的一项工作。尤其是当需要知道实际的配合间隙或过盈时,过盈配合的联接一般都不宜在装配后再拆下重装,所以对实际过盈量的准确性预检更要十分重视。

（5）装配过程检查

当所装配的产品较复杂时,应边装配边检验,每装完一部分应检查一下是否符合要求,而不要等大部分或全部装完后再检查,再发现问题往往为时已晚,有的甚至不易查出问题产生的原因,无法改变装配结果。

（6）控制装配零件移位和变形

在对螺纹联接件紧固的过程中,还应注意对其他有关零部件的影响,即随着螺纹联接件的逐渐拧紧,有关的零部件位置也可能有所变动,此时要防止发生卡住、碰撞等情况,以免产生附加应力而使零部件变形或损坏。

3. 零件装配精度检验

在装配之前,应对装配的零件进行必要的复验,尤其是采用调整装配法进行装配的部件和零件通常需要进行检验,以便进行必要的修配加工后,使装配后的部件和整机达到预定的装配精度要求。在装配的过程中,常需要边装配边检验,以便保证装配位置、装配间隙或过盈量的正确性。

(1)箱体孔系的位置精度检验方法

① 同轴线孔的同轴度检测如图 10-5 所示,在成批生产中,用专用检验棒检测,若检验棒能自由推入几个孔中,表明孔的同轴度在规定的允差范围之内,为了减少检验棒的数量,可以在孔中先套入检验套,然后采用检验棒进行检验。

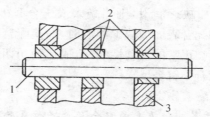

图 10-5 用通用检验棒检测同轴度

1—检验棒;2—专用套;3—箱体工件

② 若需要测量同轴度偏差的数值,可采用如图 10-6 所示的方法,采用检验棒和百分表进行检验,在两孔中装入专用套,将检

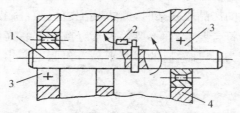

图 10-6 用检验棒和百分表检验同轴度偏差

1—检验棒;2—百分表;3—专用套;4—箱体工件

验棒插入检验套中,再将百分表固定在检验棒上,转动检验棒即可测出同轴度的偏差值。

③ 孔距精度检验如图 10 - 7 所示,常用千分尺或游标卡尺直接检测,也可在标准平板上用百分表、量块组和游标高度尺等进行检测。孔距 A 的计算如下:

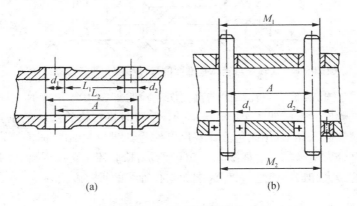

图 10 - 7　孔距精度检验

(a) 按孔壁测量孔距;(b) 用检验棒测量孔距

按孔壁测量孔距 $A = L_1 + \dfrac{d_1 + d_2}{2}$ 或 $A = L_2 - \dfrac{d_1 + d_2}{2}$

用检验棒测量孔距 $A = \dfrac{M_1 + M_2}{2} - \dfrac{d_1 + d_2}{2}$

④ 孔系平行度误差检验如图 10 - 7(b)所示,分别测量检验棒两端的尺寸 M_1 和 M_2,其差值即为两孔轴线在所测长度内的平行度误差。

⑤ 孔系与基准面的尺寸精度和平行度误差检验如图 10 - 8 所示,箱体基准面用登高垫块支承在平板上,将检验棒插入孔中,用量块、百分表测量检验棒两端的尺寸 h_1 和 h_2,则轴线与基准面的距离尺寸

$$h = \frac{h_1 + h_2 - d}{2} - a$$

轴线与基准面的平行度误差

$$\Delta = \frac{h_1 - h_2}{2}$$

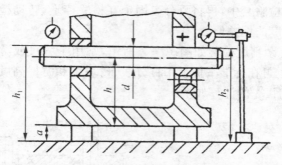

图 10 - 8　孔轴线与箱体基准面的尺寸精度和平行度误差检验

⑥ 孔系轴线与孔端面垂直度误差检验如图 10 - 9 所示,用垂直度量规检验方法如图 10 - 9(a)所示,检验时将有检验圆盘的垂直度检验规插入孔中,用涂色法或塞尺可检验轴线与端面的垂直度误差;用百分表检验的方法如图 10 - 9(b)所示,检验棒旋转一周,百分表示值的最大和最小值之差,即为端面与孔轴线的垂直度误差。

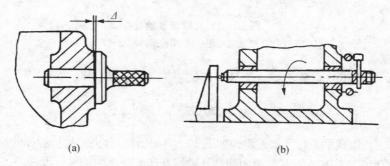

(a) (b)

图 10 - 9　孔轴线与端面的垂直度误差检验
(a) 用专用量规检验;(b) 用百分表检验

（2）矩形齿花键轴的检测

矩形齿花键轴的技术要求包括花键齿的等分精度、键宽尺寸精度、键侧与轴线的平行度、键宽与轴线的对称度和定心圆的直径尺寸等。检验花键轴通常需要采用精度较高的分度装置、百分表、千分尺或专用量规等配合进行测量。按图 10 - 10 所示的矩形花键轴的一般检验方法和步骤如下:

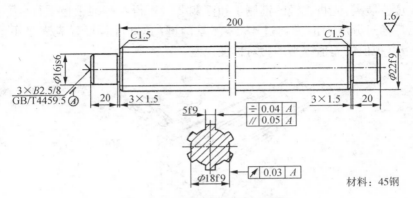

图 10-10 矩形花键轴零件简图

① 花键的键宽尺寸用千分尺检验,注意检验时应测量各键的两端尺寸,以确定所有键宽尺寸是否在图样所要求的尺寸公差以内。在大批量生产中,经常采用卡规检验花键的键宽尺寸。

② 花键小径尺寸检验采用千分尺或专用卡规检验,检验方法与宽度尺寸检验类似。

③ 花键键侧对工件轴线的平行度检验如图 10-11 所示,检验时可在精度较高的机床工作台面上安置万能分度头装夹工件,然后使用百分表和游标高度尺进行检验,通过分度头等分,对花键逐条键侧进行检验,以确定所有键侧与轴线的平行度是否符合图样要求。

④ 花键键宽对轴线的对称度检验如图 10-12 所示,工件用分

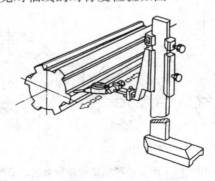

图 10-11 花键键侧与工件轴线的平行度检验

度头装夹,先将花键的键侧 1 和键侧 2 找正得与基准平板平行,然后通过分度头准确转过 180°,测量两键的对应面,百分表表盘不动,视值的差值一半即为对称度误差。

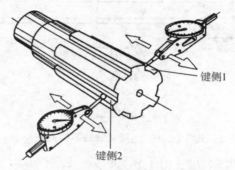

键侧1

键侧2

图 10 - 12　花键的对称度检验示意

⑤ 花键的等分度检验时工件采用分度头装夹,通过分度头按花键的键数准确分度,百分表与花键键侧逐个接触,百分表示值的最大差值即为花键的等分度误差。

⑥ *综合检验采用花键专用综合检验量规,如图 10 - 13 所示,首先用卡规检验键宽和小径尺寸,在确认键宽和小径均在公差范围内后,使用综合量规检验花键的各项精度,如平行度、对称度和等分度等加工精度。*

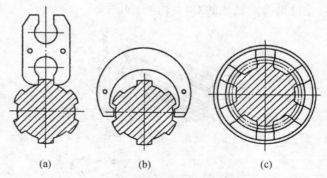

(a)　　　　　　　(b)　　　　　　　(c)

图 10 - 13　用卡规和综合量规配合检验花键

(a) 用卡规检验花键键宽;(b) 用卡规检验花键小径;(c) 用综合量规检验花键

（3）圆柱直齿轮的检验

① 检验如图 10 - 14 所示的圆柱直齿轮，一般应按齿轮的参数表中的公法线长度 W_k 的尺寸要求进行检验，本例为 $34.54^{-0.126}_{-0.332}$ mm，检验采用公法线千分尺测量，测量的方法与外径千分尺方法相同，公法线测量方法如图 10 - 15 所示，测砧之间所包含的齿数为跨测齿数 k，本例跨测齿数为 5。操作时应采用千分尺测力装置，否则会因测量力不适当而影响测量精度。

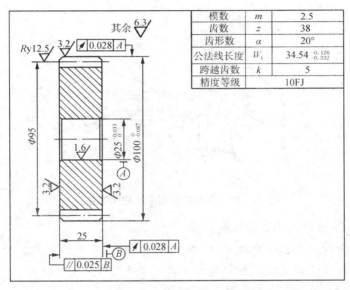

模数	m	2.5
齿数	z	38
齿形数	α	20°
公法线长度	W_k	$34.54^{-0.126}_{-0.332}$
跨越齿数	k	5
精度等级		10FJ

图 10 - 14　直齿圆柱齿轮零件简图

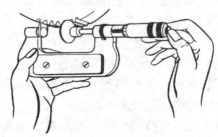

图 10 - 15　用公法线千分尺测量公法线长度

② 在一些齿轮零件图样上常标注齿轮弦齿高和弦齿厚尺寸，此时可采用齿轮游标卡尺检验齿轮的齿厚，如图 **10-16** 所示。测量时，一般按弦齿高尺寸调整齿高垂直主尺的位置，并与齿顶面接触，然后移动齿厚水平主尺，使两测爪与齿面接触，即可测出齿厚尺寸。测量时注意使齿高测量面与工件轴线垂直，两齿厚测爪与齿面平行。

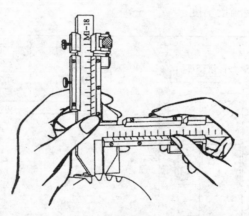

图 10-16   用齿轮游标卡尺检验弦齿厚

4. 传动机构装配精度检验

传动机构包括带传动、链传动、齿轮传动、螺旋传动机构等，这些机构在装配过程中和装配完成后都需要进行精度检验。

(1) 带传动机构装配精度检验

主要是带轮安装后的圆跳动和端面跳动误差检验；带轮装配位置精度检验；带的张紧力检验等。

(2) 链传动机构装配精度检验

主要是链轮装配位置精度，如链轮轴线的平行度、链轮端面的位移度、链轮的跳动、链条的连结和下垂度等的检验。

(3) 齿轮传动机构装配精度检验

主要是齿轮在轴上的装配精度检验，装配中齿轮装配常见的误差如图 10-17 所示，齿轮传动机构装配后齿轮的跳动检验、齿轮的侧隙检验、齿轮接触斑点检验等都是齿轮传动机构装配的检验项目,例如根据齿轮接触斑点可以判断误差的原因,如图 10－18 所示。

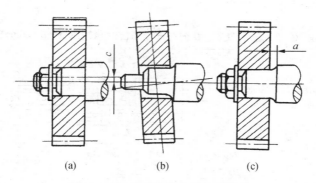

(a)　　　　　　　(b)　　　　　　　(c)

图 10－17　齿轮在轴上的安装误差

(a) 径向圆跳动误差;(b) 端面圆跳动误差;(c) 未靠紧轴肩误差

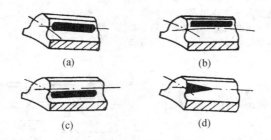

(a)　　　　　　　　　　(b)

(c)　　　　　　　　　　(d)

图 10－18　圆柱齿轮接触斑点位置与装配精度的关系

(a) 正确;(b) 中心距太大;(c) 中心距太小;(d) 中心距歪斜

5. 车床的精度检验

在机床验收和经过修理的车床试车之前,机床的精度能否达到出厂的精度要求,需要经过精度检测才能确定,现以车床为例,介绍机床精度检测的基本方法。

(1) 车床的几何精度检验

机床的几何精度检验是对机床运动部件的运动精度、位置精度和形状精度进行检测,通常需使用规定的专用检测工具和测微

指示器,并按规定的方法进行检验。卧式车床的几何精度检验按现行国家标准规定包括纵向导轨在垂直平面内的直线度、横向导轨的平行度、主轴的轴向窜动等检测项目,部分检验项目的检验方法见表10-7。

表 10-7　卧式车床的几何精度检验(摘自 GB/T 4020—1997)

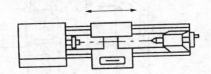

1. 纵向导轨在垂直平面内的直线度

检 验 方 法	允　差(mm)
采用精密水平仪或光学仪器检验 　在纵滑板上靠近前导轨处,纵向放一水平仪。等距离(近似等于规定的局部误差的测量长度)移动纵滑板检验 　将水平仪的读数依次排列,画出导轨误差曲线。曲线相对其两端点连线的最大坐标值就是导轨全长的直线度误差 　也可以将水平仪直接放在导轨上进行检验	最大工件回转直径 ≤800 最大工件长度≤500 在任意 250 测量长度上为 0.007 5

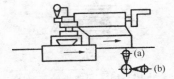

2. 尾座移动对纵滑板移动的平行度

检 验 方 法	允　差(mm)
采用指示器检验 　将固定在纵滑板上的指示器测头触及近尾座体端面的顶尖套:(a) 在垂直平面内;(b) 在水平面内,锁紧顶尖套,使尾座与纵滑板一起移动,在纵滑板全部行程上检验。(a)、(b)的误差分别计算,指示器在任意 500 mm 行程上和全部行程上读数的最大差值就是局部长度和全长的平行度误差	最大工件回转直径 ≤800 最大工件长度≤ 1 500 (a)和(b) 0.03 在任意 500 测量长度上为 0.02

（续 表）

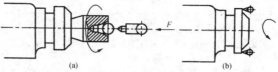

| 3. 主轴的轴向窜动和主轴轴肩支承面的端面圆跳动 | (a) | (b) |

检 验 方 法	允 差（mm）
采用指示器和专用检具检验 将固定指示器测头触及：（a）插在主轴锥孔的检验棒的端部钢球上 （b）主轴轴肩支承面上 沿主轴轴线加一力 *F*，旋转主轴检验 （a）、（b）误差分别计算。指示器读数的最大差值就是轴向窜动误差和轴肩支承面的跳动误差	最大回转直径 ≤800 （a）0.01 （b）0.02 （包括轴向窜动）

（2）车床的工作精度检验

机床在验收和修理检验时，应进行工作精度检验，工作精度检验是采用规定的切削参数，使用机床加工规定的工件，通过加工工件的检验来判断机床精度的检验方法。卧式车床的工作精度检验方法见表 10-8。

表 10-8 卧式车床的工作精度检验（摘自 GB 4020—83）

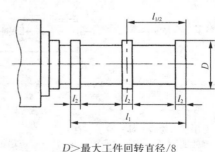

| 1. 精车外圆的精度 | |

$D>$最大工件回转直径/8
$l_1=$最大工件回转直径/2
$l_{1max}=500$ mm
$l_{2max}=20$ mm

(续　表)

检　验　方　法	允　差(mm)
采用百分尺或精密检验工具检验 　将圆柱试件(钢件)夹在卡盘中(或插在主轴锥孔中),精车三段直径。检验圆度和圆柱度 　(a)圆度误差以试件同一横截面内的最大与最小直径之差计 　(b)圆柱度误差以试件任意轴向剖面内最大与最小直径之差计	最大工件回转直径 ≤800 (a) 0.01 (b) 0.03/300

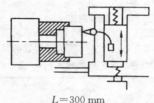

　2. 精车垂直于主轴的
端面

$L = 300$ mm

检　验　方　法	允　差(mm)
采用平尺和量块或指示器检验 　用一铸铁试件,夹在车床卡盘中精车端面 　用平尺和量块检验,也可以用指示器检验。指示器固定在横滑板上,使其测头触及端面的后部半径上,移动横滑板检验。指示器读数的最大差值之半就是平面度误差	最大工件回转直径 ≤800 0.02/300

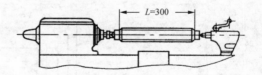

　3. 精车 300 mm 长螺
纹的螺距

检　验　方　法	允　差(mm)
采用专用精密检验工具检验 　用一钢件试件,车一螺距与母丝杠相同,直径应尽可能接近母丝杠的 60°三角螺纹 　精车后在 300 mm 和任意 60 mm 长度内进行检验。螺纹表面应洁净、无洼陷与波纹	最大工件回转直径 ≤800 0.04/300 在任意 60 测量长度内为 0.015

··[··· 复 习 思 考 题 ···]··

一、判断题

1. 由一个工人或一组工人在不更换设备或地点的情况下完成的装配工作,称为装配工序。　　　　　　　　　　　　　（　　）

2. 装配检验应做到边装配边检验。　　　　　　　　　（　　）

3. 拆卸应按先外后内、先下后上的顺序进行。　　　　（　　）

4. 齿轮的精度检验主要是检验齿轮的两端面的尺寸。

　　　　　　　　　　　　　　　　　　　　　　　　（　　）

5. 箱体零件检验主要是孔系检验。　　　　　　　　　（　　）

二、选择题

1. 在装配时用改变产品中可调整零件的相对位置或选用合适的调整件,以达到装配精度的方法,称为（　　　）。

　　A. 调整装配法　　　　　　　B. 互换装配法

　　C. 选配装配法　　　　　　　D. 修配装配法

2. 分组装配法的配合精度决定于,增加（　　　）可以提高装配精度。

　　A. 零件数　　　　　　　　　B. 分组数

　　C. 装配次数　　　　　　　　D. 工序数

3. 螺纹副不能拆卸的原因是（　　　）。

　　A. 旋向错误　　　　　　　　B. 未拆止动件

　　C. 扳手尺寸　　　　　　　　D. 垫圈大小

4. 齿轮精度检验一般通过（　　　）进行。

　　A. 齿隙　　　　　　　　　　B. 弦齿厚

　　C. 接触斑点　　　　　　　　D. 齿轮外径

5. 花键综合量规主要检验花键的（　　　）。

　　A. 对称度　　　　　　　　　B. 键宽

　　C. 小径　　　　　　　　　　D. 等分度

三、简答题

1. 什么叫装配？为什么说装配工作好坏对产品质量起决定性作用？
2. 装配工艺过程由哪几部分组成？其主要内容是什么？
3. 简述互换装配法及其特点。
4. 什么叫调整装配法？它有什么特点？
5. 简述设备拆卸的基本顺序和零部件的基本拆卸方法。

第11章 可拆联接及其维修操作

本章要点

1. 螺纹联接的损坏形式与装配、修理方法。

2. 键联接的损坏形式与装配、修理方法。

3. 销联接的损坏形式与装配、修理方法。

一、螺纹联接及其维修操作

1. 螺纹联接的种类与基本要求

1) 螺纹联接的种类

(1) 螺栓联接

这种联接的结构特点是被联接件上采用通孔,结构简单,装拆方便,一般的通孔与螺栓杆部有间隙,特殊的通孔进行铰制加工,这种联接能精确固定被联接件的相对位置,能承受横向载荷。

(2) 双头螺柱联接

当被联接件太厚,不宜制作通孔或需要经常拆卸时,通常采用双头螺柱联接。如柴油机的气缸盖和机体的联接。

(3) 螺钉联接

这种联接的特点是螺钉直接拧入被联接件的螺孔中,结构简单,适用于受力不大,又不需要经常拆卸的场合。

(4) 紧定螺钉联接

紧定螺钉联接是利用拧入零件螺孔中的螺钉末端顶住另一个零件的表面,或顶入相应的凹坑中,以固定两个零件的相对位置,并可传递不大的力或力矩。

2）螺纹联接的基本要求

① 可旋合性。相同规格的内、外螺纹，不经选择和修配可以旋合。

② 联接可靠性。承载螺纹的配合，要有足够的联接强度，螺牙的侧面应接触良好。

③ 传动精确性。传动螺纹应具有位移精度和传动比稳定等精度要求。

④ 加工质量。螺杆部分不得产生弯曲变形，头部、螺母底面与被联接件表面接触良好，螺纹应符合公差标准要求。

2. 螺纹联接的装配方法

1）螺纹拧紧力矩的控制

螺纹联接要达到紧固而可靠的目的，必须保证螺纹副具有一定摩擦力矩，摩擦力矩是由于联接时施加拧紧力矩后，螺纹副产生预紧力而获得的。一般的紧固螺纹联接，在无具体的拧紧力矩要求时，采用一定长度普通扳手按经验扳紧即可。在一些重要的螺纹联接中，如汽车制造、飞机制造等，常提出螺纹联接应达到规定的预紧力要求，控制方法如下：

（1）转矩值控制法。用测力扳手、电动或风动扳手来指示拧紧力矩，或到达设定的转矩时发出信号，或自动停止拧紧操作，使螺栓联接的预紧力达到和限定在规定转矩值。

（2）螺栓伸长量控制法。即通过螺栓伸长量来控制预紧力的方法，如图 11-1 所示，螺母拧紧前，螺栓的原始长度为 L_1，按规定的拧紧力矩拧紧后，螺栓的长度为 L_2，测定 L_1 和 L_2，根据螺栓的伸长量，可以确定联接操作时拧紧的力矩是否符合规定要求。

（3）螺母转角控制法。即通过控制螺母拧紧时应转过的拧紧角度，来控制预紧力的方法。

2）双头螺柱的装配技术要求和操作方法：

（1）应保证双头螺柱与机体螺纹配合有足够的紧固性，保证在装拆螺母过程中无任何松动现象，操作方法有：

① 利用双头螺柱紧固端与机体螺孔配合有足够的过盈量来保证，如图 11-2(a)所示。

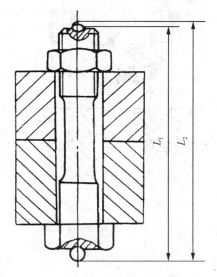

图 11 - 1　螺栓伸长控制法

② 用台肩形式紧固在机体上,如图 11 - 2(b)所示。

③ 把双头螺柱紧固端最后几圈螺纹做得浅些,以达到紧固的目的。

(2) 双头螺柱的轴线必须与机体表面垂直。

(3) 将双头螺柱紧固端装入机体时必须用油润滑,以防发生咬住现象。

(4) 拧紧双头螺柱的方法

① 用两个螺母拧紧,如图 11 - 3(a)所示,将两螺母相互锁紧在双头螺柱上,然后扳动上螺母将螺柱紧固端拧入机体螺孔。

② 用长螺母拧紧,如图 11 - 3(b),当长螺母拧入双头螺柱,再将长螺母上的止动螺钉旋紧,顶住双头螺柱顶端,这样就阻止了长螺母与双头螺柱间的相对转动,此时拧动长螺母,便可使双头螺柱旋入机体。

③ 用专用工具拧紧,如图 11 - 3(c),当顺向拧动工具体 1 时,在隔圈 4 中的三个滚柱 2 牢牢地压在工具体内壁与双头螺柱 3 的光柱上,旋紧力越大,压得越紧,这样可使双头螺柱紧固端旋入机体螺孔。

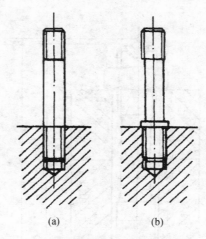

(a)　　　　　　　(b)

图 11-2　双头螺柱的紧固形式

(a) 过盈配合紧固；(b) 台肩紧固

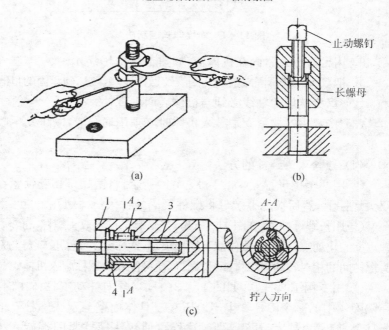

图 11-3　拧紧双头螺柱方法

(a) 用两个螺母拧紧；(b) 用长螺母拧紧；(c) 用专用工具拧紧

3) 螺钉、螺柱、螺母的装配操作要点

(1) 做好被联接件和联接件的清洁工作,螺钉拧入时,螺纹部分应涂上润滑油。

(2) 装配时要按一定的拧紧力矩拧紧,用大扳手拧小螺钉时特别要注意用力不要过大。

(3) 螺杆不应产生弯曲变形,螺钉头部、螺母底面应与联接件接触良好。

(4) 被联接件应均匀受压,互相紧密贴合,联接牢固。

(5) 成组螺钉或螺母拧紧时,应根据联接件的形状、紧固件的分布情况,按一定顺序逐次(一般 2～3 次)拧紧,可按图 11－4 中编号顺序逐次拧紧。

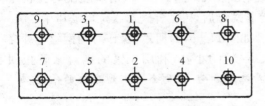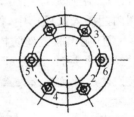

图 11－4　拧紧成组螺母的顺序

4) 螺纹联接的防松方法

联接件在工作中有振动或冲击时,为了防止螺钉或螺母松动,必须有可靠的防松装置。螺纹联接的防松方法有:

(1) 加大摩擦力防松

锁紧螺母(双螺母)防松,如图 11－5(a)所示;弹簧垫圈防松,如图 11－5(b)所示。

(2) 机械方法防松

① 用开口销与带槽螺母防松,如图 11－6(a)所示,在螺栓上钻孔,穿装开口销,把螺母锁紧在螺栓上,这种方法防松可靠,大多用于承受冲击和振动的场合。

② 用六角螺母止动垫圈防松,如图 11－6(b)所示,先将垫圈单耳向下敲弯,使之与被连接件的一边贴紧,再将垫圈的另一单耳

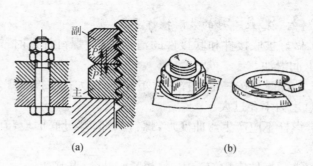

图 11-5　加大摩擦力防松

(a) 双螺母防松；(b) 弹簧垫圈防松

向上弯折，与螺母贴紧以起到防止螺母松动的作用。

③ 用圆螺母止动垫圈防松，如图 11-6(c)所示装配时先将垫圈内翅插入螺栓槽中，拧紧螺母后，再把外翅弯入螺母缺口中。

④ 用串联钢丝防松，如图 11-6(d)所示，操作时用钢丝连续穿过螺钉的头部（或螺母、螺栓）的小孔，利用拉紧的钢丝来防止回松。装配时应注意钢丝穿绕的方向，否则会起不到防松的作用。

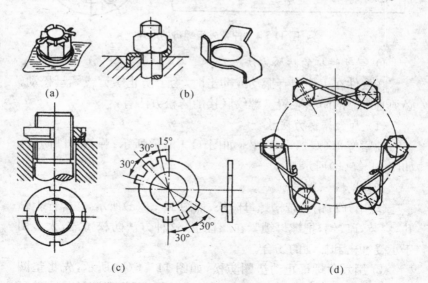

图 11-6　机械防松装置

⑤ 冲点防松法如图 11 - 7 所示,操作时,先将螺母或螺钉拧紧,然后用样冲在端面、侧面、钉头冲点来防止回松。

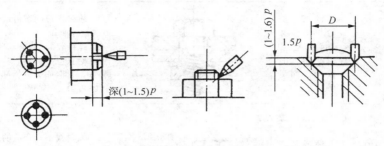

图 11 - 7　冲点防松法

⑥ 粘接防松法一般采用厌氧胶粘剂,操作时擦去螺纹表面油污,涂上厌氧胶拧入螺孔拧紧便可。胶粘剂能自行固化从而达到防止回松的目的。

3. 螺纹联接的损坏形式与修理方法

1) 螺纹联接件的损坏特征和检修方法

螺纹的失效原图主要是磨损、超载和腐蚀,螺纹联接损坏的形式和修理方法见表 11 - 1。

表 11 - 1　螺纹联接件的损坏特征和检修方法

损坏特征	原　因	图　形	检修方法
螺纹部分弯曲	1. 螺纹部分被碰撞榨压 2. 装卸不适当		当弯曲度 α 不超过 15°时可用下列方法检修: 找两个合适的螺母拧到螺杆的弯曲部分,使弯曲部分处于两螺母之间,并保持一定的距离(3~5 mm),然后夹到虎钳上搞正,或就地矫正
螺纹端部被碰伤、镦粗	1. 螺纹露出部分太长 2. 长期失修、碰伤		1. 螺纹露出部分较长,锯割方便时可将其锯掉 2. 如露出部分有少许、较短,可将露出部分凿掉或锉平卸下

（续　表）

损坏特征	原　因	图　形	检修方法
螺纹部分滑扣	1. 螺纹部分长期没卸动而锈死 2. 拆卸前没用油润滑螺纹部分		1. 将带螺母的螺钉凿掉或锯掉换新 2. 螺钉滑扣,可用一杆顶住螺钉的底端,然后拧螺钉的头部,如螺钉仍卸不下,可用电钻钻掉
螺纹部分失紧	1. 选用螺母、螺钉不合适或制造得不标准 2. 装配时拧的力太大,造成螺纹部分损伤	疲劳损伤或不标准	1. 临时找不到合适的螺栓或螺钉时,可将螺纹底孔直径扩大一个规格 2. 更换螺钉或螺栓
螺钉棱角变秃	扳手开口不当	棱角变秃　锉刀	1. 用锉刀将六方的两对边锉扁后用扳手拧下 2. 用钝凿子凿螺钉边缘,卸下换新
螺钉口损坏	1. 螺钉旋具没有按紧或歪斜 2. 螺钉口太浅	平头　圆头　损坏	1. 用凿子把螺钉口凿深,按紧旋具卸下螺钉 2. 用手电钻把螺钉钻掉卸下换新
螺钉被拧断	螺纹部分锈死或锈蚀	扭断	1. 如螺钉较大(M8以上),可在断头螺钉上钻孔,楔入一多角的钢杆拧下 2. 在断螺钉上钻孔,攻相反螺纹的螺钉拧出 3. 用直径略小于螺纹小径的钻头钻孔,然后将螺钉敲松或铲扁拧出 4. 在断头上焊一螺母,然后拧出 5. 用电火花加工将断头部分腐蚀掉

2）锈蚀螺钉的拆卸方法

螺纹锈蚀是螺纹联接修理的常见现象，锈蚀螺钉的拆卸方法见表 *11 - 2*。

表 11－2　锈蚀螺钉的拆卸方法

锈蚀状况	图　形	拆卸方法
一般性锈蚀	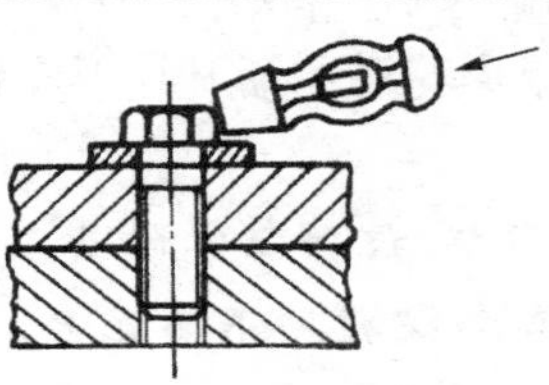	用锤子振击螺母或螺钉，以振松锈层，然后拧下
螺钉有明显的锈蚀	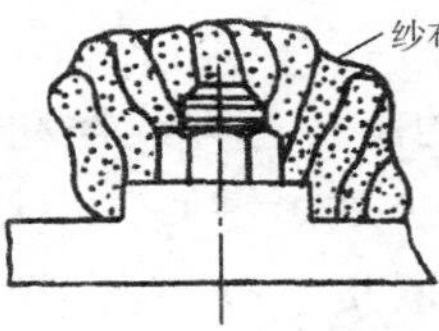 纱布头	将浸过煤油的纱布头，包扎在锈蚀的螺钉头或螺母上，待 1 h 后，旋松拧下
	 煤油　工件	拆卸小工件上锈蚀的螺钉，可将工件浸泡在煤油容器中，待 20～30 min 后再拆卸
螺钉锈蚀严重	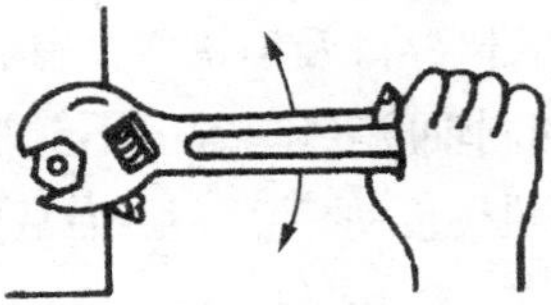	1. 用扳手将螺母先紧拧1/4圈，再退出来，反复地松紧，逐步拧出 2. 可用乙炔或喷灯将螺母加热后迅速拧出
螺母锈蚀严重	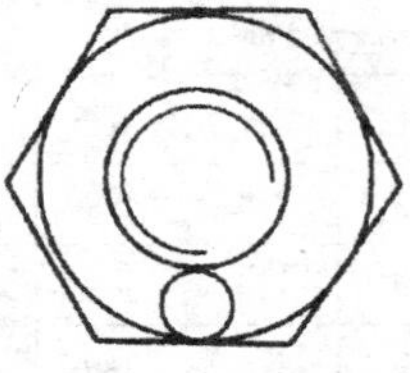	当锈结的螺母不能用浸油等方法排除时，可在其一边打眼钻孔，即不伤害螺栓柱，又在外侧留一薄层，并将薄层用錾铲去，即可以容易地将螺母拧掉

二、键联接及其维修操作

1. 键联接的种类及其应用

1）键的种类

键通常是指单键，分为平键、半圆键、楔键、切向键。其中平键是使用最多的键，平键可分为圆头（A 型）、方头（B 型）和半圆头（C型）三种。花键指多键，分为矩形花键和渐开线形花键两种。

2）键联接的种类

键联接分为静联接和动联接，被联接零件在工作过程中作轴向移动的称为动联接。根据键和键槽的不同配合，可分为松键联接、紧键联接和花键联接三种类型。

3）键联接的应用

键联接用来联接轴和轴上的旋转零件或摆动零件，起到周向固定作用，以便传递转矩的联接方式。键联接应用广泛，齿轮、带轮、联轴器等零件与轴都使用键联接。有些类型的键可以用作零件的轴向固定或轴向移动的导向装置。

2. 键联接的装配方法

键联接包括松键联接、紧键联接和花键联接，它们的结构特点不同，故各自的装配要求和方法也不同。

1）松键联接

松键包括：普通平键、半圆键、导键及滑键等。其特点：靠键的侧面来传递转矩，轴与套件联接的同轴度要求较高，不能承受轴向力。键与轴槽、轮毂槽的配合公差根据机构传动特点确定，通常可参见表 11－3。

表 11－3　键宽 b 的配合公差

键的类型	较松键联接			一般键联接			较紧键联接		
	键	轴	毂	键	轴	毂	键	轴	毂
平　键	h9	H9	H10	h9	N9	Js9	h9	P9	P9
半圆键	h9	—	—	h9	N9	Js9	h9	P9	P9
薄型平键	h9	H9	H10	h9	N9	Js9	h9	P9	P9

（1）普通平键装配

键与轴槽、轮毂槽的配合按技术要求，键的两端头与轴槽两端头应为间隙配合，键的上平面与轮毂槽底应留有一定间隙，如图 11 - 8(a)所示。

（2）半圆键装配

将键装入轴上半圆弧槽中，套件装上时键能自动适应轮毂键槽，这种键只能传递较小转矩，如图 11 - 8(b)所示。

（3）导键装配

键与轴槽采用 $\dfrac{H9}{h9}$ 配合，并用螺钉固定在轴上；键与轮毂采用 $\dfrac{D10}{h9}$ 配合，轴上零件能作轴向移动，如图 11 - 8(c)所示。

（4）滑键装配

键固定在轮毂键槽中（较紧配合），键与轴槽为间隙配合，轴上零件能带动键作轴向移动，用于轴上零件在轴上要作较大距离的轴向移动的场合，如图 11 - 8(d)所示。装配时可将键装入套类零件内键槽，然后在轴类零件槽敞开的一端套入。

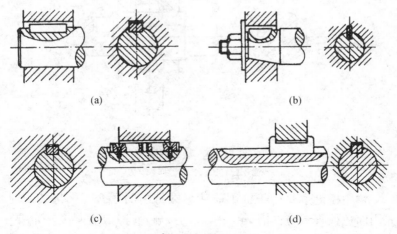

（a）　　　　　　　　　　　　（b）

（c）　　　　　　　　　　　　（d）

图 11 - 8　松键联接

（a）普通平键联接；（b）半圆键联接；（c）导键联接；（d）滑键联接

2）紧键联接

紧键联接有楔键和切向键两种。

（1）楔键联接

楔键分为普通楔键和钩头楔键两种，如图 11-9(a)、(b)。楔键是依靠键的上表面和轮毂槽底面有 1：100 的斜度楔紧作用来传递转矩。键侧与键槽有一定的间隙，紧键联接还能固定轴上零件和承受单向轴向力，但此类联接易造成轴、孔中心偏移，所以只能用于转速低、精度要求不高的场合。

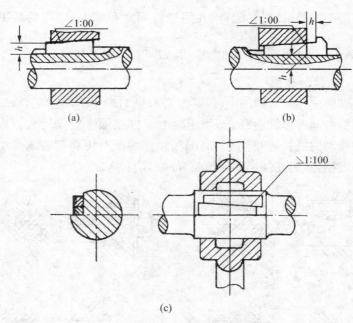

(a)　　　　　　　　　　(b)

(c)

图 11-9　紧键联接

（a）普通楔键；（b）钩头楔键；（c）切向键

钩头楔键主要用于键不能从另端打出的场合。楔键装配时，先用涂色检查键与轴槽、轮毂槽底的接触情况，二者斜度一定要一致，以保证键与两槽底能紧密贴合，键的两侧要有间隙，装配时套件在轴上位置定下后，只需将楔键打入、楔紧。钩键装配时注意钩头与套件端面留有一定的距离,以便拆卸。

（2）切向键联接

切向键是由两个斜度为 1∶100 的楔键组成。如图 11 - 9（c）所示其上下两面为工作面,其中一个面在通过轴线的平面内。这样工作面之间的压力沿轴的切线方向作用,所以能传递较大的转矩。一个切向键只能传递一个方向的转矩,若要传递双向转矩时,应有互成 120°～135°角分布的两个切向键。切向键主要用于载荷很大,同轴度要求不严的场合。装配时两切向键的斜度要一致,打入键槽时两底面要接触良好。

3）花键联接

（1）花键联接的结构特点

花键联接由轴和毂孔上的多个键齿组成,齿侧面为工作面,如图 11 - 10 所示。花键联接的承载能力高,同轴度和导向性好,对轴强度影响小,适用于载荷较大且同轴度要求较高的静联接或动联接,在机床和汽车制造中得到广泛应用。

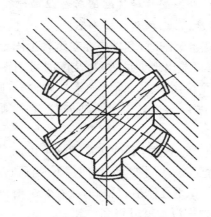

图 11 - 10　花键联接

花键齿形状有：矩形、渐开线形和三角形,其中以矩形应用最广。

花键的定心方式,按 GB1144—2001 规定,矩形花键的定心方式为小径定心。其优点为：定心精度高、定心稳定性好，能用磨削方法消除热处理变化，定心直径尺寸和位置都能获得较高的精度。

基本参数代号：键数——N；小径——d；大径——D；键宽——B。

装配图上花键联接标注示例：

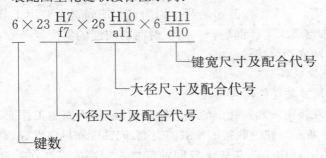

$$6 \times 23 \frac{H7}{f7} \times 26 \frac{H10}{a11} \times 6 \frac{H11}{d10}$$

键宽尺寸及配合代号

大径尺寸及配合代号

小径尺寸及配合代号

键数

（2）花键联接的装配要点

矩形花键内、外表面应按装配图所标注的配合要求，确定其配合性质及配合精度，装配操作方法如下：

① 静联接花键装配时，套件应在花键轴上固定，故所选择的配合及齿距误差等可能出现少量过盈，装配时可用铜棒轻轻打入，但不得过紧，要防止拉伤配合表面。如果过盈较大，则应将套件加热（80～120℃）后进行装配，但它的轴向位置必须靠其他制动件固定。

② 动联接花键装配时，套件在花键轴上可以自由滑动，没有阻滞现象，但也不能过松，用手摆动套件时，不能感到有明显周向间隙。

③ 花键轴与花键孔制造较精确，故在装配时只需去掉毛刺，做好清洁工作，除去润滑油就可将套件装上。

④ 对于某些花键孔齿轮，因齿部经高频感应加热淬火，内孔有些收缩，造成装配困难，此时可用花键推力修整键孔，也可涂色法修整后装入。

⑤ 矩形花键轴、孔公差与配合要求可参见表 11 - 4。

表 11-4 矩形花键轴、孔公差与配合

适用范围	内花键			外花键			配合性质
	拉削后热处理			磨削加工			
	d	D	B	d	D	B	
一般	H7	H10	H9~H11	f7 g7 h7	a11	d10 f9 h10	滑动 紧滑动 固定
精密	H5	H10	H7	f5 g5 h5	a11	d8 f7 h8	滑动 紧滑动 固定
	H6		H9	f6 g6 h6	a11	d8 f7 d8	滑动 紧滑动 固定

注：d——小径；D——大径；B——键宽。

3. 键联接的损坏形式与修理方法

1）键磨损

通常采用更换键的办法，来恢复键的联接精度。

2）键槽磨损

可采用增大键的尺寸，同时修整轴槽或毂槽的尺寸；如磨损情况只是发生在轮孔的键槽，而轴上的键座不需修整时，这时可把键锉成阶台形。

3）键发生形变或剪断

在条件允许的情况下，可采用增加轮毂槽的宽度或增加键的长度的方法，有时也可采用两个键相隔 180°安置，以增大键的强度。

4）花键轴的键磨损

对于大型花键轴键的磨损，可采用镀铬或振动堆焊，然后再进行加工。但振动堆焊时应注意零件的冷却，防止变形。

三、销联接及其维修操作

方法与操作要点：销联接作用如图 11-11 所示，一般起定位、联接或锁定零件作用,有时还可起到安全保险作用,即在过载的情况下,保险销首先折断,机械停止动作。

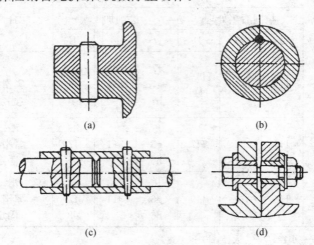

(a)   (b)

(c)   (d)

图 11 - 11　销联接作用

(a) 定位作用;(b)、(c) 联接作用;(d) 保险作用

1. 销联接的种类及其应用

销的类型见图 11 - 12,销的特点和应用见表 11 - 5。

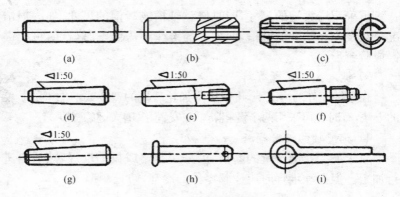

(a)   (b)   (c)

(d)   (e)   (f)

(g)   (h)   (i)

图 11 - 12　销的类型

(a) 普通圆柱销;(b) 内螺纹圆柱销;(c) 弹性圆柱销;(d) 普通圆锥销;
(e) 内螺纹圆锥销;(f) 螺尾圆锥销;(g) 开尾圆锥销;(h) 销轴;(i) 开口销

表 11-5　销的类型、特点和应用

类　型	特　　　　　点		应　　用
普通圆柱销	销孔需铰制，多次装拆后会降低定位的精度和联接的紧固；只能传递不大的载荷	A 型：直径公差 m6 B 型：直径公差 h8 C 型：直径公差 h11 D 型：直径公差 u8	用于定位和联接
内螺纹圆柱销		直径偏差只有 h6 一种；内螺纹供拆卸用；有 A、B 两型	B 型用于盲孔
弹性圆柱销	具有弹性，装入销孔后与孔壁压紧，不易松脱；销孔精度要求较低，互换性好。可多次装拆；刚性较差，不适于高精度定位。载荷大时可用几个套在一起使用，相邻内外两销的缺口应错开 180°		用于有冲击、振动的场合，可代替部分圆柱销、圆锥销、开口销或销轴
普通圆锥销			主要用于定位，也可用以固定零件，传递动力。多用于经常装拆的场合
内螺纹圆锥销	有 1：50 的锥度，便于安装；定位精度比圆柱销高；在受横向力时能自锁；销孔需铰制螺纹供拆卸用；螺尾锥销制造不便		用于盲孔
螺尾圆锥销	开尾圆锥销打入销孔后，末端可稍张开，以防止松脱		用于拆卸困难的场合，如不通孔或很难打出销钉的孔中
开尾圆锥销			用于有冲击、振动的场合
销　轴	用开口销锁定，拆卸方便		用于铰接处
开口销	工作可靠，拆卸方便		用于锁定其他紧固件，与槽形螺母合用

2. 销联接的装配方法

1) 圆柱销的装配要点

① 在两个被联接零件相对位置调整紧固的情况下,才能对两个被联接件同时钻、铰孔,孔壁表面粗糙度值小于 $Ra1.6~\mu m$,以保证联接质量。

② 所采用的圆柱铰刀,必须保证在圆柱销打入时符合规定要求的过盈量。

③ 圆柱销打入前,做好孔的清洁工作,销上涂机油后方可打入。

④ 圆柱销装入后尽量不要拆,以防影响联接精度及联接可靠性。

2) 圆锥销的装配要点

① 在两被联接零件相对位置调整、紧固的情况下,才能对两被联接件同时钻铰孔,钻头直径为锥销的小端直径,铰刀为 1:50 锥度,注意孔壁表面粗糙度要求。

② 铰刀铰入深度,以锥销自由插入,大端部露出工作表面 $2\sim3~mm$ 为宜,做好锥孔清洁工作,锥销涂上机油插入孔内,再用锤子打入,销子大端露出不超过倒角,有时要求与被联接件一样平。

③ 一般被联接零件定位用的定位销均为两只,注意两销装入深度基本要求一致。

3. 销联接的损坏形式与修理方法

1) 销联接的损坏形式

销联接使用过程中,由于销和销孔的磨损、变形,以及销的断裂等原因,致使销联接损坏。通常需要拆卸后重新制作销孔换销进行联接装配。

2) 销联接的拆卸

销联接的拆卸方法如图 11-13 所示,通孔销在拆卸时,一般从一端向外敲击即可,*有螺尾的圆锥销可用螺母旋出,拆卸带内螺纹的销时,可采用螺钉旋出或用拔销器拔出。*

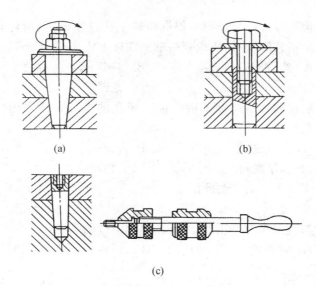

图 11‑13　销联接的拆卸方法

（a）螺尾圆锥销拆卸；（b）内螺纹圆柱销拆卸；（c）内螺纹圆锥销拆卸

··[··· 复 习 思 考 题 ···]··

一、判断题

1. 圆柱定位销装入后可以拆装，不会影响联接精度。　（　　）
2. 花键联接的传动精度比平键联接高。　　　　　　　（　　）
3. 常用的花键联接是矩形花键联接。　　　　　　　　（　　）
4. 螺栓联接可以通过螺栓的伸长量控制预紧力。　　　（　　）
5. 在工作过程中联接零件沿轴移动的键联接称为静联接。

　　　　　　　　　　　　　　　　　　　　　　　　（　　）

二、选择题

1. 普通平键联接通常用于（　　　）。
   A. 紧联接　　　　　　　　　　B. 导向联接
   C. 松联接　　　　　　　　　　D. 静联接

2. 齿轮与轴的装配形式根据齿轮工作性质确定,齿轮装在轴上滑移联接时,齿轮套与轴的联接方式为(　　)联接。

    A. 半圆键   B. 平键

    C. 销   D. 花键

3. 联接零件的厚度不适宜加工通孔的螺纹联接采用(　　)联接。

    A. 双头螺栓   B. 螺钉

    C. 紧定螺钉   D. 骑缝螺钉

4. 螺纹失效的主要原因是(　　)。

    A. 变形   B. 磨损   C. 腐蚀   D. 超载

5. 与槽形螺母合用的,用于锁紧固定件的是(　　)。

    A. 圆锥销   B. 圆柱销   C. 销轴   D. 开口销

三、简答题

1. 简述螺纹联接的损坏形式和修理方法。

2. 简述花键联接的装配特点。

3. 键联接有几种形式? 举例说明各种键联接的使用场合。

4. 简述销的种类及其应用。

第*12*章 传动机构及其维修操作

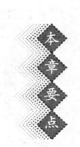

本章要点

1. 带传动机构的损坏形式与装配、修理方法。

2. 齿轮传动机构的损坏形式与装配、修理方法。

一、带传动机构及其维修操作

1. 带传动机构的种类及其应用

1）带传动种类

*带传动是利用带与带轮之间的摩擦力来传递运动和动力的。其特点是吸振、缓冲、传动平稳、噪声小，过载时能打滑起安全作用，能适应两轴中心距较大的传动，结构简单，制造容易，因此获得广泛应用。常见的带传动按传动带形式分，有 V 带传动、平带传动及同步带传动等，*如图 12-1 所示。

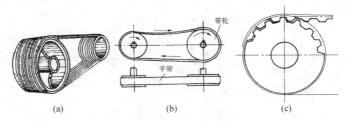

图 12-1 带传动形式

（a）V 带传动；（b）平带传动；（c）同步带传动

2）带轮与 V 带简介

（1）带轮的基本要求

质量轻且分布均匀。当 $v=5$ m/s 时，要进行静平衡试验；当

$v=25$ m/s 时,还需要进行动平衡试验。轮槽工作面表面粗糙度在 $R_a1.6\ \mu m$,过高过低都不利。

(2) V 带种类与规格

V 带共分为 Y、Z、A、B、C、D、E 七种,线绳结构 V 带,目前只生产 Y、Z、A、B 四种。Y 型 V 带截面尺寸为最小,E 型截面尺寸为最大,使用最多的是 Z、A、B 三种型号。

普通 V 带的基准长度(规格)见表 12-1。

表 12-1　普通 V 带的基准长度系列　　　　(mm)

基准长度 L_0 的基本尺寸	200	224	250	280	315	355	400	450	500	560
	630	710	800	900	1 000	1 120	1 250	1 400	1 600	1 800
	2 000	2 240	2 500	2 800	3 150	3 550	4 000	4 500	5 000	5 600
	6 300	7 100	8 000	9 000	10 000	11 200	12 500	14 000	16 000	

2. 带传动机构的装配方法

现以 V 带传动机构的装配为例,介绍 V 带及带轮装配操作要点:

1) 带轮与传动轴的配合

一般选用过渡配合,装配前做好孔、轴清洁工作,轴上涂上机油,用铜棒、锤子打入,带轮一般为铸铁件,锤子的敲击位置不能在带轮的外缘部位,应在靠紧轴的部位。将带轮装在轴上,还需用紧固件保证周向和轴向固定。带轮与轴的联接方式如图 12-2 所示。

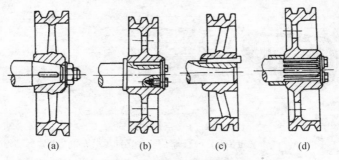

图 12-2　带轮与轴的联接方式
(a) 圆锥轴颈用螺母固定;(b) 圆柱轴颈、轴肩、挡圈用螺钉固定;
(c) 圆柱轴颈用楔键联接;(d) 圆柱轴颈、隔套、
花键、挡圈用螺钉固定

2）检查带轮的装配精度

一般要求径向圆跳动为$(0.002\,5\sim0.000\,5)D$，端面圆跳动为$(0.000\,5\sim0.000\,1)D$，D 为带轮直径。

3）两带轮装配后的位置要求

两带轮轴线平行度符合要求，两带轮槽的对称平面装配后要在一个平面上。检查方法：如图 12－3 所示，中心距大的可用拉线法；中心距小的可用钢直尺测量。一般均可用调整方法达到要求。

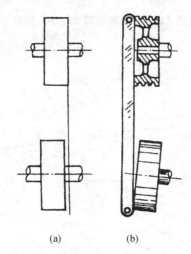

(a)　　　　　　(b)

图12－3　带轮相互间位置正确性检查

(a) 拉线法检查；(b) 用钢直尺检查

4）V 带装入带轮中位置要求

如图 12－3 所示，装 V 带时，应先将 V 带套入小带轮中，再将 V 带旋入大带轮中。装好的 V 带应如图 12－4(a)所示，V 带平面不应与带轮槽底接触或凸在轮槽外，如图 12－4(b)所示。

5）控制和调整张紧力

(1) 张紧力的检查，如图 12－5 所示。在带与两轮的切点 A、B 的中点，垂直于皮带加一载荷 F，通过测量产生的挠度 y 来检查张紧力大小。即规定在 F 测量载荷的作用下，产生挠度 $y=\dfrac{1.6}{100}t(\mathrm{mm})$。

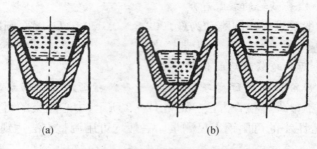

图 12-4 V 带在带轮轮槽中位置

（a）正确位置；（b）不正确位置

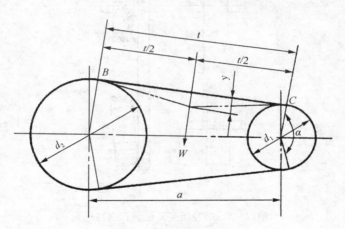

图 12-5 张紧力检查

测定张紧力所需垂直力 F 的大小与 V 带型号、小带轮直径（d_1）及带速（v）有关，可按表 12-2 选取 F。

表 12-2 测定张紧力所需垂直力 F （N/根）

带 型		小带轮直径 d_1（mm）	带速 v（m/s）		
			0～10	10～20	20～30
普通 V 带	Z	50～100	5～7	4.2～6	3.5～5.5
		>100	>7～10	>6～8.5	>5.5～7

(续　表)

带　型		小带轮直径 d_1(mm)	带速 v(m/s)		
			0～10	10～20	20～30
普通V带	A	75～140 ＞140	9.5～14 ＞14～21	8～12 ＞12～18	6.5～10 ＞10～15
	B	125～200 ＞200	18.5～28 ＞28～42	15～22 ＞22～33	12.5～18 ＞18～27
	C	200～400 ＞400	36～54 ＞54～85	30～45 ＞45～70	25～38 ＞38～56
	D	355～600 ＞600	74～108 ＞108～162	62～94 ＞94～140	50～75 ＞75～108
	E	500～800 ＞800	145～217 ＞217～325	124～186 ＞186～280	100～150 ＞150～225
窄V带	SPZ	67～95 ＞95	9.5～14 ＞14～21	8～13 ＞13～19	6.5～11 ＞11～18
	SPA	100～140 ＞140	18～26 ＞26～38	15～21 ＞13～19	12～18 ＞18～27
	SPB	160～265 ＞265	30～45 ＞45～58	26～40 ＞40～52	22～34 ＞34～47
	SPC	224～355 ＞355	58～82 ＞82～106	48～72 ＞72～96	40～64 ＞64～90

[**例**]　已知一带传动用 B 型 V 带,小带轮直径 $d_1＝200$ mm,带速 $v＝10～20$ m/s,带轮两切点间距离 $t＝300$ mm。经查表测定张紧力所需垂直力 $F＝15～22$ N。在这一范围内的垂直力作用下,y 值为:

$$y＝\frac{1.6}{100}×t＝\frac{1.6}{100}×300＝4.8 \text{ mm}$$

在给定载荷 F 的作用下,当产生的挠度值 y' 大于计算挠度值 y,说明张紧力小于规定值;反之,挠度值 y' 小于计算挠度值 y,说明张紧力大于规定值。

（2）张紧力大小的调整

可按图 12 - 6 进行。

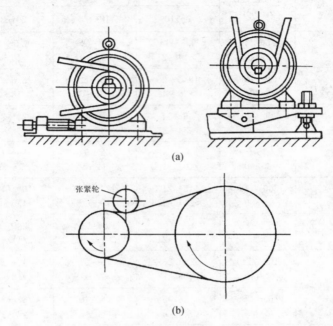

(a)

张紧轮

(b)

图 12 - 6　张紧力调整

（a）改变中心距；（b）用张紧轮

3. 带传动机构的损坏形式与修理方法

带传动机构常见的损坏现象有轴颈弯曲，带轮孔与轴配合松动，带轮槽磨损、带拉长或接头断裂，带轮崩碎等。

1）轴颈弯曲

将轴拆卸后，这时可用划针盘或百分表在外圆柱面上检查摆动情况，根据弯曲的情况进行矫直。

2）带轮孔与轴配合松动

当带轮孔或轴磨损不大时，轮孔可以在车床上车去很薄的金属层，将孔修光和修圆。再用锉刀修正键槽，必要时可在插床上将键槽扩大，或在圆周其他方向另开新键槽。在这种情况下，轴颈可用镀铬法,振动堆焊法以及用喷镀的方法加大直径。当带轮孔磨损严重时,可用镗孔法来修理,并压装新的衬套(图 12-7),再用骑缝螺钉固定,加工出新的键槽。为了不使轮毂过于削弱,可按下列公式计算衬套外径。

$$D = 1.26d + 3 \text{ mm}$$

式中:D ——衬套外径(mm);

　　　d ——轴颈直径(mm)。

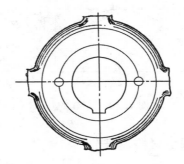

图 12-7　镗孔后压入衬套

3) 带轮槽磨损

可适当车深轮槽,然后再修整外缘。

4) 带拉长或接头断裂

带在正常范围内拉长,可通过调节装置来控制中心距,当带的拉长量超过正常的拉伸量,则必须予以更换。当平型带的接头断裂,则应重新进行连接。

5) 带轮崩碎

由于带轮孔与轴颈配合过松或紧定件失效,在受到交变载荷时有可能使带轮崩碎。在制造新带轮时,可用普通的游标卡尺来测绘旧轮。如图 12-8 所示,D 为带轮的直径,L 为弓形弦长,H 为卡脚长度(弓形高度),其计算式如下:

$$D = H + \frac{L^2}{4H} \text{ mm}$$

[**例**]　用游标卡尺测得带轮的部分尺寸如下,弦长 $L=200$ mm, 卡脚 $H=60$ mm,求带轮的外缘直径 D。

解

$$D = 60 + \frac{(200)^2}{4 \times 60} = 60 + \frac{40\,000}{240}$$

$$= 60 + \frac{1\,000}{6}$$

$$= 226.66 \text{ mm}$$

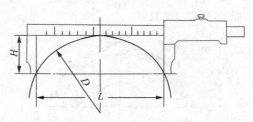

图 12-8　带轮的弦长

二、链传动机构及其维修操作

1. 链传动机构的种类与结构

1) 链传动的组成、特点与种类

链传动由两个链轮和连接两个链轮的链条所组成,是通过链与链轮啮合来传动的,如图 12-9 所示。

由于链传动是啮合传动,可保证一定的平均传动比,同时适用于两轴距离较远的传动,传动较平稳,传动功率较大,特别适合在温度变化大和灰尘较多的场合,故得到广泛应用。*常用传动链有套筒滚子链及齿形链,如图 12-10 所示*。

2) 传动链的结构

(1) 套筒滚子链

如图 12-11 所示。销轴与外链板,套筒与内链板分别用过盈配合固定;而销轴与套筒、滚子与套筒之间则为间隙配合。这样,当链节屈伸时,套筒可绕轴自由转动。当链与链轮啮合时,两者之间主要是滚动摩擦,因此磨损较小。

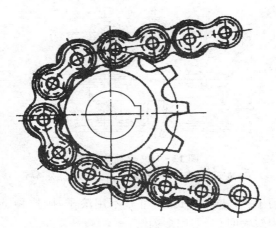

图 12‑9 链传动

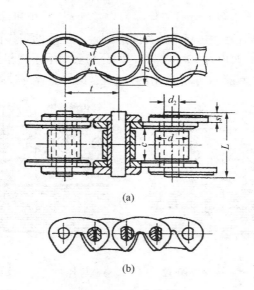

(a)

(b)

图 12‑10 传动链

(a) 套筒滚子链；(b) 齿形链

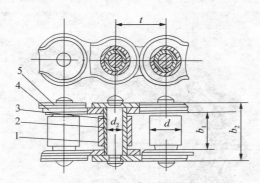

图 12 - 11　套筒滚子链

1—滚子；2—套筒；3—销轴；4—内链板；5—外链板

当受力不大,速度较低时,可以不用滚子,则这种链称为套筒链。当受力较大时,可采用多列链。

(2) 齿形链

齿形链是由多个齿形链片并列铰接而成,在相间排列的链片销孔中配置销轴,链片孔与销轴为间隙配合。链片的工作面呈直线状,其两工作面的夹角为60°(图 12 - 12)。与套筒滚子链相比,其传动平稳性较高、噪声较小、承受冲击的性能较好,故能容许较高的速度。

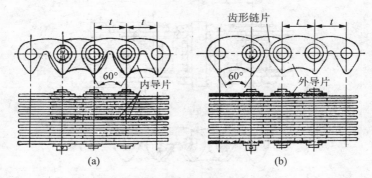

图 12 - 12　齿形链导片

为了防止工作时的脱链现象,齿形链上设有导片。导片分内导片[图 12 - 12(a)]和外导片[图 12 - 12(b)]两种。用内导式齿形链时,链轮上应开导向槽。其导向性好,且工作可靠,适宜于高速及重载传动。用外导式齿形链时,链轮上无导向槽,故链轮结构简单,但受到横向载荷时销轴端铆合处容易损坏,故不适合用于高速传动。

3）链轮

链轮具有特殊形状的齿,工作时和链的环节相啮合,并通过轴来传递转矩。根据链轮的结构型式不同,分为整体式、孔板式和齿圈式三种。

2. 链传动机构的装配方法

1）链传动机构装配操作要点

（1）链轮在轴上必须保证周向和轴向固定,轴向采用螺钉固定；周向一般采用普通平键和销联接,如图 12 - 13 所示。

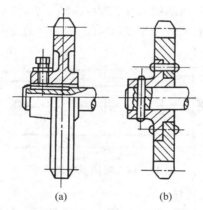

(a)　　　　　　(b)

图 12 - 13　链轮与轴的联接固定方式

（2）两链轮轴线必须平行,否则会加剧链轮和链的磨损,降低传动平稳性,增加噪声。

（3）*两链轮间轴向偏移量不能太大,一般当两轮中心距小于 500 mm 时,轴向偏移量在 1 mm 以内,两轮中心距大于 500 mm 时,轴向偏移量在 2 mm 以内。*

两链轮轴线平行度及轴向偏移量,装配时的检测方法与带轮装配时检测方法相同。

（4）链轮装配后的跳动量必须符合表 12 - 3 的要求。

表 12-3　链轮允许跳动量　　　　　　　(mm)

链轮直径	链轮跳动量	
	径　向	端　面
≤100	0.25	0.3
>100~200	0.5	0.5
>200~300	0.75	0.8
>300~400	1.00	1.00
>400	1.20	1.50

2) 链装配的下垂度要求

当链传动是水平或有一定倾斜(一般在 45°以内)时,下垂度 f 应不大于 $2\%L$(L 为两链轮中心距)。倾斜度增大时,要减小下垂度;在垂直放置时,f 应小于 $0.2\%L$。检查方法如图 12-14 所示。

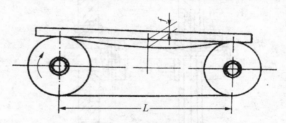

图 12-14　链的下垂度检查

3) 链两端的联接

套筒滚子链的接头形式如图 12-15 所示。如果链传动两轴中心距不可调节,则装配时必须先将链条套在链轮上,然后再进行联接,此时需采用专用工具,如图 12-15(a)。齿形链必须用图

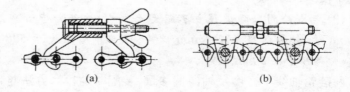

(a)　　　　　　　　　　　　(b)

图 12-15　链条拉紧工具

(a) 滚子链拉紧专用工具;(b) 齿形链拉紧专用工具

12－15(b)的方法安装,平时也可采用铅丝扎紧收缩的方法安装。

3. 链传动机构的损坏形式与修理方法

1)链传动机构的维修装拆方法

(1)链轮的装拆

链轮的装拆方法与带轮的装拆方法基本相同。在拆卸链轮时首先应将紧定件取下,如紧定螺钉、圆锥销,然后再将链轮拆卸。装配时按拆卸的相反步骤进行。

(2)链的装拆

链的装拆应根据链的两端联接形式而定,如图 12－16(a)所示用开口销联接的,在拆卸链时,可以先将开口销取出,然后将外连板拆卸,再取下轴销,即可将链拆卸。如图 12－16(b)所示用弹簧卡片联接,在拆卸链时,首先应拆弹簧卡片,然后将外连板取下,再将两轴销组一起拆卸,这样即可将链拆卸。对于两端头联接采用铆合的,可用小于销轴的冲头冲出即可。

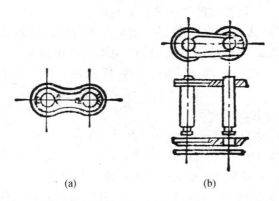

(a)   (b)

图 12－16　链的拆卸

装配时可按拆卸的相反顺序进行。在装配弹簧卡片时,要注意弹簧卡片的开口端的方向与链的速度方向相反,以免运转中受到碰撞而脱落。

2)链传动机构的修理方法

链传动机构常见的损坏现象有:链使用后被拉长、链和链轮磨

损、链环断裂等。通常修理方法如下：

（1）链使用后被拉长

链条经过一定时间的使用，会被拉长而下垂，产生抖动和掉链现象，必须予以消除。如果链轮中心距可调节，应首先调节中心距，使链条拉紧；链轮中心距不可调的，可以采取装张紧轮方法，使链条拉紧。也可以卸掉一个（或几个）链节来达到拉紧的目的。

（2）链和链轮磨损

磨损是链传动损坏的重要原因，链传动中，链轮的牙齿逐渐磨损，节距增加，使链条磨损加快，当磨损严重时一般采用更换方法。

（3）链环断裂

在链的传动中，发现个别链环断裂，则可采用更换个别链节的方法解决。

三、齿轮传动机构及其维修操作

1. 齿轮传动机构的种类与基本要求

齿轮传动机构是依靠轮齿间的啮合来传递运动及转矩的。其特点是能保证准确的传动比，传递功率和速度范围大，传递效率高，使用寿命长，结构紧凑，体积小等，因此在机械工业中得到广泛应用。

1）齿轮传动的种类

齿轮传动的种类较多，如图 12-17 所示。

（1）两轴线互相平行的圆柱齿轮传动

包括直齿圆柱齿轮传动和斜齿圆柱齿轮传动。

① 直齿轮传动。直齿轮传动包括外啮合齿轮传动和内啮合齿轮传动。直齿轮制造方便，在传动机构中应用最广，其缺点是由于每对轮齿都是同时接触，同时脱开，故容易产生冲击、噪声及传动不平稳。

② 斜齿圆柱齿轮传。斜齿圆柱齿轮，齿轮方向与轴线倾斜一定角度，其特点是传动平稳，一齿未脱开另一齿已接触，载荷分布均匀，但传动时有单向轴向力。人字齿轮相当于两个齿轮方向相

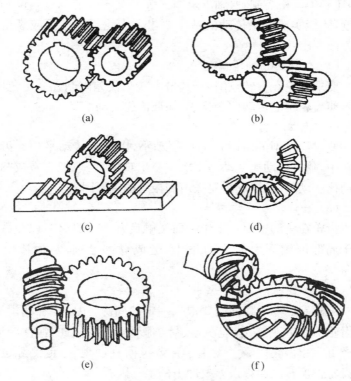

图 12 - 17 齿轮传动的种类

(a) 直齿圆柱齿轮传动；(b) 斜齿圆柱齿轮传动；(c) 齿轮齿条传动；
(d) 锥齿轮传动；(e) 蜗杆蜗轮传动；(f) 曲线齿锥齿轮传动

反的斜齿轮,该齿轮传递功率大。

(2) 两轴线相交的齿轮传动

包括锥齿轮传动。

(3) 两轴线交错的齿轮传动

包括交错轴斜齿轮螺旋齿轮传动及齿轮与齿条传动等。

2) 齿轮传动机构的基本要求

传动要平稳、保证严格的传动比、无冲击、无振动和噪声、承载
能力强、有足够的使用寿命。为此,除了对齿轮自身精度严格要求

外,还必须严格控制轴、轴承及箱体等有关零件的制造精度和装配精度,才能实现齿轮传动的基本要求。齿轮传动精度应满足下列四方面要求:

(1) 传递运动的准确性

要求齿轮在一转范围内,其最大转角误差限制在一定范围内,从而使齿轮副的传动比变化小,保证传递运动准确。

(2) 传动平稳性

要求齿轮副的瞬时传动比变动小,以保证传动平稳。齿轮在一转中,瞬时传动比变动是多次重复出现的,一般把它看成"高频"传动比变动,它是引起齿轮噪声和振动的主要因素。

(3) 齿面承载的均匀性

齿轮在传动中要求工作齿面接触良好,承载均匀,以免载荷集中于局部区域而引起应力集中,造成局部磨损,从而影响使用寿命。

(4) 齿轮副侧隙的合理性

齿轮副的非工作面间要求有一定的间隙,用以贮存润滑油,补偿齿轮的制造误差、装配误差、受热膨胀及受力后的弹性变形等,这样可防止齿轮传动时发生卡死或齿面烧蚀现象,但侧隙也是引起齿轮正反转的回程误差及冲击的不利因素。

2. 齿轮传动机构的装配方法

1) 圆柱齿轮传动机构装配要点

(1) 齿轮与轴的装配

根据齿轮工作性质不同,齿轮装在轴上可以是空转、滑移或固定联接。如图 12-18 所示。

① 在轴上空转或滑移的齿轮,一般与轴是间隙配合,这类齿轮装配方便。滑移齿轮在轴上不应有咬住和阻滞现象,滑移齿轮轴向定位要准确,啮合齿轮轴向错位量不得超过规定值。

② 固定齿轮与轴的装配一般为过渡配合,同轴度要求高。当过盈量小时,可用铜棒及锤子敲击装入;当过盈量大时,应在压力机上进行压装,此时,应注意轴、孔清洁工作,压装前涂上润滑油,

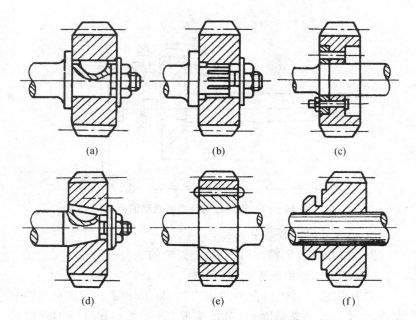

图 12－18　齿轮在轴上的结合方式

（a）圆柱轴颈和半圆键；（b）花键；（c）螺栓法兰；（d）锥轴颈和半圆键；
（e）带固定铆钉的压配；（f）与轴滑配

压装时要尽量避免齿轮偏斜和端面未紧贴轴肩等装配误差，也可将齿轮在油中加热，进行热套。

③ 对于精度要求高的齿轮装配，装配后还需进行径向圆跳动和端面圆跳动的检查，如图 12－19 所示。

（2）齿轮轴组的位置

齿轮轴组在箱体中的位置，是影响齿轮啮合质量的关键。对箱体座孔的加工精度要求，内容包括：

① 孔距精度；

② 孔系平行度精度；

③ 轴线与基面距离、尺寸精度和平行度精度；

④ 孔的轴线与端面的垂直度精度；

⑤ 孔中心线的同轴度精度。

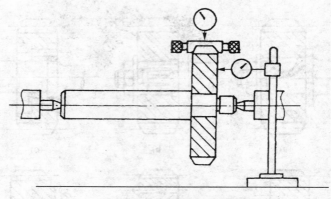

图 12 - 19 齿轮径向及端面跳动的检查

2）齿轮装配啮合质量的检查

齿轮轴部件装入箱体后，要检查齿轮的啮合质量。

（1）齿轮侧隙的检查：

① 压扁软金属丝检查法，如图 12 - 20(a)所示。在齿宽两端的齿面上，平行放两条熔断丝（宽齿应放 3～4 条），其直径不宜超过最小间隙的 4 倍。使齿轮啮合并挤压熔断丝，熔断丝被挤压后最薄处的尺寸，即为啮合齿轮的法向侧隙值。此法在实践中为最常用。

② 百分表检查法，如图 12 - 20(b)所示。测量时，将一个齿轮固定，在另一个齿轮上装夹紧杆 1，由于侧隙存在，装有夹紧杆的齿轮便可摆动一定角度，在百分表上得到读数差值 C，则啮合齿轮的圆周侧隙 C_n 为：

$$C_n = C \frac{R}{L}$$

式中：C——百分表的读数；

   R——装夹杆齿轮的分度圆半径(mm)；

   L——夹紧杆长度(mm)。

也可用百分表或杠杆百分表侧头直接抵在可动齿轮一个齿面上，将接触百分表测头的齿轮从一侧啮合转到另一侧啮合，百分

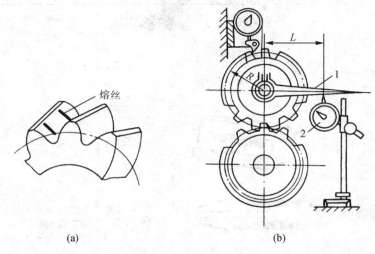

图 12 - 20　检测齿轮侧隙

(a) 用熔断丝检验；(b) 用百分表检验

表上的读数差值，便是啮合齿轮的圆周侧隙 C_n 值。

（2）接触精度的检查

接触精度主要指标是接触斑点。检验时将红丹粉涂于大齿轮齿面上，使两啮合齿轮进行空运转，然后检验其接触斑点情况。转动齿轮时，从动齿轮应轻微止动，对双向工作的齿轮，正反两个方向都应检验。

根据接触斑点面积、位置情况，可对齿轮啮合精度作分析，详见表 12 - 4。

表 12 - 4　渐开线直齿轮啮合接触斑点及调整方法

接触类型	接触斑点	原因分析	调整方法
正常接触			

（续　表）

接触类型	接触斑点	原因分析	调整方法
偏齿顶接触		中心距太大	
偏齿根接触		中心距太小	可在中心距允差范围内,刮削轴瓦或调整轴承座
同向偏接触		两齿轮轴线不平行	
异向偏接触		两齿轮轴线歪斜	
单面偏接触		两齿轮轴线不平行同时歪斜	
游离接触	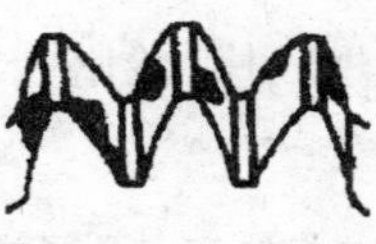	齿轮端面与回转轴线不垂直	检查并校正齿轮端面与回转轴线的垂直度
不规则接触		齿面有毛刺或有碰伤隆起	去除毛刺,修整

注：游离接触在整个齿圈上接触区由一边逐渐移至另一边；不规则接触是有时齿面一个点接触,有时在端面边线上接触。

3）锥齿轮传动机构的装配要点

（1）锥齿轮箱孔轴线检验

锥齿轮传动的特点是作垂直两轴的传递运动,因此箱体两垂直轴座孔的加工必须符合规定的技术要求。两孔同一平面内垂直度的检测如图 12-21。

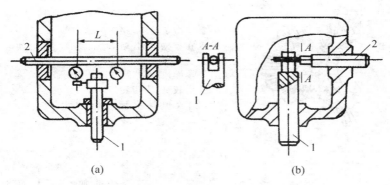

图 12-21 同一平面内两孔轴线垂直度检测
(a) 表测法；(b) 过、止端控制法

图 12-21(a)为检验垂直度的方法。将百分表装在心棒 1 上，再固定心棒 1 的轴向，旋转心棒 1，百分表在心棒 2 上 L 长度内的两点读数差，即为两孔在 L 长度内的垂直度误差。

图 12-21(b)为两孔轴线相交程度检查。心棒 1 的测量端做成叉形槽，心棒 2 的测量端按垂直度公差做成两个阶梯形，即过端和止端。检验时，若过端能通过叉形槽而止端不能通过，则垂直度合格，否则即为超差。

(2) 锥齿轮轴向位置确定

准确确定两锥齿轮在轴上的轴向位置，必须使两齿轮分度圆锥相切，两锥顶重合。 装配时可按计算及测量大齿轮轴线到小齿轮基准面的距离来确定小齿轮轴向位置，再根据大小齿轮的啮合侧隙是否满足要求，用加减调整片或用其他调整结构来确定大齿轮轴向位置。

(3) 锥齿轮啮合质量检查

锥齿轮侧隙的检查方法与直齿轮基本相同。接触斑点检验及情况分析见表 12-5。

表 12 – 5　锥齿轮接触斑点及调整方法

接触斑点	现象及原因	调整方法
 正常接触（中部偏小端接触）	在轻微负荷下，接触区在齿宽中部，略宽于齿宽的一半，稍近于小端，在小齿轮齿面上较高，大齿轮上较低，但都不到齿顶	不需调整
 低接触　高接触	小齿轮接触区太高，大齿轮太低。原因：小齿轮轴向定位有误差	小齿轮沿轴向移出，如侧隙过大，可将大齿轮沿轴向移进
	小齿轮接触太低，大齿轮太高。原因：小齿轮轴向定位有误差	小齿轮沿轴向移进，如侧隙过小，则将大齿轮沿轴向移出
 高低接触	在同一齿的一侧接触区高，另一侧低。如小齿轮定位正确且侧隙正常，则为加工不良所致	装配无法调整，需调换零件。若只作单向传动，可按上述两种方法调整，也可考虑另一齿侧的接触情况
	两齿轮的齿两侧同在小端接触。原因：轴线交角太大	不能用一般方法调整，必要时修刮轴瓦
 小端接触 同向偏接触	同在大端接触。原因：轴线交角太小	

（续　表）

接 触 斑 点	现象及原因	调 整 方 法
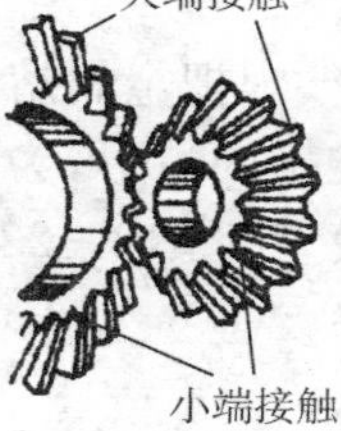 大端接触 小端接触 异向偏接触	大小齿轮在齿的一侧接触于大端,另一侧接触于小端。原因:两轴线有偏移	应检查零件加工误差,必要时修刮轴瓦

3. 齿轮传动机构的损坏形式与修理方法

1) 齿轮传动机构的损坏形式及其原因

（1）损坏形式

齿轮副经过一定时间的运转,会产生磨损,磨损后的齿轮,齿面上出现金属剥蚀,齿侧间隙增大,噪声增大,齿轮精度降低,严重者甚至会使轮齿断裂而不能工作。

（2）损坏原因

产生这些现象,主要原因有:

① 齿轮的材料选择不当,以致齿面硬度偏低,工作面容易磨损,或因淬火缺陷致使受载轮齿断裂。

② 齿轮在运转中没有得到适当润滑或过载工作时润滑油被压出工作面,使齿面在干摩擦下工作,产生金属剥蚀。

③ 调速换档时,操作不当使轮齿间碰撞严重而引起崩齿。

2) 齿轮传动机构的修理方法

由于上述齿轮副传动中出现的现象,修理中一般采用以下几种处理方法。

（1）更换法

齿轮磨损严重或齿崩裂,一般情况下均应更换新的,但是如果小齿轮和大齿轮啮合,往往是小齿轮磨损得快,在这种情况下,就必须及时的更换小齿轮,以免加速大齿轮的磨损。更换时,必须注意使齿轮的压力角相同,否则就会促使齿轮以及机构加速磨损。通常齿轮的压力角(齿形角)为 20°和 14.5°(英制)。

(2)焊补金属法

对于大模数齿轮的轮齿局部崩裂,可用气焊把金属熔化堆积在损坏的部分,然后经过回火,再加工成为准确的齿形,为了减轻齿形的修正工作,最好用两块炭精或铜曲线模型[图 12 - 22(a)]来堆焊齿形。

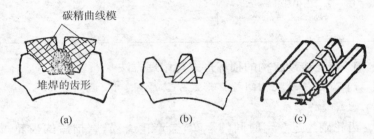

图 12 - 22 轮齿的修复方法

(3)镶齿法

对于不重要的及圆周速度不大的齿轮,如果损坏一个或连续几个轮齿,可以用镶齿法进行修理,如图 12 - 22(b)、(c)所示。首先把坏齿的根部铣或刨出一条燕尾槽,在槽内镶上一插块,然后用焊接或螺纹联接等方法固定,最后在这插块上铣出新的齿形。

(4)更换轮缘法

用更换轮缘法进行修理时,先将轮齿车掉,然后将轮缘过盈压入,并用焊接法或螺钉加以固定,最后切制轮齿。

(5)调整法

对于锥齿轮使用一定时间后,齿轮或调整垫圈因磨损而造成侧隙增大,应进行调整,如图 12 - 23 所示,将齿轮 1、2 沿着轴线方向移动,调整好后,再选配调整垫圈 3 或 4 的厚度来使齿轮位置固定。

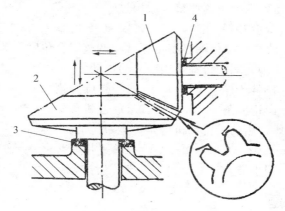

图 12-23 锥齿轮啮合间隙调整

1、2—齿轮;3、4—垫圈

··[··· **复 习 思 考 题** ···]··

一、判断题

1. 常见的带传动形式是同步带传动。 （　　）

2. 常用的链传动使用套筒滚子链。 （　　）

3. 平行轴传动可使用直齿圆锥齿轮。 （　　）

4. 齿轮的加工精度可以通过公法线长度进行检测。 （　　）

5. 齿轮传动机构中一般都是齿数少的齿轮容易磨损。（　　）

二、选择题

1. 链传动机构下垂度增加,可通过（　　）进行调整。

    A. 减小链轮中心距   B. 增大链轮中心距

    C. 移动链轮轴向位置   D. 减少链节

2. 齿轮传动机构的运动精度检验一般通过（　　）进行。

    A. 齿隙   B. 接触斑点

    C. 轴向窜动   D. 端面跳动

3. 锥齿轮啮合位置调整一般通过（　　）进行。

    A. 改变轴径　　　　　　　　　B. 改变齿厚

    C. 改变调整垫圈厚度　　　　　D. 调整啮合角度

4. 相交轴之间的传动采用（　　）传动。

    A. 圆柱齿轮　　　　　　　　　B. 螺旋齿轮

    C. 齿轮齿条　　　　　　　　　D. 圆锥齿轮

5. 车床常用的带传动机构是（　　）传动。

    A. V带　　　　　　　　　　　B. 平带

    C. 同步带　　　　　　　　　　D. 齿带

三、简答题

1. 如何根据接触斑点来判断齿轮传动机构的装配误差？

2. 简述齿轮装配的精度检测内容和方法。

3. 简述带传动的损坏形式和修复方法。

4. 简述齿轮传动机构的损坏形式和修理方法。

5. 简述链传动机构的修理方法。

第*13*章 轴承、轴组及其维修操作

　　1. 滑动轴承的损坏形式与装配、修理方法。

　　2. 滚动轴承的损坏形式与装拆、调整方法。

　　3. 轴组的修理装配和调整方法。

一、滑动轴承及其维修操作

1. 滑动轴承的种类、结构及其应用

1) 滑动轴承

　　根据滑动轴承所能承受的载荷方向，可以分为向心滑动轴承和推力滑动轴承两类。

（1）向心滑动轴承

常用的向心滑动轴承有以下三种型式：

① 整体式滑动轴承——常见的整体式轴承是在机器的机架或机身上直接镗出轴承孔，有时在孔内镶有轴套，如图 13 - 1 所示。

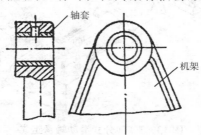

图 13 - 1　与机架一体的整体式轴承

图 13-2 所示是一种和机架分离的整体轴承,安装时用螺栓连接在机架上。这种轴承的型式很多,并已标准化。**整体式滑动轴承结构简单,成本低廉,但轴套磨损后,轴颈与轴承间的间隙无法调整;在安装时轴颈只能由轴承端部装进去,安装不方便,故一般用于低速、轻载及间歇工作的地方,如车床的光杠、丝杠的轴承座等。**

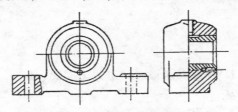

图 13-2 与机架分离的整体式轴承

② 剖分式滑动轴承——剖分式滑动轴承如图 13-3 所示,主要由轴承座、轴承盖、对开轴瓦、垫片和双头螺栓(或螺钉、螺栓)等组成,在轴承孔内配置对开式轴瓦。轴承盖和轴承座接合处制成台阶状的配合表面,使之能上下对中和防止横向移动。**通常在轴承盖和轴承座之间留有 5 mm 左右的间隙,当轴瓦稍有磨损时,可适当减少放置在轴瓦对开面上的垫片,并拧紧轴承盖上的螺栓来消除轴颈与轴承间的间隙,使磨损的轴瓦得到调整。这种轴承克服了整体式轴承的缺点,且装拆方便,故应用广泛。**

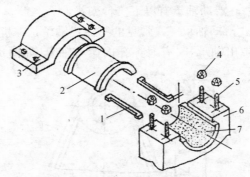

图 13-3 剖分式滑动轴承组成

1—垫片;2—上轴瓦;3—轴承盖;4—螺母;5—双头螺栓;6—轴承座;7—下轴瓦

③ 锥形表面滑动轴承——这类轴承是利用轴承中的锥形面来调节间隙，因此常用于对轴承间隙要求高的场合。根据其形状可分为内锥外柱式和内柱外锥式两种。

图 13 - 4 所示为内锥外柱式滑动轴承，其结构简单、刚性好，常用于车床主轴的轴承。在调节间隙时，通常是使轴的位置不变，而移动轴瓦的位置来调整间隙，在调整时首先把左端的螺母放松，再把右端的螺母拧紧，轴瓦就向右移，使轴承间隙增大；反之，使轴承间隙减小。由于该轴承的滑动表面是锥形，因此在沿轴线的长度方向各点的圆周速度不同，磨损情况也不同。当轴承温升过高时易引起抱轴。

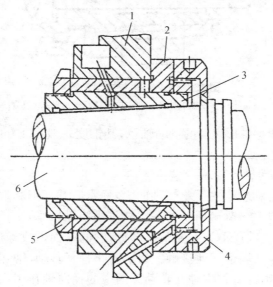

图 13 - 4　内锥外柱式滑动轴承
1—箱体；2—主轴承外套；3—主轴承；4、5—螺母；6—主轴

图 13 - 5 所示为内柱外锥式滑动轴承，其结构特点是轴承外锥面上切有 4～6 条槽，其中有一条切通，切通后，为了增加轴承弹性，在槽中装置垫片。在调整间隙时首先将左端螺母回松，然后把右端螺母拧紧，则使主轴承右移，使轴承间隙增大，反之则间隙减小。因此该轴承常用于磨损较快而便于调节间隙的场合。

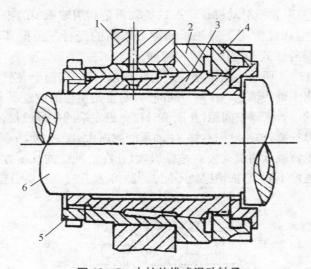

图 13-5 内柱外锥式滑动轴承

1—箱体;2—主轴承外套;3—主轴承;4、5—螺母;6—主轴

上述两种锥形表面的滑动轴承,其锥度一般在 1:10~1:30 的范围内。

(2) 推力滑动轴承

推力滑动轴承主要承受轴向力,通常有圆环形和端面带凸面的两类。图 13-6(a)所示为一立式推力滑动轴承,轴颈的支承面为环形,推力轴瓦 1 是主要工作部分,它的端面做成球形,以保证工作面能与轴端很好地接触。为了防止轴瓦转动,轴瓦上有一凹槽,并用一销钉 2 防止轴瓦转动。图中的径向轴瓦用来固定轴颈的位置,并且可以承受一定的径向载荷,润滑油从油管 3 注入。当轴向载荷大时,可以用多环推力滑动轴承,这时,轴颈上应制出相应的肩环,如图 13-6(b)所示。根据滑动轴承与轴颈之间的润滑状态,又可分为:液体摩擦滑动轴承和非液体摩擦滑动轴承。

2. 滑动轴承的装配方法

滑动轴承的装配要求,主要是轴颈与轴承孔之间获得所需要的间隙和良好的接触,使轴在轴承中运转平稳。滑动轴承的装配

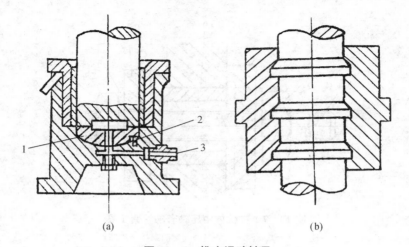

图 13‑6　推力滑动轴承

（a）立式推力滑动轴承；（b）多环推力轴承
1—推力轴瓦；2—销钉；3—油管

方法取决于它们的结构形式。

1）整体式向心滑动轴承的装配

整体式向心滑动轴承又叫轴套，其装配工艺要点如下：

（1）装配准备

将符合要求的轴套和轴承孔除掉毛刺，并经擦洗干净之后，在轴套外径或轴承座孔内涂抹机油。

（2）压入轴套

压入时可根据轴套的尺寸和结合的过盈大小选择压入方法，当尺寸和过盈较小时，可用手锤敲入，但需要垫板保护；*在尺寸或过盈较大时，则宜用压力机压入或用拉紧夹具把轴套压入机体中，如图 13‑7 所示。* 压入时，如果轴承上有油孔，应与机体上的油孔对准。

（3）轴套定位

在压入轴套之后，对负荷较大的滑动轴承的轴套，还要用紧定螺钉或定位销等固定，如图 13‑8 所示。

（4）轴套孔的修整

对于整体的薄壁轴套，在压装后，内孔易发生变形，如内径缩小

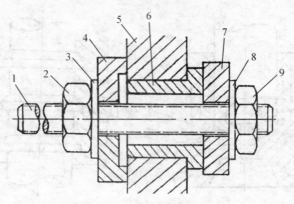

图 13-7 在机体中压轴套的拉紧工具

1—螺杆;2、9—螺母;3、8—垫圈;4、7—挡圈;5—机体;6—轴套

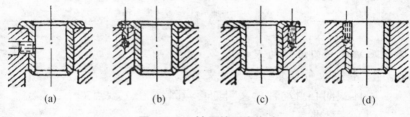

(a)　　　　(b)　　　　(c)　　　　(d)

图 13-8 轴承的固定方式

或成椭圆形、圆锥形等,可用铰削、刮研等方法,对轴套孔进行修整。

2) 内柱外锥式滑动轴承的装配

内柱外锥式滑动轴承的结构如图 13-5 所示,其装配工艺要点如下:

(1) 做好箱体孔 1,主轴承外套 2 和主轴承 3 的清理工作。

(2) 将轴承外套 2 压入箱体孔 1 中,其配合为 H7/r6。

(3) 用专用心轴或主轴直接研点,修刮主轴承外套 2 的内锥孔,并保证前后轴承同轴,要求接触点为 12~16 点/25×25 mm²。

(4) 在轴承上钻进油孔和出油孔,要与油槽相接通。

(5) 以主轴承外套 2 的内孔为基准,研点配刮主轴承 3 的外锥面,接触点 12~6 点/25×25 mm²。

（6）把主轴承 3 装入主轴承外套锥孔内,两端分别拧入螺母 4、5,并调整轴承 3 的轴向位置,使其内孔在外锥的强迫作用下具有调节量。

（7）以轴 6 为基准配刮主轴轴承 3 的内孔,要求接触点为 12 点/25×25 mm²。轴瓦上的点子应两端硬中间软,油槽两边的点子要软,以便建立油楔,油槽两端的点子分布要均匀,以防漏油。刮削时可将箱体置于如图 13-9 所示的可翻转圆环架上,这样操作方便、省力。

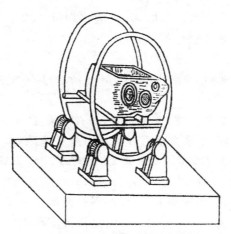

图 13-9 刮削轴承用的可翻转圆形架

（8）清洗轴套和轴颈后,重新装入并调整间隙。对于一般精度的车床主轴承,其间隙为 0.015～0.03 mm,精密机床主轴承间隙为 0.004～0.01 mm。配合间隙与轴承工作温度及润滑油黏度有很大关系,故在热态下工作、转速较高的轴承应采用较大的间隙。

调整间隙的方法见图 13-5,先将调节螺母 5 拧紧,使配合间隙消除,然后再拧松小端螺母至一定角度 α,并拧紧大端螺母,即可得到要求的间隙值。拧松角度 α 可按下式计算。

$$\alpha = \Delta \frac{L}{D-d} \times \frac{360°}{S_0} (°)$$

式中：$\dfrac{L}{D-d}$——轴承锥度的倒数；

S_0——螺母的导程(mm)；

Δ——要求的间隙值(mm)。

[例] 某机床主轴轴颈为 67 mm，轴承为内柱外锥式，其 $L=$ 70 mm，$D=93$ mm，$d=86$ mm，$S_0=3$ mm。如要求使轴承间隙缩小 0.02 mm，其螺母应转过多少角度？应如何调节？

解 $\alpha = \Delta \dfrac{L}{D-d} \times \dfrac{360°}{S_0} = 0.02 \times \dfrac{70}{93-86} \times \dfrac{360}{3} = 24°$

根据上述计算值调节时，首先应将螺母 4 放松(逆旋 24°)，然后将螺母 5 拧紧(顺旋 24°)即可。

3) 剖分式滑动轴承的装配

剖分式滑动轴承的结构如图 13-3 所示，其装配工艺要点如下：

(1) 轴瓦与轴承座、盖的装配

上下轴瓦与轴承座、盖装配时，应使轴瓦背与座孔接触良好，如不符合要求时，对厚壁轴瓦则以座孔为基准铲刮轴瓦背部，同时应注意轴瓦的台肩靠紧座的两端面，达到 H7/f7 配合，如太紧也需进行修刮。 对于薄壁轴瓦则不需修刮，只要进行选配，如图 13-10 所示，为了达到配合的要求，轴瓦的对开面应比轴承体的对开面高出一些，其值 $\Delta h = \pi \delta/4$(δ——轴瓦与机体孔的配合过盈)，一般 $\Delta h = 0.05 \sim 0.1$ mm。轴瓦装入时，在对合面上应垫上木板，用锤子轻轻敲入，避免将对合面敲毛，影响装配质量。

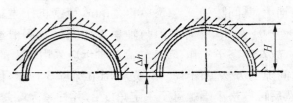

图 13-10　薄壁轴瓦配合示意

(2) 轴瓦的定位

轴瓦安装在机体中，无论在圆周方向或轴向都不允许有位移，通常可用定位销和轴瓦上的凸台来止动。

（3）轴瓦孔的配刮

对开式轴瓦一般多用与其相配的轴研点，通常先刮研下轴瓦再刮研上轴瓦，为了提高修刮效率，在刮下轴瓦时可不装上轴瓦盖，当下轴瓦的接触点基本符合时，再将上轴瓦盖压紧，并拧上螺母，在修刮上轴瓦的同时进一步修正下轴瓦的接触点。配刮轴的松紧，可以随着刮削的次数、调整垫片厚度尺寸来调节。当螺母均匀紧固后，配刮轴能够轻松地转动且无明显的间隙。接触点符合要求，即可认为刮削合格。

（4）清洗装配

清洗轴瓦，然后重新装入。

3. 滑动轴承的损坏形式与修理方法

1）滑动轴承的损坏形式

轴承的工作表面在工作一定时期后往往会磨损，或出现轴承合金烧熔、剥落、裂纹等情况。出现这些缺陷的原因，不外乎油膜因某种原因破坏，造成轴颈与轴承表面的直接摩擦，例如当润滑油不充分、油内混入其他杂质、轴颈成椭圆、加剧轴承磨损等。因此，遇到这些情况，应认真分析，找出原因并消除它。

上述轴承损坏现象，可按轴承结构不同采用不同的修理方法。

2）滑动轴承的修理方法

（1）整体式滑动轴承的修理

整体式滑动轴承的修理，一般采用更新的方法。但是，在某些情况下，如对大型轴承或贵重金属材料的轴承，可采用金属喷镀的方法，或将轴套切去部分［图 13-11(a)］，然后合拢以缩小内孔，如图 13-11(b)所示。然后在缺口上用铜焊补满［图 13-11(c)］。最后通过喷镀或镶套以增大外径(图 13-12)。

（2）内柱外锥式滑动轴承的修理

内柱外锥式滑动轴承的修理，应根据损坏情况进行，如工作表面没有严重擦伤，而仅作精度修整时，可以通过螺母来调整间隙；当工作表面有严重擦伤时，应将主轴拆卸，重新刮研轴承，恢复其

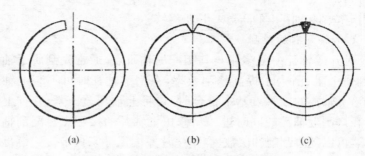

(a)　　　　　　(b)　　　　　　(c)

图 13 - 11　用切口和焊缝法修复轴套

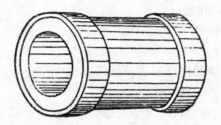

图 13 - 12　在轴套上焊接铜套

配合精度。当没有调节余量时,可采用加大轴承外锥圆直径的方法,如采用电化铜法,增加它的调节余量。另外也可在轴承小端,车去部分圆锥以加长螺纹长度,从而增加了它的调节范围。当轴承变形或磨损严重时,通常调换新的轴承。

（3）剖分式滑动轴承的修理

对开式滑动轴承经使用后,如工作表面轻微磨损,可以通过调整垫片重新进行修刮,以恢复其精度。对于巴氏合金轴瓦,如工作表面损坏严重时,可重浇巴氏合金,并经过机械加工,再进行修刮,直至符合要求为止。*修复时应注意,轴承盖与轴承座之间的间隙应不小于 0. 75 mm, 否则,将影响轴瓦的压紧。*

二、滚动轴承及其维修操作

滚动轴承在工业上应用极其广泛。它具有起动阻力小、精度高、耗油漏油少、轴向尺寸小、维护简单、同规格的轴承可以互换等优点。但也有径向尺寸较大、承受冲击振动能力较差等缺点。

1. 滚动轴承的种类、结构及其应用

1) 滚动轴承的分类

*滚动轴承按所受载荷的方向可分为向心轴承、推力轴承和向心推力轴承三大类。*在每一类中,由于滚动体的形状不同,排数不同,能否调心等,又分为许多类型。在我国滚动轴承标准中,按轴承所能承受载荷方向和滚动体种类,可分为十种基本类型。

2) 滚动轴承的基本结构

如图 13‐13 所示。在内圈的外面和外圈的内面一般都具有光滑的凹槽,起滚道作用,滚动体就沿着滚道运动。保持架的作用是将相邻滚动体隔开,并使滚动体沿滚道均匀分布。滚动体形状有七种,如图 13‐14 所示。

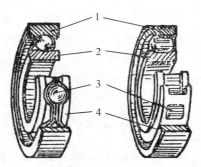

图 13‐13　滚动轴承的构造

1—外圈;2—内圈;3—滚动体;4—保持架

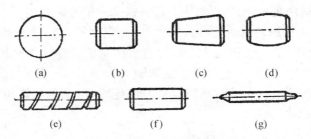

图 13‐14　滚动轴承滚动体的形状

(a) 球;(b) 短圆柱滚子;(c) 圆锥滚子;(d) 球面滚子;
(e) 螺旋滚子;(f) 长圆柱滚子;(g) 滚针

3）轴承精度等级

滚动轴承分为四个精度等级，用汉语拼音字母 G、E、D、C 表示，从 G 到 C 精度依次增加，即 G 级最低，C 级最高。轴承的基本尺寸精度是指轴承内径的制造精度、轴承外径的制造精度、轴系套圈宽度的制造精度等。轴承的旋转精度是指轴承内、外圈的径向摆动；轴承内、外圈的滚道侧摆；轴承内、外圈两端面的平行度；轴承内圈的端面跳动；轴承外圈外径对基准端面的两倍垂直度等。

4）滚动轴承的代号

滚动轴承的代号由前置代号、基本代号、后置代号构成，修理和装配轴承应注意轴承的代号。例如：

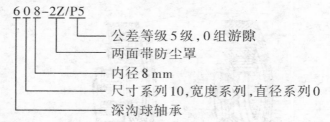

6 0 8－2Z/P5

公差等级 5 级，0 组游隙
两面带防尘罩
内径 8 mm
尺寸系列10，宽度系列，直径系列0
深沟球轴承

5）滚动轴承的应用

G 级轴承应用在旋转精度要求不高的一般旋转机构中，这种轴承在机械制造中用得最广，如普通机床中的变速机构、进给机构；汽车和拖拉机中的变速机构；普通电机、水泵、压缩机、汽轮机等一般通用机械；动力机械中的旋转机构所用的轴承。

E、D、C 级轴承通常称为精密轴承，应用于旋转精度要求较高或转速较高的旋转机构中。如普通机床主轴的前轴承多用 D 级，后轴承多用 E 级；较精密机床主轴轴承采用 C 级；精密仪器、仪表和其他精密机械用的轴承；航空、航海陀螺仪，高速摄影机等高速机械用的轴承等。

6）滚动轴承配合的选择

选择轴承配合时，应考虑负载的大小、方向和性质，转速的大小，旋转精度和装拆是否方便等因素。

(1)当负荷方向不变时,转动套圈应比固定套圈的配合紧一些。一般情况下是内圈随轴一起转动,而外圈固定不转动,所以内圈与轴常取具有过盈的配合;而外圈与孔常取较松的配合。

(2)负荷愈大,转速愈高,并有振动和冲击时,配合应该愈紧。

(3)当轴承旋转精度要求较高时,应采用较紧的配合,以借助于过盈量来减小轴承原始游隙。

(4)当轴承作游动支承时,外圈与轴承座孔应取较松的配合。

(5)轴承与空心轴的配合应较紧,以避免轴的收缩使配合松动。

(6)对于需要经常拆卸或因使用寿命短而须经常更换的轴承,可以取较松的配合,以利于装拆和更换。

2. 滚动轴承的游隙及其调整

1)滚动轴承的游隙

滚动轴承的游隙分为两类,径向游隙和轴向游隙。*游隙的含义:如图 13 - 15 所示,如将一个套圈固定,另一套圈沿径向或轴向的最大活动量。两类游隙之间有密切关系,一般说来,径向游隙愈大,则轴向游隙也愈大,反之亦同。*

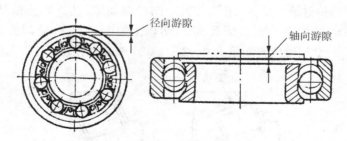

径向游隙

轴向游隙

图 13 - 15 滚动轴承的游隙

(1)轴承的径向游隙

轴承的径向游隙,由于轴承所处的状态不同,游隙分为原始游隙、配合游隙和工作游隙。

① 原始游隙——轴承在未安装前自由状态时的游隙。

② 配合游隙——轴承装配到轴上和外壳内的游隙。其游隙大小由过盈量决定。配合游隙小于原始游隙。

③ 工作游隙——轴承在工作时因内外圈的温度差使配合游隙减小，又因工作负荷的作用，使滚动体与套圈产生弹性变形而使游隙增大，但在一般情况下，工作游隙大于配合游隙。

（2）轴承的轴向游隙

有些轴承，由于结构上的特点，其游隙可以在装配或使用过程中，通过调整轴承套圈的相互位置来确定，如向心推力球轴承、圆锥滚子轴承和推力球轴承等。

2）滚动轴承游隙的调整

滚动轴承在装配后，如轴承游隙过大，将使同时承受负荷的滚动体减少，应力集中，轴承寿命降低，同时，还将降低轴承的旋转精度，引起振动和噪声，当负荷有冲击时，这种影响尤为严重；如轴承游隙过小，则易发热和磨损，同样会降低轴承的寿命。**因此，选择适当的游隙，是保证轴承正常工作、延长使用寿命的重要措施之一。**

（1）圆锥滚子轴承游隙的调整

对于圆锥滚子轴承在装配过程中，可通过适当地调整轴承内、外圈的相对轴向位置，来调节轴承的径向间隙，其折算关系是，轴向游动量为 2～2.5 倍径向游动量。如要求轴承径向游隙为 0.01 mm，则轴向游动量为 0.02～0.025 mm，如图 13-16 所示。

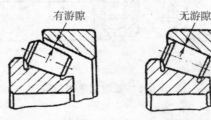

有游隙　　　　无游隙

图 13-16　圆锥滚子轴承的游隙示意

调整轴向游隙通常有以下两种方法：

① 用螺钉调整游隙[图 13-17(a)]，先松开螺母 4 并拧紧螺钉

5,以便抵紧盖板 6,使轴承游隙消除,然后再根据螺钉的螺距大小将螺钉反方向旋转。例如:当螺距为 1 mm 时,为了得到 0.1 mm 的轴向游隙(径向游隙为 0.04～0.05 mm),就必须将螺钉旋转 1/10 周。

② 用垫片调整游隙[图 13 - 17(b)],先松开螺钉 3,抽掉原有的垫片 2,用螺钉 3 均匀地拧紧盖 1;同时用手缓缓转动轴,以使滚动体都处在正确的位置,拧紧到转动轴有发紧的感觉为止。这时,轴承间隙为零,然后用塞尺测量缝隙 K 的厚度,并加上所需的轴向游隙值(如轴向游隙为 0.05 mm,则径向游隙为 0.02～0.025 mm),构成调整需要的垫片厚度,再将螺钉 3 均匀拧紧,即能保证所需的径向游隙。

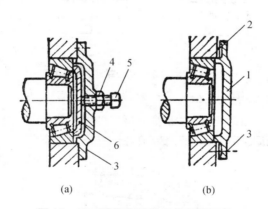

(a)　　　　　　　　　　(b)

图 13 - 17　圆锥滚子轴承的间隙调整

(a) 用螺钉调整;(b) 用垫片调整

1—盖;2—垫片;3—紧固螺钉;4—螺母;5—调节螺钉;6—盖板

(2) 向心推力轴承游隙的调整

向心推力轴承游隙的调整,通常有以下几种方法:

① 用轴承内垫环厚度差来调整轴承的游隙,如图 13 - 18(a)所示。

② 用弹簧力的大小来调整轴承的游隙,如图 13 - 18(b)所示。

③ 用磨窄成对的轴承内、外圈来调整轴承的游隙,如图 13 - 18(c)所示。

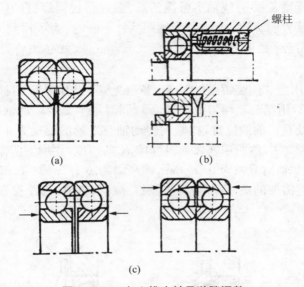

图 13－18　向心推力轴承游隙调整

（3）锥形孔轴承游隙的调整

如图 13－19 所示,拧紧螺母可以使锥形孔内圈往轴颈大端移动,从而使内圈胀大,轴承的游隙减小。反之相反。

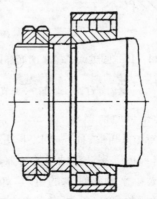

图 13－19　锥形孔轴承游隙调整

3. 滚动轴承的装拆方法

1）装配前的准备工作

滚动轴承是一种精密部件,其套圈和滚动体有较高的精度和表面粗糙度,认真做好装配前的准备工作,是保证装配质量的重要环节。

(1) 按所装的轴承准备好所需的工具和量具。

(2) 清除轴、轴承座孔等表面的毛刺、凹陷、锈蚀及油污。并按图样要求检查倒角是否符合要求。

(3) 用汽油或煤油清洗与轴承的配合件,并用干净的布仔细擦净,然后涂上一层薄油。

(4) 检查轴承型号与图样要求是否一致。

(5) 清洗轴承,如轴承用防锈油封存的,可用汽油或煤油清洗;如用厚油和防锈油脂防锈的轴承,可用轻质矿物油加热溶解清洗(油温不超过 100℃),将轴承放入油内,待防锈油脂溶化后从油中取出,冷却后再用汽油或煤油清洗。经过清洗的轴承不能直接放在工作台上,应垫干净的纸。

对于两面带防尘盖、密封圈或涂有防锈润滑两用油脂的轴承就不必清洗。

2）滚动轴承的装拆操作方法

滚动轴承的装配方法应根据轴承的结构、尺寸大小和轴承部件的配合性质而定。装拆时的压力应直接加在待配合的套圈端面上,不能通过滚动体传递压力。

(1) 圆柱孔轴承的装拆方法

① 当轴承内圈与轴紧配合,外圈与壳体为较松的配合时,可先将轴承装在轴上,压装时在轴承端面垫上铜或软钢的套筒,如图 13 - 20(a) 所示。然后把轴承与轴一起装入轴承座孔中。拆卸时可按图 13 - 20(b) 所示,压出时,可用手锤敲击或用压力机将轴承压出即可拆卸轴承。

② 当轴承外圈与轴承座孔为紧配合,内圈与轴为较松配合时,可将轴承先压入轴承座孔中,这时装配套筒的外径应略小于轴承座孔的直径,如图 13 - 21 所示。拆卸时先将轴拆卸,然后将轴承按

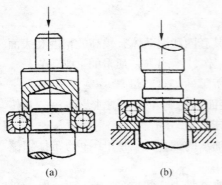

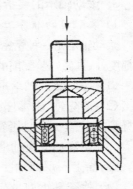

(a)	(b)	
图 13 - 20　圆柱孔轴承的装拆		图 13 - 21　轴承外圈与孔的安装

装配相反的方向压出。

③ 当轴承内圈与轴、外圈与壳体孔都是紧配合时,装配套筒的端面应制成能同时压紧轴承内外圈端面的圆环,如图 13 - 22 所示。使压力同时承受在内外圈上,把轴承压入轴上和轴套座孔中。拆卸时通常可将轴与轴承从轴承座孔中击出,然后,再用拉模将轴承从轴上拆卸,如图 13 - 22(b)所示。

④ 对于圆锥滚子轴承,因其内外圈可分离,因此在装配时,可

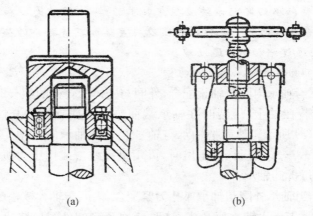

（a）　　　　　　　　　　　　　（b）

图 13 - 22　轴承内外圈与轴孔的装拆

以分别把内圈装入轴上,外圈装在轴承的座孔中,然后再调整游隙,如图 13－16 所示。拆卸时可按图 13－23 所示的方法,分别把轴承内圈和外圈拆卸。

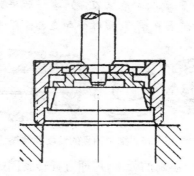

图 13－23　圆锥滚动轴承外圈的拆卸

(2) 圆锥孔轴承的装拆方法

① 将圆锥孔轴承直接装在有锥度的轴颈上,或装在紧定套和退卸套的锥面上。

② 装上止动垫圈,拧上并拧紧紧固螺母,如图 13－24(a)所示。

③ 在拆卸中,可按装配相反的顺序进行,即首先应将止动垫圈的外翅扳直,然后拧松紧固螺母,再利用金属棒和手锤朝紧固螺母方向将轴承敲出。

④ 装在退卸套上的轴承,可先将轴上的紧固螺母卸掉,然后用退卸螺母将退卸套从轴承套圈中拆出,如图 13－24(b)所示。

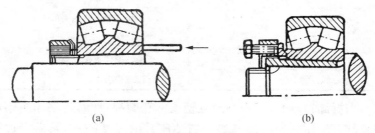

(a)　　　　　　　　　　　　　(b)

图 13－24　圆锥孔轴承的装拆

（3）推力球轴承的装拆方法

① 推力球轴承在装配时，应注意区分紧环和松环，松环的内孔比紧环的内孔大，通常情况下当轴为转动件时，一定要使紧环靠在与轴一起转动零件的平面上，松环靠在静止零件的平面上，如图13−25所示。否则使滚动体表失作用，同时会加速配合件间的磨损。

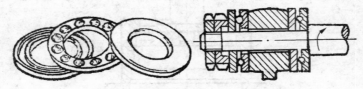

图13−25　推力轴承的装配和调整

② 推力球轴承游隙的大小，可通过拧转紧固螺母来调节。

③ 拆卸时将紧固螺母拆卸，然后将轴用铜棒自左向右击出即可。

4. 滚动轴承的修理方法

滚动轴承经过长期使用，会磨损或损坏。磨损后的轴承使工作游隙增大或表面产生麻点、裂纹、凹坑等弊病，这些将使轴承工作时产生剧烈的振动和更严重的磨损。轴承磨损或损坏的原因可凭借轴承工作时的异常声响来判断，如表13−1所述。

表13−1　滚动轴承常见故障形式及原因

异常声响	原　因
金属尖音（如哨声）	润滑不够，间隙小
不规则声音	有夹杂物进入轴承中间
粗嘎声	滚子槽轻度腐蚀剥落
冲击声	滚动体损坏，轴承圈破裂
轰隆声	滚球槽严重腐蚀剥落
低长的声音	滚珠槽有压坑

当拆卸轴承时，发现轴颈或轴承座孔磨损，此时可采用镀铬或镀铁的方法使轴颈的尺寸增大或使座孔的尺寸减小，然后经过磨削或镗削，达到要求的尺寸。

三、轴、轴组的维修操作

在机械传动中,轴主要是用来支承转动零件或传递转矩。当轴类零件经过一定时间使用后,往往会出现轴颈磨损、轴变形弯曲等现象,造成轴运转不正常,使机器产生噪声和振动,严重时会使机器丧失精度。为此,必须根据轴的损坏情况进行修复。一般采用的方法有:矫直、镀铬、堆焊、镶套等方法。轴组主要由轴和轴承及其他零件所组成。本节着重分析轴和轴承组合后的装配和修理基础知识。

1. 轴的一般修复方法

1) 轴的矫直

轴的矫直通常有冷矫直和热矫直两种,矫正方法如下:

(1) 冷矫直法

当轴径小于 50 mm 时,轴的弯曲大于 0.06/1 000 mm 时,采用冷矫直。 矫直的方法通常是将轴顶在两顶尖之间,用百分表检验其弯曲量,并在最大弯曲点作记号,然后放在如图 13-26 所示的专用工具或压力机上进行矫直。

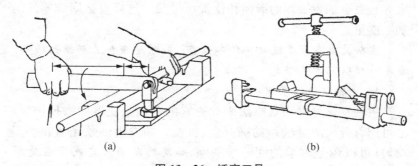

(a)　　　　　　　　　　　(b)

图 13-26　矫直工具

(a) 杠杆;(b) 螺旋压力装置

(2) 热矫直法

热矫直通常用于直径大于 50 mm 的轴。 矫正操作方法是用气焊加热最大弯曲处或相邻部位,使轴的局部受热膨胀,使伸长量达

到原轴最大弯曲值的 2～3 倍(根据轴的直径大小而定),然后迅速冷却使轴矫直。采用热矫直的方法简单可靠,是一种永久性矫正法,精度可达 0.03 mm。这对用机械方法很难矫直的大直径轴或对较大的阶梯轴进行矫直,效果较好。

2) 轴的镀铬

当主轴颈的磨损量小于 0.2 mm,而又需要具有一定的硬度时,可采用镀铬的方法进行修复。镀铬层的厚度一般为 0.1～0.2 mm。如果是受冲击零件,则不宜采用镀铬方法修复,以免零件受冲击后,使镀铬层剥落。为了保持原尺寸精度,镀层应保证具有 0.03～0.1 mm 的磨削余量。

3) 轴的堆焊

当轴颈或在键的部位有严重磨损时,可采用振动堆焊的方法修复,其堆焊的厚度通常为 1.5～5 mm,堆焊后,再进行机械加工,对轴进行修复。

2. 机床主轴的修复与存放

主轴的精度比一般的轴要求高,对于高速机床(例如磨床)的主轴要求更高。如果主轴轴颈制造不精确(表面粗糙度大、椭圆度大等),就会加重轴颈的磨损和使轴承过热。这样直接影响零件的加工质量。

主轴最容易磨损或损坏的部位有:轴颈磨损和主轴锥孔损伤,通常采用以下方法修复。

1) 主轴轴颈的修理

主轴轴颈可以用观察法来检查它的表面粗糙度和磨损情况,也可用百分尺测量轴颈的椭圆度、锥度。如发现轴颈光洁和磨损均匀,可以调节轴承的间隙来消除;*如发现轴颈圆度或圆柱度超差,这时可以用磨削加工来减小表面粗糙度和提高加工精度。如发现轴颈磨损较大而轴颈的硬度很低时,则应进行更新。*

2) 主轴锥孔的修理

主轴锥孔往往因磨损和碰伤而失去它的正确形状。在修理时应预先用砂布和刮刀把锥孔中的毛刺除去,并拭净孔壁,然后在塞规上按母线方向用粉笔划三四条线,把塞规小心地放入孔内,并转动几次。根据塞规上粉笔道擦去的情况,就可以判断主轴锥孔的形状是否正确。如果划线在全长上很均匀地被擦掉或者显出不大的间隙,那么孔就可以不修理;如果被擦掉的地方只有两三处,则孔就应修整。主轴锥孔可以在磨床上修磨,也可以按塞规用刮刀刮削。在修整时切削量应尽量小,否则孔中就不能安装标准顶尖了。

3) 轴的存放与防锈

轴在存放时应该保证轴的直线性,这一点对于长轴尤其重要。长轴应该放在特制的搁架上,并使轴在水平位置上有三四个支承点接触,但最理想的是将轴垂直吊放在专用架子上。为了防止轴颈表面的损伤,在存放轴时,应该用油纸加以包扎。如果轴上有抛光的表面最好用木盖板盖上。为了防止轴的表面锈蚀,应涂上专用防锈油。并将轴保存在干燥和温暖的环境里。

3. 轴组的修理装配和调整

1) 轴组及其装配示例

(1) 轴组

轴、轴上零件和轴承的组合称为轴组,如图 13 - 27 所示为减速器锥齿轮轴组,金属切削机床主轴部件属于轴组,是机床的关键部件,它担负着机床的主要切削运动,并承受主切削力。例如车床主轴直接带动工件旋转、镗床和铣床主轴直接带动刀具旋转,对工件进行切削加工,正因为主轴部件上常直接安装刀具或工件,所以机床主轴部件的精度对加工工件的精度和表面粗糙度产生直接影响。因此在修理与调整中应当予以高度重视。

(2) 轴组装配示例

装配图 13 - 27 的锥齿轮轴组按图 13 - 28 所示的顺序进行装配:先将衬垫 14 装在锥齿轮轴 11、15 上(分组件)→将轴承外圈 13 按要求装在轴承套 12 内(分组件)→将剪好的毛毡 4 嵌入轴承盖 5 槽内(分组件)→将轴承内圈 9 压装在轴上→套装隔圈 8→压装轴承内圈 7→装入轴承盖分组件→调整端面高度使轴承间隙符合要求后拧紧三个螺钉→安装平键 10、套装齿轮 3、垫圈 2、拧紧螺母 1。

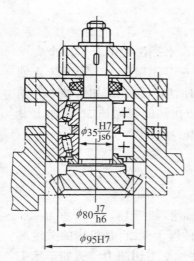

图 13 - 27　锥齿轮轴组

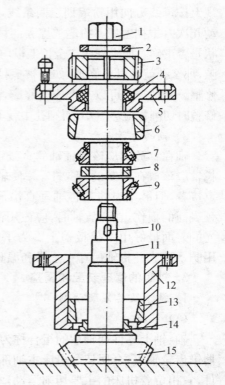

图 13 - 28　锥齿轮轴组装配顺序示意

1—螺母；2—垫圈；3—齿轮；4—毛毡；
5—轴承盖；6、13—轴承外圈；7、9—轴承内圈；
8—隔圈；10—键；11、15—锥齿轮；
12—轴承套；14—衬垫

2）主轴部件的精度

主轴部件的精度，其实质是装配调整之后的旋转精度，它包括主轴轴线的径向跳动、轴向窜动以及主轴旋转的均匀性和平稳性。为此，除了要求轴和轴承本身具有很高的精度外，还要求采用正确的装配和调整方法，以及良好的润滑条件等。

（1）主轴轴线在装配前后的位置变化情况

图 13 - 29(a) 所示为主轴在装配前本身的几何轴线，即主轴前后顶尖孔所决定的中心线，也是加工主轴时的回转轴线。但是，如

果将主轴安装在滑动轴承中,如图 13－19(b)所示,情况就不同了。这时,主轴的旋转基准发生了变化,其旋转轴线就是主轴前后轴颈表面的瞬时中心点的连线。所以主轴在工作中,安装在主轴部件上的刀具或工件,并不是绕主轴本身的轴线旋转的,而是绕主轴前后轴颈表面的回转中心的连线来旋转的。弄清这一事实,对主轴部件的装配与修理、调整具有实际意义。

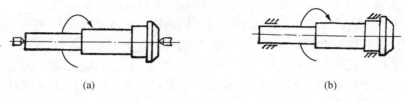

(a)　　　　　　　　　　　　　　　　　(b)

图 13－29　装配前后主轴轴线示意图

(a) 装配前;(b) 装配后

(2) 影响主轴部件装配精度的因素

① 主轴本身的精度,如主轴轴颈的同轴度、倾斜度及圆度等。主轴轴颈的同轴度误差将直接引起主轴的径向跳动,而主轴轴颈的倾斜度及圆度在装配时将引起轴和轴承之间接触不良及间隙变化而影响轴承装配精度。

② 轴承本身的精度,如滑动轴承表面的圆度、表面粗糙度以及接触斑点等,不同程度影响轴承的装配精度。

③ 主轴箱壳体前后轴承孔的同轴度、倾斜度和圆度,及主轴承外套与箱壳孔的配合性、接触斑点等,影响主轴的承托刚性和径向跳动。

④ 主轴的轴向控制机构和零件的垂直度、平行度的误差,影响主轴的轴向窜动。如主轴轴颈台肩的全跳动,紧固轴承的螺母、衬套、垫圈等的全跳动和平行度;轴承及主轴箱轴承壳体孔的全跳动等超差。

⑤ 主轴部件的动平衡情况和外界振动源,影响主轴旋转的平稳性。如齿轮、带轮的精度和装配质量;外界振动源,如电动机、锻锤等引起主轴振动,也是其中的重要原因。

3) 主轴部件精度测量的方法

(1) 主轴的相互位置精度的测量

测量主轴的相互位置精度时,一般是用两支承轴颈作为测量基准面,这样可使测量基准和装配基准以及设计基准都重合,而避免因基准不重合而引起的测量误差。为了测量前后支承轴颈对公共基准的同轴度误差,通常采用如图13-30所示的方法,把轴的两端顶尖孔(相当于轴线)或两个工艺锥堵顶尖孔作为定位基准,在支承轴颈上方分别装百分表1和2,然后慢慢转动轴。在转动过程中,观察百分表1和2的偏摆,从旋转一圈中分别读出表1和2的读数,这两个读数分别代表了这两个支承轴颈相对于轴心线的圆跳动。圆跳动综合反映了轴的同轴度和圆度,如果几何形状误差很小,而可以不考虑其影响时,则上述百分表1和百分表2的读数值的一半即分别为这两个支承轴颈相对于轴线的同轴度误差。

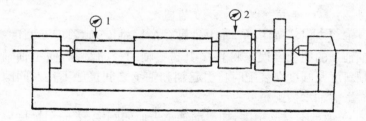

图 13-30 轴颈的同轴度检验

轴的其他表面对支承轴颈的相互位置检查可采用下列方法,将轴的两支承轴颈放在同一平板的两个 V 形块上,并在轴的一端用挡铁、钢球和工艺锥堵挡住,限制其轴向移动,如图 13-31 所示。其中一个 V 形块的高度是可以调整的,测量时先用百分表 1 和 2调整轴的中心线使其与测量平板平行。平板要有一定角度的倾斜(通常为 15°),使工件靠自重压向钢球而紧密接触。

对于空心阶梯轴(如 CA6140 型车床主轴)要在轴的前锥孔中插入验棒,锥孔近端面的百分表 8 用于检查锥孔对支承轴颈的同轴度,300 mm 处的百分表 9 是检查锥孔轴线对支承轴颈轴线的平行度之用。测量时,均匀地转动轴,分别以百分表 3、4、5、6、7、8、9 测量各轴

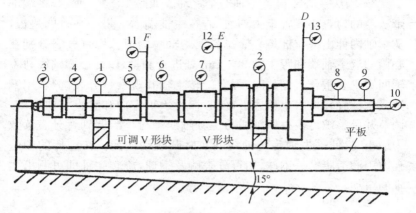

图 13－31 轴的相互位置精度检验

颈及锥孔中心相对于支承轴颈的圆跳动,百分表 11、12 和 13 分别检查端面 *F*、*E* 和 *D* 的端面跳动,百分表 10 用于测量轴的轴向窜动。

前端锥孔的形状和尺寸精度,应以专用锥度量规检验,并以涂色法检查锥孔表面的接触情况。这项精度应在相互位置精度的检查之前进行。

（2）主轴装配后的精度测量方法

① 用标准锥度心棒检查主轴锥孔的圆跳动（如图 13－32 所示）在主轴部件装配调整完毕之后,将标准的锥度心棒插入主轴锥孔,注意装时要揩净配合表面,防止碎屑及垃圾进入。然后用百分表触及锥度心棒表面,旋转主轴,在近主轴端和距主轴端 300 mm 处分别测量主轴锥孔的跳动。

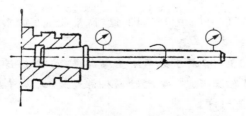

图 13－32 主轴锥孔的检验

② 用法兰心棒检查主轴的全跳动。如图 13－33 所示,将端部带法兰的检查心棒置于主轴前端,在主轴端面上垫一平行的垫板,从主轴内伸出一拉杆将心棒拉紧在主轴端面上。用百分表分别在心棒的近主轴端和距主轴 300 mm 处进行测量,以使心棒轴线与主轴回转中心重合。调整时,缓慢旋转主轴并观察百分表读数,用铜锤或木锤轻轻敲击垫板边沿,使心棒沿水平方向和垂直方向移动,调节并调整螺钉使心棒轴线与主轴轴线平行。当调到百分表读数为最小时,便是主轴旋转轴线的实际圆跳动误差。在心棒的中心孔内用润滑脂粘一钢球,用百分表触及钢球,旋转主轴即可测出主轴的窜动。

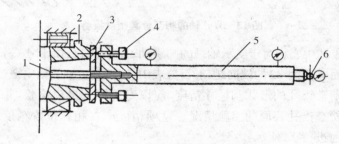

图 13－33 用法兰心棒检验主轴精度

1—拉杆;2—主轴;3—垫板;4—调节螺钉;5—检验心棒;6—钢球

③ 主轴定心轴颈圆跳动的测量。在检查主轴定心轴颈时(如车床主轴的卡盘轴颈),可将百分表触头直接触及轴颈表面,旋转主轴,百分表读数的最大值与最小值之差,便是主轴定心轴颈的圆跳动。

4) 主轴的装配调整

装配调整最好分两步进行,即预装调整和试车调整两个阶段。

(1) 主轴轴组的装配

装配如图 13－34 所示的车床主轴部件,应将齿轮等试装后拆卸,在箱体上装配后形成。装配时轴从前端进入,零件按顺序一一装入主轴。 装配顺序:

将弹性挡圈 12 和滚动轴承 13 的外圈装入箱体前轴承孔→将

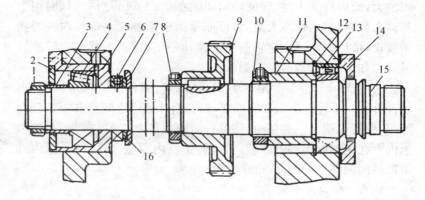

图 13-34　车床主轴部件

1—圆螺母；2—盖板；3—衬套；4—圆锥滚子轴承；5—后轴承壳体；6—推力轴承；
7—垫圈；8—锁紧螺母；9—大齿轮；10—调节螺母；11—调整套；12—弹性挡圈；
13—滚动轴承；14—前法兰小组件；15—主轴；16—开口垫圈

预装好的组件(主轴 15、轴承 13 内圈、调整套 11 和调节螺母 10)从前轴承孔穿入→在穿入过程中，从箱体上面依次将平键、大齿轮 9、螺母 8、垫圈 7、开口垫圈 16 和推力轴承 6 装在主轴上→移动主轴至规定位置→将后轴承壳体小组件从箱体后端装入箱体并拧紧螺钉→将圆锥滚子轴承 4 的内圈装在主轴上→依次装入衬套 3、盖板 2、圆螺母 1→装入前法兰小组件 14 并拧紧所有螺钉。

(2) 主轴的预装调整

一般在主轴箱其他零件未装之前进行，目的在于试验检查主轴部件各零件在修理或更换之后，能否达到组装技术要求，另一方面便于主轴箱翻转修刮箱体底面，保证主轴基准轴线对床身导轨的平行度。*主轴轴承通常有前后轴承支承，一般应先调整好后圆锥滚子轴承、推力轴承之间的间隙值，然后再进行前轴承之间的间隙调整，因后轴承在未调整好之前，主轴的定位性较差，可能会影响前轴承的调整准确性。* 调整操作步骤如下：

① 后轴承的调整：先将圆螺母 1 松开，旋转圆螺母 1 逐渐收紧圆锥滚子轴承和推力球轴承，用百分表触及主轴前肩台面，用适

当的力,前后推动主轴,保证轴向间隙在 0.01 mm 之内。同时用手转动大齿轮,若感觉不太灵活,可能是由于圆锥滚子轴承内外圈尚未装正,可用大木锤在主轴前后端振动一下,直到手感觉主轴旋转灵活自如无阻滞,最后将圆螺母锁紧。

② 前轴承调整:前轴承为双列向心短圆柱滚子轴承,其特点是:轴承内孔具有 1:12 的锥度,轴套内外滚道之间具有原始径向间隙,供使用调整。调整时,逐渐拧紧圆螺母 10,通过衬套 11,使轴承内圈在主轴圆锥部分作轴向移动,迫使内圈胀大,保持轴承内外滚道的间隙在 0~0.005 mm 之内。

(3) 主轴的试车调整

机床正常运转时,会有温升,温度升高后,主轴间隙会发生变化,要使主轴获得理想的运转状态,主轴间隙一般应在机床温升稳定后来调整,这时所调整的间隙才是主轴工作的实际间隙。因此,在机床主轴装配后,其间隙的调整,都应该在机床温升稳定后进行。 实际上,希望在机床温升允许的条件下,主轴间隙愈小愈好。试车调整的方法如下:打开箱盖,按油标位置加入润滑油,适当拧松主轴承圆螺母 10 和圆螺母 1(拧松圆螺母前,最好用划针在圆螺母边缘和主轴上作一记号,记住原始位置,以供调整时参考)。用木锤在主轴前后端适当振击,使轴承回松,保持间隙在 0~0.02 mm 之内。从低速到高速空转不超过 2 h,而在最高速度下,运转不应少于 30 min,一般油温不超过 60℃即可。

4) 铣床主轴的调整方法

主轴部件是铣床的重要部件之一。根据铣削的特点,铣床主轴应具有较高的刚性、抗振性、旋转精度、耐磨性和热稳定性。铣床主轴的调整是机床维修的常见作业内容。

(1) 铣床主轴部件结构

如图 13-35 所示为卧式铣床主轴部件,由主轴、主轴轴承和安装在主轴上的齿轮及惯性轮等零件组成。

铣床主轴是精度较高的空心轴,前端有 7:24 的锥孔,用以安装铣刀刀杆或直接安装面铣刀。主轴前端有两个键槽,可装键传

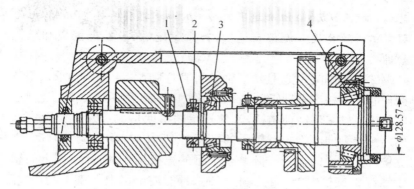

图 13－35　采用圆锥滚子轴承的铣床主轴结构

1—调整螺母；2—紧定螺钉；3、4—轴承(内圈)

递转矩，带动刀杆和铣刀旋转进行铣削。

在主轴后部通过平键与主轴联接的铸铁圆盘型惯性轮 2，主要作用是增加主轴的转动惯量，减小振动，使铣削工作平稳。尤其是在用齿数较少的铣刀铣削时，惯性轮的作用就更加明显。

(2) 主轴轴承间隙的调整

铣床主轴轴承间隙太大，会产生轴向窜动和径向圆跳动，铣削时容易产生振动、铣刀偏让(俗称让刀)和加工精度难以控制等弊病；若间隙过小，则又会使主轴发热咬死。主轴前轴承，用得较多的有圆锥滚子轴承和双列向心短圆柱滚子轴承，其间隙的调整方法也有所不同。

① 圆锥滚子轴承间隙的调整。主轴前轴承采用圆锥滚子轴承的结构，如图 13－35 所示，X62W 等型号的铣床主轴采用这种结构，其前轴承的精度为 P5 级(D 级)，中轴承的精度为 P6X 级(E 级)。调整间隙时，先将床身顶部的悬梁移开，拆去悬梁下面的盖板。松开锁紧螺钉 2，就可拧动螺母 1，以改变轴承圈 3 和 4 之间的距离，也就改变了轴承内圈与滚子和外圈之间的间隙。这种结构，轴向和径向的间隙是同时进行调整的。

轴承的松紧取决于铣床的工作性质。*一般以 200 N 的力推和拉主轴，顶在主轴端面和颈部的百分表示值在 0.015 mm 的范围内*

变动。在1 500 r/min转速下运转1 h,轴承温度不超过60℃,则说明轴承间隙合适。调整合适后,拧紧紧定螺钉,并把盖板和悬梁复原。

② 双列向心短圆柱滚子轴承间隙的调整。主轴前轴承采用双列向心短圆柱滚子轴承的结构,如图13-36所示。X52K等型号的铣床主轴采用这种结构,其前轴承的精度是P5级精度,上中部的两个单列向心推力球轴承的精度是P5(P6X)级。调整时,先把立铣头上前面的盖板或卧铣悬梁下的盖板拆下,松开主轴上的锁紧螺钉2,旋松螺母1,再拆下主轴头部的端盖5,取下垫片4。垫片由两个半圆环构成,以便装卸。调整垫片的厚度,即可调整主轴轴承的间隙。由于轴颈和轴承内孔的锥度是1∶12,若要减少0.03 mm的径向间隙,则须把垫片厚度磨去0.36 mm装入原位,用较大的力拧紧螺母1,使轴承内圈胀开,一直到把垫片压紧为止。然后拧紧紧定螺钉。并装好端盖及盖板等。

主轴的轴向间隙,是靠两个向心推力球轴承来调节的。在两

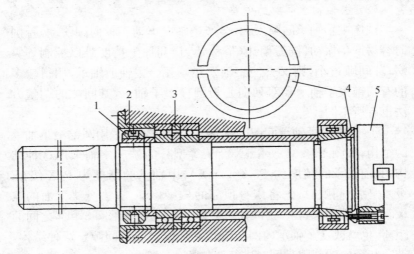

图13-36 采用双列向心短圆柱滚子轴承的铣床主轴结构
1—螺母;2—紧定螺钉;3—垫圈;4—垫片;5—端盖

个轴承内圈的距离不变时,只要减薄外垫圈 3 的厚度,就能调整主轴的轴向间隙。垫圈的减薄量与减少间隙的量基本相等。调整时,应与调整径向间隙同时进行。调整后,须作轴承松紧的测定,具体操作方法如前所述。

··[··· 复 习 思 考 题 ···]··

一、判断题

1. 车床的丝杠和光杆采用整体式滑动轴承。　　　　　　(　　)
2. 采用圆锥滚动轴承可以同时调节轴向和径向间隙。(　　)
3. 整体的薄壁轴套压装后孔径会扩大。　　　　　　　(　　)
4. 游隙是滚动轴承套圈之间最小的活动间隙。　　　　(　　)
5. 直径大于 50 mm 的轴一般采用冷矫直方法。　　　　(　　)

二、选择题

1. 剖分式轴瓦与机体座的过盈一般为(　　　)。
   A. 0.05～0.1 mm　　　　　　　　B. 0.1～0.15 mm
   C. 0.005～0.01 mm　　　　　　　D. 0.15～0.20 mm
2. 机床主轴最容易磨损的部位是(　　　)。
   A. 轴颈　　　　　　　　　　　　B. 内锥孔
   C. 轴承处外圆　　　　　　　　　D. 调节螺纹
3. 影响主轴部件装配精度的外界因素是指(　　　)。
   A. 电动机振动　　　　　　　　　B. 主轴精度
   C. 轴承精度　　　　　　　　　　D. 箱体精度
4. 车床主轴的装配从箱体的(　　　)装入。
   A. 上部　　　　　　　　　　　　B. 下部
   C. 前端　　　　　　　　　　　　D. 后端
5. 升降台卧式铣床主轴前轴承一般采用(　　　)轴承。
   A. 圆锥滚子　　　　　　　　　　B. 滑动
   C. 向心球　　　　　　　　　　　D. 推力

三、简答题

1. 滚动轴承与滑动轴承各有哪些特点？

2. 滑动轴承根据结构型式可分为哪几种？各有何特点？

3. 选择滚动轴承的配合与哪些因素有关？

4. 为什么要调整轴承的游隙？其调整的原则是什么？

5. 简述滚动轴承的装拆方法。

6. 简述主轴锥孔的修理方法。

7. 内柱外锥式滑动轴承，常见的损坏现象有哪些？如何修理？

8. 滚动轴承常见故障有哪些形式？其原因是什么？

9. 影响主轴部件旋转精度的因素有哪些？

10. 试述主轴装配后，主轴锥孔径向跳动的测量方法。

第*14*章 密封试验、机器试运行与故障分析

1. 密封选用与装配方法。

2. 液压与气压试验。

3. 机器试运行操作方法。

4. 机器故障的分析与排除方法。

一、受压密封件装配与试验

1. 密封基础知识

1）密封与防漏

一些机器常具有密封和防漏的技术要求,采用具有密封性能的零件达到阻止泄漏作用的装配作业称为密封与防漏。*密封性能是衡量机器设备质量的重要指标,密封与防漏也是装配修理作业过程中维修钳工必须掌握的基本操作技能。*

（1）密封的作用

① 用不同材料的挤压相互封闭空间。

② 阻碍两个相互分隔空间内材料的迁移（如粉尘、水、气体、油脂等）。

③ 防止外界物体的侵入。

④ 防止机器零件中润滑油的损失等。

（2）密封的基本要求

对密封的基本要求是严密可靠、结构紧凑、简单易造、维修方便、使用寿命较长。

（3）密封材料

对密封材料的基本要求:强度好、硬度高、有塑性、有弹性,具

有耐高温性、材料不透性、耐老化性、抵抗能力耐磨性能和摩擦性能等。用作密封的材料有软密封材料和硬密封材料。

① 软密封材料：纸浆，在油中浸过的纸和硬纸板；被织成或压成板形的用作多材料密封的石棉、人造橡胶、丁腈橡胶、氯丁橡胶、永久弹性塑料制作的密封物、密封剂等。

② 硬密封材料：铅、铝、软铜或钢网组成的密封材料等。

2）密封试验及其作用

装配钳工在装配一些密封件、受压容器及其密封性系统时，为了达到防止泄漏的技术要求，在安装前应对一些元器件进行受压试验；在安装后，对整个系统要进行气密性试验或压力试验。例如，空气压缩机、水泵、热能动力机械、制冷设备、真空设备及其组成的系统。试验的目的和意义是检查系统中是否有泄漏，以便及时修补；检测受压元件的强度及性能。受压元件的密封性试验，一般有气压试验（包括真空试验）和水压试验。

3）密封分类

密封可分为静密封和动密封两大类。

（1）静密封

密封表面与零件的结合表面间无相对运动的密封称为静密封。包括非金属密封、非金属与金属组合件密封、金属件密封和液体垫圈密封。

（2）动密封

密封表面与零件结合表面之间有相对运动的密封称为动密封。包括接触型密封和非接触型密封。

① 接触型密封是依靠密封力使密封表面相互压紧以减少或消除间隙的各类密封。绝大多数静密封都属于接触型密封。一般包括填料密封（毛毡密封、压盖填料密封、成型填料密封）、皮碗密封、胀圈密封、机械密封等。

② 非接触型密封是密封表面存在定量间隙，不需要密封力压紧密封表面的各类密封称为非接触型密封。一般包括间隙密封、迷宫密封、离心密封、螺旋密封和气动密封等。

2. 密封选用与装配示例

1）密封的特点和选用

　　了解密封的特点和选用方法，是密封装配的前提，在进行各类密封装配时，可参见表 14-1 中的相关内容。

表 14-1　静密封的特点与适用范围

名称与简图	材　　料	特　　点	适用范围
矩形橡胶垫圈（片）	耐油橡胶		一般介质的各种机械设备中
油封皮垫片	工业用皮革（牛皮或浸油、蜡、合成橡胶、合成树脂牛皮）		各种螺塞、紧密处密封
油封纸垫片	软刚纸板		用于不经常拆卸的螺塞紧密处密封
其他材质垫片	夹布橡胶、聚四氟乙烯、橡胶石棉板等	耐一定的酸、碱溶剂、油类等介质的浸蚀	用于低温、腐蚀性介质等特殊环境中
夹金属丝（网）石棉垫片	钢（钢或不锈钢）丝和石棉交织构成	因金属丝网包在石棉线内，故增强了垫片的强度	用于高温高压场合下
金属石棉交织平垫片	金属丝与金属石棉丝交织构成	耐高温高压	用于内燃机的气缸盖等
金属包平垫片	金属板与石棉板（石棉橡胶板）	用金属板包着石棉板或石棉橡胶板	用于高温高压场合下
金属平垫片	纯铜、铝、铅、软钢、不锈钢、合金钢等		用于高温高压及高真空场合下

(续 表)

名称与简图	材 料	特 点	适用范围
金属齿形垫片	10钢、1Cr13、铝、合金钢	锯齿尖端与密封表面接触,在螺栓紧固压力作用下可产生较高的接触应力,不易泄漏	用于高压处
金属透镜垫片	10钢、1Cr13、合金钢、不锈钢		用于高温高压处,适用压力小于32 MPa温度500℃左右
金属椭圆形垫圈			
金属菱形垫圈	铁、软钢、软铝、蒙乃尔合金4%～6%铬钢、不锈钢、铜		用于高温高压蒸汽的密封(化工设备)
金属八角形垫圈			
金属空心O形圈	铜、铝、低碳钢、不锈钢、合金钢	用管材焊接而成,具有优良的密封性能,适用范围广泛	用于低温、高温真空条件及要求严格密封的场合
金属丝垫圈	铜丝、无氧铜丝、高纯铝丝、金、钢条	耐烘烤温度高,耐低温,放气量小,但需较大的压紧力,材料价格贵	用于放射性及高压气的场合下
液态密封胶垫片	酚醛树脂、环氧树脂、氯丁橡胶、丁腈橡胶	有一定的流动性和粘度的液体,耐压性能好,对密封表面的加工精度要求低	用于一般车、船、泵设备的平面法兰联接,螺纹联接、承插联接等
密封剂厌氧胶垫片	具有厌氧性的树脂单体和催化剂	涂敷性良好,耐酸、碱、盐、水、油类、醇类等介质,耐热耐寒性良好	适用于仪表密封

2）密封装配示例

（1）静密封装配示例

装配如图 14-1 所示的高压胶管接头,装配操作方法和步骤如下:

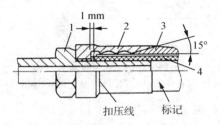

图 14-1 密封装配示例一
1—接头芯;2—外套;3—胶管;4—钢丝层

① 剥胶管。将胶管 3 外胶层剥去一段,剥离处按 15°倒角,剥外胶层时切勿损伤钢丝层。

② 装胶管。将胶管装入外套 2 内,胶管 3 端部与外套 2 的螺纹部分应留有约 1 mm 的距离。

③ 胶管作标记。在胶管 3 露端作标记。

④ 拧接头芯子。装配时需涂润滑剂,注意内胶层不得有切出物。

⑤ 扣压。对扣压式(固定式)接头,即可进行扣压。扣压有轴向和径向两种形式。扣压时接头与模具应相互找正、对中、按外套上的扣压线进行扣压;扣压的长度影响密封长度,过长会损坏外螺纹,过短会影响密封性能和防脱性能。

（2）动密封装配示例

装配如图 14-2 所示唇形橡胶皮碗油封件,装配操作方法和步骤如下:

① 检查密封件的尺寸,表面粗糙度是否符合要求,密封唇部有无损伤。

② 在唇部和主轴上涂润滑脂。

③ 用压入法装配时,要注意使油封件与壳体孔对准,不可偏斜。

④ 检查工件孔边倒角,为便于装配孔口倒角宜大些。

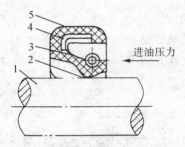

图 14-2 油封及其安装方向

1—主轴；2—密封唇部；3—拉紧弹簧；4—金属骨架；5—橡胶皮碗

⑤ 在油封外圈或壳体孔内涂少量润滑油。

⑥ 油封的装配方向,应使介质工作压力把密封唇部紧压在主轴上,不可装反。如作防尘时,则应使唇部背向轴承。

⑦ 如需同时解决防漏防尘,应采用双面油封。

⑧ 当轴端有键槽、螺钉孔、台阶等时,为防止油封件在装配时受伤,可采用装配导向套,如图 14-3 所示。

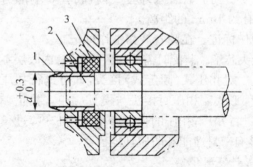

图 14-3 用导向套装配油封

1—导向套；2—轴端；3—油封

（3）O 形密封圈装配示例

密封圈有 O 形、V 形、U 形、Y 形等,用得最普遍和广泛的是 O 形密封圈。O 形密封圈有运动型和固定型两种。所谓运动型就是 O 形圈与轴有相对运动,而固定型则不与机件发生相对运动;按密封位置,O 形密封圈的密封方式有径向和轴向两种。

通常使用 O 形密封圈需要制作密封圈沟槽,沟槽的尺寸与 O 形圈的直径和截面直径有关,在装配时,应注意密封圈槽的尺寸精度,若槽的尺寸不符合规定要求,则会造成多种弊病,如 O 形圈变形、密封性能下降等,甚至无法装配。各种密封形式和常用规格的 O 形密封圈槽的尺寸参见表 14-2、表 14-3。

表 14-2　径向、轴向密封 O 形圈沟槽尺寸　　　　　(mm)

径向密封

轴向密封

O 形圈截面直径 d_2				1.80	2.65	3.55	5.30	7.00
径向密封尺寸	沟槽宽度 b	气动动密封 b		2.2	3.4	4.6	6.90	9.3
		液压动或静密封	b	2.4	3.6	4.8	7.1	9.5
			b_1	3.8	5.0	6.2	9.0	12.3
			b_2	5.2	6.4	7.6	10.9	15.1
	沟槽深度 h	活塞密封	液压动密封	1.42	2.16	2.96	4.48	5.95
			气动动密封	1.46	2.23	3.03	4.65	6.20
			静密封	1.38	2.07	2.74	4.19	5.67
		活塞杆密封	液压动密封	1.47	2.24	3.07	4.66	6.16
			气动动密封	1.57	2.37	3.24	4.86	6.43
			静密封	1.42	2.15	2.85	4.36	5.89

（续　表）

径向密封尺寸	槽底圆角半径	r_1	0.2～0.4		0.4～0.8		0.8～1.2
	槽棱圆角半径	r_2	0.1～0.3				
轴向密封尺寸	沟槽宽度	b	2.6	3.8	5.0	7.3	9.7
	沟槽深度	h	1.28	1.97	2.75	4.24	5.72
	槽底圆角半径	r_1	0.2～0.4		0.4～0.8		0.8～1.2
	槽棱圆角半径	r_2	0.1～0.3				

表 14-3　往复、旋转、螺旋运动密封 O 形圈沟槽尺寸(mm)

截面直径 d_2	往复与螺旋运动					旋转运动					槽底 r_1	槽棱 r_2
	槽深 h	沟槽宽度				槽深 h	沟槽宽度					
		b	b_1	b_2	允差		b	b_1	b_2	允差		
1.9	1.5	2.5	3.8	5.2	+0.10	1.7	2.1	3.4	4.8	+0.10	0.2	0.1
2.4	2	3.2	4.5	5.9	+0.15	2.2	2.6	4.0	5.4	+0.15	0.2	0.1
3.1	2.5	4.0	5.6	7.2	+0.15	2.9	3.5	5.1	6.7	+0.15	0.3	0.1
3.5	3	4.5	6.2	7.7	+0.15	3.3	3.9	5.5	7.1	+0.15	0.3	0.1
(4.6)	4	6.1	7.7	9.4	+0.20	4.4	5.1	6.7	8.5	+0.20	0.4	0.2
5.7	5	7.5	9.6	11.7	+0.20	5	6.0	8.5	10.5	+0.20	0.4	0.2
8.6	7.5	11	13.6	16.3	+0.20	8.2	9.6	12.2	14.9	+0.20	0.5	0.2

O 形圈装配操作方法与步骤如下：

① 装配前将 O 形圈涂润滑脂。

② 清洗工件上的 O 形圈槽，修除毛刺和尖角。

③ 装配时应使 O 形圈的"毛边"不装在密封面上。

④ 装配时，如需越过螺纹、键槽或有锐边、尖角的部位，可用导向套。

⑤ 装入 O 形圈时，不能扭转或过度拉伸，以免影响密封性能和密封圈使用寿命。

⑥ 大直径的固定型 O 形圈,可以用简便的方法根据需要现场自行制作。切取适当长度的圆形橡胶条,在两端涂上粘合剂(如氰基丙烯酸酯),稍干后,放在带弧形槽的样板上用手压合即成 O 形圈。

3. 液压试验

1) 液压试验的目的

液压试验的目的是检验液压元件的强度、检验液压元件各接合面的气密性和焊缝质量。同时也可发现机械加工中未暴露的铸件的内部缺陷,以便采取措施弥补。

2) 液压试验操作过程

(1) 液压试验前,必须根据器件各部分的结构,用各种盖帽、螺塞等把需要检测的腔室密封好,以保证这些部位在试验条件下不漏液。

(2) 在容腔或系统的最上部顶端安装带球阀的管路,给系统留有一个排气孔。

(3) 试件充液前还必须把腔室清理干净。

(4) 充入试验腔室的液体应是经过滤的干净液体。充液时,腔室内的空气须确认已排放完后方可关闭球阀。

(5) 试验时,为了保证检验压力读数的正确,应装两只压力表。一只装在液压泵出口;一只装在试验件或系统的上部。试验时,压力升降应缓慢。*一般先升至表视压力 $3 \times 10^4 \sim 5 \times 10^4$ Pa(即 0.3~0.5 大气压),暂停升压,待稳定一段时间,进行初步检查。若无泄漏等现象,可再升高到试验压力。*

(6) 在试验压力下,至少要持续 10 min。这时应仔细地检查各部分,特别是零件的联接处,有些可疑的地方,可将表面擦干净后,用 150~200 g 重的锤子轻轻敲击,如果出现滴液,则说明该处有裂缝、砂眼或材料组织疏松的现象。

(7) 在泄漏处做好标记,如用记号笔画圈等,以便寻找和修补。

(8) 液压试验的试验压力,一般是工作压力的 1.5~2 倍。*采用电动液压泵升压的,应严禁过压试验,以免发生事故,损坏系统*

各组成元件和人身安全事故。

4. 气压试验

1）一般气压试验

（1）一般气压试验与液压试验类同，液压试验用的是油或水和泵，而气压试验一般用压缩空气（也可用氮气）使管道（系统）设备的内壁受增高的气压，以检查安装后的（各种各样）接头、法兰、焊缝、管材、设备等是否密封，这也是对安装质量的检查。

（2）气压试验一般所用的机械为低压压缩机、鼓风机、冷冻机等，有些小型设备、小系统，因无压缩空气供应或无条件使用压缩机来做试验的可用氮气瓶。*氮气瓶的压力较高*（150×10^5 **Pa**），*必须在氮气瓶口装减压阀，否则容易造成人身或设备事故。*

（3）使用的试验压力在 10×10^5 Pa 左右。高压设备根据制造厂规定的试验压力标准进行系统的试验。

（4）*与液压试验不同的是：检查时不能像液压试验时光凭肉眼观察或用手触摸。气压试验检查时必须在各联接处用肥皂水涂抹，或用塑料布盛水淹没，察看有无气泡冒出；或用鸡毛等视细羽毛丝来检查有无被漏出的气流吹动。*

（5）气压试验检查的重点是焊接处、螺纹接头、管接头等部位。

（6）若发现有泄漏，在该处马上做好标记，以便检查完毕后统一处理，进行修补或更换。

（7）修补后必须重新进行试验，直到泄漏、渗漏现象彻底消除为止。

2）真空设备气压试验

真空包装机、制冷机等设备，在气压试验后，还必须做真空试验，主要是考验系统在真空条件下的致密性。气压试验是对设备系统增压进行试验，而真空试验则是按系统的真空要求进行试验。一些真空系统的真空度为 150 Pa，若不能达到，则说明有泄漏。

真空试验对真空度的要求应随各地大气压的不同而异。一般用 0.96 系数乘以当地、当天的大气压就可得到需要做试验的真空度数值。

　　做真空试验的设备是用真空泵,XD 型真空泵的结构如图 14-4 所示。测量真空度用 U 形玻璃管,真空试验碰到问题往往是真空度达不到要求。其原因是:一是系统有泄漏,二是有内部窜气或机件本身的致密性有问题。这样必须要采取相应的措施。

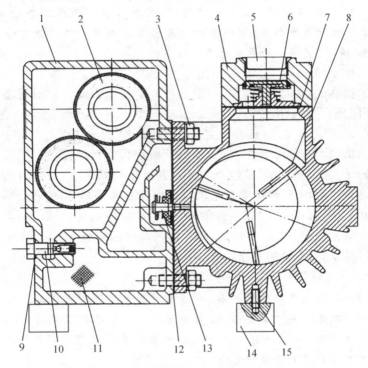

图 14-4　XD 型旋片式真空泵结构示意图

1—油分离器;2—过滤器;3—联接螺钉、垫片;4—吸气嘴;5—罩盖;
6—吸气阀组件;7、9、12—密封垫片;8—叶片;10—回油螺钉;11—过滤网;
13—排气阀组件;14—支承垫块;15—紧固螺栓

　　压力试验是一项责任心极强的工作,试验时有关人员丝毫不能马虎,若试验过程中遇有异样(剧烈振动、破裂等),必须立即停机检查,待分析处理后再做试验。同时,必须严格遵守试验作业规定,根据规定的试验压力进行操作,严禁超压试验,避免事故发生。

二、机器的试运行与故障分析方法

机器在正常使用运行前必须经过试运行,通常称为试车。因此,试车是装配或修理机器时必经的最后阶段,机器试车正常后,才能移交给操作人员进行正常运行,装配或修理工作才告完成。试车未达到正常要求,则仍需对机器的装配或修理工作进行全面检查、返工,直至达到要求为止。

1. 试车类型

机器试车的具体内容,根据其不同的目的而异。一般试车类型可归纳为以下几种:

1) 空运转试验(也称为空负荷试验)

指机器或部件装配后,不加负荷所进行的运转试验。机器空运转试验的目的主要是检查和考核在其工作状态下,各部分的工作是否正常,工作性能参数是否符合指标要求,同时可使各摩擦表面在工作初始阶段得到正常的磨合,为后阶段的负载试验创造条件。例如铣床总装配完成后,在不进行切削的情况下,进行主轴的空运转试验,主轴的变速试验等。

2) 负载试验

指机器或其部件装配后,加上额定负载所进行的试验。负载试验是机器试车的主要任务,它是保证机器能长期在额定工作状况条件下正常运转的基础试验。例如齿轮泵装配后在额定的压力和流量的条件下进行的试验。

3) 超负载试验

指按照技术要求对机器进行超出额定负载范围的运转试验。超负载试验主要是检查机器在特殊情况下超负载工作的能力,观察机器的各部分是否能在安全系数的范围内可靠、安全运行。

4) 超速试验

指按照技术要求对机器进行超出额定转速范围的运转试验。超速试验主要是检查机器在特殊情况下超速运转的能力,观察其是否可靠和安全。

5）型式试验

指根据新产品试制鉴定大纲或设计要求，对新产品样机的各项质量指标所进行的全面试验或检验。

6）性能试验

指为了测定产品及其部件的性能参数而进行的各种试验。例如对金属切削机床所进行的试件切削加工精度试验；对动力机械所进行的额定功率试验；对压缩机械所进行的流量、压力试验；对真空泵的抽气速率试验以及对各种机械所进行的振动和噪声试验等。

7）寿命试验

指按照规定的使用条件（或模拟其使用条件）和要求，对产品或其零、部件的寿命指标所进行的试验。

8）破坏性试验

指按规定的条件和要求对产品或其零、部件进行直到破坏为止的试验。对带爆破性质的试验，一定要按国家有关规定进行，否则后果不堪设想。

2. 试车准备

机器在装配或修理结束后，若没有充分准备，立即进行起动试车，往往会出现预先未能估计到的各种问题和故障。所以需要特别认真和谨慎地做好各项试车前的准备工作，以免出现重大故障。试车前的准备工作有以下几项内容：

（1）机器试车前，必须熟悉试车的工艺规范和有关作业指导规定。

（2）机器在起动前，必须进一步对总装工作进行全面检查，看其是否符合试车要求。例如装配工作的完整性、各联接部分的准确性和可靠性等。在确保都准确无误和安全的条件下，方可开机运转。特别是有些部件按规定必须事先单独经过试验的，应该确保其试验结果完好。

（3）机器起动前，工作场地要进行一次清理，多余的材料、工件和工具、设备等全部要移开,并使试车所需的空间位置具有足够的大小,以保证试车的安全和顺利进行。在批量生产专用的试车场地,应遵守试车作业区域的管理规定。

(4)必须熟悉各类检测仪器仪表的使用。试车时所需用的监测仪器仪表,应保证处于良好状态。重要的试验仪表应进行精度校核后才能使用。

(5)机器起动前,机器上有些运动机构和部件,暂时不需要产生动作的,通常都应使其处于"停止"位置。待需要参加试车时再调整到"启动"位置。以免机器起动时,运动机构立即跟随动作,而使试车人员无法兼顾。

(6)机器上有危急保安装置的,应进行检查,确保其动作可靠,严防危急使用时产生失灵现象。

(7)机器起动前,必须先用手转动各传动件,确认运转灵活。各操纵手柄应操纵灵活,定位准确,安全可靠。

(8)根据机器设备的润滑系统图和润滑规定,检查润滑系统应运行正常、清洁畅通,以免试车时发生干摩擦导致机件咬死现象。

(9)参加一些大型和复杂的机器试车,往往需要几个甚至几十个人共同进行。此时试车的有关人员必须分工明确,各尽其职,并应在各自的职责范围内全部准备就绪的条件下,由试车的总指挥发布起动指令。

3. 试运行过程操作方法

试车必须严格按制订的规程执行。试运行过程中需要做的工作,一般有以下几个方面。

(1)机器一经起动,应立即观察和严密监视其工作状况。根据机器的不同特性,按试车规程所定的各项工作性能参数及其指标进行试车检测读数,并随时判别其是否正常。典型的检测内容:

① 轴承的进油、排油温度和进油压力是否正常;

② 轴承的振动和噪声是否正常;

③ 机器静、动部分是否有不正常的摩擦或碰撞;

④ 有无过热的部位,松动的部位;

⑤ 运动状况是否有不符合要求的部位；

⑥ 受热机件是否有热胀不符合要求的情况；

⑦ 机器其余各部分的振动和噪声是否过大；

⑧ 机器的转速是否准确稳定，功率是否正常；

⑨ 流体的压力、温度和流量等是否正常；

⑩ 密封处有无泄漏现象。

（2）在起动过程中，当发现有不正常的征兆时，可根据检测仪器仪表的显示，通过听、闻、嗅、看等方法，进行检查、分析，并找出原因，必要时应降低转速。当发现有严重的异常状况时，有时应采取立即停机的措施，而不能贸然对待或作出冒险的行动。

（3）起动过程应有步骤按次序进行，待这阶段的运转情况都正常和稳定后，再继续做后一阶段的试验。某一阶段暴露的问题和故障，一般都应及时分析和妥善处理完毕，否则可能引起故障的扩大或恶化，使机器的故障分析复杂化。

（4）机器上独立性较强的部件或机构较多时，应尽量分项投入试验。一个一个地进行试验，以利于发现和鉴别故障原因。

（5）对于某些高速旋转机械，当转速升高到接近其临界转速时，如果振动尚在允许范围，则继续升速时要尽快越过临界转速。以免停留在临界转速下共振的危害。如果发现振动有可能超出允许范围的趋势，应不再继续强行冲越，必须降速或停机检查，找出原因并予以排除故障后，才能重新起动升速。

（6）升速过程达到额定转速后，如果一切均属正常，则一般需按规定再稳定运转一段时间，观察各工作性能参数的稳定性。并对机器各部分的工作状况作详细的检查，作好必要的测定和记录。

（7）对一些新产品的试车，必须落实安全防患的应急措施。

4. 机器故障的常见类型及其分析

1）偶发性故障

指在毫无规律的情况下发生的，因而不可预知的故障，例如由于意料之外的超负载。这种故障一旦发生，往往带来较大的危害性,但如果操作人员时刻严守操作规程,并养成良好的文明生产习惯,保证工作环境的整洁,偶发性故障是可以减少或杜绝的。采用听声法进行故障判断是一种常用的故障检查和分析判断方法,听声检查故障的方法见表14-4。

表14-4 用机器声音判断故障的方法

声音的分类	声音特点	原因分析	故障排除方法
冲撞声	声音沉闷、沉重、有力,振动时影响到机座上,用手接触也会感觉到	某些机器在工作冲程中,零件互相碰撞时发出的撞击声	1. 有节奏且高,为正常声 2. 无节奏,或高或低或快或慢时,应仔细地听,进行判断 3. 突然而来的冲撞声应立即停车,检查并予以消除
打击声	比冲撞声小,一般有节奏	1. 零件松弛 2. 零件变形 3. 零件缺陷 4. 零件磨损	根据转数、冲击数等特性,来判别零件的打击所在
爆破声	声音短而有力,脆裂振耳,突然而来无规律	1. 可燃气体突然燃烧,伴随有闪光和发生烧焦味 2. 电气短路放炮	在机器异状处检查修理
摩擦声	1. 声音轻微、平稳、均匀为正常摩擦声 2. 声音粗糙,加大周期性为不规则的杂音	两个互相接触相对运动的零件摩擦所致	检查两个零件表面是否磨损、缺油、有无尘土及金属粒
泄漏声	一般吱吱作响,尖锐刺耳,连绵不断,随容器内的压力大小而异	气体或液体从高压容器中泄出	1. 立即停车检漏 2. 用纸条棉丝试出泄漏处 3. 闻味

2) 规律性故障

指按照已知的规律,阶段性地发展产生的故障。例如由于密封圈磨损而引起泄漏,发动机气缸磨损而引起功率不足,真空泵因磨损导致泄漏增加，引起真空度下降等故障。常见的规律性故障有以下几类：

（1）泄漏与渗漏

泄漏与渗漏是机器运行中的常见故障，该故障大多发生于法兰、阀门、填料压盖和管接头等的密封部位，少数是机体或管材本身的缺陷造成的。产生泄漏和渗漏的原因是密封部位不严密，不严密的原因除了制造和装配质量问题外，主要是腐蚀或磨损、裂纹、材料不合适或老化、结构不合理或变形等。泄漏故障的检查方法很多，常用的有：

① 加压试验，以便使泄漏加剧而容易察觉。

② 涂上肥皂水或煤油后观察密封部位是否泄漏。

③ 用超声波仪器检查，利用气体通过细缝泄漏与渗漏时，会发生高频率的超声波，应用超声波传声器可以测出。

④ 通过机器运行参数的变化，分析判断内泄漏的部位。如旋片式真空泵的真空度下降幅度不大（在几十帕范围内），往往是由于叶片和转子槽的间隙过大，内泄漏增加造成的。

（2）温升过高

温升过高反映了机器轴承等摩擦部位的工作状况失常（如滑动轴承的间隙过小）。或者是冷却、润滑和导热等性能不正常。机器的运行温度可用本身安装的测温仪表检测，也可用手持式测温仪，如红外线测温仪对机体任意部位进行测量。检查时应根据机器的具体结构情况和所处条件进行分析诊断。当齿轮箱内的油量过多、齿轮负荷超限、润滑油品质劣化和清洁度降低，使得机器运行中摩擦增加，也是造成温升过高的常见原因。通常运转部位的温升都有一定的规定，例如铣床主轴的温升限度为 $65℃$，超过此温度属于故障现象。

（3）联接松动

联接部位松动是机器运行过程中常见的故障之一。机器上零部件之间的联接种类较多，螺纹联接部位比较多，产生螺纹联接松动大多是由于经受长期振动，或因防松装置失效而引起的，尤其是冲击负荷大和温度变化大的场合下更容易发生。螺纹联接件的轴线方向与机器振动方向一致时,最容易发生松动;当螺纹联接件轴线方向与机器振动方向垂直时松动则不易发生。螺纹联接松动故障的检查方法较多,例如用锤子轻敲联接处,为是否松动的一种简便迅速的诊断方法。螺纹联接保持紧固状态时,敲击后会产生敲钟一样的金属声,而松动的联接是沉闷而空旷的格格声。在螺钉的结合表面处,事先涂上薄薄的密封漆(胶)作为标记,如果发生松动,漆膜便会破裂,此法得到普遍的应用。

(4)振动异常

旋转机械的振动是否正常,可按有关的振动标准来衡量。过大的振动会造成机器零部件的损坏过快和机器工作精度的降低。而异常的振动即使数值不大,也具有突发的危害性。振动的大小一般以位移的峰值表示。振动值大小凭手的感觉只能粗略地估计,必要时应该用振动测量仪测量。引起振动的原因很多,有旋转体不平衡,联轴器对称性不好和轴颈不圆等。采用先进的振动分析仪器可以判别振动的各种特征,根据振动特征再加以综合分析,可以诊断出振动的确切原因。

(5)噪声超标

随着环境保护事业的发展,对机器工作时的噪声提出了一定的要求和标准。机器的噪声是由流体直接冲击大气,物体相互摩擦或机械振动等原因而产生的,例如发动机的排气噪声、齿轮传动的啮合噪声以及滚动轴承的摩擦噪声等。噪声的大小以分贝(dB)表示,用噪声仪进行测量。通过对噪声的测量和分析,可以找出产生噪声的声源,从而为进一步降低噪声提供技术依据。

5. 机器故障排除的一般方法

1)确定故障部位

对机器故障(类型和原因)进行分析诊断,目前很多还是依靠停机解体后,通过观察故障所在部位的零部件发生异常变化等特征来分析和判断的。有时也可依靠机器工作时发生的异常征兆和现象,用人的感觉经验来进行分析判断的。随着电子技术的迅猛发展,故障分析所需的各种监测仪器也应运而生,依靠这些测试仪器,对机器工作条件下的有关信息,进行测定和分析处理,便可以诊断机器存在的故障性质、故障原因和故障部位与零件,为排除故障提供基础条件。

2) 调换失效零件

将失效的零件、部件调换为合格的零件、部件,重新装配来排除故障是最常用的方法。例如轴与油封间发现泄漏,经过分析判断和检测,确定是油封变形失效,调换同一规格的油封,泄漏消失,故障排除。又如图 14-5 所示的带弹性中间体联轴器组件在传动中发出撞击声,解体检测后确定为橡胶中间体磨损挤裂,导致联轴器发生撞击,采用调换中间体的方法排除故障,重新装配后,撞击声消除,运行平稳,故障排除。

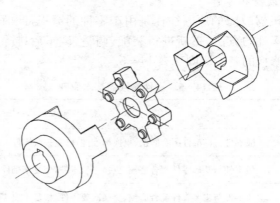

图 14-5　带弹性中间体的联轴器组件

3) 调整配合间隙

一些具有调整零件和装置的机器,可以通过调整配合间隙来排除故障。例如图 14-6 所示的机床工作台导轨进给运动时有扭动爬行故障,影响切削加工精度,经过分析判断为导轨磨损或镶条调隙装置因切削振动引起松动,使得导轨配合间隙过大。此时可通过调节螺杆调整导轨镶条与导轨的配合间隙,即可排除机床工作台扭动爬行的故障。

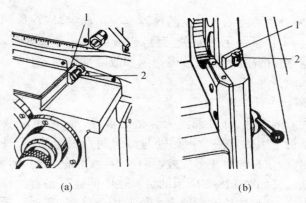

(a)   (b)

图 14 - 6 工作台导轨间隙调整示意
1—镶条；2—调节螺杆

4）修复磨损零件

产生机器故障的原因往往是由于零件的磨损，此时可以通过修复磨损零件的方法，重新进行装配、调整、试车后排除机器的故障。零件修换的基本原则见表 14 - 5。

表 14 - 5 零件修换的基本原则

序 号	基 本 原 则
1	一般零件与标准件配合磨损，更换标准件，修复一般零件
2	一般零件与基础零件配合磨损，更换一般零件，修复基础件
3	次要零件与主要零件配合磨损，更换次要零件，修复主要零件
4	小零件与大零件配合磨损，更换小零件，修复大零件
5	易损件与非易损件配合磨损，更换易损件，修复非易损件
6	超公差的零件与未超公差的零件配合磨损，修换超公差的零件，修复未超公差的零件
7	一般配合件磨损后，对设备精度影响大的零件应更换，对精度影响小的可修复

（续表）

序　号	基　本　原　则
8	过盈配合的孔、轴经拆卸后,其过盈如果还能保持原配合所需最小过盈的一半时可修复,否则应更换
9	根据经济性决定,修复旧件低于更换新件的成本,可修复,否则应更换
10	磨损的零件若修复后能保持或恢复零件原有的技术要求,即尺寸公差、表面粗糙度、形位公差、硬度等,则可修复,否则应更换
11	零件修复后的耐用度能维持一个修理间隔周期的可修复,否则应更换
12	磨损的零件,使设备的噪声增大,效率下降,传动平稳性下降或遭到破坏应更换
13	由于零件的磨损而影响了设备的刚度、强度及切削速度等,使生产效率下降,此零件应更换

常用的恢复零件尺寸的修复方法有以下几种:

（1）机械法:用镦粗法、扩张法、缩小法、压延法、挤压法、镶加尺寸法、滚花等方法恢复机件的配合尺寸。

（2）喷涂法:用氧—乙炔焰粉末喷涂,氧—乙炔焰线材喷涂、等离子喷涂、冷喷涂、激光喷涂和爆炸喷涂等。

（3）焊补法:电弧堆焊、气焊、电火花镀敷。

（4）粘贴法:涂敷耐磨涂层、粘补聚四氟乙烯导轨软带。

（5）金属钎焊法:青铜、铜锌、银铜、银锡、锡铅、锡铋等方法恢复零件尺寸。

（6）低真空熔接法。

（7）电镀法:镀铁、镀铬、电刷镀。

（8）胶接法:喷胶法、镶塞法、填补法、加压法、机械加固法等。

（9）根据零部件的技术要求、特点、适用范围等,选用合理的复合修复技术。

6. 铣床的常见故障与原因

各种机床的故障现象和原因是不同的,现以铣床为例,介绍机床故障的原因和排除方法。X6132型等类同铣床的常见故障和排除方法如下:

1）铣削时振动大

常见故障原因是：

（1）主轴松动

检测时可用百分表检查主轴径向跳动量和轴向窜动量，如果间隙过大，应由机修工为主进行主轴间隙调整。

（2）工作台松动

造成工作台松动的原因是导轨镶条间隙过大，在调整镶条间隙时，可借助塞尺控制调整间隙。

（3）铣床刀杆支架支持轴承损坏

应根据轴承的规格和图样，更换新的支持轴承。

2）工作台快速移动无法起动或脱不开

工作台快速进给无法起动，即无快速移动。其主要原因是摩擦离合器间隙过大，需要机修钳工进行调整检查，同时还应检查杠杆和电磁铁。有时开动慢速进给时，即出现工作台快速移动，产生这种故障的主要原因是电磁铁剩磁使离合器摩擦片脱不开，应请电工和机修钳工进行调整。

3）主轴制动不良或无法起动

按停止按钮后，主轴不能在 0.5 s 内停止转动，有时还会出现反转。如果再按停止按钮时，反而倒转或将熔断器的熔丝熔断。其原因是主轴制动调整失偏，电路继电器失灵，应由电工检查修理。若按起动按钮后主轴无法起动，电动机有嗡嗡声，此时是电器故障，应请电工修理。

4）变速齿轮不易啮合

在变换主轴转速时，出现变速手柄推不到原位。这是变速微动开关未起导通作用。有时在推进变速手柄时，发出齿轮严重撞击声，这是微动开关接触时间过长。有时开启后不再切断，主轴不停。这时需要切断电源，并请电工修理。

5）纵向进给有带动现象，开动横向或垂向时，工作台纵向有间隔移动

有时开动纵向进给时，横向垂向也会有牵动。其原因是拨叉

与离合器配合间隙太大或太小,有时是内部零件松动或脱落。需由机修工移出工作台进行修理,调换零件。

6)进给安全离合器失灵

进给安全离合器失灵会产生两种现象:一种是稍受一些阻力,工作台即停止进给;另一种受进给超负荷时,进给不能自动停止。这两种现象均为钢球安全离合器失灵。目前安全离合器也有采用电磁摩擦片的,如果产生上述现象,主要是摩擦片的间隙调整得太大或太小,需由机修钳工调整或调换零件。

7)纵向进给丝杠间隙大

故障原因有以下两个方面:一是工作台纵向进给丝杠与螺母之间的轴向间隙太大,应通过丝杠螺母间隙调整机构进行调整,具体方法参见实例有关调整内容。二是丝杠两端推力轴承间隙太大,需卸下手轮和分度盘,调整丝杠的轴向间隙。

8)工作台横向和垂向进给操纵手柄失灵

操纵进给手柄时,会出现横向和垂向联动,或扳动手柄后,工作台无垂向或横向进给。其故障的主要原因是鼓轮位置变动或行程开关触杆位置变动。需由电工和机修钳工进行调整修理。

9)横向和垂向进给机构与手动联锁装置失灵

在横向和垂向进给时,手柄和手轮离合器仍未完全脱开,快速进给时产生手柄快速旋转。其故障的主要原因是联锁装置中的带动杠杆或挡销脱落。需由机修钳工修理。

三、简单机械、机器的装配与试车实例

1. 三爪自定心卡盘的装配

1)熟悉三爪自定心卡盘的结构

如图 14-7 所示,三爪自定心卡盘由小锥齿轮、卡盘壳体、卡爪、限位螺钉、大锥齿轮、后盖、后盖螺钉组成。

2)装配基准

(1)卡爪以壳体上三等分分布的工形槽为基准。

(2)小锥齿轮以壳体上三等分分布的定位孔为基准。

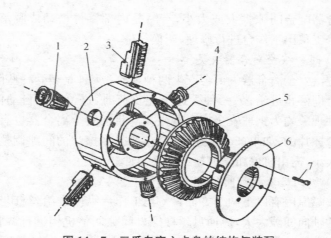

图 14-7 三爪自定心卡盘的结构与装配

1—小锥齿轮;2—卡盘壳体;3—卡爪;4—限位螺钉;
5—大锥齿轮;6—卡盘后盖;7—后盖紧固螺钉

(3) 大锥齿轮以壳体中间圆柱及其内端面为基准。

(4) 后盖以壳体的中间凸台端面为基准。

(5) 壳体的基准是与机床定位安装的端面和内孔止口,如图
14-8 所示为三爪卡盘与分度头的联接安装方法。

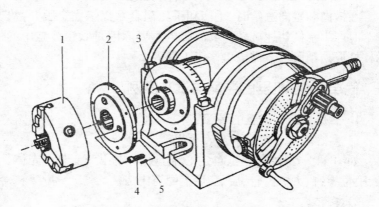

图 14-8 三爪卡盘与分度头的联接安装示意

1—三爪自定心卡盘;2—联接盘;3—分度头主轴;4、5—内六角螺钉

3) 各零件的作用和卡盘工作过程原理

三爪卡盘是经常使用的圆柱形工件的通用夹具,根据三点定圆的几何原理,三爪卡盘安装在车床、分度头上时,可以夹持一定范围内的不同直径的圆柱形工件,并能使工件与车床的主轴回转轴线同轴。

(1) 三爪用以夹紧工件沿壳体三等分工字槽移动,三爪运动能同时收拢和张开,并保持所夹持的工件与机床的回转轴线同轴。

(2) 大锥齿轮的背面有与三爪配合的平面矩形螺纹,三爪随大锥齿轮的转动收拢或张开。

(3) 小锥齿轮带动大锥齿轮转动,端面的方榫孔用来插装三爪卡盘的扳手钥匙。

(4) 后盖除封闭壳体外,还起到限定大锥齿轮轴向位置的作用。

(5) 壳体是卡盘的主体,前端面三等分工字槽安装卡爪;圆周三等分孔安装小锥齿轮;内腔圆柱凸台和环形空间安装大锥齿轮;端面三个螺孔安装小锥齿轮的限位螺钉;内凸台端面螺孔安装后盖固定螺钉。

4) 三爪自定心卡盘的装配方法和步骤

(1) 清洗各零件。

(2) 将大锥齿轮装入壳体 2,并加注润滑油。

(3) 将三个小锥齿轮 1 装入壳体 2 圆周的三个孔内,注意将小锥齿轮的小端圆柱插入壳体内凸圆柱面上的小孔,使小锥齿轮与大锥齿轮啮合。

(4) 将三个限位螺钉 4 旋入壳体端面的螺孔,注意将小锥齿轮大端外圆上的限位槽对准壳体螺孔,使螺钉限定小锥齿轮的轴向位置。

(5) 装配卡爪

① 清洁卡爪的工字形配合面、与平面螺纹配合的螺纹面,以及壳体上的工字形槽表面。

② 按卡爪的编号排列卡爪。

③ 用方榫扳手顺时针转动小锥齿轮 1,带动大锥齿轮 5 的平面螺纹转动,当平面螺纹的起点接近卡爪的槽口时,将 1 号卡爪装入槽中,并用力与平面螺纹推紧。

④ 继续转动小锥齿轮 1,当平面螺纹的起点接近第二条槽口时,装入 2 号卡爪。

⑤ 按同样方法装入 3 号卡爪。

(6) 装卡盘后盖 6,并用螺钉 7 紧固。

(7) 用方榫扳手转动卡盘小锥齿轮,使卡爪收拢,若三个卡爪能同时集中在中心位置,说明卡爪安装顺序正确。用扳手转动小锥齿轮时应灵活无阻滞。

2. 机用平口虎钳的装配

图 14-9 为机用平口虎钳的装配图,平口虎钳在装配时,带有一定的加工工作量,即固定钳身(钳座)及活动钳身的刮削工作,所以装配过程包括配刮加工。平口虎钳装配的操作方法与步骤如下:

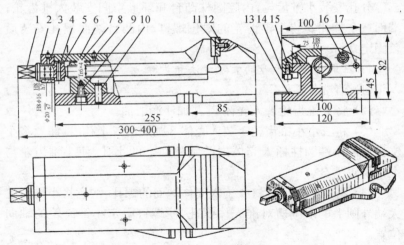

图 14-9 机用平口虎钳装配简图

1—螺杆;2—轴衬;3—挡板;4—锥销(φ4×25);5—挡圈;6—活动钳身;
7—螺母;8—油杯;9—螺钉(M8×6);10—锥销(φ8×28);
11—螺钉(M6×12);12—钳口板;13—钳座;14—压板;15—螺钉(M6×16);
16—螺钉(M8×20);17—锥销(φ6×25)

1）刮削固定钳身

（1）研刮导轨上平面

使用如图 14-10(a)所示的直角刮研模板研刮,刮削要求是每 25 mm×25 mm 面积上有 16～18 研点,刮研操作过程如图 14-10(b)所示。

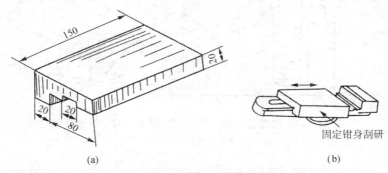

(a)　　　　　　　　　　　　　(b)

图 14-10　研刮钳座导轨上平面

(a) 直角研刮模板；(b) 刮研过程

（2）研刮导轨下滑面及底平面

以上平面为基准,刮导轨下滑面及底平面,达到平行度误差小于 0.01 mm 精度要求,在每 25 mm×25 mm 面积上有 6～8 研点。

（3）刮导轨两侧面

达到相互平行度误差小于 0.01 mm(只许钳口处大),在每 25 mm×25 mm 面积上有 12～16 研点。

2）底盘研刮和检测

（1）刮研底盘上、下表面,达到研点和平行度误差要求。

（2）修装定位块,用等高垫铁和百分表测量,如图 14-11 所示,检测定位块与孔的对称度要求。

3）活动钳身加工和配刮

（1）检查来料尺寸,进行倒角、倒棱。

（2）按尺寸划线,钻铰油杯孔。

（3）与压板配钻 M6 螺孔,要求压板与活动钳身外形平齐。

（4）按图开油槽。

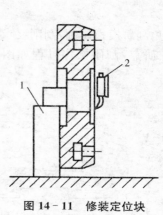

图 14-11 修装定位块
1—等高垫铁；2—百分表

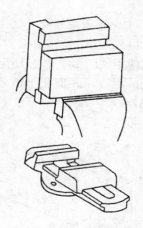

图 14-12 配刮活动钳身

（5）用刮研模板研刮凹面，达到每 25 mm×25 mm 面积上有 12～16 研点。

（6）研刮活动钳身两侧面，达到配入钳座内滑动轻便均匀，用 0.04 mm 塞尺在端部检查，其塞入深度不超过 10 mm，且要求接触点在每 25 mm×25 mm 面积上有 8～12 研点，其操作过程如图14-12所示。

4）试装

以钳口铁、滑板配作各连接孔，试装活动钳身与滑板，达到滑动轻快，无向上或左右的松动感。试装钳口铁，以一块钳口铁为基准，修整另一块钳口铁与钳身的接触面，达到两钳口铁装配后的间隙要求，如图 14-13 所示。

5）总装配的顺序

（1）在钳座 13 上用螺钉 9 装传动螺母 7。

（2）配装螺杆 1、轴衬 2、挡板 3 和挡圈 5，配作锥孔装锥销 4。

（3）装活动钳身 6，用螺钉 15 装压板 14。

（4）装油杯 8。

（5）螺杆旋入螺母。

（6）合拢钳口，用螺钉 16 在活动钳身 6 上装挡板 3。

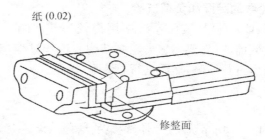

纸 (0.02)

修整面

图 14 - 13 试装活动钳身与钳口板

（7）转动螺杆,反复调整挡板 3 和螺母 7 的位置,使螺杆带动活动钳身全行程灵活移动,精修两钳口间隙,达到活动钳身移动任意位置时两钳口保持平行,紧固螺钉 16 和螺钉 9。

（8）用螺钉 15 装钳口板 11。

（9）合拢钳口板,加工挡板 3 与活动钳身 6 定位锥销孔,装配锥销 17。

（10）加工螺母 7 与钳座 13 定位锥销孔,装配锥销 10。

（11）全部拆卸清洗,涂油后再重新组装。

（12）叠装底盘与台虎钳,以底盘定位块为基准靠紧工作台 T 形槽内一侧,用百分表找正钳口铁与进给方向平行,打 0 线,如图 14 - 14 所示。

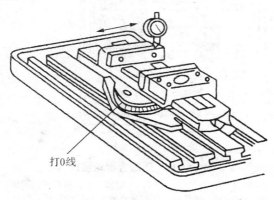

打0线

图 14 - 14 试装活动钳身与钳口板

3. 齿轮泵的装配和负荷试验

齿轮泵(CB 型)是液压系统中用得较为普遍的一种液压泵。齿轮泵在总装前,首先要熟悉齿轮泵结构与工作过程,对其主要部件的加工精度进行检测,然后进行总装配、试车。

1) 齿轮泵结构与工作过程

(1) 齿轮泵基本结构

如图 14-15 所示为 CB 型齿轮泵的结构。齿轮泵为三片式结构形式,即泵体 3、前盖 4 和后盖 1。一对与泵体宽度相等;齿数相同而又互相啮合的齿轮 7 装入泵体中,主动齿轮用平键 2 固定在长

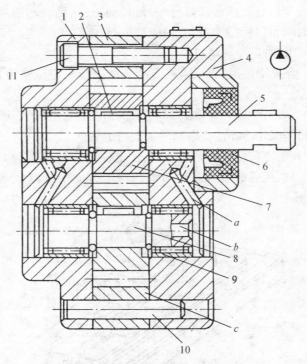

图 14-15　外啮合齿轮泵结构

1—后盖;2—平键;3—泵体;4—前盖;5—长轴;6—密封圈;
7—齿轮;8—短轴;9—滚针轴承;10—定位销;11—螺钉
a—泄油孔;b—短轴中心通孔;c—泄油槽

轴 5 上,长轴和短轴 8 由滚针轴承 9 分别装在前盖和后盖中,这时齿轮被包围在前盖、后盖和泵体中,与外界隔离而形成了密封工作腔,长轴通过联轴器由电动机驱动旋转。

（2）齿轮泵的工作情况

齿轮旋转时,要求同时啮合的轮齿对数多于一对,也就是一对轮齿尚未脱开啮合之前,相邻一对轮齿便又进入啮合。由于两对轮齿同时啮合,便形成一个封闭容腔,留在两齿间的油液就被困在这个封闭容腔中。随着轮齿转动,封闭容腔的容积开始逐渐减小,被困油液受到挤压,压力急剧上升;然后封闭容腔的容积又逐渐增大,产生局部真空,被困油液将被分离,产生蒸发汽化和气泡,这种现象称困油。困油会造成噪声、振动、磨损并使泵的寿命下降,又会影响液压系统正常工作。为消除困油所造成的不良后果,CB 型齿轮泵在前盖和后盖的侧面开了两条卸荷槽,一条通吸油腔,一条通压油腔。齿轮泵运转时,在压油腔内的齿轮承受了由油压产生的径向力,这个径向力是单方向的。油压越高,径向不平衡力也就越大,其后果会使轴弯曲变形,轴承磨损加速,齿顶与泵体内壁的摩擦增加。

为解决径向力不平衡造成的后果,CB 型齿轮泵采用缩小压油口的办法,减小油压对轮齿的作用面积,从而减小径向不平衡力。所以,齿轮泵压油口孔径小,吸油口孔径大。齿轮泵存在径向间隙和轴向间隙,有间隙就会有泄漏。径向泄漏的油,通过前盖和后盖上泄油孔 a 及短轴中心通孔 b 引回到吸油腔;轴向泄漏的油,通过泵体两侧上的三角形泄漏槽 c 引回到吸油腔;在长轴伸出端加设密封圈 6,以防外泄漏。

2）检测零部件精度

（1）检测检查齿轮泵两齿轮 7 的齿间和齿高接触情况

用着色法检查齿间接触面积是否达到 60% 以上;齿高接触面积 55% 以上,以及两齿轮等厚、两端面平面度、孔对端面垂直度的误差均要求在 0.005 mm 以内。

（2）泵体 3 的厚度

泵体的厚度要求应能保证齿轮与盖板间的轴向间隙,其精度要求:两端面平行度、两端面平面度、孔对端面垂直度的误差均在

0.01 mm 以内。

（3）前、后盖板

前、后盖板 4、1 是与齿轮直接接触的，所以要求研平，其精度要求为平面度误差、孔对端面的垂直度误差均在 0.01 mm 之内。

（4）滚针轴承 9 的要求

虽说滚针轴承是标准件，但也要保证一组滚针直径的大小差不应超过 0.003 mm，长短差不应超过 0.1 mm。滚针轴承与长短轴装配时，应具有 0.01 mm 的配合间隙。滚针应如数充满轴承孔，以免滚针在滚动时倾斜而影响旋转精度。

3）总装配

以上零件经过检测，符合其精度要求后，可以进入齿轮泵总装，其装配步骤为：

（1）仔细去掉各零件的毛刺，用油石修钝锐边，注意齿轮 7 不能倒角。

（2）按松键联接要求锉配平键 2，键与轴槽采用 P9/hg 配合，键与毂槽的配合为 Js9/h9。注意的是键与键槽的非配合面之间应留有间隙，以求轴与套件达到同轴度公差的要求；装配后的套件在轴上不能左右摆动，否则，容易引起冲击和振动。

（3）泵的轴向间隙是由齿轮 7 和泵体 3 的厚度来直接控制的，中间不加纸垫，一般取泵体厚度大于齿轮厚度，其值为 0.02～0.03 mm，径向间隙在 0.13～0.16 mm 之内。

（4）用煤油仔细清洗零件。

（5）齿轮泵整装，整装后，即插入定位销 10，接着用对角交叉的方法紧固螺钉 11。同时，用手回转长轴 5，应感觉平稳，无沉重现象，即可认为安装完成。

4）试车

齿轮泵总装结束进入空运转和负载试验。批量生产的齿轮泵其试验是放在专门的试验台上进行的。

（1）空运转试验

泵体与电动机及试验管路连接好以后，让其空运转 15 min 左右，检查无异常状况、无泄漏及噪声、振动均为平稳后,可进行负载试验。

（2）负载试验

将齿轮泵逐步升压至泵的规定工作压力,视其是否达到要求,此时泵的压力波动一般应在 $\pm 1.5 \times 10^5$ Pa 之内。若其流量也达到要求,即认为试运行合格。

4. 铣床工作台拆装调整

铣床工作台的拆装是机床局部装配和维修排除故障的作业实例,一般操作调整步骤如下:

1）拆卸步骤

（1）拆限位块如图 14-16 所示,用一字形螺钉旋具,拆下工作台前侧面上左、右撞块限位螺钉 1,用专用六角套筒扳手拆下左、右撞块（自动停止挡铁）3、T 形螺钉 2。

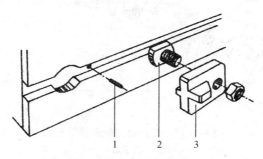

图 14-16 撞块拆装图
1—限位螺钉;2—T 形螺钉;3—撞块

（2）拆卸工作台左端部件,如图 14-17 所示。用活扳手松开手柄处螺钉 1,取下垫圈 2,取出手轮 3,弹簧 4,松开刻度盘紧固螺母 5,卸下刻度盘 6,用内六角扳手松开离合器上紧定螺钉 9,拆卸离合器 7,取出平键 8,用铜棒、锤子敲直圆螺母用止动垫圈卡爪,用钩形扳手松开并取出圆螺母 10、止动垫圈 11、垫圈 12,用拔销器拔松左端轴承座 16 上的两个圆锥销 14,用内六角扳手松开左端轴承座内的 6 个内六角螺钉 15,松开的顺序为 1、6、5、4、2、3,如图 14-18所示。拔出圆锥销 14、用铜棒敲松左端轴承座 16,取下 6 个内六角螺钉 15,卸下轴承座 16 及推力轴承 13。

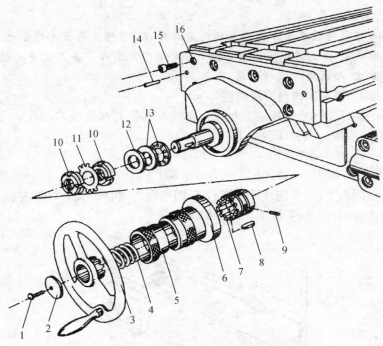

图 14-17　工作台左端部件拆装图

1—螺钉；2、12—垫圈；3—手轮；4—弹簧；5—刻度盘紧固螺母；6—刻度盘；
7—离合器；8—平键；9—紧定螺钉；10—圆螺母；11—圆螺母用止动垫圈；
13—推力轴承；14—圆锥销；15—内六角螺钉；16—轴承座

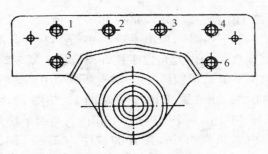

图 14-18　松开螺钉的顺序

（3）拆卸工作台导轨镶条，如图 14-19 所示，先松开螺母 2 及圆螺母 4，用一字形螺钉旋具逆时针方向旋转调节螺杆 3，带动镶条 1 向外移出，取出镶条 1 并平稳放置。

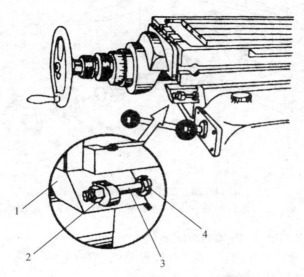

图 14-19　拆卸工作台纵向导轨镶条
1—镶条；2—螺母；3—调节螺杆；4—圆螺母

（4）拆卸右端轴承座，如图 14-20 所示，用一字形螺钉旋具松开端盖上的螺钉 1，取下端盖 2，松开螺母 3 上的圆锥销 4（或紧定螺钉），卸下螺母 3，用上述方法拉松圆锥销 6，松开右端轴承座上的 6 个内六角螺钉 7，卸下右端轴承座 8 和推力轴承 5。

（5）拆卸纵向丝杠时，在丝杠右端装上鸡心夹头，左手托住丝杠，右手转动鸡心夹头，将丝杠逐步退至顶端后，使丝杠键槽处于下方，取出丝杠，将丝杠平稳放置。

（6）移出、卸下工作台时，可在工作台两端各旋入两个螺栓，用于吊装工作台。用手推动工作台后，在螺栓上挂上起吊用绳，使用起重设备吊出工作台放置在平稳的木块上。

（7）清洗工作台与床鞍之间的传动部分，取出活动丝杠螺母及

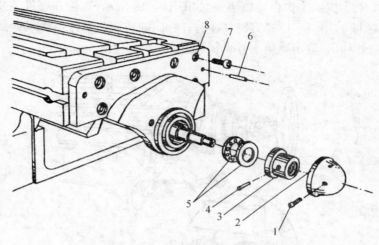

图 14 - 20 工作台右端部件拆装

1、7—螺钉;2—端盖;3—螺母;4、6—圆锥销;5—推力轴承;8—右端轴承座

阶台键,并清洗干净,加润滑油后装入。

(8) 检查导轨面,并用油石修去毛刺,检查手动油泵工作是否正常,各油路是否畅通。

(9) 清洗工作台上部各 T 形槽及切削液通道,将工作台翻转,清洗工作台下部的燕尾导轨面,修去毛刺并注油,起吊后装入床鞍。

2) 装配步骤

(1) 清洗及安装镶条时,将镶条放入清洗油中清洗干净,用油石修去镶条上的毛刺,加油后装入燕尾槽中,用调节螺杆调节镶条与导轨面的间隙为 0.03 mm 左右。

(2) 清洗及安装纵向丝杠时,将丝杠放入清洗油中用刷子刷洗干净后擦净,加油后装入螺母中。安装时注意使阶台键的位置对准丝杠键槽中,然后转动丝杠旋至工作台中间。

(3) 安装右端轴承座部件时,将拆卸下来的零件清洗后加油,按拆卸的逆顺序先后装入。

(4) 安装左端轴承座部件时,将拆卸下来的零件清洗后加油,先装上轴承座,装入圆锥销、内六角螺钉并旋紧,将丝杠逆时针方向旋紧,装入推力轴承、垫圈、旋入圆螺母,装入圆螺母止动垫圈,再旋入圆螺母,松紧合适后,将圆螺母用止动垫圈上的卡爪对准圆螺母槽后,将卡爪嵌入槽中防止螺母松动。在丝杠左端轴上装入平键和离合器后,将紧定螺钉旋紧,装入刻度盘及紧固螺母后紧固。装入弹簧、手轮、垫圈及螺钉后用扳手将螺钉扳紧。

3) 调整

装配后,机床试车经常会出现机床振动和工作台窜动等故障,发生故障后应及时进行调整,否则会影响加工精度。产生振动和窜动原因,主要是纵向丝杠的轴向间隙较大,镶条的间隙较大引起的,因此应对以下三个部分进行调整。

(1) 调整工作台纵向丝杠轴向间隙

工作台两端轴承座中推力轴承与丝杠的轴向间隙过大,会造成工作台轴向窜动,使加工表面粗糙,此时应及时进行调整。如图14-21所示,调整步骤如下:

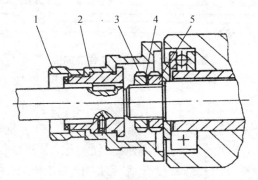

图 14-21　调整丝杠轴向间隙

1—刻度盘紧固螺母;2—刻度盘;3、5—圆螺母;4—圆螺母用止动垫圈

① 卸下螺钉、垫圈、手轮、弹簧、刻度盘紧固螺母 1 和刻度盘 2。

② 扳直圆螺母用止动垫圈 4 卡爪,松开圆螺母 3,转动圆螺母 5。

③ 装上手轮,逆时针方向摇动,使丝杠轴向间隙存在于一个方向。将圆螺母 5 用手旋紧,紧固圆螺母 3,摇动手柄用 0.01～0.02 mm 塞尺检查,一般要求间隙不大于 0.03 mm。

④ 调整好间隙后,压下圆螺母用止动垫圈 4 卡爪,并装上刻度盘和紧固螺母、弹簧、手轮、垫圈、螺钉,用扳手紧固螺钉。

(2) 调整纵向工作台丝杠传动间隙

由于丝杠螺母的制造精度或铣床长期使用,致使丝杠与螺母的螺纹有一定的配合间隙,若间隙较大需进行调整。如图 14-22 所示,调整方法如下:

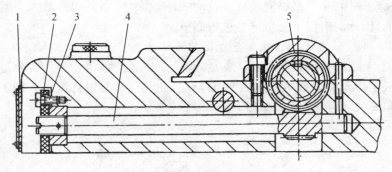

图 14-22 调整丝杠传动间隙
1—盖板;2—锁紧板;3—螺钉;4—调节蜗杆;5—蜗轮

① 用一字形螺钉旋具松开床鞍前端面的盖板 1。

② 旋松锁紧板 2 上的三个螺钉 3。并顺时针方向转动调节蜗杆 4,使其带动蜗轮 5 转动,从而使丝杠与螺母间隙减小。摇动手柄,使工作台移动时松紧程度合适时,停止转动调节蜗杆 4。

③ 旋紧锁紧板 2 上的三个螺钉 3,装上盖板 1。

④ 调整好后,摇动手柄,移动工作台检查在全部行程内有无松紧不一致现象。

(3) 导轨镶条调整

工作台运动部件与导轨之间的间隙应适当,间隙过大会影响工作台移动的精度,切削时不平稳,易振动,影响零件加工的表面质量;间隙过小,则移动过紧,不灵活,摩擦增大,加快了运动部件的磨损,一般间隙允许在 0.03 mm。可用塞尺检测。调整的具体方法如图 14-19 所示,松开螺母 2 和锁紧圆螺母 4,然后旋转调节螺杆 3,带动镶条 1 移动,使间隙增大或减小。一般可用 0.03 mm 塞尺检测间隙后,将圆螺母 4 和螺母 2 锁紧。

··[··· 复 习 思 考 题 ···]··

一、判断题

1. 机器总装配后,可以立即进行负载试验。 （　　）

2. 自定心三爪卡盘的卡爪可以随意互换装配。 （　　）

3. 齿轮泵的卸荷槽是为了解决困油现象。 （　　）

4. 镶条的两端厚度尺寸是相同的。 （　　）

5. 卧式铣床的纵向工作台可以调节丝杠螺母的传动间隙。

（　　）

二、选择题

1. 确定机器产品质量指标是否合格的主要试验是（　　）。

　　A. 空运行试验　　　　　　　　B. 超负载试验

　　C. 形式试验　　　　　　　　　D. 负载试验

2. 液压试验的机器一般应先将液压升至（　　）个大气压进行初始试验。

　　A. 1～2　　　　　　　　　　　B. 0.1～0.2

　　C. 0.3～0.5　　　　　　　　　D. 0.05～0.1

3. 皮碗密封属于（　　）。

　　A. 静密封　　　　　　　　　　B. 接触型静密封

　　C. 非接触型密封　　　　　　　D. 接触型动密封

4. 机床工作台的导轨间隙一般通过（　　）进行调整。

　　A. 螺栓螺母　　　　　　　　　B. 镶条

　　C. 蜗轮蜗杆　　　　　　　　　D. 齿轮齿条

5. 按照已知的规律,阶段性地发展产生的故障称为( )
故障。

A. 偶发性   B. 规律性

C. 随机性   D. 突发性

三、简答题

1. 对受压件为什么要做液压或气压试验?

2. 用氮气瓶作气源做气压试验时,应注意些什么?

3. 一些机器为什么要密封?

4. 动密封中有接触型和非接触型,请说出其区别,并各举例
说明。

5. 简述机器故障的种类和排除故障的一般方法。

复习思考题答案

第1章

一、判断题

1. × **2.** ✓ **3.** ✓ **4.** ✓

二、选择题

1. ABC **2.** A **3.** D **4.** B **5.** A

三、简答题

1. P3 **2.** P8 **3.** P5、P10

第2章

一、判断题

1. ✓ **2.** × **3.** ✓ **4.** ×

二、选择题

1. A **2.** D **3.** AC **4.** BD **5.** B **6.** C **7.** D **8.** C

三、简答题

1. P23～24、P30 **2.** P30 **3.** P32

第3章

一、判断题

1. × **2.** ✓ **3.** × **4.** ✓ **5.** ✓

二、选择题

1. A **2.** D **3.** B **4.** CD **5.** B

三、计算题

1. 2.5周

2. 6周＋2/3周

四、简答题

1. P55 **2.** P62 **3.** P69～71 **4.** P76 **5.** P74～75

第 4 章

一、判断题

1. √ 2. √ 3. ✕ 4. √ 5. ✕ 6. ✕ 7. √ 8. ✕

二、选择题

1. D 2. C 3. C 4. D 5. B 6. A 7. C 8. B 9. C 10. B

三、计算题

1. 转速 $n \approx 318$ r/min

2. 切削速度 $v_c \approx 28.3$ m/min

3. $f = 0.53$ mm/r

4. $v_f \approx 225$ mm/min

5. $a_p = 12.5$ mm

四、简答题

1. P85~86 2. P92~94 3. P89、P92 4. P89~90

5. P102~104 6. P104、P111 7. P107~108 8. P111、P114

9. P110

第 5 章

一、判断题

1. ✕ 2. √ 3. ✕ 4. √ 5. √

二、选择题

1. A 2. D 3. C 4. A 5. A

三、计算题

1. $d_2 = 14.701$ mm；$d_1 = 13.835$ mm

2. M16 螺孔底孔直径 ∅14 mm；M12×1 螺孔底孔直径 ∅10.9 mm

3. 底孔深度 31.2 mm

4. 圆杆直径 ∅11.77 mm

5. $d_2 = 22.025$ mm

四、简答题

1. P124~125 2. P125、P127 3. P133~134 4. P143~144

5. P151

第 6 章

一、判断题

1. √ 2. √ 3. ✕ 4. ✕ 5. ✕ 6. √ 7. √

二、选择题

1. B **2.** D **3.** C **4.** C **5.** C

三、计算题

1. M＝60.01 mm

2. A＝56.82 mm

3. M＝168.30 mm

4. A＝26.94 mm

四、简答题

1. P158～159 **2.** P160～161 **3.** P166～167 **4.** P168～169

5. P182

第7章

一、判断题

1. √ **2.** × **3.** √ **4.** √

二、选择题

1. A **2.** C **3.** D **4.** B

三、简答题

1. P208～209 **2.** P189～190 **3.** P194～195 **4.** P200～201

5. P213～214 **9.** P214～215 **7.** P216

第8章

一、判断题

1. √ **2.** ×

二、选择题

1. B **2.** C

三、简答题

1. P219 **2.** P220 **3.** P225～226 **4.** P227～229

5. P235、P243 **6.** P244～245

第9章

一、判断题

1. √ **2.** √

二、选择题

1. B **2.** A

三、简答题

1. P248～249　**2.** P257～258

第 10 章

一、判断题

1. √　**2.** √　**3.** ×　**4.** ×　**5.** √

二、选择题

1. A　**2.** B　**3.** AB　**4.** B　**5.** AD

三、简答题

1. P268～269　**2.** P269　**3.** P279　**4.** P280　**5.** P267、P276～279

第 11 章

一、判断题

1. ×　**2.** √　**3.** √　**4.** √　**5.** ×

二、选择题

1. A　**2.** D　**3.** A　**4.** BCD　**5.** D

三、简答题

1. P303～304　**2.** P310　**3.** P306　**4.** P312～313

第 12 章

一、判断题

1. ×　**2.** √　**3.** ×　**4.** √　**5.** √

二、选择题

1. BD　**2.** B　**3.** C　**4.** D　**5.** A

三、简答题

1. P335、P338　**2.** P332～334　**3.** P322～323　**4.** P339～341
5. P329～330

第 13 章

一、判断题

1. √　**2.** √　**3.** ×　**4.** ×　**5.** ×

二、选择题

1. A　**2.** AB　**3.** A　**4.** C　**5.** A

三、简答题

1. P343、P352　**2.** P343～346　**3.** P354～355　**4.** P355～358

5. P359 **6.** P364 **7.** P351 **8.** P362 **9.** P367 **10.** P369

第 14 章

一、判断题

  1. ✕ **2.** ✕ **3.** ✓ **4.** ✕ **5.** ✓

二、选择题

  1. D **2.** C **3.** D **4.** B **5.** B

三、简答题

  1. P385～386 **2.** P386 **3.** P377 **4.** P378～380 **5.** P391～395